»Beides sein« ist ein Roman über die Gegensätze von Mann und Frau, von Leben und Tod, von Vergangenheit und Gegenwart und über die Sehnsucht, diese Gegensätze zu vereinen, da sie erst vereint ein Ganzes bilden. »Beides sein«, das sind zwei Geschichten, die ein Ganzes bilden: Da ist die Geschichte von George, einem Mädchen von heute, das um seine verstorbene Mutter trauert und die Erinnerungen an sie festzuhalten versucht, vor allem die Reise nach Italien und den Besuch im Palazzo Schifanoia in Ferrara mit den wunderschönen Fresken. Und dann ist da das Leben von Francesco del Cossa, dem Renaissancekünstler, dessen ungewöhnliche Geschichte auf verblüffende, höchst vergnügliche Weise auf die des Mädchens George trifft …

ALI SMITH wurde 1962 in Inverness in Schottland geboren und lebt in Cambridge. Sie hat mehrere Romane und Erzählbände veröffentlicht, ist Mitglied der Royal Society of Literature und wurde 2015 zum Commander of the Order of the British Empire ernannt. Ihr Roman »Beides sein« wurde 2014 ausgezeichnet mit dem Costa Novel Award, dem Saltire Society Literary Book of the Year Award, dem Goldsmiths Prize und kam auf die Shortlist des Man Booker Prize. 2015 kam Ali Smith mit dem Roman auf die Shortlist des Folio Prize und gewann den Baileys Women's Prize for Fiction.

ALI SMITH BEI BTB

Die Zufällige. Roman (73869)
Die erste Person. Erzählungen (74421)
Im Hotel. Roman (71311)
Freie Liebe und andere Geschichten (71355)
Ganz andere Geschichten (71356)

Ali Smith

Beides sein

Roman

Aus dem Englischen
von Silvia Morawetz

btb

Die Originalausgabe erschien 2014 unter dem Titel »How to Be Both«
bei Hamish Hamilton, Penguin Random House UK, London.

Die Arbeit an der Übersetzung wurde vom
Deutschen Übersetzerfonds e.V. gefördert.

Die Übersetzerin dankt Sylvia Höfer, Heidelberg, für Hinweise zum
Italienischen und Albrecht Pohlmann, Halle (Saale), für Hinweise zu
den Malmitteln und Verfahren bei der Freskomalerei.

FSC
www.fsc.org
MIX
Papier aus verantwortungsvollen Quellen
FSC® C014496

Verlagsgruppe Random House FSC® N001967

2. Auflage
Genehmigte Taschenbuchausgabe April 2018
btb Verlag in der Verlagsgruppe Random House GmbH,
Neumarkter Straße 28, 81673 München

Umschlaggestaltung: semper smile, München nach einem Entwurf
von buxdesign, München unter Verwendung eines Motivs von
© akg-images/De Agostini Picture Lib.
Druck und Einband: GGP Media GmbH, Pößneck
CP · Herstellung: sc
Printed in Germany
ISBN 978-3-442-71600-5

www.btb-verlag.de
www.facebook.com/btbverlag

Danksagung

Die Entwürfe für die Vignetten vor beiden Teilen des Buchs sind von Francesco del Cossa und Sarah Wood.

Dank an Daniel Chatto, Polly Dunn, Robert Gleeson, Jamie McKendrick, Cathy Moore, Sarah Pickstone, Matthew Reynolds, Kadya Wittenberg und Libbi Wittenberg.

Ein besonders herzlicher Dank geht an Kate Thomson.

Danke, Andrew und Tracy und allen bei Wylie.

Danke, Simon, und danke, Anna.
Danke, Xandra.
Danke, Mary.
Danke, Emma.
Danke, Sarah.

Für Frances Arthur
und alle, die sie gezeugt haben,

im Gedenken an Sheila Hamilton,
die ein Kunstwerk auf zwei Beinen ist,

und für Sarah Wood,
Künstlerin.

Et ricordare suplicando a quella che io sonto francescho del cossa il quale a solo fatto quilti tri canpi verso lanticamara :

FRANCESCO DEL COSSA

die grüne Seele, die das Leben
dort sucht, wo nur Hitze
und Öde drückt, und der Funke, der sagt,
alles beginne, wenn's schon
zu verkohlen scheine

EUGENIO MONTALE / CHRISTOPH FERBER

J'ai rêvé que sur un grand mur blanc
je lisais mon testament

SYLVIE VARTAN

Was dies Denken leitet, ist die Überzeugung, dass zwar das Lebendige dem Ruin der Zeit verfällt, dass aber der Verwesungsprozess gleichzeitig ein Kristallisationsprozess ist, dass in der Meereshut – dem nicht-historischen Element, dem alles geschichtlich Gewordene verfallen soll – neue kristallisierte Formen und Gestalten entstehen, die, gegen die Elemente gefeit, überdauern und nur auf den Perlentaucher warten, der sie an den Tag bringt.

HANNAH ARENDT

Er verschwand unversehens, wie eine Romanfigur, ohne eine Spur zu hinterlassen.

GIORGIO BASSANI / HERBERT SCHLÜTER

eins

Ho das ist ein mächtig verdrehtes Ding flink wie ein
Fisch der am Haken im Maul gezogen wird
wenn das geht einen Fisch durch eine
6 Fuß dicke Mauer ziehen oder wie ein
Pfeil wenn er das kann im Flug lässig Schrauben drehen
gewunden wie das Haus einer Schnecke oder wie ein
geschweifter Stern würde der Stern nach oben
geschossen an Maden vorbei und Würmern an
Gebeinen und Felsgestein so schnell
heraufflöge wie die Pferde schnell herabkamen
in der Geschichte von dem
Sonnenwagen tollkühn gelenkt
von dem Sohn dem's der Vater verbot und
der's trotzdem tat und sie nicht halten konnt
er war zu klein zu schwach im Sturzflug ging
es krach auf die Erde mittenrein in die Menge
Volks und die Schafherde auf dem Feld
und nun falle ich mit 40 Pferdestärken
empor großer Gott liebe
Vatermutter ich bitt dich breite mir ex tempore
wo immer du mich abzusetzen gedenkst
wo immer du mit mir hinwillst (mit
Verlaub) (es pressiert) eine Schar der
weichen Schäfchen als Polster (au) was zum

mich verhakt mit meinem (was)
an einem (autsch)
knapp vorbei (hui) an einem (wumm)
(peng) (aua)
(Hilfe)
halt mal
schau ist das
Sonne
blauer Himmel die weißen Wolkenfetzen
durchscheinendes Blau
weiter oben noch dunkleres Blau
fang an mit blaugrüner Grundierung
misch Indigo unter das Lazurit gib dazu
Bleiweiß oder Asche lasiere mit Lapis
der Himmel? die Erde? alles wie gehabt?
nach Haus geschwind nach Haus geschwind
eins zwei drei hinab durchs Hinauf
wie ein Samen vom Baum mit einem Flügelchen
denn wenn die
Wurzeln auf dem Weg durch die Erde
die Erde durchstoßen werden daraus Stämme
und aus den Stämmen schieben sich Stengel
und oben am Ende der Stengel
sind Blüten und öffnen sich für
jedermann und alles wie
Augen :
hallo :
was ist das?
Ein Knabe vor einem Bild.

Gut : ein schöner Rücken kann entzücken : das Beste an einem Rücken ist, dass das Gesicht verborgen bleibt, ein Geheimnis : he, du : hörst du mich nicht? Kannst du nicht hören? Nein? Mein Kinn auf deiner Schulter, direkt an deinem Ohr, und du hörst trotzdem nichts, ha, tja, alte Streitfrage, was denn nun stärker ist, das Auge oder das Ohr, beweist aber nur, dass das Nebensache ist, wenn du Nebensache bist, darum nennt mich ruhig Cosmo, nennt mich Lorenzo, nennt mich Ercole, nennt mich unbekannter Maler der Schule, die euch beliebt, *es ist euch verziehen*, es kümmert mich nicht – muss mich nicht kümmern – gut – das kann jemand anders tun, denn, hör zu, es schlief einmal ein alter Mann winterlang in seinem Bett mit meinem Marsyas (ein frühes Werk, verschollen, Leinwand, Öl, Käse), von Farben starrend, über seinem Bettzeug; er hatte nicht viel Bettzeug, aber mein Marsyas wärmte ihn, die hübsch schwere zweite Haut hielt ihn wohl am Leben : er starb, das schon, ja, aber erst später und nicht an Kälte, seht ihr?

Niemand erinnert sich an den alten Mann.

Nur *ich*, grad eben

aber auch nur schwach, wie an die Farben

weiß kaum noch, wie ich selber hieß, weiß fast nichts m

außer dass feines Tuch mir

schon sehr gefällt, gefiel

und der Faltenwurf eines mit Band eingehaltenen Hemds oder Ärmels gefällt mir auch

und wie ein ganz feiner, kaum sichtbarer Strich mit Zeichenkohle einen Zweig beschwört, der einen Felsen sprengt

und mir gefällt, wenn eine Linie kühn geschwungen ist, sein Rücken fällt an der Schulter ab : eine Traurigkeit?

Oder bloß der ewige uralte Kummer des Eingeweihten

(trotzdem gut getroffen, sage ich mir im Stillen)

aber, o Gott, gütiger Heiland und alle Heiligen – dieses Bild, das er – das ist – von mir, das habe ich gemacht

wer ist das gleich?

der hl. Paulus ist es nicht, der ist immer kahl, denn so soll man den hl. Paulus malen –

halt mal, ich – ja, ich glaub, ich – das Gesicht, das –

wo sind denn die anderen? Es war nicht bloß das eine, das war ein Teil, zu dem noch andere gehörten : jemand hat es in einen Rahmen gesteckt

sehr netter Rahmen

und das Mauerwerk auf dem Bild, hm hm, der Umhang, gut, nein, *sehr* gut das Schwarz, das von großer Macht kündet, man beachte, dass unter dem Umhang noch mehr Stoff hervorscheint, wo man eigentlich Fleisch erwartet hätte, raffiniert gemacht, es wird nichts gezeigt, und ah, das Wäldchen winziger Koniferen, auf dem Säulenstumpf hinter seinem Kopf versteckt –

aber was soll der alte Christus ganz oben?

Christus?

Alt?

als hätte Er das Greisenalter schließlich doch erreicht, obwohl jedermann weiß, dass Christus nie etwas anderes sein soll als *faltenlos Glanz in den Augen das Haar von der Farbe reifer Nüsse des Haselbaums in der Mitte streng gescheitelt wie die Nazarener am Scheitel glatt ab Ohrhöhe wellig die Miene eher leidend als heiter die Stirn breit glatt klar nicht älter als 33 und dennoch ein wunderschönes Menschenkind*, alter Christus, warum hab ich den bloß alt gemalt (seiner lästernd)?

Halt mal – weil – ich glaube, ich erinnere mich : irgendwas war da : ja, ich hab Hände unter seine (ich meine, Seine) Füße gemalt : sieht man nur, wenn man wirklich hinschaut, 2 Hände, die zu den Engeln gehören und trotzdem aussehen, als gehörten sie niemandem : als seien sie golden angelaufen, ganz mit Gold überzogen, als hätten sich die Wunden in Gold verwandelt, eine sämige Suppe aus goldenen Linsen, goldener Schimmel, als könnten Blasen am Körper zu kostbarem Metall werden

aber warum in Gottes Namen hab ich das gemacht?

(Weiß nicht m)

Seht euch die Engel an, die Ihn umringen, so hübsch mit ihren Peitschen und Geißeln, ich war gut

nein, nein, tritt zurück, sieh dir das Ganze aus der richtigen Entfernung an

auch andere Bilder im Raum : glotz nicht bloß auf deines : sieh dir andere an, wie die gemacht sind.

Sehe ich da etwa

oh, jesses – das ist ein –

Cosmo, nicht?

Ein Cosmo.

Der hl. Hieronymus …?

aber, haha, du lieber Gott, sieh dir das an, so ein hohoho lächerlicher Unsinn

(von dem mein Heiliger mit Fassung und Würde den Blick abkehrt)

ein eitler Heiliger des eitlen Cosmo, verrückt, lachhaft, diese Hand, die den Stein hochhält, als wolle er sich gleich selber steinigen, damit die Gönner was kriegen für ihr Geld : seht euch an, wie unnatürlich bedrohlich sich der Baum hinter ihm biegt und wie ihm das Blut auf die Brust tropft : großer Gott, gütiger Muttervater, bin ich den schweren Weg zurück durch die Erdenmauer, die Bodenschichten, das Gestein und den Schmutz, die Würmer und die Erdkruste, die Sterne und die Götter und die Unbeständigkeiten und die Geschichte, die Bröckchen Vergessenes und Bewahrtes, den ganzen langen Weg von längst tot bis hierher gekommen – damit ich, kaum dass ich die Augen aufschlag, als erstes *Cosmo*

Cosmo, der verfluchte Cosmo, dabei ist sein Vater ein Schuster und nicht höher gestellt als meiner, sogar niedriger : Cosmo, der sich für nichts begeistert als den Tand des Hofes, eitel wie sonst was : mit der ganzen Raffinesse seiner Malerei wie stets im Verschrobenen und Unschönen gelandet : der Trupp seiner hündischen Gehilfen, der ihm zur Seite sprang bei jedem Strich, den er zog, als ob eine Geste von ihm ein herzoglicher Erlass wär.

Das da drüben, auch ein Cosmo, ist allerdings wirklich, ich gebe es zu, ein ziemlich gutes Bild

(andererseits die Kugeln, die da über ihrem Kopfe hängen, *ich selbst* habe ihm gezeigt, wie er die besser hinbekommt, als wir im Palast der schönen Blumen, so hieß er doch, nicht? arbeiteten? den einen Tag, als Cosmo so tat, als kenne er mich nicht, obwohl er genau wusste, wer ich)

und das dort drüben ist auch von ihm, nicht? Noch nie gesehen, aber das ist er : ja : ach : ein herrliches Bild : und das dort ist er ebenfalls, nicht?

Macht insgesamt 4. In diesem 1 Raum.

4 Cosmos gegen meinen 1 Heiligen.

Bitte, Gott, lieber Gott, befördere mich auf der Stelle in die Vergessenheit zurück : Jesus und die Jungfrau und alle Heiligen und Engel und Erzengel, breitet so schnell wie möglich Dunkel über mich, ich bitt euch, denn ich bin unwürdig etc., denn wenn Cosmo hier ist, wenn sich alles wieder nur um Cosmo dreht wie gehabt –

andererseits aber

von Cosmo hab ich gelernt, wie man mit Bleiweiß Details in der Untermalung hervorhebt

(es ist verziehen)

von Cosmo hab ich auch gelernt, wie man mit Ritzungen in der Farbe zusätzlich Tiefe gibt

(*es ist verziehen*).

Und sowieso, schaut.

Gegen Cosmos Hieronymus, wessen Heiliger ist hier wirklich heilig?

Ich mein ja nur.

Und wessen Heiliger ist es, vor dem jedenfalls dieser Knabe, der mir den Rücken zukehrt, die ganze Zeit steht

Rückenansicht eines Fackelträgers, Ferrara, er war ein Knabe, rannte auf der Straße an mir vorbei : das war, als sie Maler suchten, die den Palast gegen die Langeweile ausmalen sollten, und ich wollte den Auftrag haben, ich hatte in dem Palast der schönen Blumen mit Cosmo und den anderen an den Musenbildern gearbeitet und war in Ferrara inzwischen gut bekannt, noch besser aber in Bologna, ich war auf den Hof nicht angewiesen, in Bologna gab man keinen Pfifferling auf den Hof (und auf mich war der Hof sowieso nicht angewiesen, der Hof hatte *Cosmo*) nein, halt mal, fang am

denn eigentlich fing es mit dem Mann an, den sie wegen seines Vornamens, der Pellegrin war, den Falken nannten : er war Borsos Berater, ein Professor und Gelehrter, war schon von Kindesbeinen an bewandert in Latein und Griechisch und hatte sich geheimnisvolle Bücher in östlichen Sprachen beschafft, von deren Existenz andere nicht einmal wussten : er kannte sich mit Sternen, Göttern und Gedichten aus : kannte die bei sämtlichen Este beliebten Legenden und Geschichten über die Könige zu Pferde und über ihre Söhne, Halbsöhne und Vettern, ihre Zauberer, die in Höhlen lebten, und über ihre Turnierkämpfe, über ihre Jungfrauen und Rivalen und wer wen liebte und wessen Pferd das beste, klügste und schnellste war und vor allem darüber, wie sie unzählige Male mit List über die Ungläubigen triumphiert und die maurischen Könige zerschmettert hatten : der Falke wurde mit der Aufgabe betraut, für die Ausschmückung der Wände des großen Saals im Palast gegen die Langeweile zu sorgen, und er suchte nach Malern zusätzlich zu Cosmo (der war *schrecklich gefragt* und stolzierte, mit Schmuck behängt wie ein Marchese, durch die Stadt, und obwohl es hieß, Cosmo habe *entscheidenden Anteil* an der Ausmalung der Wände im Palast gegen die Langeweile, schwebte er in Wahrheit bloß herein und heraus wie ein Schwan, ich selbst habe ihn nur zweimal ein wenig Sinopie machen sehen, wofür er, der so *Gefragte*, überaus üppig entlohnt wurde, wie ich hörte), jedenfalls bestellte er (nicht Cosmo, der Falke) mich zu sich.

Der Falke wohnte innerhalb der Stadtmauer : er kam zur Tür, als die Magd ihn rief, und taxierte als Erstes mein hinter mir stehendes Pferd, denn als kluger Mensch wusste er, dass ein Pferd bereits einiges über seinen Besitzer aussagt, und das Fell meines Pferds glänzte sogar noch nach der Straße von Bologna, während es mit gesenktem Kopf auf mich wartete und, die Nase knapp über dem Boden, mit den Nüstern das Reiseziel erkundete, ohne dass ich es anzubinden oder im Auge zu behalten brauchte, denn hätte ein Fremder versucht, Mattone zu besteigen, wäre er ohne Flügel durch die Luft gesegelt und unsanft an der Mauer gelandet.

Dass er zuerst zu meinem Pferd sah, machte mir den Mann also gleich sympathisch : danach wandte er sich mir zu, sah mich an und ich umgekehrt ihn : er war kein alter Weiser, sondern ungefähr in meinen Jahren, dünn für einen Gelehrten, die meist beleibt und schwerfällig sind von der vielen Bücherhockerei : seine Nase war römisch (dem Marchese gefiel das bestimmt, sie waren ja verrückt nach alten Römern, die Este, fast genauso verrückt wie nach Geschichten über die Vernichtung der Ungläubigen und die Eroberung Afrikas), und sein Auge war flink : er musterte mich von Kopf bis Fuß : sein Blick machte vorn an meiner Kniehose Halt : und ruhte beim Sprechen darauf : er habe gehört, ich sei gut, sagte er.

Dann sah er mir wieder in die Augen und wartete, was ich sagen würde, und just in diesem Moment – mein Glück – rannte der Knabe, ein sehr hübscher Knabe, auf der Straße an uns vorbei, so schnell, dass ich den Luftzug spürte (ihn noch heute spüre, wenn ich daran zurückdenke), denn der Knabe war selber ganz Luft und Feuer, in der einen Hand eine brennende Fackel, in der anderen eine Fahne, oder? einen langen

Umhang? er rannte, ihn in die Höhe haltend, die Treppe hinauf, und der Wind verfing sich in seinen Falten, der Knabe war zum Hof unterwegs : dort gab es die Arbeit, bei Hofe, und es hieß gerüchteweise, bei den vom Palast gewünschten Bildern ging es dieses Mal um höfische Bilder, um unterhaltsame Darstellungen, nichts Heiliges, sondern Darstellungen des Marchese selbst, um ein Jahr seines Lebens in der Stadt, Darstellungen, die ihn bei der Ausübung seiner Ämter zeigten, während die echten Alltagsbeschäftigungen in den verschiedenen Monaten vonstattengingen, so wie dieser Knabe eben an uns vorübergerannt war : ich dachte im Stillen *wenn es mir gelingt, diesen Läufer einzufangen, wird der Falke*, dessen Auge vom Rücken des Knaben gefesselt war (sah ich mit meinen Augen) *schon sehen, wie gut und wie flink und wie genau ich*

dann wüssten sie, wie vorzüglich ich

und würden mich entsprechend entlohnen

und sagte deshalb, als der Knabe verschwand, *Signore de Prisciano, einen Stift und Papier und eine Unterlage, und ich fange dir diesen Hasen schneller als jeder Falke*, er hob eine Braue angesichts meiner Keckheit, sah aber, dass ich scherzte (damals mir gegenüber selber noch nicht abgeneigt), und rief die Magd, wies sie an, das Gewünschte zu holen, derweil ich mir Tempo und Gestalt des Knaben einprägte, die Art und Weise, wie er die Seide in die Höhe hielt und im Laufen die Luft einfing, selbst nichts als Atem, so wollte ich ihn zeigen, denn das Echte und Wahre und Schöne, das kann ich gut und bin sehr wohl imstande, den Punkt, an dem alle 3 zusammenkommen, mit gehörigem Geschick und schmeichelhaft oder auch nicht schmeichelhaft zur Anschauung zu bringen : die Magd brachte die Sachen und ein Backbrett (ein Zwinkern in ihre Richtung, vom Falken unbemerkt, sie errötete zart unter der Haube, ich dito, Bianco Sangiovanni, Cinabrese, Verde-Terra, Rosetta, dazu die Haube, ein hübsches Ding, die Seide am Saum in kleine Falten gelegt, von mir später für den Kopf der Fadenabschneiderin bei den Frauen am Webstuhl in der Ecke des Monats März verwendet, weil ich trotz strikter Anweisung des Falken, dass im Bild für den Monat März Parzen – genauso wie für den April Grazien – vorkommen müssten, sie aber zugleich als echte Frauen darstellen wollte, die wirklich arbeiten).

Ich wischte, in der Tür stehend, die Brotkrümel vom Brett (der Falke, der sie auf seine Schwelle fallen sah, kniff die Augen zusammen) und warf die Gestalt des Knaben, der längst verschwunden war, aufs Blatt, so, so und da der Hinterkopf, das Ende des Rückgrats, da der eine, dort der andere Fuß, der eine und der andere Arm, skizzierte flüchtig einen Kopf (der war belanglos, der Kopf war nicht entscheidend) und verwendete die meiste Zeit auf die Ferse und die Wölbung der Sohle beim Heben des hinteren Fußes : richtig hinkriegen, wie sie den ganzen Körper emporschnellen lässt, bloß dieses eine Detail, und es hebt das ganze Bild, wie der Fuß ihn hob : die Stelle richtig hinkriegen, und das ganze Bild wird leicht (denn die Art und Weise, wie er die Treppe hinaufgesprungen war, hatte sogar den Steinen die Schwere genommen) : vielleicht war er, der Knabe, unterwegs zu einer Zeremonie? Er hatte die Fackel angezündet, obwohl heller Tag war, ergo fügte ich noch den Umriss einer Tür hinzu, damit er die brennende Fackel brauchte, verdoppelte eine Linie über seinem Kopf zum Türsturz, damit er ein Ziel hatte, und schraffierte die Flächen um ihn herum, weil das der Fackel in seiner Hand noch mehr Sinn und Zweck verlieh (machte die Flammen wie langes, jedoch empor-, nicht herabfließendes Haar, herrlich unmöglich), verstreute um ihn herum ein paar Felsbröckchen auf der Erde, setzte einen Zweig hierhin und 4 oder 5 an die Mauer, dann ganz vorn 3 Steine und einen Ziegelscherben, einem Eck Käse ähnelnd, das alles für den Falken um windgebeugte Grashalme herum gruppiert, als würde vor so einem Mann sogar Gras artig knicksen.

(Zu guter Letzt 2 oder 3 Pünktchen ans Ende eines Grashalms, ein Schnitzer? ein Schmetterling? nur mir zur Freude, sieht sonst eh keiner.)

Längst dahin, das Bild, vermute ich.

Längst dahin, das Ich in seinem Leben als Knabe und als Mann, das Ich, das Mattone war, ein rassiges, gutes Pferd mit sanften Augen, das Ich, das die errötende Magd war.

Längst dahin, Fackelträger in Ferrara, Rückenansicht, Tusche auf Papier, gefaltet, zerrissen, zerkaut, als Wespennest verbaut, Papierschnipsel, vom Winde verweht, zu Asche zerfallen, zum Nichts.

Ach.

Verlust, ich spüre deinen dumpfen Schmerz

denn ich *hatte* sie, die Stelle, wo seine Beine und sein Körper zusammenkommen, das muskulöse Dunkel, wo die Brise ihm den Kittel hochschlug, hatte es, als erzählte ich die älteste Geschichte der Welt, denn es liegt doch reine Lust in einer Linie, so gebogen wie die Rundung einer Hinterbacke : so gut zeichnen lässt sich sonst nur noch die Rundung eines Pferds, und genauso wie ein Pferd ist eine gebogene Linie etwas Warmes, ist gutmütig, leistet dir gute Dienste, wenn du es ebenfalls gut behandelst, und die Linien seines Kittels, der an den Ärmeln und an seinen Schultern wie eine Ziehharmonika herabfiel, Langettenstich, dann gebogte Kanten, um die Taille ein doppelter Strang Garn, der ihn fest zusammenhält.

Ich mag gedrehtes Garn, 2 Stränge, zusammengedreht, geben mehr Festigkeit : ich mag Seile : nach einer Hinrichtung, das weiß ich noch, wurde einmal das dafür verwendete Seil auf dem Markt feilgeboten, in mehrere Stücke geschnitten, die man kaufen konnte, damit man selbst dagegen gefeit war.

Aufgeknüpft zu werden, meine ich.

Was, wurde ich etwa? …

sicher nicht – ich wurde doch nicht etwa gehängt? – oh.

Oh.

Oder doch?

Nein.

Ziemlich sicher : wurde ich nicht.

Aber wie ging es dann mit mir – zu Ende?

Ich entsinne mich keines Endes, wie immer es gewesen sein mag, keines Todes, den ich, nein …

denn vielleicht …

vielleicht bin ich … nicht gestorben?

He!

Ich habe dieses Bild gemacht : he!

Hört mich nicht.

Die Sonne brannte auf das gelb werdende Laub, ich war noch ein Kind, klein, saß auf einer von der Sonne gewärmten Steinplatte, sehr klein sogar, konnte noch nicht einmal richtig laufen, glaub ich, und irgendetwas kam trudelnd herab und landete mitten in der Pferdepisse, Schaum und Blasen auf der Pfütze schon fast wieder verschwunden, der Geruch aber noch frisch in der Rinne im Stein zwischen dem alten Weg und dem neuen Weg, den er im Garten für die Steinekarren angelegt hatte, mein Vater.

Von dem Ding, das da herunterfiel, entstand ein Kreis in der Pfütze, ein Ring, der immer breiter wurde, bis er am Rand ankam und verschwand.

Es war ein Kügelchen, schwarz wie der Kopf eines Ungläubigen : es hatte einen Flügel, ein hartes, wie eine Feder aussehendes Ding ragte daraus hervor.

Der Ring, den es bei seiner Landung in der Pfütze gemacht hatte, war allerdings weg.

Wo war der hin?

Ich schrie die Worte heraus, aber sie stampfte in dem großen Zuber Wäsche : machte die Wäsche mit der Seife wieder weiß, sie sang und hörte mich nicht, meine Mutter.

Ich rief noch einmal.

Wo ist der hin?

Sie hörte mich immer noch nicht : ich hob einen Stein auf : zielte auf die Seite des Zubers, verfehlte ihn, traf stattdessen ein Huhn an der Flanke : das Huhn stieß einen Hühnerschrei aus, tat einen Hüpfer und wäre beinahe aufgeflogen : es rannte so wild tanzend herum, dass ich lachen musste, versetzte das ganze Federvieh, die Gänse, die Enten und die anderen Hühner, in Aufregung : doch meine Mutter hatte gesehen, wie der Stein das Huhn traf, und sprang aus dem Zuber und kam mit erhobener Hand auf mich zugerannt, sie verachtete nämlich Grausamkeit.

Das wollte ich nicht, sagte ich. Wirklich. Ich hab dich gerufen. Aber du warst beschäftigt, und da hab ich geworfen, damit du aufmerksam wirst. Ich wollte das Huhn nicht treffen. Das Huhn kam in die Quere.

Sie ließ die Hand sinken.

Wo hast du dieses Wort her?, sagte sie.

Welches Wort?

Beschäftigt, sagte sie. Aufmerksam.

Von dir, sagte ich.

Oh.

Sie stand mit den nassen Füßen im Staub : das Licht wie Perlen um ihre Fesseln.

Wo ist der hin?, sagte ich.

Wo ist was hin?

Der Ring.

Welcher Ring?

Sie ging in die Hocke und sah in der Pfütze nach : erblickte das geflügelte Ding.

Das ist kein Ring, sagte sie. Das ist ein Samen.

Ich erzählte ihr, was passiert war : sie lachte.

Oh, sagte sie. So ein Ring. Ich dachte, du meinst einen am Finger, einen Ehering oder einen Goldring zum Beispiel.

Meine Augen füllten sich mit Tränen, und sie sah es.

Warum weinst du denn?, sagte sie. Das brauchst du nicht. Dein Ring ist viel besser als die.

Er ist weg, sagte ich. Verschwunden.

Ach, sagte sie, darum weinst du? Aber er ist nicht verschwunden. Deshalb ist er auch besser als einer aus Gold. Er ist nicht weg, wir können ihn bloß nicht mehr sehen. Eigentlich wächst er immer weiter. Und hört auch nie damit auf. Du hattest Glück, dass du ihn überhaupt gesehen hast. Denn als er zum Rand der Pfütze kam, ist er von der Pfütze in die Luft übergetreten und unsichtbar geworden. Ein Wunder. Hast du gemerkt, wie er durch dich hindurchgegangen ist? Nein? Ist er aber, du bist jetzt in seinem Innern. Ich auch. Wir beide. Und der Garten. Die gestapelten Ziegel. Die Sandhaufen. Und der Holzschuppen. Und die Häuser und die Pferde. Und dein Vater, dein Onkel und deine Brüder, die Handwerker und die Straße. Und die anderen Häuser, die Mauern, die Gärten und Häuser, die Kirchen, der Palastturm, das Dach der Kathedrale, der Fluss, die Felder hinter uns und die Felder da drüben, siehst du? So weit dein Auge reicht. Siehst du den Turm und die Häuser in der Ferne? Durch die geht er hindurch, und nichts und niemand merkt etwas davon, aber er tut es trotzdem. Und stell dir mal vor, wie er die Felder und die Gehöfte, die wir von hier nicht mehr sehen, in sich einschließt. Und die Städte hinter den Feldern und Gehöften bis hin zum Meer. Und über das Meer hinaus. Der Ring, den du in dem Wasser gesehen hast, reist immer weiter, bis an den Rand der Welt, und wenn er dort angekommen ist, zieht er von da noch weiter. Nichts kann ihn aufhalten.

Sie sah auf die Pferdepisse hinab.

Und alles wegen eines herabgefallenen Samenkorns, sagte sie. Siehst du's? Weißt du, wo das herkam?

Sie zeigte hinauf zu den Bäumen hinter unserem Haus.

Wenn wir den Samen in den Boden stecken und ihn mit Erde bedecken und wenn das Schicksal es so will, wächst daraus, wenn er genug Sonne bekommt und genug Wasser, mit Glück und Gerechtigkeit ein neuer Baum.

Die Bäume waren viel größer als die Ziegelstapel : sie überragten sogar das Dach des Hauses, das der Vater des Vaters meines Vaters gebaut hatte : wir waren eine Familie von Steinmetzen und Ziegelmachern : dieses Handwerk betrieben die Männer unserer Familie, wenn sie den Kinderschuhen entwachsen waren : meine Familie half beim Bau der Palazzi der Este, wegen uns hatten sie ihre Zimmer überhaupt nur : wir waren historisch, wie es bei namenlosen Maurern zu sein pflegt.

Ich fischte den Samen aus der Pisse : er war ein Ding, das herabfallen muss, um emporzusteigen : er sah aus wie ein verschrumpelter Kopf, ähnelte den Köpfen, die nach Aufständen auf Mauern gesteckt wurden, hatte aber einen hinten herauswachsenden Flügel : er roch schön nach Pferd : hatte 1 Flügel, nicht 2 wie Vögel : vielleicht war er deshalb herabgefallen : und vielleicht konnte deshalb etwas aus ihm erwachsen.

Ich warf ihn wieder hinein : er fiel : eines Tages würde seinetwegen, mit Glück und Gerechtigkeit, ein Baum emporwachsen.

Ein neuer Ring entstand, verschwand, ging unsichtbar durch mich hindurch und in die Welt hinaus.

Meine Mutter war zurück am Zuber und stieg hinein : begann wieder zu singen : jedes Mal, wenn sie mit dem Fuß aufstampfte, erzeugte sie im Wasser mit den Beinen Ringe wie den des Samens, den ich gesehen hatte : die Ringe wurden größer, wanderten, von ihr ausgehend, aus dem Zuber hinaus, zogen dann durch mich hindurch und auch rings um mich herum (ein Wunder) weiter durch die übrige Welt in einem gewaltigen Aufnehmen, das stattfand, wenn etwas in etwas anderes ein- oder durch es hindurchging : die Pfütze schrumpfte bereits in der Sonne : ein neuer Ring bildete sich da, wo die Pisse gewesen und nun nicht mehr war : bei ihrem Verschwinden gab sie dem Stein auf dem Weg eine andere, hellere Farbe.

Ein andermal fielen gelbe Blüten von den Bäumen : landeten mit hörbarem Ton : wer hätte gedacht, dass Blumen eine Stimme hatten? Ich konnte nun schon viel besser werfen : traf den Zuber immer – und traf ihn nicht bloß, sondern konnte mir aussuchen, was ich treffen wollte, den metallenen Beschlag oder den oberen oder unteren Rand oder eine ausgewählte Daube.

Ich konnte nun so werfen, dass ich kein Huhn mehr traf, es sei denn absichtlich : es war jedoch grausam, das zu wollen, und verführerisch, und so war ich ein Meister des Fast geworden : denn wenn ich so warf, dass mein Geschoss das Huhn knapp verfehlte, vollführte es seinen lustigen Tanz zur empörten Musik der gesamten Hühnerschar trotzdem : heute aber waren keine Hühner und Gänse zum Knapp-daneben-Werfen da, denn wenn ich nun in den Garten hinauskam, rannte alles Federvieh immer gleich gackernd und schnatternd ums Haus herum nach vorn, und wenn ich ihm nachlief, wieder zurück nach hinten.

Ferrara war ideal für die Herstellung von Ziegeln wegen des Lehms, den man hier aus dem Fluss gewann : man verbrannte das Seegras und rührte die Asche und Meersalz hinein und buk die Ziegel : mit Ziegeln konnte man alles machen, sie ließen sich in allen Farben und Formen verbauen : dazu natürlich der Stein, den es unter vielen verschiedenen Namen und zu vielen verschiedenen Preisen gab : mein Vater hielt manchmal, wenn er seine Geldsorgen vergaß, ein x-beliebiges Stückchen hoch, wir rieten den Namen, und er ließ als Pferd den Gewinner auf den Schultern eine Runde durch den Garten reiten : ein Perlato : ein Paonazzo : der Cipollino mit seinen farbigen Adern – meine Mutter brachte mich zum Lachen, wenn sie so tat, als könne dieser Stein, der einer Zwiebel glich, sie zum Weinen bringen, wenn sie ihn an die Augen hielt : der Arabescato – dieses Wort brachte *mich* fast zum Weinen, so schön war es : der Breccia, aus Bruchstücken gemacht : und die Sorte, der Name fällt mir nicht mehr ein, bei der 2 oder mehr Steine zu einem neuen zusammengepresst werden.

Aber hier in Ferrara gab es Ziegel, und wir waren eine Werkstatt, in der man Ziegel bekam.

Ich zielte auf halbe Stapelhöhe und traf genau den Stein, den ich wollte : ein Fähnchen Ziegelstaub flog auf.

Ich scharrte mit dem Fuß am Stapelrand herum und suchte noch mehr abgeplatzte Stücke, nahm mein Unterhemd hoch und ging mit dem Häufchen Ziegelbruch darin wieder zur Stufe zurück : setzte mich auf die Türschwelle, bereit, sie zu werfen : im Sitzen war das Zielen noch schwieriger : gut.

Hör auf, mit Ziegeln nach meinen Ziegeln zu werfen!

Das war mein Vater : er hatte die Geräusche gehört und den Staub fliegen sehen : kam durch den Hof marschiert, verteilte mein gesammeltes Häufchen Steine mit dem Fuß in alle Richtungen : ich zog den Kopf ein, sah die Ohrfeige schon kommen.

Doch er klaubte ein abgeplatztes Stück Ziegel vom Boden und drehte es in der Hand um.

Ließ sich schwer auf der Schwelle neben mir nieder : hielt es in die Höhe.

Pass auf, sagte er.

Er griff nach seiner Maurerkelle, zog sie aus dem Werkzeuggürtel um seinen Bauch und hielt sie senkrecht, die Kante über dem abgeplatzten Ziegelstück, in die Höhe : hielt die Kante der Kelle für einen Moment ruhig über der Kante des Ziegels : berührte mit der Kante ganz behutsam eine bestimmte Stelle am Ziegel : dann hob er die Kelle und schlug genau auf die Stelle, an der er den Ziegel berührt hatte : ein Stück brach glatt ab und landete zwischen den herabgefallenen Blüten.

Das Stück Ziegel in seiner Hand war nun ein sauberes, gerades Rechteck, er zeigte es mir.

Jetzt können wir es zum Bauen nehmen, sagte er. Jetzt wird nichts verschwendet.

Ich hob das abgeschlagene Bröckchen auf.

Und was ist damit?

Mein Vater zog ein Gesicht.

Meine Mutter hatte meinen Einwand gehört und lachte : sie kam herüber, ihr himmelblaues Arbeitskleid über und über mit Lehmspritzern bedeckt, die wie Wolkenkleckse aussahen : sie setzte sich auf der anderen Seite neben mich : sie hatte auch einen Ziegel in der Hand, den sie im Vorübergehen vom Stapel genommen hatte : es war ein hübscher dünner Ziegel, eine gute Farbe, ein Ziegel für eine Tür oder ein Fenster, einer von denen, die aus dem besten Lehm gemacht werden : sie zwinkerte mir zu.

Pass auf.

Sie streckte die andere Hand über meinen Kopf hinweg meinem Vater entgegen, damit er ihr die Kelle gab.

Nein, sagte er. Du ruinierst den Ziegel. Du ruinierst mir die Kante der Kelle.

Lieber Cristoforo, sagte sie. Bitte.

Nein, sagte er. Gegen euch zwei hab ich keine Chance.

Tja, wenn du keine hast, sagte meine Mutter.

Das sagte sie immer : *wenn du keine Chance hast, hast du die wenigstens ganz* : diesmal aber reckte sie sich bei dem Wort *keine* plötzlich nach der Kelle, und er, nicht darauf gefasst, riss die

Hand zu spät hoch, sie fuhr blitzschnell wie eine Schlange um mich herum (warm und süß der Geruch ihres Linnens und ihrer Haut) und bekam sie zu fassen, sprang auf, riss sich los, rannte zum Arbeitsbock.

Sie hielt einen Ziegel vor sich hin, klopfte dreimal fest darauf, schabte

(meine Kelle!, sagte mein Vater)

legte den Griff der Kelle auf den Ziegel und schlug mit dem kleinen Steinhammer auf den Ziegel und die Kelle – einmal, noch einmal : kleine Bröckchen platzten ab : tippte mit dem Zeigefinger auf den Ziegel : ein großes Stück fiel heraus : sie hielt inne und wischte sich den Staub von der Nase : hielt ihm die Kelle hin und zeigte mit der anderen Hand vor, was von dem Ziegel, den sie zerschlagen hatte, noch übrig war.

Ein Pferd!, sagte ich.

Sie gab es mir : ich wendete es mit beiden Händen hin und her : es hatte Ohren, hatte Schrammen : die Schrammen stellten den Schweif dar.

Schmollend besah sich mein Vater seine Kelle : rieb den Staub mit dem Daumen von der Spitze und inspizierte den Griff, ohne zu lachen : aber meine Mutter gab ihm einen Kuss : sie hatte gewonnen.

Ein andermal : heiß, Zikaden : meine Mutter zog mit einem Stock einen Strich auf der Erde.

Ich sah schon, was es war, bevor es das wurde : der Hals einer Ente!

Sie ging einen Schritt weiter und zog wieder einen Strich und dann noch einen und verband sie mit 2 anderen Strichen und einer Kurve : die Stelle, wo das Bein eines Pferds und sein Leib zusammenkommen!

Sie zeichnete das Pferd zu Ende, fing neu an, zog einen Strich, noch einen, scharrte mit dem Fuß eine Kuhle in den Staub und zeichnete darin Striche : ein Haus! Unser Haus!

Ich suchte mir im hohen Gras selber einen Stecken, brach ihn weit unten ab und hatte dadurch ein dickes und ein dünnes Ende : kam zu den Bildern zurück : fügte mit dem dünnen Ende 3 gebogene Linien zu dem Dach des Hauses hinzu, das sie gezeichnet hatte.

Warum hast du einen Baum auf das Dach gestellt?, sagte sie.

Ich zeigte nach hinten zum Dach unseres Hauses, auf die Stelle, wo ein Zweig, der im First Wurzeln ausgebildet hatte, aufragte.

Ah, sagte sie. Du hast recht.

Ich errötete vor Freude darüber, recht zu haben : mit dem dickeren Ende des Stocks zeichnete ich einen Abhang, einen Kreis, zwei gerade Linien und dann eine gekrümmte : wir schauten beide zu meinem Vater hinüber, seinem Rücken : er war am anderen Ende des Hofs und belud den Karren.

Meine Mutter nickte.

Das ist gut, sagte sie. Das ist sehr gut. Gut gesehen. Jetzt zeichne mir mal etwas, was du nicht mit den Augen siehst.

Ich setzte an der Stirn ihres Pferds an und zog eine gerade Linie.

Sehr lustig, sagte sie, oh, du bist mir ja ein Schlawiner.

Ich widersprach, denn es stimmte doch. Ein Einhorn hatte ich mit eigenen Augen noch nie gesehen.

Du weißt, was ich gemeint habe, sagte sie. Dann tu das auch.

Sie ging die Eier einsammeln : ich schloss die Augen, machte sie auf : drehte den Stock herum, benutzte das dünne Ende.

Das ist er, wenn er zornig ist, sagte ich, als sie wiederkam. Und das, wenn er freundlich ist.

Sie atmete hörbar aus (woraus ich schloss, dass ich es gut gemacht hatte) : fast hätte sie die Eier fallen gelassen (woraus ich schloss, dass das Verfertigen von Bildern eine machtvolle Sache ist und, wenn man nicht aufpasst, dazu führen kann, dass etwas zu Bruch geht) : sie vergewisserte sich, dass die Eier sicher in ihrem Rock lagen und keins zerbrochen war, bevor sie ihm zurief, er solle kommen und sich seine Porträts anschauen.

Beim Anblick des zornigen Gesichts zog er mir mit der flachen Hand eins über den Kopf (woraus ich schloss, dass Menschen nicht immer wissen wollen, wie andere sie sehen).

Er und meine Mutter standen eine Weile davor und betrachteten seine Gesichter im Staub.

Bald darauf begann er mir das Alphabet beizubringen.

Als meine Mutter dann unter der Erde lag, stieg ich, noch klein genug, es zu können, eines Tages in die Truhe mit ihren Kleidern, die in ihrem Schlafzimmer stand, und zog den Deckel herab : dort lagen sie, die Sachen aus Wollstoff und Leinen, Hanf und Wolle, dazu Gürtel und Spitzen, der Unterrock, die Arbeitskittel, der Umhang, der Kleiderrock mit den Ärmeln, und rochen alle noch nach ihr, obwohl sie nicht mehr war.

Mit der Zeit verflüchtigte sich ihr Geruch, oder ich verlor ihn aus dem Gedächtnis.

In der dunklen Truhe aber kannte ich mich aus und hätte, als sähe ich es vor mir, allein anhand dessen, was ich mit Daumen und Zeigefinger erspürte, ziemlich genau angeben können, welches Kleidungsstück welchem Zweck diente : das für die Küche, das am Sonntag, das bei der Arbeit : ich tauchte tief ein in den Geruch und wurde selbst der Stoff, den sie früher auf der Haut getragen hatte : schob im Dunkel die Faust durch die Stofflagen und betastete einen schmaler werdenden Streifen, ein Band, eine Borte oder Spitze, die am Saum eines Ärmels oder Kragens angesetzt war, eine Quaste, einen Strang von was immer, und schlief nicht ein, bevor ich mir nicht etwas von ihr um den Daumen oder den Zeigefinger gewickelt hatte : wenn ich aufwachte, hatte ich mich im Schlaf unbemerkt von dem geknüpften Band befreit : das Stück Stoff bewahrte hinterher aber noch eine Zeitlang die Kringel, bevor es zu seiner eigenen zufälligen Form zurückfand.

Als ich eines Tages aufwachte, den Deckel hochklappte und wieder ins Tageslicht trat, zog ich das Gewand, in dem ich geschlafen hatte, mit mir heraus, blau, noch warm von mir : ich setzte mich daneben auf den Boden : schob erst Kopf und Arme und mich schließlich ganz hinein : es lag auf meinen Schultern und breitete sich um mich aus, es so groß und ich so klein, dass es war, als hätte ich mir ein Stück Himmel umgelegt.

Ich schob den Kopf durch den Ärmelschlitz, als ob das der Halsausschnitt wäre : schleppte das Kleid durchs ganze Haus, ich darin.

Von da an trug ich nur noch ihre Sachen : schleifte sie wochenlang im Haus durch den Staub, mein Vater zu niedergeschlagen, um es mir zu verbieten, bis er mich eines Tages doch hochnahm (ich hatte das weiße Kleid an, groß, inzwischen stark verschmutzt und eingerissen, weil ich damit einmal auf den Steinen gestolpert und ein andermal am Türrahmen hängengeblieben war, ich schwitzte vor Hitze darin, spürte die Farbe meines Gesichts) und in ihr Zimmer trug, so dass der schwere Stoff nun von seinen Unterarmen herabhing wie ein großer platter Fischschwanz.

Ich glaubte, er würde mich schlagen, aber nein : er setzte mich, noch in ihrem Kleid, auf der geschlossenen Kleidertruhe ab und ließ sich vor mir auf dem Boden nieder.

Ich bitte dich im Guten, diese Sachen nicht mehr anzuziehen, sagte er.

Nein, sagte ich.

(Ich sagte es hinter der steifen Vorderseite des Kleids hervor.)

Ich ertrage es nicht, sagte er. Es ist, als ob deine Mutter ein

Zwerg geworden wäre und als huschte ihr Zwergen-Ich ständig in allen Ecken von Haus und Hof herum, so dass ich sie immer im Augenwinkel habe.

Ich zuckte die Achseln.

(Das merkte außer mir aber niemand, denn die Schultern des Kleides saßen hoch über meinen Schultern.)

Ich möchte dir einen Vorschlag machen, sagte er. Wenn du einverstanden bist, diese Kleider abzulegen. Ich meine, sie nicht mehr anzuziehen.

Ich schüttelte ganz langsam den Kopf.

Und stattdessen zum Beispiel Kniehosen anziehst oder diese Strumpfhose, die ich hier habe, sagte er.

Bei diesen Worten zog er Jungenkleidung aus der Tasche seines Arbeitskittels, leicht und dünn in der Hitze : schwenkte sie lockend hin und her, wie man es mit einem Büschel Grünzeug vor einem Maultier tut, das nicht weitergehen will.

Dann kann ich dir Arbeit und eine Ausbildung besorgen, sagte er. Zum Arbeiten kommst du mit mir zur Kathedrale. Das wäre mir eine Hilfe. Ich brauche Hilfe, ich brauche einen Lehrling ungefähr in deinem Alter. Und *du* könntest dieser Lehrling sein.

Ich glitt in dem Kleid langsam nach unten : die Schultern befanden sich schon auf Höhe meiner Ohren.

Du hast doch schon meine Brüder dabei, sagte ich.

Du könntest wie deine Brüder sein, sagte er.

Ich beäugte ihn durch die Schnürung am Hals und an der Brust : sprach durch die Löcher im Stoff.

Du weißt, ich bin nicht wie meine Brüder, sagte ich.

Ja, aber hör zu. Denn vielleicht. Vielleicht. Wenn du aufhören würdest, in diesen Sachen herumzulaufen, die dir viel zu groß sind, und stattdessen zum Beispiel Knabenkleidung anziehen würdest. Und mit ein wenig Phantasie. Wenn wir verschwiegen vorgehen. Du weißt doch, was Verschwiegenheit ist?

Ich verdrehte die Augen hinter dem Spitzeneinsatz an der Brust, denn schon als Kind wusste ich mehr über Verschwiegenheit, als er je wissen würde, oder bildete es mir zumindest ein : noch schlimmer, er wollte mich herumkriegen mit seinen Vorschlägen, eher der Stil meiner Mutter als seiner, der mich sonst immer geschlagen und etwas einfach verboten hat : ich verachtete ihn ein wenig dafür, dass er mich überreden wollte und mir deshalb mit großen Worten kam, als könnten die mich bewegen, zu tun, was er wollte.

Die Worte, die er als nächste verwendete, waren jedoch noch größer, waren die allergrößten, die man überhaupt verwenden konnte.

Wenn du das tust, sagte er, finden wir vielleicht jemanden, bei dem du lernen kannst, wie man Farben herstellt und sie auf Holz und auf Mauern verwendet, wo du doch bei deinen Bildern so gut bist.

Farben.

Bilder.

Ich schob den Kopf so schnell oben aus dem Kleid heraus, dass es verrutschte und mich durch sein Gewicht fast von der Truhe gerissen hätte : er musste, um den Ernst des Augenblicks zu wahren, ein Lächeln unterdrücken, das erste, das ich seit dem Tod meiner Mutter auf seinem Gesicht gesehen hatte.

Aber du musst dich wie deine Brüder kleiden, sagte er. Und das Beste wäre, falls ich so eine Lehrstelle für dich finde, dass du auch so wärst oder werden würdest. Wie deine Brüder.

Er blickte mich fragend an.

Ich nickte : ich hörte ihm zu.

Unterricht in Latein und Mathematik können wir dir auch so beschaffen, sagte er. Aber anders wird eine Ausbildung einfacher. Wir sind nicht reich, haben aber mehr als genug, und der Unterricht selbst ist nicht das Problem. Doch nur mit dem Eintritt in ein Kloster hättest du die Sicherheit, dass du deine Tage damit verbringen kannst, Farben zu machen und die Seiten heiliger Bücher mit deinen Bildern zu füllen. Eine Ausbildung in Farben und Bildern hingegen – ich meine, hier draußen, in der Welt, mit einem Leben, das du als Teil der Welt verbringst, jenseits von Mauern – kannst du damit nicht vergleichen. Stimmst du mir zu?

Er sah mir in die Augen.

Eine sichere Sache ist es in jedem Fall, sagte er. Du bekämst immer Arbeit. Aber niemand wird dich in die Lehre nehmen, wenn du Frauenkleider trägst. Du kannst nicht mal bei mir Lehrling sein, wenn du Frauenkleider trägst. Ich finde, du könntest nächste Woche schon bei mir mit dem Glockenturm anfangen. Und damit meine ich nicht, dass du an der Glocke oder am Turm arbeiten sollst, sondern dass du ihn zeichnest und ich dich mit dem dafür notwendigen Material versorge, so dass man sieht, du arbeitest mit mir und deinen Brüdern zusammen, und später, wenn du erst einmal eingeführt bist, wenn in den Augen der anderen klar ist, was aus dir *geworden* ist …

Er hob eine Augenbraue.

… geben wir dich in die Werkstatt eines Malers oder suchen dir einen Meister der Tafeln und Fresken und so weiter, zeigen ihm, was du alles kannst, und schauen, ob er dich annimmt.

Ich sah am Kleid meiner Mutter hinunter und schaute dann wieder meinen Vater an.

So ein Lehrmeister lässt uns vielleicht mit Eiern bezahlen oder mit Geflügel, sagte er, mit den Früchten unserer Bäume oder sogar mit Ziegeln. Ich bin zuversichtlich. Am meisten hoffe ich aber, dass so ein Mann dich, wenn er sieht, was du schon alles kannst, vielleicht für weniger unterrichtet, um deinen Fähigkeiten gerecht zu werden, und dass er dir zeigt, wie du deine natürlichen Fehler korrigieren kannst, wie man den Kopf eines Mannes zeichnet, wie die es mit ihren Winkelmaßen und Geometrien machen, mit ihren Körpermodellen, und wie man die nötigen Messungen vornimmt, damit man sieht, wo die Augen, die Nase und so weiter in einem Gesicht gesetzt werden müssen und wie Gegenstände auf den Fliesen eines Bodens oder in einer Landschaft verteilt werden müssen, um manches näher und anderes weiter entfernt erscheinen zu lassen.

Weiter entfernte und nähere Dinge ließen sich auf ein und demselben Bild zeigen?

Man konnte lernen, wie man so etwas bewerkstelligt?

Ich griff nach den Bändern unter meinem Kinn. Hielt sie in der Hand.

Das alles wirst du lernen müssen, sagte er. Und wenn wir niemanden finden, bringe ich es dir bei, so gut ich kann. Ich weiß eine Menge über Häuser und Mauern und wie man sie errichtet, über die Regeln und Erfordernisse des Bauens. Mit dem Bau von Bildern, wenn du so willst, muss es ja Gemeinsamkeiten geben.

Ich zog an den Schnüren und löste die Vorderseite des Kleids : stand auf, und das Kleid glitt von der Truhe und fiel dann an mir herab wie die zurückgebogenen Blütenblätter einer Lilie, und ich stand in seiner Mitte, so gerade wie ein Staubblatt : nackt stieg ich über den sich bauschenden Stoff hinweg : streckte die Hand nach der Strumpfhose aus.

Er ging zu den Sachen meiner Brüder und kam mit einem sauberen Hemd wieder.

Du wirst einen Namen brauchen, sagte er, als ich mir das Hemd über den Kopf zog.

Der Name meiner Mutter begann mit F : Ff : ich probierte mit der Zunge aus, wohin das führte : mein Vater hörte aber : Vv.

Vincenzo?, sagte er.

Und errötete vor Aufregung.

Er dachte an Vincenzo Ferreri, den spanischen Priester, der schon vor vielen Jahren, ganzen 20 oder so, gestorben war und über den seither alle sagten, er sollte zum Heiligen gemacht werden : die reisenden Händler priesen ihn bereits wie einen Heiligen an mit dem von den Nonnen geschriebenen Heft voller Bilder und Geschichten über ihn : er war berühmt für seine Wunder und für die Bekehrung von 8 Tausend maurischen moslemischen Ungläubigen und 25 Tausend Juden, er hatte 28 Menschen von den Toten auferweckt und 4 Hundert Kranke geheilt (einfach dadurch, dass er sie aufforderte, sich für einen Moment auf das Bett zu legen, auf dem er gelegen hatte und von seiner Krankheit genesen war), außerdem hatte er 70 Menschen von Teufeln befreit : sein Hut allein hatte viele Wunder bewirkt.

Meinem Vater gefiel aber das Wunder mit der Herberge und der Wildnis am besten.

Vincenzo war auf seinem Esel durch die Wildnis geritten und hatte unentwegt gebetet, und er und der Esel waren der Erschöpfung nahe von all dem Beten, als sie plötzlich vor einer schönen, gut ausgestatteten Herberge ankamen : Vincenzo ging hinein : drin war sie genauso schön wie von draußen : er blieb über Nacht : die Bedienung, das Essen, das Bett waren sehr annehmbar und verhalfen ihm genau zu der Ruhepause, die er benötigte, um seine Reise durch die wilden Gegenden voller Ungläubiger tags darauf fortzusetzen : als er am nächsten Morgen seinen Esel bestieg, war der Esel wie um zehn Jahre verjüngt, er lahmte nicht mehr, und auch die Flohbisse waren verschwunden : sie brachen auf, und erst als die Morgensonne nach 6 oder 7 Meilen auf seinen kahlrasierten Kopf fiel, merkte Vincenzo, dass er seinen Hut vergessen hatte.

Er machte mit dem Esel kehrt, und sie ritten, ihrer eigenen Hufspur folgend, zur Herberge zurück, den Hut holen : doch als sie dort ankamen, war dort keine Herberge, und sein Hut hing am Ast eines abgestorbenen alten Baums genau an der Stelle, an der sie gestanden hatte.

Dieses Wunder war einer der Gründe dafür, warum Maurer und Ziegelmacher wollten, dass Vincenzo Ferreri heiliggesprochen wurde : sie wollten ihn als Schutzheiligen haben.

Mein Vater betete jeden Morgen zu ihm.

Ich musste an meine Mutter denken, die mir von Vincenzos Taten und Wundern erzählt hatte, wenn ich in ihren Armen auf ihrem Schoß saß.

Vincenzo hatte, als ich ihn darum bat, nichts getan, weder gegen ihr Gehen noch für ihre Wiederkehr

(bestimmt hatte ich ihn nicht richtig gebeten).

Ich dachte daran, dass der Name meiner Mutter aus dem Französischen kam : ich dachte an die stilisierte französische Form der Blume, die ihr Name bezeichnete.

Francescho, sagte ich.

Nicht Vincenzo?, sagte mein Vater.

Und zog ein finsteres Gesicht.

Francescho, sagte ich noch einmal.

Der Blick meines Vaters war immer noch finster : dann lächelte er erst in seinen Bart, dann auf mich herab und nickte.

Mit seinem Segen und dem neuen Namen starb ich an diesem Tag und wurde neu geboren.

Vincenzo jedoch …

ach, lieber Gott …

das ist mein dunkler Heiliger, der auf dem kleinen Podest steht und die Augen abwendet und über dessen Kopf der alte Christus ist.

Der hl. Vincenzo Ferreri.

He, Junge : hörst du mich? Der *hl. Vincenzo*, über alle Meere hinweg dafür bekannt, dass er *die, welche nichts hören wollten, aufhorchen ließ.*

Denn, hör zu, wenn Vincenzo sprach, auch wenn es Lateinisch war, verstanden die Menschen, ob sie nun Latein konnten oder nicht, ganz genau, was er sagte – sogar wenn sie drei Meilen entfernt waren, hörten sie ihn, als ob er direkt neben ihnen stünde und in ihrer eigenen Mundart zu ihnen spräche.

Der Junge hört nichts : dagegen bin ich machtlos.

Ich bin halt kein Heiliger, nicht wahr? nein.

Gott sei Dank bin ich keiner, denn, sieh an, eben ist eine sehr hübsche Frau, na ja, wenigstens von hinten, vor meinem hl. Vincenzo stehen geblieben

(4 zu 1, und sie hat sich für mich entschieden, nicht für Cosmo)

(ich mein ja nur)

(nicht dass ich hoffärtig wäre)

(auch ein Wunder, dass sie es getan hat, dem hl. Vincenzo sei Dank)

und da ich kein Heiliger bin, kann ich sie, von hinten, genau in Augenschein nehmen, von dem nackten Hals, kaum zu erkennen hinter dem langen weißblonden Haar, die Wirbelsäule hinab zur Taille und weiter bis zu dem etwas zu schmal geratenen Hinterteil …

aber das tut der Junge auch, seht nur, wie er sich aufrichtet, ich könnte schwören, er hat gespürt, dass sie den Raum betrat, denn *ich* habe gespürt, wie sich *ihm* die Nackenhaare aufstellten, als er sie durch die Tür gleiten sah, als ob der Raum unvollständig wäre ohne sie, er bemerkte sie noch vor mir, war wie vom Blitz getroffen, und seht nur, er behält sie im Auge, als sie sich vor dem Vincenzo aufbaut : ich kann seine Augen zwar nicht sehen, aber ich wette, sie sind weit geöffnet, und er hat die Ohren aufgestellt und zieht die Stirn hoch wie eine Ziege : außerdem, ich sehe es ihm am Rücken an, kennt er die Frau schon : ein verliebter Jüngling? Es ist zwar immer dieselbe Geschichte : aber verliebt in diese Frau? Die ihm weit voraus ist in Jahren, um Jahrzehnte gar, das sehe ich ihr sogar von hinten an, mehr als alt genug ist, seine Mutter zu sein : sie ist aber nicht seine Mutter, das ist klar, und merkt nichts von seiner Anwesenheit und seinem feurigen Sinn, auch wenn zwischen ihnen etwas ist, so stark wie Hass oder wie ein Hitzepfeil, den *er* auf *sie* abschießt.

Hallo. Ich bin ein Maler, den keiner sieht und hört, und hier ist ein Knabe, der möchte, dass du – ich weiß auch nicht – irgendetwas.

Sie hört mich nicht : klar, kann sie ja nicht : aber sie schaut sich den Vincenzo genau an, und Vincenzo wendet, da er ein Heiliger ist, die Augen ab (auch wenn die Engel mit den Peitschen und den Pfeilen da oben zu allen Schandtaten bereit sind).

Sie steht da, die Ferse des einen Fußes leicht angehoben wie ein ausruhendes Pferd auf dem Huf : hält das Gewicht ihres Kopfes mit dem Körper elegant im Gleichgewicht : ihr Blick wandert über den hl. Vincenzo, von unten nach oben und wieder nach unten und nach oben …

dann macht sie auf diesem Fuß kehrt und ist weg

(ohne auch nur einen Blick auf einen einzigen Cosmo zu werfen übrigens

ich mein ja nur)

und der Knabe springt schon auf wie ein Häschen und folgt ihr und schleift mich hinter sich her, als ob ich mich mit einem Fuß im Steigbügel eines mir unbekannten Pferdes verhakt hätte, das mich nicht kennt und dem ich egal bin : und im Gehen sehe ich aus dem Winkel meines nicht vorhandenen Auges ein Bild von – Ercole, dem kleinen Taschendieb Ercole, den ich sehr gernhatte und der mich gernhatte! und, halt mal – stopp – ist das, kann das sein? – lieber Gott, Muttervater, das ist ein Pisano, ein Pisanello, ich erkenne es an dem Dunkel und an den gesetzten Lichtern.

Schaut ihr nach Herzenslust, ich kann es nicht, denn es ist, als ob ein Seil mich an den Knaben bände, das mich umschlingt und nicht aufgeknüpft werden kann, so dass ich, wohin der Knabe geht, nolens volens ebenfalls gehen muss, über eine Schwelle, durch einen anderen Raum – schaut mal! Ein Uccello! Pferde! …

ich protestiere

denn diese Vertreibung geschieht gegen meinen Willen : ich bin nicht damit einverstanden.

Sobald ich weiß, bei wem ich mich beschweren kann, werde ich das tun, und zwar schriftlich.

An hochgerühmte, hochheilige Exzellenz, den x.ten x im Jahre xxxx.

Hochgerühmter und ungleich vortrefflicher heiliger Herr : ich bitte Euch, expediert dieses Gesuch Eures Euch ewig zu Diensten stehenden Knechts an Gott, Vatermutter Muttervater und einzig wahren Herrn Aller : ich bin der Maler Franc. del C., der für Ihn und Ihm zu Ehren und allein durch Seine Gnade viele Werke verfertigt hat, unter Verwendung guter Materialien, ich mein ja nur, und mit meisterlichem Können, von welchen erwähnten Werken eines, wie ich bezeugen kann, in Seinen Sälen hängt : und der als ihnen Gleicher mit anderen Malern gearbeitet hat, deren Werke ebenfalls in Seinen Sälen hängen : weshalb ich hiermit mein Gesuch an Ihn richte in der Hoffnung, dass Er mich anhört und mir das Wenige gewährt, das ich erbitte : ich …

Ich : was?

Ich, ins Leben zurückgeschossen wie ein Pfeil, wenngleich ohne Vorstellung davon, wo Er mit mir hinwill, befinde mich nun in diesem Zwischenreich, in einem Viertel mit prachtvollen Häusern, zugegeben, jedoch vor einer niedrigen und arg hingepfuschten Mauer (die, das nur nebenbei, keine 4 Winter halten wird) im Beisein eines nichts sagenden, nichts sehenden, nichts hörenden Knaben, der mich mit seinem unbesonnenen Verlangen nach einer schönen Dame, die er in Euren, Herr, Bildersälen sah, ganz gegen meinen Willen zu dieser niedrigen Mauer geschleift hat, fern der Schönheiten Seines Palasts, in dem ich gern länger verweilt hätte : und befinde mich nun in der kalten grauen, pferdelosen Welt : ein solcher Zustand der Pferdelosigkeit ist nachteilig für ihre Bewohner, in einer Welt ohne Tiere, glaubte ich, bis ich Tauben auffliegen sah in einem Schwarm wie immer, dieselben Tauben, wenngleich grauer, schmutziger und gedrungener als ehedem, und doch taten ihre Flügel und das Schwatzen der Vögel sogar dem Herzen wohl, das ich nicht mehr habe.

Daran erkenne ich, hochgerühmter Herr und Gebieter, dass dies ein Purgatorium und Euer Bilderpalast womöglich sogar eine Ebene dieses Purgatoriums ist : und die Sünde und Blasphemie, die ich beging, als ich Christus auf meiner Tafel des hl. Vincenzo Ferreri älter als 33 malte, zur Folge hat, dass wir, Bild und Maler, ins Purgatorium versetzt wurden zur Mahnung an mein hoffärtig falsches Sehen (bedenkt freilich, hochgerühmter Herr, dass, wäre es so, von meinen Bildern nur 1 im Purgatorium gelandet ist, wo sich immerhin 4 von Cosmo befinden, was Cosmos Werke 4 Mal schimpflicher macht als meine, ich mein ja nur).

Nachdem ich mich, ich kann nur vermuten, bis zu dieser Renaissance in himmlischer Vergessenheit befand, bin ich einer unverziehenen Sünde wegen nun wiedergeboren in eine kalte, rätselhafte Welt, ohne Mittel, mein Handwerk auszuüben, und habe nichts vorzuweisen als Bruchstücke eines vergangenen Lebens, den Scherben einer Vase gleich : jedes Stück, wie es in der offenen Hand liegt, von ganz eigener Schönheit, doch als Ganzes zerbrochen, nichts als Luft dorten, wo es sich einst befand, die Luft, die sich darin befand, entwichen, nicht mehr von irgendetwas umschlossen, und die Kanten der Scherben so scharf, dass eine jede Blut durch meine Haut hervorbrechen lassen könnt, hätte ich noch eine Haut, die aufplatzen kann

doch das werden Er oder Seine Untergebenen bereits alles wissen, darum brauche ich es nicht anzuführen in meiner

Bittschrift, die eh nur ein Maulen und Nörgeln ist, und muss es wohl einfach hinnehmen.

Es ist, ich weiß, ja nicht die Hölle, denn ich bin fasziniert, nicht verzweifelt, und gewiss wurde ich aus gutem, wenngleich rätselhaftem Grund hierher verfrachtet : in der Hölle ist nichts rätselhaft, denn im Rätselhaften gibt es immer Hoffnung : wir folgten der schönen Frau, bis sie zur Haustür kam, hineinging, sie hinter sich zumachte und den Knaben, nach wie vor unbemerkt, draußen stehen ließ, woraufhin er (und ich) uns zu dem Mäuerchen auf der anderen Seite der Durchgangsstraße, noch in Sichtweite der geschlossenen Tür, zurückzogen, und hier sind wir jetzt : ich bemerkte allerdings, als wir hierher unterwegs waren, kam nicht umhin, es zu bemerken, dass die Frau, die eine Aura von nicht geringer Schönheit und Anmut verbreitet, leider geht wie ein Schwan außerhalb seines angestammten Elements oder wie ein zu Boden genötigter Vogel der Lüfte : watschelnd, was zu der Schönheit nicht passen will und ihr so abträglich ist, dass man die Frau sogar liebgewinnt : hätte ich Papier und Stift oder ein Stück Weidenkohle (und Hände und Arme, schon eins von jedem genügte), würde ich es zeigen, aus unerwarteter Perspektive, flächig, und der körperlichen Gestalt einen Zug ins Unschuldige geben, der ihr noch mehr Anmut verliehe, sie gefälliger machte, und ich hatte genügend Zeit und Muße, dies alles zu überdenken und zu planen, denn wir sind ihr mit großem Abstand gefolgt, und wenn ich selbst noch in körperlicher Form existierte, wäre ich nach der Strecke nun erschöpft, drum ist es ebenso gut, dass ich keine Beine habe : der Knabe, der hat ja wirklich Ausdauer, der lebt mit Glück und Gerechtigkeit lange, dachte ich unterwegs : bis ich spürte, wie sein Mut sank, als die Frau zu einer kurzen Treppe kam, sie hinaufstieg und durch eine Tür hineinging und die Tür hinter sich zumachte und

(uff)

das war ein Schlag in die Magengrube, einem besessenen Knaben die Tür vor der Nase zuschlagen.

Es ist reine Empfindungssache, gegenständlich zu malen : denn jeder Gegenstand, sogar ein vorgestellter oder verschwundener oder ein Tier oder Mensch hat ein Wesen : male eine Rose oder eine Münze, eine Ente oder einen Ziegel, und du spürst es so gewiss, als hätte die Münze einen Mund und berichtete dir, was es heißt, Münze zu sein, als erführest du von einer Rose aus erster Quelle, was Blütenblätter sind, deren Weichheit und Feuchte in einem Pellikel Farbe beschlossen sind, dünner und empfindlicher als ein Augenlid, als berichtete dir eine Ente von ihren Federn, die nass und zugleich an der Unterseite trocken sind, oder ein Ziegelstein von dem derben Kuss seiner Haut.

Dieser Knabe, den ich aus irgendeinem Grund beschatten muss, weiß, wann er durch eine Tür nicht gehen kann, und allein schon durch die Nähe zu ihm erfahre ich etwas, was beispielsweise ein Marienkäfer lehrt, den eine Spinne in ihr Netz gelockt, getötet und gefressen hat : auf den ersten Blick hält man es für ein reizendes Ding, ein farbiges Tier der Welt, das seinen Geschäften nachgeht, doch in Wirklichkeit ist es eine leere Hülle und grausamer Beweis für das, was vom Leben bleibt.

Armer Junge.

Ich mein ja nur, auch wenn die Häuser hier prächtige Fassaden und viele Geschosse haben, auch innen gut ausgestattet sind, der Knabe sitzt auf einem kurzen Mauerstück, dessen Ziegel jämmerlich und erbärmlich sind : bei dem Anblick würde sich mein Vater, der von Natur aus ungeduldig war, im Grabe umdrehen und an den Deckel des Sargs klopfen, in den ich ihn habe legen lassen, damit ihn jemand aus der Erde holt und er die Mauer noch mal neu machen kann : denn wenn alle Toten Gelegenheit dazu bekämen, stünde es dank ihrer nachträglichen Einsichten und Erfahrungen besser um diese Welt oder dieses Purgatorium.

Ich frage mich gerade, wo es ist, das Grab meines Vaters, und wo mein eigenes, da setzt der Knabe sich auf, schaut zum Haus der Frau hinüber, hält seine heilige Votivtafel mit beiden Händen hoch wie gen Himmel, bis auf Kopfhöhe wie ein Priester, der das Brot hochhebt, denn diese Stadt ist voller Menschen, die Augen haben und es vorziehen, nichts zu sehen, im Vorübergehen in ihre Hände sprechen und alle diese Votive herumtragen, manche handgroß, manche groß wie ein Gesicht oder wie ein Kopf, vielleicht Heiligen gewidmet oder einem heiligen Volk, und sie schauen die ganze Zeit auf die Tafeln oder Ikonen und sprechen oder beten zu ihnen, halten sie sich an den Kopf oder streicheln sie oder starren bloß darauf, was zeigt, dass sie tief verzweifelt sein müssen, wenn sie sich beständig von ihrer Welt abkehren und ihren Ikonen widmen.

Er hält seine Tafel in die Höhe : spricht vielleicht ein Gebet.

Ah! ich verstehe : denn auf der Tafel erscheint ein kleines Bild des Hauses von gegenüber mit der Tür : vielleicht sind die Votivtafeln so etwas wie der Kasten, den der große Alberti hatte und in Florenz ausstellte (ich hab den selbst mal gesehen), wobei das Auge durch ein winziges Löchlein schaut und in der Ferne eine vollständige Landschaft erblickt, die im Kleinformat darin enthalten ist.

Kann es sein, dass die Menschen hier alle Maler sind und mit den Malutensilien ihrer Zeit herumlaufen?

Vielleicht bin ich in ein spezielles Malerpurgatorium gebracht worden …

doch der Knabe neben mir sinkt wieder zusammen, sein Mut ist verflogen.

Nein : denn diese Leute haben nichts von dem Mut, den man aufbringen muss, wenn man sein Leben lang Bilder malt.

Schau, Knabe : das ist doch erfreulich : Frühlingsblumen hängen in so etwas wie einem Eimer von der Metallstange herab, die hier neben dem Fahrweg im Boden steckt.

Gibt es einen Frühling im Purgatorium? Kennt man dort Jahre? Ja, gewiss : wenn das Purgatorium seinem Wesen nach endet, sobald seine Insassen für geläutert befunden wurden, muss sich auf irgendeine Weise auch die Zeit messen lassen : ich hätte allerdings gedacht, so ein Ort wäre erfüllt von tausendfachem Klagen und Flehen : nein, das Purgatorium könnte durchaus schlimmer sein, denn schaut, in dem hier gibt es zumindest Amseln : eine kommt gerade aus der Hecke und setzt sich ein Stück weiter auf die Mauer, der Schnabel ein gutes Neapelgelb und ein Ring in demselben Gelb um das Schwarz des Auges : sie sieht den Knaben, zuckt mit dem Schwanz und fliegt zurück in die Hecke : stimmt dorten ein Lied an : kann es wirklich das Purgatorium sein und nicht die gute alte Erde, wenn der Gesang des Vogels, seine ewig unveränderliche Schönheit so *irdisch* ist? Hallo, Vogel : ich bin ein Maler, tot (glaube ich, obwohl ich mich an kein Sterben erinnere), wegen meiner aus Hoffart begangenen Sünden an diesen Ort der Kälte gebracht, wo es keine Pferde gibt und wo ich ungesehen, ungehört und unbekannt von hinten einem Knaben zusehen muss, der auf eine Weise liebt, die nichts anderes als Verzweiflung bedeutet.

Aber was für eine Welt, in der es keine Pferde gibt?

Was soll es denn für eine Reise werden ohne ein Tier, das dir ein Freund ist? Erst mit ihm zusammen wird doch ersichtlich, dass eine Reise immer eine Unternehmung auf Treu und Glauben ist.

Mein Pferd Mattone hatte, als ich es kaufte, einen dummen Namen wie Bedeverio oder Ettore, einen aus den Geschichten über Könige, die so sehr in Mode waren, dass alle ihre Kinder Lancelotto nannten oder Artu, Zerbino, und ihre Pferde auch, bei Gott : ich kaufte ihn einer Frau ab, die vor Bologna Felder besaß, ich hatte die Tasche voller Geld von dem Auftrag, den ich erledigt hatte, und ein mit Kohl beladener Karren nahm mich zu ihren Feldern mit : ich sah das Pferd und zeigte hin, das da, sagte ich, das in der schönen Steinfarbe, darf ich es einmal ausprobieren? Oh, das ist unreitbar, sagte sie, es wirft jeden ab, ich kann es zu nichts gebrauchen, es hat noch nie jemanden aufsteigen lassen, und wenn der Schlächter kommt oder die Zigeuner, steht es ganz oben auf der Liste : dann möchte ich genau das haben, sagte ich und zog das Geld in einem Säckchen aus der Tasche, und dabei rieselten auch grüne Kohlblätter von dem Karren mit heraus und mir vor die Füße, was wie ein gutes Omen schien : die Frau ging aufs Feld, das Pferd einfangen, was nach anderthalb Stunden geschafft war, und brachte es herein, es hatte gute Fesseln, ein ebenmäßiges Hinterteil, vor allem aber ging mir die Kurvenlinie zu Herzen, mit der sich seine Hüfte zur Flanke wölbte (das Herz ist ja auch ein kurvenreich Ding), und als ich näher trat und mir seine Zähne ansehen wollte, ließ es zu, dass ich die Hand in sein Maul steckte, oh, das hat er noch nie jemandem erlaubt, sagte die Frau, bis jetzt hat er noch jeden gebissen : und so sattelte sie es, was nicht ohne heftiges Treten und Schnauben abging (und nicht nur von Seiten des Pferdes) : aber als ich zum zweiten Mal aufgestiegen war und auf seinem Rücken saß, nachdem es mich beim ersten Versuch noch im Hof der Frau abgeworfen hatte, dauerte es nicht lange, und ich spürte, dass es hörte, was meine Hände und Fersen ihm sagten, und verstand, dass ich ihm nichts antun und von Beginn an nicht nur seine *Zuflucht in der Wüste* sein würde, sondern auch darauf vertraute, dass es meine war.

So kaufte ich es mit dem Zaumzeug, das es trug, vom Fleck weg, hielt mich an seinem Hals fest, beugte mich hinab (um Misslichkeiten beim Wiederaufsitzen vorzubeugen) und gab ihr den Beutel mit dem Geld, und auf dem Rückweg nach Bologna warf es mich auch nur 3 oder 4 Mal ab und ließ mich jedes Mal ohne größere Gegenwehr wieder aufsitzen, was anständig war für ein Pferd, das Reiter nicht kannte : meine Hände an den Stellen seines Halses, wo sich die warme Haut beim Gehen in Falten legt und wieder glättet, schritten wir dahin (schneller als Schritt konnte ich es nicht gehen lassen, außer es hatte selber Lust, in den Galopp zu wechseln, was ich ihm immer zugab, ein Zug an mir, der ihm offenbar gefiel), und bis zum Ende unserer Reise geschah zweierlei : mir kam in den Sinn, ihm einen anderen Namen zu geben, der bodenständiger war und zu seiner Färbung passte, und wir waren Freunde geworden, mein neues Pferd, dessen Auge noch klar war trotz der schlechten Behandlung, die es in den Händen der Frau oder eines sonstigen Vorbesitzers erfahren hatte (die Kaufurkunde schwieg sich darüber aus, und Gewährleistung wollte sie mir auch nicht geben, behauptete, sie könne nicht schreiben, nichts unterzeichnen), und ich, der ich es nicht weiterverkaufte, nicht dass ich wüsste zumindest, also hatte ich offenbar auch keinen Grund dazu.

Tot, dahin, Gerippe, Pferdestaub.

Grad eben sehne ich mich in diesem sonderbaren Kreis der Hölle nach dem Geruch von daheim, dem des Pferds, mit dem ich die Welt bereist habe und das sie mit mir bereist hat, dem Pferd, dessen Stirn eine Linie weißerer Haare teilte, die bis zum matten Dunkel seiner Nüstern verlief, denn es war ein symmetrisches Geschöpf und gemahnte daran, dass die Natur selbst ein wahrer Künstler ist und beides wollte, das Dunkel und das Licht.

Den einen Morgen nämlich, ich war mit der Tochter

eines Mannes gewesen, der keine Ahnung hatte, dass ich in der Scheune schlief und seine Tochter mit mir und dass wir die ganze kalte Nacht hindurch einer in den warmen Armen des anderen gelegen hatten, meldete Mattone mir, indem er das Hemd, das ich noch am Leibe hatte, zwischen die Zähne nahm und hochzog, mich der kalten Luft aussetzte und mich mit den Lippen fest in den Rücken zwickte, nicht nur den Anbruch des neuen Tages, sondern auch dass der Mann bereits auf war und frühstückte und seine Arbeiter auf dem Hof waren, und ich küsste das Mädchen und war auf Mattones Rücken im Galopp über die Felder davon, noch ehe die Sonne mehr von dem Frost schmelzen konnte!, ein Abenteuer, für das ich mit blauen Flecken bezahlte, gewiss, sie stammten aber von der Lebhaftigkeit unserer Liebe und den Bissen meines Pferds und nicht vom Zorn oder von den Schlägen irgendeines Vaters oder seiner Arbeiter, und so ritt ich mit Würde im Gesang der Vögel.

Die Amsel in der Hecke beendet ihr Lied : schießt mit einem nervösen Zwitschern hervor und in die Höhe, denn der Knabe rührt sich : dreht sich zu mir : sieht mich an!

Nein : er sieht durch mich hindurch : er sieht unverkennbar nichts.

Ich aber sehe nun zum ersten Mal sein Gesicht.

Am auffälligsten ist das Schwarz der Traurigkeit um seine Augen (gebrannter Pfirsichkern, in den Augenhöhlen zu beiden Seiten der Nasenwurzel verschmiert).

Es ist, als sei er ein Eichhörnchen, das sich in den Schatten verkrochen hat.

Dann fällt mir auf, wie mädchenhaft er aussieht.

So ist es in dem Alter häufig.

Der große Alberti, der in dem Jahr, in dem meine Mutter mich zur Welt brachte, das Buch für alle Bildermacher veröffentlichte und darin als Regel festhielt, *es sollen die Bewegun-*

gen eines Mannes (im Gegensatz zu denen eines Jünglings oder jungen Mädchens) *mehr Kraft zeigen*, versteht, wie viel man von sich preisgeben und wie wendig man sein muss, um, ho, beides zu sein.

Der große Cennini hingegen gesteht in seinem Handbuch über die Farbenherstellung und die Malerei Mädchen und Frauen, gleich welchen Alters, keinen Wert und keine Schönheit der Proportionen zu – ausgenommen ihren Händen, da die feingliedrigen Hände von Mädchen und von Frauen bis zu einem gewissen Alter geduldiger sind, sagt er, als die von Männern, verbringen Frauen doch viel mehr Zeit im Haus und können bestes Blau deshalb besser herstellen.

Ich habe mich später sehr darum bemüht, es beim Malen von Händen zu großer Könnerschaft zu bringen und bei beidem, dem Zerstoßen von Blau *und* der Verwendung von Blau, gut zu werden : es gab noch andere wie mich, Maler, meine ich, die ebenfalls über meine beiden großen Stärken verfügten : wir erkannten einander auf Anhieb, tauschten uns durch Blicke aus und machten schweigend weiter, jeder auf seinem Weg : und fast jeder, der einen Sinn für das Kunstvolle dessen hatte, worin manche nur Täuschung sahen, wieder andere aber unseren Ausdruckswillen, erwies uns Anerkennung und das unausgesprochene Vertrauen in die Fähigkeiten, die wir besitzen mussten, wenn wir diesen Weg einschlagen zu müssen meinten.

Auf die Weise verhalf mein Vater mir zu einer Ausbildung und einer Lehre, obwohl es meine Brüder fuchste, dass sie in seiner Werkstatt immer, wie sie es empfanden, Leibeigene sein sollten, verglichen mit mir auf der Stufe der ungläubigen Arbeiter standen, und die Steine und Ziegel schleppen und bearbeiten mussten, vor denen ich saß und zeichnete und aus denen ich die Form der Fenster berechnete, in deren Ausschnitten ich zu sehen lernte oder in deren Licht ich ein mathematisches Buch oder einen Traktat über Pigmente las und meine Hände schonte.

Auf Wänden bin ich auch gut, weil ich beim Zusehen außerdem gelernt habe, wie man Stein und Ziegel bearbeitet und wie eine Mauer gebaut sein muss, damit sie deutlich länger hält als die, auf der der Knabe gerade sitzt.

Doch auch wenn ich von den Männern abstamme, die die Mauern des Palazzo Comunale errichteten – die Mauern, auf denen der große Meister Piero bei seinem Aufenthalt in Ferrara für die Este Szenen ihrer siegreich geführten Schlachten verewigte

(beim Betrachten seiner Werke habe ich vieles gelernt über

die offenen Mäuler von Pferden

das Anschwellen des Lichts in einer Landschaft

den Ernst des Leichten

und darüber, wie man eine Geschichte erzählen muss, auf mehr als nur eine Weise nämlich, und wie man dabei noch eine andere erzählt, die durch die Haut der ersten hervortritt)

–, wollte ich meine eigenen Wände malen.

Also ging mein Vater, als meine Ausbildung zu einem Stadium gediehen war, das er für ausreichend hielt (was erst der Fall war, als ich 19 Sommer gesehen hatte), und als ihm zu Ohren kam, dass jemand gesucht wurde, der 3 Pietà-Halbfiguren und einige bemalte Säulen zur Seite des Hochaltars der Kathedrale beisteuern konnte, in die regnerische Nacht hinaus, unter dem Arm zusammengerollte Arbeiten von mir, die zum Schutz vor dem Regen in gegerbte Häute gewickelt waren, und zeigte den Priestern, wie ich mit Farben einfachen Stein so verwandeln konnte, dass er wie eine Marmorsäule aussah : die Priester, die mich in meiner Jugend häufig mit meinem Vater und meinen Brüdern gesehen hatten, gaben mir den Auftrag und zahlten uns einen guten Lohn : mit Glück und mit Gerechtigkeit profitierten wir alle davon, und formell arbeitete ich weiter als Gehilfe meines Vater bis drei Jahre vor seinem Tod, alter Vater, alter Steinmetz, da war ich längst volljährig und erwachsen, band mir schon zehn Jahre lang die Brust mit Leinen, nicht allzu schwierig, war ich zu der Zeit doch knabenhaft schmal, und ging schon fast ebenso lange mit Barto ins Freudenhaus, wo die Mädchen mir das Binden und Aufbinden beibrachten und diverse andere nützliche Ratschläge für mein Betragen gaben.

Barto.

Wenn dieser Junge hier mich hören könnte, würde ich ihm sagen : wir alle brauchen einen Bruder oder einen Freund, und in bestimmten Augenblicken braucht man auch ein Pferd : ich hatte zwar 2 Brüder, aber mein Pferd war mir zugegebenermaßen zuletzt der bessere Freund : noch besser als Brüder und sogar als ein Pferd erwies sich aber mein Freund Barto, den ich kennenlernte, nachdem ich an meinem 12. Geburtstag barfuß draußen auf den Steinen im Fluss gefischt hatte : meistens fing ich ja kaum etwas, aber an dem Tag öffneten die Fische an der Wasseroberfläche die Mäuler, als wollten sie mir dazu gratulieren, dass ich geboren war, und ich hatte insgesamt 7 gefangen, 3 fette Karpfen mit herabhängenden Barteln, der Rest kleine und mittelgroße Barsche mit ihren schwarzen Streifen auf Gold : ich knotete die Leinen zusammen und hängte sie mir über die Schulter, überließ meine Brüder ihrem Groll (sie hatten weniger gefangen) und ging durch den Wiesenkerbel am Fuße einer hohen Mauer heimwärts, als eine Stimme mich von oben rief.

Ich hab mal einen Katzenwels gefangen, sagte die Stimme, der war so groß, dass ich ihn nicht an Land ziehen konnte. Beinahe hätte er sogar mich gewässert.

Das Wort gewässert gefiel mir, und ich sah hinauf : ein Junge beugte sich dort oben über die Mauer.

Bei dem Maul und dem festen Ziehen, sagte der Junge, hab ich gleich gemerkt, dass der von Kopf bis Fuß noch viel größer war als du, und auch wenn du nicht gerade riesig bist, ist das für einen Fisch doch ziemlich lang, nicht?

Die Mütze des Jungen war neu : er trug eine fein bestickte Jacke, deren Wert ich sah, obwohl die Mauer mehr als doppelt mannshoch war.

Ich konnte ihn also nicht an Land ziehen, sagte der Junge, er war ja auch viel größer als ich, und sonst war niemand da, nur ich und der Katzenwels, und allein konnte ich ihn nicht einmal halten. Also hab ich meine Leine durchgeschnitten und ihn entkommen lassen, es ging nicht anders. Aber es ist der beste Fisch, den ich je gefangen habe, der Fisch, den ich nicht fing, denn der wird immer bei mir sein und nie verspeist werden, er wird nie sterben, dieser Fisch, den ich nicht an Land ziehen konnte. Wie ich sehe, hast du dich heute gut geschlagen. Ob du mir von deinen hundert Fischen einen abgeben könntest?

Fang dir deine Fische selber, sagte ich.

Tja, würde ich ja, aber du hast so viele rausgeholt, das wäre dem Fluss gegenüber nicht fair.

Wie bist du da hinaufgekommen?, sagte ich.

Durch Klettern, sagte er. Ich bin mehr Affe als Mensch. Willst du auch? Hier.

Er beugte sich über den Rand der Mauer und streckte die Hand aus, war aber so hoch über mir und seine Geste so reizend, dass ich in Gelächter ausbrach : ich band den kleinsten Barsch los, trennte ihn von seinen Brüdern und legte ihn ins Gras.

Rief hinauf : Ein Stück Gold dafür, dass du mich zum Lachen gebracht hast.

Ich hob mir die anderen Fische und die Rute wieder über die Schulter und winkte : aber als ich ein Stück auf dem Weg weitergegangen war, rief der Junge mich zurück.

Kannst du mir den Fisch, den du mir gegeben hast, nicht raufwerfen?, sagte er. Ich komme von hier nicht ran.

Sei nicht so faul, sagte ich. Komm runter und hol ihn.

Hast wohl Angst, dass du Fische nicht so gut werfen kannst, wie du sie fängst?

Ich würde ihn mit Freuden hochwerfen, aber ich darf meine Hände nicht falsch gebrauchen, sagte ich. Ich habe nämlich vor, mir damit den Lebensunterhalt zu verdienen, und Werfen, das sagen die Meister in allen Büchern, kann sie ermüden oder schädigen.

Bammel, dass du nicht triffst, sagte er.

Du weißt es zwar noch nicht, sagte ich, aber du schmähst einen Wurfexperten.

Oh, einen Wurf*experten*.

Ich legte meine Sachen auf die Erde und hob den kleinen Barsch auf.

Halt still.

Mach ich.

Ich traf. Der Junge drehte sich träge um und sah seiner Mütze nach, die mit dem Fisch auf der anderen Mauerseite hinunterfiel.

Das gibt Ärger, sagte er. Die soll nicht schmutzig werden. Was war es für ein Fisch, mit dem du sie heruntergeschossen hast?

Ein Barsch.

Er zog ein Gesicht.

Gossenfisch, sagte er. Schlammiger Geschmack. Hast du nichts, was besser schmeckt?

Komm runter, dann gehen wir zum Fluss. Ich borge dir meine Rute. Dann kannst du dir selber fangen, was dir schmeckt. Und wenn du einen an den Haken kriegst, der so groß ist wie der damals, helfe ich dir.

Er schien sich zu freuen, als ich das sagte : zog aber gleich wieder ein betrübtes Gesicht.

Ach, ich kann nicht.

Warum nicht?

Ich darf nicht an den Fluss gehen, sagte er. Nicht in den Sachen.

Zieh sie aus. Wir verstecken sie irgendwo. Dann bleiben sie heil, bis wir wiederkommen.

Dann erschrak ich kurz, weil ich meine Kleider ja wohl ebenfalls ausziehen musste, wenn der Junge herunterkam und seine auszog, denn ich war in der Welt inzwischen jemand Neues geworden, und das schloss ein, peinlich genau die Erscheinung zu wahren, die ich mir zugelegt hatte : irgendetwas in mir fand den Gedanken zwar auch gut, doch zu Entblößungen kam es schließlich nicht mehr, zumindest nicht an dem Tag, denn der Junge rief herunter …

Es geht nicht. Ich muss die Sachen anbehalten. Außerdem muss ich gleich gehen. Ich muss zu einer Feier. Ich hab heute Geburtstag.

Ich auch!

Wirklich?

Herzlichen Glückwunsch.

Dir auch.

Dass ich den Pfad mit bloßen Füßen entlangging, erzählte er mir Jahre später, habe ihn am meisten begeistert, und noch später, viel später, wir waren inzwischen lange befreundet, erzählte er mir, dass er an dem Tag nicht bloß wegen der neuen Kleider nicht zum Fluss heruntergekommen war, sondern weil seine Mutter ihm eingeschärft hatte, Abstand von Flüssen zu halten. Sein Bruder war nämlich ertrunken, bevor er auf die Welt gekommen war, und er war nach diesem Bruder benannt worden, er hatte sonst nur Schwestern.

Wenn seine Familie in die Stadt kam, trafen wir uns jedes Mal, aber immer öfter heimlich, denn Barto entstammte einer Familie, die wenig mit meiner in Berührung kam, und oft gingen wir zum Fluss, seiner Mutter zweifach zum Trotz : zum einen, weil er überhaupt hinging, und zum anderen, weil er es ohne ihr Wissen tat : er ging allerdings nie allein, falls es dem Fluss einfiele, auch diesen zweiten Bruder noch zu fordern : um der Wahrheit die Ehre zu geben, erfuhr ich das von ihm aber erst, als wir beide schon viel älter waren.

An unserem ersten gemeinsam verbrachten Geburtstag zeigte Barto mir, was man alles machen kann, wenn man sicher auf einer sehr hohen Mauer steht : man kann sich festhalten und herabhängen lassen, erst mit beiden Händen, dann nur mit einer : man kann darüberlaufen wie eine Katze oder wie ein Zigeuner über ein Seil : man kann tanzen : man kann darüberlaufen wie ein Eichhörnchen oder einbeinig darauf stehen wie ein Reiher und kleine Hüpfer machen : man kann das andere Bein hinter sich hochziehen oder, wenn man das Gleichgewicht halten kann, nach hinten und vorne austreten : schließlich kann man mit ausgebreiteten Armen wie ein Reiher von der Mauer in die Luft springen.

Das führte er mir auch alles vor : beim Letzten breitete er allerdings bloß die Arme aus wie Schwingen, so als wollte er.

Nicht, rief ich.

Sein bellendes Gelächter war erfüllt vom Wagemut seiner Kunststückchen : nach einem letzten Luftsprung landete er, wumm, sicher auf der Mauer, die Arme noch von sich gestreckt : dann drehte er sich im Sitzen zu mir, baumelte mit den Beinen wie eine Figur auf einem Bild, die halb drin und halb draußen ist, die Beine über den Holzrahmen hängen lässt.

Du bist ein Junge, der sich vor einer Mauer fürchtet, rief er zu mir herunter.

Und du bist ein Junge, der nicht mal ahnt, wie sehr er sich irrt, rief ich hinauf. Du musst mich besser kennenlernen. Dann würdest du wissen, dass ich vor nichts Angst habe. Und mein Vater baut Mauern, unter anderem, und wenn du mit den Beinen dagegentrittst wie hier und nichts abplatzt, kannst du von Glück sagen, dass du eine so gute Mauer erwischt hast. Trotzdem ist sie zum Runterspringen viel zu hoch. Das kann sich jeder Narr ausrechnen.

Genau, und ich bin keiner, sagte er und stellte sich so hin, als wollte er doch springen, und brachte mich wieder zum Lachen. Doch stattdessen verbeugte er sich so tief, wie er es gefahrlos konnte.

Bartolommeo Garganelli ist sehr erfreut, an diesem für uns beide so vielversprechenden Tag deine Akanntschaft zu machen, sagte er.

Du kannst so geschwollen daherreden, wie du in deinen feinen Kleidern lustig bist, sagte ich. Aber sogar ein gewöhnlicher Fischer von Gossenfisch weiß, dass da ein Wort falsch war.

Akanntschaft, Bekanntschaft, sagte er. Es sind sogar mehr als zwei, die ich mit dir kennengelernt habe. Angelexperte. Fischwurfexperte. Und Experte der Mauern und ihrer Fallhöhen.

Wenn du dich herunterbequemst, sagte ich, ziehe ich vielleicht in Erwägung, dir den Rest von mir vorzustellen.

Da bin ich wieder : ich und ein Knabe und eine Mauer.

(Das nehme ich als Omen.)

Diesmal aber sieht der Knabe direkt durch mich hindurch, als ob ich einen Zauberring geschluckt hätte und davon unsichtbar geworden wäre.

(Das nehme ich ebenfalls als Omen.)

Vorhin ging er ganz in dem Heiligen auf : jetzt geht er ganz in seinem Liebeskummer auf : was soll ihm da ein Maler?

Ich tue, was ich Gutes tun kann.

Ich zeichne ihm eine offene Türschwelle.

Ich gebe ihm eine brennende Fackel in die Hand.

Zum Verfertigen von Bildern benötigen wir Pflanzen und Steine, staubfein zerriebenen Stein und Wasser, Fischknochen, Schafs- und Ziegenknochen, die Knochen von Hennen oder anderem Geflügel, die bei großer Hitze gebleicht und fein zermahlen worden sind : auch der Fuß eines Hasen oder die Schwänze von Eichhörnchen sind verwendbar : wir benötigen Brotkrumen, Weidentriebe, Feigentriebe und Feigenmilch : wir benötigen Schweinsborsten und die Zähne von sauberen fleischfressenden Tieren, von Hunden zum Beispiel oder Katzen, Wölfen, Leoparden : wir benötigen Gips : Porphyr zum Zermahlen : wir benötigen eine Reisekiste und gute Pigmente, und wir brauchen Mineralien, die der Grundstoff für Farben sind : vor allem aber benötigen wir Eier, je frischer, desto besser, und wenn sie vom Land sind und nicht aus der Stadt, sind die Farben nach dem Trocknen besser.

Wir können etwas, was zu stark leuchtet, mit Ohrenschmalz mattieren, und das kostet gar nichts.

Wir benötigen Häute von Schafen und Ziegen, Schnipsel von Mäulern, Füßen und Sehnen, Hautstreifen, abgeschabte Haut und Wasser aus einer sauberen Quelle, in dem wir das alles auskochen.

Ich denke an all die Skizzen und Entwürfe, an die Bilder auf Holztafeln, Leinwänden und von Rissen durchzogenen Wänden, an all die Farben und die Weiden, die Hasen, Ziegen und Schafe, an die Hufe und an all die aufgebrochenen Eier : Asche, Knochen, Staub, dahin, Hunderte und Aberhunderte, nein, Tausende.

Denn nichts anderes ist das Leben eines Malers, Gesehenes, das sich in Luft auflöst, Regen, Jahreszeiten, Jahre, die Schnäbel gefräßiger Raben. Wir sind nichts weiter als Augen, die nach dem Unzerbrochenen oder nach den Rändern suchen, an denen Bruchstücke vielleicht zueinander passen könnten.

Ich erzähle ihm lieber von dem kleinen Jungen, der die Heilige Jungfrau sehen wollte

und der unablässig betete, bitte lass mich die Heilige Jungfrau sehen : mach, dass Sie hier im Fleische vor mir erscheint : statt ihrer erschien jedoch ein Engel, und der sprach, ja, du darfst die Heilige Jungfrau sehen, aber ich möchte nicht, dass du etwas Unüberlegtes tust, denn wenn du Sie siehst, kostet dich das ein Auge.

Ich gebe gern ein Auge dafür, wenn ich die Heilige Jungfrau sehen kann, erwiderte der Knabe.

Der Engel verschwand, und statt seiner erschien die Heilige Jungfrau, und sie war so schön, dass der Junge in Tränen ausbrach, und dann verschwand die Heilige Jungfrau, und der Junge erblindete auf einem Auge, wie der Engel es gesagt hatte, genau genommen hatte er, als er sein Gesicht befühlte, an der Stelle gar kein Auge mehr, sondern bloß noch ein Loch im Gesicht wie eine kleine Höhle.

Und wenn schon! Ihr Anblick hatte ihm so gefallen, dass er nichts anderes begehrte, als Sie noch einmal mit eigenem Auge (nicht eigenen Augen, denn er hatte nur noch eins) zu erblicken.

Bitte mach, dass mir die Heilige Jungfrau noch einmal erscheint, betete er so lange, bis der Engel es nicht mehr hören konnte und mit purpur-gold-weißem Flügelrauschen erschien, sich vor ihm aufbaute, besagte Flügel mit einer Feierlichkeit zusammenfaltete, die verhieß, dass es ernst wurde, und sagte, ja, du darfst Sie noch einmal sehen, aber du musst wissen – ich möchte nicht, dass du diesen Vertrag unüberlegt schließt –, dass du mit dem Verlust des dir verbliebenen Auges bezahlen musst.

Ich zappelte auf den Knien meiner Mutter herum bei dieser schreienden Ungerechtigkeit, es war eine Geschichte aus der Flugschrift des Vincenzo, illustriert von den Nonnen, eine der

Geschichten, die Vincenzo gern vor der versammelten Menge erzählte, die noch Meilen entfernt jedes Wort hörte, das er sprach, ob sie seine Sprache verstand oder nicht, und erst als ich selbst lesen konnte, einige Jahre nach dem Tod meiner Mutter, und die Flugschrift Wahre Begebenheiten aus dem Leben des höchst demütigen Dieners Vincenzo Ferreri nebst unzähligen der von ihm getanen Wunder fand, die zusammengerollt hinter dem Kopfteil des Bettes klemmte, sie glattstrich, mich hinsetzte und sie zum ersten Mal selber las, stellte ich fest, dass meine Mutter, sooft ich die Geschichte auch von ihr gehört hatte, sie mir nie bis zum Ende erzählt hatte, wo

1. die Heilige Jungfrau wieder erscheint
2. der Engel das zweite Auge nimmt und
3. die Heilige Jungfrau dem Jungen seine beiden Augen aus Güte wiedergibt

sondern mich immer nur auf ihrem Schoß hatte zappeln lassen wegen der Klemme, in der der Junge steckte.

Was meinst du?, sagte sie. Gibt er beide Augen dafür her? Was soll er tun?

Ich hob die Fäustchen hoch, bohrte mir die Handrücken in die Augen, vergewisserte mich, dass meine Augen beide noch da waren, quälte mich mit der Vorstellung, dass ich sie nicht mehr hatte, und wartete darauf, dass sie von der Seite mit der Zeichnung des Jungen mit den schwarzen Höhlen anstelle von Augen zu der Zeichnung umblätterte, die mich weniger ängstigte und auf der Vincenzo die Stumme heilt : eines Tages begegnete Vincenzo einer Frau, die nicht sprechen konnte : sie hatte nie sprechen können : er heilte sie, und danach konnte sie sprechen wie jeder andere auch.

Doch noch ehe sie ein Wort gesagt hatte, hielt er sein Buch und die Hand hoch und sprach – Ja, es ist wahr, du kannst jetzt sprechen. Aber besser, du lässt es bleiben. Und ich möchte, dass du es freiwillig bleiben lässt.

Die Frau sagte danke schön.

Und tat fortan keinen Mucks mehr.

Meine Mutter lachte immer sehr über dieses Wunder : einmal fiel sie vom Hocker, so sehr musste sie darüber lachen, und lag neben mir auf dem Fußboden bei ihrem umgekippten Hocker und hielt sich den Bauch vor Lachen, Tränen kullerten ihr aus den Augen – zum Glück waren wir, als sie so lachte, in dem Hausteil mit den dicken Mauern, und Passanten konnten nicht hören, dass sie lachte wie die wilden Frauen, die im Wald hausten und von allen gemieden wurden, weil sie bekanntermaßen Hexerei trieben.

Sonst nahm sie mich nach dem Baden auf den Schoß und erzählte mir furchteinflößende Geschichten wie die über den Sohn, dem sein Vater, der Sonnengott Apollo, verbot, die Pferde zu lenken, die die Sonne jeden Tag über den Himmel ziehen, von dem Ort, wo sie aufgeht, bis dahin, wo sie untergeht, weil die Pferde zu wild und zu stark für ihn waren, und sie zeichnete die gleichmäßige Bahn, auf der die Pferde und die Sonne zusammen dahinglitten, mit der Hand in der Luft nach : als der Junge die verbotenen Pferde doch lenkte, zitterte ihre Hand erst nur wenig (die Pferde zogen fester an), dann zuckte der ganze Arm (die Pferde zogen immer fester an), und schließlich warf sie den Arm wild umher, als wäre der Arm ein verrücktes Ding und führte ein Eigenleben (die Pferde waren durchgegangen, die Zügel flatterten in der Luft), worauf der Tag im Nu verging und die Nacht hereinbrach, als dauerte ein Tag nicht länger als der Sturzflug eines vom Himmel herabschießenden Vogels, dann zerschellten Pferde, Wagen und Sohn so schnell auf der Erde, dass man es mit Worten nicht – und an der Stelle tat sie, als wollte sie mich von den Knien abwerfen, als müsste ich ebenso auf dem Boden zerschellen, aber nein, denn kaum begann mein Absturz, da fühlte ich mich emporfallen, nicht hinab, denn sie stand auf, als sie mich losließ, und schwang mich in die Luft, hoch und gefährlich und frei, als könnten mir das Herz und die Kehle aus dem Leib fahren und über uns beiden an die Decke springen – aber sie hielt mich fest, ließ mich keine Sekunde lang los, weder beim Hinab noch beim Hinauf.

Oder sie erzählte die Geschichte von Marsyas, dem Musiker, der halb Mensch und halb Tier war und so reizend auf seiner Flöte spielen konnte wie ein Gott und das auch tat, bis Apollo, der Sonnengott, der gerüchteweise von dem schönen Spiel dieses irdischen Musikers gehört hatte, höchstpersönlich wie ein Lichtstrahl zur Erde herabfuhr, Marsyas zu einem Wettstreit herausforderte, den Wettstreit gewann und als Preis den Musiker bei lebendigem Leibe schinden ließ.

Das ist nicht unbedingt so ungerecht, wie es sich anhört, sagte meine Mutter. Denn stell dir vor, die Haut des Marsyas ging so leicht ab wie die einer Tomate, wenn man sie in heißes Wasser legt, um an das herb-süße rote Fruchtfleisch zu kommen. Und beim Anblick dieser Befreiung wurden alle, die es sahen, von einem so starken Gefühl ergriffen, wie es keine von einem Musiker oder Gott gespielte Musik je vermochte.

Tu also alles, was du beginnst, mit Haut und Haaren, sagte sie, und fürchte dich nicht, dein Leben zu verlieren, denn auf die eine oder andere Art stiftet es stets Gutes, wenn die Mächtigen es uns zu nehmen belieben.

Dieser Knabe ist ein Mädchen.

Ich wusste es.

Ich weiß es, denn als wir auf diesem lausigen Mauerexemplar saßen (das nicht bestehen wird), kam plötzlich eine wesentlich ältere, von den Jahren gebeugte Frau aus dem Gebäude hinter uns und ereiferte sich lautstark : sie stieß dem Knaben mit dem Bürstenende eines langstieligen Schrubbers in den Rücken und schrie etwas, und als wir uns entfernten, bat der Knabe offenbar um Entschuldigung, sehr höflich und mit einer Stimme, die nicht verstellt war und hörbar keinen Stimmbruch hinter sich hatte und deshalb die eines Mädchens sein muss.

Außerdem kann das Mädchen gut tanzen : manches am Leben hier in diesem Purgatorium macht mir inzwischen richtig Freude : äußerst seltsam ist, dass die Menschen hier allein und ohne Musik in leeren Räumen tanzen : sie stecken sich kleine Klötzchen in die Ohren und wiegen sich zu Stille oder einem Geräusch, das leiser ist als das Sirren von Mücken und durch das Beichtgitter in den beiden Klötzchen kommt : das Mädchen vollführte mit der Mitte seines Körpers ein Zucken und Kreisen zugleich, schraubte sich abwechselnd empor und hinab, manchmal sehr tief – ein Wunder, wie schnell sie wieder heraufkam –, und drehte sich mal nur auf dem einen und mal nur auf dem anderen Fuß, mal auf beiden Füßen mit gebeugten, dann durchgedrückten Knien und schraubte sich empor wie eine Raupe, die mit den Flügeln die letzte Larvenhaut abstreift, endlich und umständlich als Imago neugeboren.

Außerdem hat das Mädchen einen Bruder : er ist etliche Jahre jünger und hat dasselbe offene Gesicht, ist aber fülliger, gesünder, mit weniger Schatten unter den Augen : Tanzen kann so ansteckend sein wie Lachen, und das wusste nicht nur ich, denn der kleine Junge mit dem langen, welligen braunen Haar kam ins Zimmer und vollführte linkisch denselben Tanz (dass es ein Junge war, weiß ich rein anatomisch, denn er war von der Taille abwärts nackt wie ein Bacchus-Putto) : er tanzte kichernd und ungelenk halbnackt um sie herum, bis das Mädchen, das ihn ja nicht hörte und erst bemerkte, als sie die Augen aufschlug und ihn sah, fauchte wie eine afrikanische Wildkatze, ihm mit der flachen Hand eins über den Schädel zog und ihn hinausscheuchte, weshalb ich sie für Geschwister hielt.

Sie begann mit ihrem Tanz noch mal von vorn : sehr darauf bedacht, die komischen Bewegungen richtig auszuführen : es gab mir Energie, zu sehen, wie ernst sie ihr Auf und Ab nahm.

Dieses Mädchen, das so feierlich allein tanzt, beginnt mir zu gefallen.

Im Moment sind sie und ich vor dem Haus, in dem sie und ihr Bruder zu Hause sind : wir sitzen in einem Garten mit fröstelnden Blumen.

Durch das Fensterchen, das sie in der Hand hat, betrachten wir Fries um Fries Szenen der Fleischeslust, die naturgetreu in einem Freudenhaus vor unseren Augen stattfinden : am Liebesakt hat sich nichts verändert : keine Variation hier ist mir neu.

Es ist kalt, sie zittert auch : ich vermute, sie sieht sich den ewig gleichen Liebesakt an, um sich aufzuwärmen.

Der kleine Bruder war auch herausgekommen, aber sie brauchte nur einen warnenden Blick in seine Richtung zu schicken, damit er sich trollte : sie hat ein scharfes Auge : weit ist er nicht gegangen, er steht hinter einem kurzen geflochtenen Zaun, der ihm bis zum Kopf reicht und hinter dem hohe schwarze Fässer versteckt sind, die neben der Haustür stehen : der Bruder führt bestimmt etwas im Schilde : denn er kommt hinter der Hecke hervor auf die Wiese geflitzt, hebt etwas auf, einen Stein oder Zweig, und flitzt hinter die Hecke zurück : das hat er nun, von ihr unbemerkt, schon mehrere Male getan.

Mädchen, ich weiß es noch : das Liebesspiel bringt die ganze übrige Welt zum Verschwinden.

Besser aber, man sieht nicht durch ein kleines Fenster dabei zu.

Und am besten, man sieht überhaupt nicht zu : am besten ist es, Liebe zu empfinden : Liebesakte anzuschauen ist schwierig und ernüchternd, wenn sie nicht von den großen Meistern des Pinsels dargestellt werden : bei der Betrachtung von Bildern, auf denen andere den Liebesakt vollziehen und genießen, ist man zwangsläufig ausgeschlossen (es sei denn, man zieht seinen Genuss daraus, dass man ihn sich allein und an sich verschafft oder dass man aus der Ferne genießt, dann mag das der Genuss sein).

Prompt muss ich an Ginevra denken, an die entzückende Isotta, an Meliadusa, das hübsche kleine Dummerchen, an Agnola und die anderen, in deren Kreis ich in der Nacht in meinem 17ten Jahr eingeführt wurde, in der Barto und ich uns in Reggio die Prozession angesehen hatten und er mich auf dem Rückweg in die Stadt zu einem Haus führte, das er *ein schönes Plätzchen für die Nacht* nannte.

Was meinst du, Francescho, wollen wir uns ansehen, wie die Erhebung des Marchese in den Herzogstand gefeiert wird?, hatte Barto gesagt.

Ich bat meinen Vater um Erlaubnis, sagte, ich wolle zu gern

einmal einen Menschenauflauf sehen : er sagte nein : ohne mit der Wimper zu zucken.

Erklär ihm, dass es dir für deine Arbeit nützlich ist, sagte Barto. Wir gehen auf Reisen und sind mit dabei, wenn Geschichte gemacht wird.

In groben Zügen gab ich es meinem Vater so wieder.

Für einen Maler gibt es dort viel zu sehen, sagte ich, und wenn du willst, dass ich jemals in nähere Berührung mit dem Hof und seinen Werkstätten komme, sollte ich viel wissen und darf nichts versäumen.

Mein Vater schüttelte den Kopf : nein.

Wenn alle Stricke reißen, sagte Barto, sag ihm, du begleitest mich, und es ist klug, wenn ein Maler das tut, denn je mehr Proben deines Könnens meine Familie zu sehen bekommt – du wirst den Umzug ja zeichnen, nicht wahr –, desto größer die Chance, dass sie dir Arbeit gibt, wenn du erwachsen bist. Und sag ihm, du bist nur für eine Nacht weg und meine Eltern bringen dich in einem unserer Häuser in Reggio unter.

Aber eure Häuser sind doch nicht mal in der Nähe von Reggio, sagte ich.

Francescho, du bist hinter den Ohren noch grün wie ein junges Blatt.

Es gibt jede Menge verschiedene Grüns, sogar bei ganz jungen Blättern.

Wie viele sind es denn?

7 Hauptarten Grün insgesamt, sagte ich. Und von jeder bis zu 20 oder 30 Varianten, vielleicht noch mehr.

Du bist alle diese Grüns zusammen, sagte er, denn jeder andere hätte, ohne dass man es ihm extra sagt, lange kapiert, dass ich andere Pläne für uns habe, als die Nacht in Reggio zu verbringen. Schau dich an, du rechnest immer noch nach, wie viele Grüns das sind, nicht?

Es stimmte : und er lachte, warf den Arm um meine Schulter und küsste mich aufs Haar.

Mein lieber bescheidener Freund, der alles beim Wort nimmt, Menschen, Vögel, den Himmel, sogar die Seiten von Gebäuden, hatte er gesagt. Gerade weil du noch so grün bist, hab ich dich so gern, und zu Ehren deiner Grünheit möchte ich darum auch, dass du deinen Vater überredest, dich mitgehen zu lassen. Also, mach es ihm schmackhaft. Vertrau mir. Du wirst es nicht bereuen.

Tja, Barto wusste immer, wie man so etwas einfädeln muss, denn bei der Vorstellung eines Betts bei den Garganellis und seines Sprösslings darin stutzte mein Vater doch, überlegte kurz und gab dann das Ja, das wir brauchten, begleitet freilich von vielen Auflagen, und ließ sogar eine neue Jacke für mich nähen : ich packte ein paar Sachen, ging früh am Morgen aus dem Haus und holte Barto ab : wir kamen zur Stadt Reggio und sahen uns alles an.

Wir sahen mehr Menschen, als ich mir je vorgestellt hätte, und alle drängten sich auf dem Platz der kleinen Stadt, und wir sahen die Flaggen, sahen die weißen Banner mit den aufgemalten Figuren : sahen auch sehr gut vom Balkon des Hauses, das Freunden der Familie Garganelli gehörte (die auf einem venezianischen Schiff ins Heilige Land unterwegs waren, sagte Barto, und sich also nicht darum scherten, wer gerade auf ihrem Balkon stand) : wir sahen Höflinge zu Pferde : sahen junge Männer, die Flaggen schwenkten, hoch in die Luft warfen und wieder auffingen : es folgte ein Triumphwagen, von Pferden gezogen, so weiß, als seien sie mit Bleiweiß angestrichen : auf der höheren Ebene des Wagens stand ein leerer Sessel mit hoher Lehne, bemalt und gepolstert wie ein Thron, an den Ecken 4 Jünglinge in Togen, die antike Römer von großer Weisheit vorstellen sollten : ihre Gesichter waren mit Kohle geschwärzt, damit sie alt wirkten, und wir waren so nahe dran, dass wir die einzelnen Striche auf ihrer Stirn, um die Augen und die Münder sahen : davor standen auf dem unteren Teil des Wagens noch 4 Knaben, 1 an jeder Ecke, die große Banner mit den Insignien der Stadt und den Farben des frischgebackenen Herzogs trugen, machte insgesamt 8, die standen, plus einen 9ten, der auf dem unteren Teil saß, und alle 9 festlich gekleideten Jünglinge hatten Mühe, im Gleichgewicht zu bleiben, weil sie sich nirgends festhalten konnten, als der Triumphwagen auf das Kommando des Pferdeführers hin schaukelnd unter uns zum Stehen kam.

Der 9te Jüngling war als Gerechtigkeit gekleidet : er saß zu Füßen des Thrones und hielt ein Schwert in die Höhe, das so schwer war, dass er zur Seite kippte, als der Wagen hielt, an die großen Waagschalen vor ihm schlug und fast heruntergestürzt wäre : er fing sich aber wieder, richtete sich auf, indem er sich mit der Schwertspitze vom Wagenboden abstieß : zog sich den nach vorn gerutschten Stoff des Kostüms über die Schulter zurück, brachte die verschobenen Schalen der Waage mit einer anmutigen Bewegung des Fußes wieder ins Gleichgewicht, schöpfte Atem und hielt das Schwert abermals in die Höhe : alle, die Zeuge des Vorfalls gewesen waren, riefen hurra und klatschten Beifall, was die Gerechtigkeit mit beschämter Miene quittierte, als sie den beleibten Mann sah, der mit finsterem Blick neben den Triumphwagen und den leeren Thron getreten war.

Edelsteine funkelten an dem Mann : seinetwegen waren wir hier, er war der gütige, großzügige, charismatische Borso d'Este, der neue Herzog von Reggio und Modena, der brandneue Marchese von Ferrara (und ein aufgeblasener, selbstverliebter Narr, sagte Barto, als er mir berichtete, was in den wohlhabenden Familien, die keine Este waren, gerade die Runde machte, die Geschichte nämlich, dass dieser gütige, großzügige, charismatische Borso dem Kaiser über viele Monate Geschenke gemacht hatte, damit sich überall herumsprach, wie gütig, großzügig und charismatisch er war, vor allem viel großzügiger im Verteilen von Geschenken als sein Bruder, der letzte Marchese, der sehr gut Latein konnte, ein beschauliches Leben führte und starb : an dem Tag, an dem Borso die Nachricht erhielt, dass der Kaiser ihn schließlich zum Herzog von Modena und Reggio – noch nicht jedoch von Ferrara, Mist – machen wollte, hatten seine Bediensteten beobachtet, wie er im Rosengarten des Palasts mit der schönen Aussicht Luftsprünge gemacht und wie ein Kind immerfort *Ich bin Herzog! Ich bin Herzog!* gekiekst hatte).

Die Edelsteine, mit denen sein Gewand an der Vorderseite über und über besetzt war, fingen die Sonne ein, als trüge er lauter kleine Spiegel oder Sterne am Leib oder sei mit sprühenden Funken bedeckt : der größte Edelstein, leuchtend grün vorn auf dem zinnoberroten Mantel, war fast so groß wie die Hand, an der ein kleiner Engelsknabe (Flügel aus Schwanenfedern, dem Tier frisch ausgerupft, weil man an der Stelle, wo der Knochen am Rücken des Knaben auf das Weiß des Stoffs traf, noch rote Sickerflüssigkeit und glänzenden Knorpel sah) Borso zur Vorderseite des Triumphwagens geführt hatte, zur Gerechtigkeit.

Hochgerühmter Herr, sprach nun der Engel mit heller klarer Stimme.

Die Menge auf dem breiten Platz verstummte.

Der beleibte Mann beugte sich zu dem Engel hinab.

Vor dir sitzt die Gerechtigkeit Gottes, sprach der Engel, und seine Stimme klang dünn wie eine Handglocke über den Köpfen des Volkes.

Der beleibte Mann wandte sich von dem Engel ab und verbeugte sich sehr feierlich vor der Gerechtigkeit : die Gerechtigkeit wagte nicht, die Verbeugung zu erwidern : über ihnen schwankte das arg schwere Schwert.

Piepsend fuhr der Engel fort.

Die Gerechtigkeit, die so lange in Vergessenheit geraten war! Die Gerechtigkeit, die viel zu lange blinder Verachtung preisgegeben war! Alle Herrscher der Welt haben die Augen vor der Gerechtigkeit verschlossen! Vergessen und geschmäht seit dem Tod ihrer Wächter, der weisen alten Staatsmänner einer besseren Zeit! Wie einsam die Gerechtigkeit war!

Der Knabe im Gewand der Gerechtigkeit hob noch seine andere Hand an den Griff des Schwerts und konnte das Schwanken mit beiden Händen unterbinden.

Aber freue dich, denn heute, hochgerühmter Herr, ist die Gerechtigkeit tot!, sprach der Engel.

Eine Pause trat ein.

Der Engel schaute bestürzt.

Heute, hochgerühmter Herr, wiederholte der Engel noch einmal. Ist die Gerechtigkeit. Tot.

Der beleibte Mann hielt den Kopf weiter gesenkt : der Engel hatte die Augen geschlossen, die Stirn gerunzelt : die Knaben auf dem Triumphwagen blickten starr geradeaus. Ein Höfling löste sich aus den Reihen der Pferde, die dem Triumphwagen mit dem leeren Thron folgten : der beleibte Herr streckte, ohne aufzublicken, die Hand etwas von sich weg, und der Höfling sah es und zügelte sein Pferd.

Mit weiter tief gesenktem Kopf murmelte der beleibte Mann etwas in Richtung des Engels.

– Und überlässt, platzte der heraus. Diesen Sitz. Dir! Heute verkündet die Gerechtigkeit vor aller Welt, dass sie vor allen anderen – dich begünstigt! Die Gerechtigkeit verneigt sich – vor dir! Und freue dich noch einmal, denn die Gerechtigkeit ersucht – dich! Den Platz einzunehmen, der nach dem Tod der weisen großen Alten, der letzten gerechten Herrscher über die Menschen, verwaist war. Die Gerechtigkeit sagt, hochgerühmter Herr, bis zum heutigen Tage konnte niemand mit Recht diesen Platz beanspruchen! Dieser Thron war verwaist und blieb verwaist – bis zu dir!

Der beleibte Mann, der neue Herzog, richtete sich auf: seine Vorderseite funkelte : er trat vor den Engel hin : legte die Hand auf seine Schulter und drehte ihn so herum, dass beide den Triumphwagen vor sich hatten.

Der Knabe im Gewand der Gerechtigkeit, der das Schwert noch mit beiden Händen hielt, ließ es mit einer Hand für einen Moment los, wies auf den leeren Thron und fasste, so schnell er konnte, wieder zu.

Der neue Herzog sprach.

Ich danke der Gerechtigkeit. Ich verehre die Gerechtigkeit. Aber diese Ehre kann ich nicht annehmen. So einen Thron kann ich nicht besteigen. Denn ich bin nur ein Mensch. Doch ich bin ein Mensch, der sein Möglichstes tun und sein Leben lang danach streben wird, die Ehre und Anerkennung der Gerechtigkeit zu verdienen, wie ich es als Herzog gelobt habe.

Nach einem Moment der Stille brach die Menge unter uns in lauten Jubel aus.

Aufgeblasener Arsch, sagte Barto. Aufgeblasener Borso. Dämlicher Haufen Narren.

Ich war schon drauf und dran, in den Jubel einzustimmen, der ansteckend war und über den ganzen Platz widerhallte : außerdem hatte ich gehört, Borso mache Malern und Musikern, die seine Gunst genossen, viele Geschenke, und wollte nicht ganz schlecht von ihm denken : die Menge hielt offenbar große Stücke auf ihn, und konnte die festlich gestimmte Versammlung sich so irren? Die Menschen veranstalteten ihm zu Ehren einen gewaltigen Lärm, und der neue Herzog war sehr bescheiden : die kostümierten Knaben auf dem Wagen waren förmlich durchnässt vom Geschrei der Leute, so als wären sie gerade durch einen Wasserfall gefahren.

Nur der Engel mit den Schwanenflügeln wirkte gar nicht

glücklich : von oben sah ich, als der neue Herzog sich abermals vor der jubelnden Menge verbeugte, an seiner Schulter und am Nacken eine Rötung wie von Mennige, einem Pigment, das sich schnell in Schwarz verwandelt : sie stammte von der Hand des neuen Herzogs, der dort fest zugefasst und einen Abdruck auf der Haut hinterlassen hatte : aber bescheiden durchs Leben zu gehen ist nicht leicht, und es bleibt wohl nicht aus, dass irgendwer irgendwo irgendwann doch Blessuren davonträgt.

Komm jetzt, sagte Barto. Wir gehen auf die Jagd.

Wir fuhren nach Bologna.

Im Freudenhaus seiner Heimatstadt war Barto bereits so gut bekannt, dass gleich 3 Mädchen auf uns zukamen, ihn mit Namen begrüßten und der Reihe nach abküssten, bevor wir überhaupt über die Schwelle der äußeren Haustür getreten waren.

Das ist Francescho, er ist frisch aus dem Ei geschlüpft. Er ist ein sehr lieber Freund. Denk daran, ich hab es dir gesagt. Er ist ein bisschen schüchtern, sagte Barto zu einer Frau, die ich nicht richtig erkennen konnte, weil sie schimmerte und die Räume dunkel waren, voller Frauen, so lose und spärlich bekleidet wie Zauberinnen, und ein schwerer Geruch lag in der Luft, ich weiß nicht, wonach, und prächtige Farben und Teppiche überall, unter den Füßen, an den Wänden und womöglich sogar als weiche Deckenverkleidung, ich war nicht sicher, denn mir drehte sich der Kopf von den süßen, dunklen Gerüchen, der Luft, den Farben und Erscheinungen, und ich geriet vollends ins Taumeln, als wir die inneren Räume betraten.

Die Frau führte mich an der Hand : sie nahm mir den Mantel von der Schulter und wollte mir auch den Ranzen abnehmen : aber ich hatte meine Zeichenutensilien darin und klammerte mich, einen Arm noch im Mantelärmel, daran fest.

Sie brachte den Mund an mein Ohr.

Hab keine Angst, Junge. Und schau, beleidige uns nicht, deine Taschen und deine Börse bleiben voll, nur abzüglich dessen, was wir wert sind oder was du als Zulage geben möchtest, du hast mein Wort darauf, hier gibt es keine Diebe, wir sind hier alle redlich und ehrbar.

Nein, nein, sagte ich, so war das nicht gemeint, ich – ich will nicht …

… aber während sie mir das alles ins Ohr gesagt hatte, trug sie mich schon fast auf den Armen, sie war sehr stark, und ich hatte offenbar keinen eigenen Willen, zur Tür eines anderen Raumes, machte mich leicht wie ein Blatt, schob mich hinein und schloss hinter uns die Tür, ich spürte die Tür zwar hinter mir, aber wie durch Spitze oder einen Vorhang oder durch etwas dünnes Teppichartiges hindurch.

Ich hielt meinen Ranzen fest und tastete mit der anderen Hand nach einem Türknauf, fand aber keinen : jetzt zog mich die Frau am Riemen des Ranzens zum Bett, und ich zog am Riemen rückwärts zur Tür.

Was für eine weiche Haut du hast, sagte sie. Und noch nicht einmal einen Anflug von Bart (sie legte den Handrücken an meine Wange), komm schon, du hast nichts zu befürchten, nicht mal das Bezahlen, denn der Freund, mit dem du gekommen bist, hat schon veranlasst, dass es auf ihn geht.

Sie setzte sich auf das Bett und hielt mich weiter am Riemen meines Ranzens fest : lächelte zu mir herauf : zog einige Male spielerisch am Riemen : ich hielt am langen Ende höflich dagegen.

Sie seufzte : ließ den Riemen fahren : sah zur Tür : als ich nicht gleich losrannte, lächelte sie mich wieder an, nun aber ganz anders.

Dein erstes Mal?, sagte sie und knöpfte ihre Bluse auf. Ich bin behutsam. Versprochen. Hab keine Angst. Lass mich nur machen.

Nun hielt sie das ganze Gewicht ihrer herabsinkenden nackten Brust in der Hand.

Gefalle ich dir nicht?, sagte sie.

Ich zuckte die Achseln.

Sie schob die Brust wieder hinein : seufzte noch einmal.

Jesus, Maria und Josef, bin ich müde, sagte sie. Also gut. Zieh ich mich wieder an. Wir kriegen das hin. Wir holen dir ein anderes Mädchen. Ihr könnt mein Zimmer nehmen, du und sie. Wie du siehst, das beste Zimmer. Also, was gefällt dir? Sag's mir. Magst du blondes Haar? Lieber eine Jüngere?

Ich will kein anderes Mädchen, sagte ich.

Sie schaute erfreut.

Du willst mich?

Nicht auf diese Weise.

Sie zog ein Gesicht : lächelte dann.

Du hättest lieber einen Mann?

Ich schüttelte den Kopf.

Was möchtest du, wen willst du vögeln?

Will ich gar nicht.

Du willst nicht vögeln?, sagte sie. Du möchtest etwas anderes? Etwas Besonderes? Dein Freund soll mit einem Mädchen dazukommen? Du willst zusehen? 2 Mädchen? Du willst Schmerzen? Urin? Eine Nonne? Einen Priester? Eine Peitsche? Fesseln? Einen Bischof? Das geht, wir können hier fast alles einrichten.

Ich setzte mich auf die Bank am Fußende des Bettes : öffnete meinen Ranzen, rollte das Papier auf, zog mein Zeichenbrett hervor.

Ah, sagte sie. Das bist du. Hätte ich mir denken können.

Das Licht in dem Raum war durch die Kerzen ungleich verteilt : am besten war es über dem Bett, wo sie saß, dunkelhaarig, das Gesicht in hübschem Kontrast zur Wäsche, die Nase an der Spitze nach oben gebogen, das Kinn zart und fein : 10 Jahre älter als ich, vielleicht sogar 20 : die Jahre der Liebe hatten ihre Augen erschöpft, ich sah Zerstörung darin : das Dunkle der Zerstörung machte sie ernst, auch wenn sie es mit der Schminke zu verbergen versucht hatte.

Ich verrückte eine Kerze. Noch eine.

Wie du mich ansiehst, sagte sie.

Du gibst mir das Wort hübsch ein, sagte ich.

Du gibst mir dasselbe Wort ein, sagte sie, und glaub mir, es ist nicht meine Aufgabe, solche Gedanken zu haben. Obwohl ich oft tun muss, als ob es so wäre.

Und das Wort schön, sagte ich. Aber zusammen mit dem Wort schrecklich.

Sie kicherte leise in ihr Schlüsselbein.

Na, du bist ja allerliebst, sagte sie. Ach, komm, möchtest du nicht doch? Ich will. Du gefällst mir. Ich würde dir gefallen. Ich bin gut. Ich werde es gut machen, ganz behutsam. Ich bin stark. Ich kann es dir zeigen. Ich bin die Beste hier, weißt du. Ich koste doppelt so viel wie die anderen. Bin ich auch wert. Deshalb hat dein Freund mich ausgesucht. Als Geschenk. Ich bin ein Geschenk. Ich bin die Teuerste von allen, die gerade im Haus sind, ich hab den anderen viel voraus und bin heute die ganze Nacht nur für dich da.

Leg dich hin, sagte ich.

Gut, sagte sie. So? Oder so? Soll ich das ausziehen?

Die Bänder der Ärmel ringelten sich über ihren Bauch, als sie sie löste.

Bleib so, sagte ich, denn die halb von den Sachen verdeckte und halb frei liegende Brust war gerade perfekt gerundet.

So?

Ganz ruhig, sagte ich. Nicht bewegen. Kannst du das?

Wie gesagt, ich kann alles, sagte sie. Die Augen auf oder zu?

Entscheide du.

Sie wirkte überrascht : lächelte dann.

Vielen Dank, sagte sie.

Sie machte sie zu.

Als ich meine Zeichnung fertig hatte, war sie eingeschlafen : da legte ich mich ebenfalls schlafen, streckte mich vor ihren Füßen auf dem Bett aus, und als ich aufwachte, schimmerte das erste Tageslicht hinter den Vorhängen durch den Spalt im Fensterladen.

Ich rüttelte sie sacht an der Schulter.

Sie öffnete die Augen : erschrak : griff nach etwas, was oben im Bett unter den Kissen steckte. Wonach sie auch getastet haben mochte, es war noch da : sie entspannte sich, legte sich wieder zurück : drehte sich zur Seite und sah mich verständnislos an : dann fiel es ihr wieder ein.

Bin ich eingeschlafen?, sagte sie.

Du warst müde, sagte ich.

Ach, wenn es aufs Wochenende zugeht, sind wir hier alle müde.

Hast du gut geschlafen?

Meine Höflichkeit schien sie zu irritieren : dann lachte sie und sagte :

Ja!

als sei schon der Gedanke, das Schlafen sei nett gewesen, erstaunlich.

Ich setzte mich auf die Bettkante : fragte sie nach ihrem Namen.

Ginevra, sagte sie. Wie die Königin in der Sage, weißt du nicht? Die mit dem König verheiratet ist. Was für elegante Hände du hast, Herr …

Francescho.

Ich reichte ihr das Blatt Papier : sie gähnte, schaute kaum hin.

Du bist für mich nicht der Erste, sagte sie. Gezeichnet worden bin ich schon früher. Aber deine Zunft, na ja. Du bist selber etwas ungewöhnlich. Solche wie du zeichnen meistens mehr als nur eine Person, nicht? Menschen beim Akt, oder ... *Oh.*

Sie setzte sich auf : hielt das Blatt ins spärliche Morgenlicht.

Oh, sagte sie noch einmal. Da hast du mich aber ... Und trotzdem, es sieht aus wie ... Na ja ... sehr ...

Dann sagte sie, kann ich das haben? Für mich behalten, meine ich.

Unter einer Bedingung.

Du willst nun doch mit mir?

Sie schlug das Laken über ihrem Körper zurück und klopfte neben sich aufs Bett.

Ich möchte, dass du ihm sagst, sagte ich. Meinem Freund, meine ich. Dass wir es uns haben gut gehen lassen.

Ich soll deinen Freund anlügen?

Nein, sagte ich. Denn das haben wir doch. Es uns gut gehen lassen. Ich zumindest. Und du hast eben selbst gesagt, du hast gut geschlafen.

Sie sah mich ungläubig an : schaute dann wieder auf die Zeichnung.

Mehr willst du dafür nicht?

Ich nickte.

Dann ging ich und fand Barto in der Eingangshalle, die in dem frühen Morgenlicht, das durch die geöffneten Läden einfiel, einen ganz anderen Eindruck machte als am Abend zuvor, muffig war, fleckig und speckig, die eine Wand bis zur Decke gezeichnet von den Spuren eines auf Abwege geratenen Feuers : Barto saß mit der Hausherrin in einem Vorraum : die Frau war älter als alle, die ich je im Putz weißer Rüschen und Bänder gesehen hatte, 2 Diener schenkten ihr etwas in eine kleine Tasse ein, der eine goss, der andere wartete darauf, sie ihr an die Lippen führen zu können : bevor wir gingen, küsste Barto ihr die weiße alte Hand.

Barto sah auch fleckig und speckig aus, grob wie Mauerwerk, und seine Kleider waren zerdrückt, sah ich, als wir aus dem Freudenhaus in die Sonne traten.

Ich kann nicht jedes Mal für dich mitbezahlen, sagte Barto, als wir unterwegs waren, um uns ein Frühstück zu besorgen. Und schon gar nicht Ginevra. Wenn ich Geld verdiene oder erbe, lade ich dich wieder ein. Aber hast du dich amüsiert? Deine Zeit gut genutzt?

Kaum geschlafen, sagte ich.

Er klopfte mir auf die Schulter.

Als wir das nächste Mal hingingen (denn ich verbrachte inzwischen zwei Nächte im Monat außer Haus, arbeitete daran, wie mein Vater glaubte, die Garganellis als Gönner zu gewinnen), empfing Ginevra uns an der Tür : sie zwinkerte Barto zu und legte den Arm um mich, nahm mich zur Seite.

Francescho, sagte sie. Ich habe jemand Besonderen, den ich dir vorstellen möchte. Das ist Agnola. Sie weiß, was dir gefällt und wie du die Zeit bei uns verbringen möchtest.

Agnola hatte langes welliges goldblondes Haar : trotz ihrer Jugend waren ihre Oberschenkel kräftig wie die einer Reiterin : als wir in einem der Zimmer mit den Fensterläden und den stoffbespannten Wänden waren, nahm sie meine Hand, hieß mich ganz sachlich an ein Tischchen setzen, blieb schüchtern vor mir stehen und sagte :

Du erinnerst dich, Herr Francescho, das Bild, das du von Ginevra gemacht hast? Könntest du noch so eins machen, aber diesmal von mir, gegen Bezahlung?

was ich tat, diesmal der Körper als Akt auf der Bettdecke als Studie der Symmetrien, denn der große Alberti, der mit seinem Buch für Maler, wie es der Zufall wollte, meinem Geburtsjahr die Ehre erwies, betont den Nutzen solcher Studien über die Anordnung von Gewichten und Hebeln beim menschlichen Körper und den Kräften und Gegenkräften seiner Glieder : als ich fertig und die Zeichnung trocken war, nahm sie sie, hielt sie ins Kerzenlicht, betrachtete sie genau, schaute mit einem Blick zu mir, ob sie mir trauen konnte, und sah wieder auf das Blatt : sie legte es aufs Bett, ging zur Wand und öffnete eine darin verborgene Höhlung, zog eine kleine Börse hervor und zahlte mir ein paar Münzen.

Dann streckten sie und ich uns auf dem Bett aus und machten die Augen zu, und sie wachte, genau wie Ginevra, ausgeruht auf (ich ebenso, ich fand mich in ihren Armen wieder, sehr zufrieden und warm, es war sehr behaglich), und sie dankte mir für das Bild und für die Gelegenheit zum Ausschlafen.

Kunden wie du sind selten, Herr Franceschо, und ich hoffe, du wählst mich noch einmal aus, sagte sie.

Ich ging mit den Münzen in der Tasche davon und konnte an dem Tag für Barto und mich das Frühstück bezahlen.

Die ganze Woche über dachte ich in der Werkstatt meines Vaters und meiner Brüder daran, dass ich mit der freiberuflichen Arbeit im Freudenhaus etwas Einträgliches aufgetan hatte.

Das nächste Mal war es Isotta, schwarzhaarig, dunkelhäutig und nicht viel älter als ich, die sittsam auf dem Bett saß, solange wir uns unterhielten und über meine Zeichnung und den Preis, den sie zahlen würde, verhandelten, die jedoch, als ich ihr den Rücken zukehrte, um Papier und meine Utensilien aus dem Ranzen zu holen, leise wie eine Katze übers Bett schlich, mich umdrehte und voll auf den Mund küsste, als ich nicht darauf gefasst war und nie im Leben geglaubt hätte, dass eine Zunge so etwas fertigbringt, noch dazu bei mir, und die mich dann noch mehr überraschte, als sie (während sie mich küsste, fest und doch weich, mitten auf den Mund) die Hand vorn in meine Kniehose hineinschob : die Angst, die mich durchfuhr, als sie es tat und ich wusste, dass sie jeden Augenblick die Wahrheit über mich kannte, war 100 Mal stärker als das von dem Kuss erzeugte Gefühl, und beides war das Stärkste, was ich in meinem ganzen Leben bis dahin empfunden hatte.

Was sie mit dieser Hand als Nächstes mit mir tat, erzeugte jedoch ein Gefühl, das noch *1000 Mal stärker* war als jede Angst, und als mir dämmerte, dass dieses Mädchen nun die reine Lust war, und ich spürte, wie die Lust an dem, was ihre Hand dort vorgefunden hatte, ihren Leib durchfuhr, und schließlich die Augen aufschlug und diese Lust unzweifelhaft auf ihrem hübschen Gesicht erblickte, da verstand ich Folgendes : die Angst ist, verglichen damit, eine Nichtigkeit und läppisch.

Als ich dich sah, sagte sie, wusste ich Bescheid. Und ich hab dich an dem Abend gesehen, als du das erste Mal hier warst, auch wenn du mich nicht gesehen hast. Das nächste Mal habe ich dich auch gesehen und wusste es beide Male, und beide Male wollte ich dich für mich.

Sie küsste mich noch einmal und hatte mich in null Komma nichts aus meinen Kleidern heraus : hatte mir in null Komma nichts die Grundlagen der Liebeskunst beigebracht und ließ mich freigiebig an ihr üben : danach rutschte ich ans Bettende, und sie blieb vorn zwischen den Kissen, und ich fing sie so auf Papier ein, gesättigt und bereit zugleich, noch gespannt wie die zurückgezogene Bogensehne, die auf das Anlegen des Pfeils wartet, und das alles so gut gemacht und vollendet wie der von Giotto in der legendären wahren Geschichte gezeichnete Kreis.

Ich schenkte ihr die Arbeit schließlich als Lohn für die Lehrstunden : sie betrachtete sie zufrieden : steckte mich unter Küssen wieder in meine Kleider, knöpfte zu, schnürte zu und schickte mich als neuen Menschen, strahlend und voller Mut, meiner Wege.

Was ist in dich gefahren?, sagte mein Vater, denn in der Woche darauf konnte ich an nichts anderes denken als an Blumen, für den Atem und für Augen, an Blumen, die aus Mündern, Achselhöhlen, Kniekehlen sprossen, an Schöße und Lenden, die überquollen von Blumen, und konnte auch nichts anderes zeichnen als Blätter und Blumen, die gewundenen Blütenblätter der Rosen, das dunkle Laub.

Als ich das nächste Mal zu dem Haus kam, waren dort 3 neue Mädchen, die mir schon an der Tür ins Ohr flüsterten, mir Lehrstunden der Liebe versprachen im Austausch für meine Zeichnungen (obwohl ich dafür sorgte, dass ich das Ende der Nacht wieder mit Isotta verbrachte, was ich mir zur Gewohnheit machte, solange sie in der Stadt war und ich das Haus besuchte, in dem sie arbeitete).

Das nächste Mal aber läuteten Barto und ich zusammen an der Tür, und ich war, kaum dass wir die Schwelle überschritten, von 8 oder 9, vielleicht mehr, ich konnte sie nicht zählen, Frauen und Mädchen verschiedensten Alters umringt.

Franceschо, sagte Barto mir ins Ohr, du bist als Liebhaber offenbar ein richtiges Ass.

Mir war nun klar (es waren ja viel mehr Mädchen auf mich zugerannt gekommen als auf ihn), dass ich ein bisschen vorsichtig sein musste : sogar ein wahrer Freund findet die Talente eines Freundes ermüdend, wenn er ihm zu nahe auf die Pelle rückt, und ich liebte Barto von ganzem Herzen und wollte ihm auf keinen Fall Verdruss bereiten.

Doch bei der Kunst geht es wie bei der Liebe um offene Münder in Zinnober, um Schwarz und Rot, die durch fleißiges Reiben zu Sammet werden, um die Kenntnis der Farben, die gewinnen, wenn man die eine sacht in die andere verreibt : zumindest fördert Üben das Geschick : die Originalität, der eigentliche Zweck des Übens, kommt erst danach, und ich hatte mir mit meiner Originalität bereits einen Namen gemacht, das war nicht zu leugnen, und besaß diesem Namen gegenüber eine Verpflichtung, die weit über Rücksichtnahme auf die Wünsche eines Freundes hinausging.

Das alles steht in Cenninis Handbuch für Maler, genauso wie die strenge Weisung, dass die Arbeit uns immer Vergnügen bereiten soll : denn für die Liebe wie fürs Malen sind Können und ein Ziel unabdingbar : der Pfeil trifft den Kreis der Schießscheibe, die gerade Linie trifft auf den Bogen oder den Kreis, 2 Dinge kommen zusammen und bringen Tiefe und Perspektive hervor : beim Bilder- und beim Liebemachen – bei dem einen genauso wie bei dem anderen – verwandelt sogar die Zeit ihre Gestalt : Stunden vergehen, ohne Stunden zu sein, sie werden etwas anderes, verkehren sich in ihr Gegenteil, werden zur Zeitlosigkeit, zu *überhaupt keine Zeit*.

Der große Lehrer Cennini rät außerdem, so wenig Zeit wie möglich auf Frauen zu verwenden, die die Kräfte der Maler aufzehren.

Ich kann also ehrlich behaupten, dass das, was ich in meinen Jugendjahren mit den Frauen in dem Freudenhaus verbrachte, letztendlich stets *überhaupt keine Zeit* war.

Eines Morgens hielt mich die Hausmutter am Ellbogen zurück : sie war schon jenseits der 75 und ging an 2 Stöcken und mit einem Helfer, doch kostbare Steine fingen das Licht auf ihrem weißen Kleid ein, als wäre sie draußen gerade durch einen Schauer Juwelen gehumpelt, und sie löste einen funkelnden kleinen Edelstein, indem sie den Faden gewieft mit den Fingern herauszog, von seinem Platz an ihrem Ärmel, drückte ihn mir in die Hand und sagte :

Du. Ich habe wegen deiner Bilder 5 Frauen eingebüßt. Wie heißt du? Bist du das? *Francescho*. Also, hör zu, kleiner Francescho, dessen Name hier treppauf und treppab geflüstert wird und dessen Bilder in einem fort herumgereicht werden und große Unruhe stiften. Du schuldest mir 5 Mädchen und Frauen.

Ich wandte ein, dass ein paar Bilder, die ich gemacht und ihren Mädchen als gerechte Bezahlung überlassen hatte, nicht bedeuteten, dass ich ihr irgendetwas schuldete.

Die Alte presste den Edelstein noch fester in meine Hand, fast hätten seine Kanten mich geschnitten.

Du Dummerchen, sagte sie. Kannst du dir das nicht denken? Sie sehen sich deine Bilder an. Die steigen ihnen zu Kopfe. Sie kommen zu mir und verlangen einen größeren Anteil vom Kuchen. Oder sie sehen sich deine Bilder an und werden keck. Setzen sich in den Kopf, sie wollen ein anderes Leben führen. Und seither sind alle, die fortwollten, hier zur Vordertür hinausgegangen, so etwas hat es hier noch nicht gegeben, bisher sind alle, wenn sie fortwollten, hinten hinausgegangen. Hast du denn gar keinen Verstand? Ich kann das nicht dulden. Du schadest mir. Ergo muss ich dich bitten, mein Haus nicht mehr zu frequentieren. Oder zumindest nicht mehr meine Mädchen zu zeichnen.

Sie ließ mir Zeit für eine Antwort : ich zuckte die Achseln : sie nickte feierlich.

Gut. Doch bevor du gehst, sagte sie. Dieser Edelstein. In deiner Hand. Er gehört dir. Wenn du mich zeichnest.

Ich malte also ihr Bild

und danach gab sie mir wie vereinbart den Edelstein, und als ich das nächste Mal zu dem Haus kam, nahm sie mich beiseite und drückte mir den Haustürschlüssel in die Hand, den sie vom Schlosser für mich hatte anfertigen lassen.

So gewann ich ein noch tieferes Verständnis dessen, was der große Alberti, der Verfasser des Buches, das für uns Maler das wichtigste ist, die Aufgabe und die Proportionen des Körpers nennt : der große Alberti hat auch recht mit seiner Ansicht, dass Schönheit in ihrer vollendeten Form nicht bei einem einzelnen Körper gefunden wird, sondern dass an ihr mehr als einer teilhaben.

Ich fand aber auch heraus, wo ich meinen Meistern widerspreche.

Denn sogar der große Alberti irrte, als er mahnend festhielt, *es würde sich nicht schicken, Venus oder Minerva mit einer schäbigen Kutte zu bekleiden, ähnlich unziemlich wäre es, Mars oder Jupiter in ein Frauenkleid zu hüllen.*

Denn ich habe in dem Haus viele weibliche Mars und Jupiter kennengelernt und viele Venus und Minervas mit und ohne alle möglichen Kleider.

Keine erhielt auch nur annähernd den Lohn, der ihrem Wert entsprach : alle erlitten Missbrauch, zumindest die Form alltäglichen Missbrauchs, der jede Nacht durch die Wände eines solchen Hauses dringt, und obwohl die Frauen und Mädchen an Göttern und Göttinnen dem, was ich im Leben sah, am nächsten kamen, waren sie von ihrer Arbeit gezeichnet, zuerst äußerlich wie von einer Krankheit, brachen dann so leicht, wie man trockene Zweige bricht, und verbrannten schließlich schnell wie Zunder.

Ginevra, hörte ich, starb während eines Ausbruchs der Pest.

Isotta, mein Liebling, verschwand spurlos.

Ich stellte mir gern vor, dass sie aus freien Stücken ging.

Als ich erfuhr, dass sie fort war, stellte ich mir gern vor, dass sie gesund und munter in einer kleinen Stadt oder einem Dorf war, wo sie in einem Haus mit stabilem Dach unter Weinstöcken, Feigen und Zitronenbäumen lebte, umgeben vom Lärm einer ungebärdigen Schar eigener Kinder : am liebsten aber stellte ich mir vor, wie sie einen Liebhaber oder Freund mit den Augen und dem Mund zugleich anlächelt (das nämlich heißt Liebe) oder zumindest jemanden, an dessen Geld sie gleichen Anteil hatte.

Agnola, erfuhr ich Jahre später, hatte man im Fluss gefunden, an Händen und Füßen gefesselt.

Ich lernte also auch viele dunkle Dinge kennen, kam im

Freudenhaus mit manchem in Berührung, das alles andere als eine Freude war.

Dann ging meine Zeit dort im 18ten Jahr unseres Alters schließlich doch zu Ende, denn Barto hatte sich Meliadusa ausgesucht, jung, neu im Haus und bei dieser Arbeit, die bei ihrer Ankunft vierzehn Tage zuvor mich gehabt hatte und die ersten Male danach vor ihren Gästen hatte durchblicken lassen, sie habe sich mehr von dem Haus versprochen : sie wollte ebenfalls zu einem guten Orgasmus gebracht werden, ganz gleich, was die Kunden wünschten, dann ein bisschen schlafen dürfen und schließlich als Gegenleistung für die nächtliche Arbeit eine hübsche Zeichnung von sich bekommen.

Nach vierzehn Tagen im Freudenhaus plauderte sie das alles lachend vor Barto aus und fand es inzwischen lustig, dass sie mit völlig falschen Vorstellungen im Freudenhaus angefangen hatte, wo doch das wirkliche Leben hier ganz anders war.

Das war aber nicht alles, was sie lachend ausplauderte.

Barto saß mir gegenüber im Gras : es war früh am Morgen : hinter ihm kamen Karren in die Stadt zum Markt gefahren : Barto rieb sich das Kinn : er war ernster als ein Bär : vielleicht hatte er schlecht geschlafen, etwas Schlechtes zu Abend gegessen, vielleicht schlechten Wein getrunken.

Was ist?, sagte ich.

Sei still, sagte er.

Er beugte sich vor, nahm meinen Schuh in beide Hände : löste die Schnüre und Schlaufen : zog mir den Schuh vom Fuß : band den Schuh am anderen Fuß auf : nahm ihn mir weg : zog das Messer in seinem Beutel aus der Hülle : bohrte die Spitze an meinem Knöchel durch den Strumpf, passte auf, mich nicht zu schneiden, die Klinge kalt auf meiner Haut, und schnitt erst rings um den einen und dann den anderen Fuß herum.

Er zog mir den Strumpf von den Füßen : legte beide Stücke zur Seite : nahm meine bloßen Füße in die Hand, sagte :

Ist es wahr? Du warst falsch? Die ganzen Jahre?

Ich war nie nicht aufrichtig, sagte ich.

Ausgerechnet ich weiß es nicht. Du bist nicht du.

Du kennst mich die ganze Zeit. Ich bin nie nicht ich gewesen.

Du hast gelogen.

Nie, sagte ich. Und ich habe nie etwas vor dir verheimlicht.

Denn Barto hatte mich schon viele Male nackt oder halbnackt gesehen, wenn wir zusammen oder auch mit anderen Knaben und jungen Männern schwimmen gewesen waren zum Beispiel, und dadurch, dass jedermann in mir den Maler sah, hatte ich genau das auch immer sein können – eben ich –, egal, ob ich in 1 Hinsicht eben nicht genauso war : es war so einfach wie eine Verabredung, wurde verstanden und hingenommen und bedurfte besonderer Erwähnung ebenso wenig wie die Tatsache, dass wir alle dieselbe Luft atmeten : freilich gibt es bestimmte Dinge, die, werden sie laut ausgesprochen, die Farben eines Bilds verändern, wie zu grelles Sonnenlicht, das ständig darauffällt, sie ändert : das ist natürlich und unausweichlich und lässt sich nicht vermeiden : irgendjemand hatte Barto meinetwegen zur Rede gestellt, und das hatte ihn gedemütigt.

Du bist anders, als ich dachte, sagte er.

Ich nickte.

Dann ist das der Fehler deines Denkens oder der Person, die dein Denken verändert hat, nicht meiner, sagte ich.

Wie können wir jetzt noch Freunde sein?

Wie können wir jemals nicht Freunde sein?

Du weißt, dass ich im Sommer heirate, sagte er.

Deine Hochzeit ändert für mich nichts. Mehr sagte ich an diesem Tag nicht zu ihm, denn er sah mich nach diesen Worten aus Augen an, die wie kleine Wunden in seinem Kopf waren, und ich verstand : er liebte mich, und unsere Freundschaft gründete darauf, dass er mich nicht haben konnte, dass ich nicht zu haben war, und irgendein Dritter, der laut angesprochen hatte, was ich – außer Maler – noch war, hatte diese Grundlage zerstört : denn die Worte selbst enthalten das Unvermeidliche, den Verrat.

Seine Hände – und meine Füße in ihnen – waren kalt : er stellte meine Füße auf das Gras, stand auf, führte die Hand zum Schlüsselbein (denn mein Freund gebärdete sich immer ziemlich theatralisch) und kehrte mir den Rücken zu.

Ich sah auf meine Füße hinab : schaute mir an, wie meine ausgezogenen Schuhe die Form der Füße bewahrten, auch wenn sie nicht mehr darinsteckten : ich suchte, als Barto gegangen war, nach den abgeschnittenen Füßlingen, fand sie aber nicht und zog mir die Schuhe über die bloßen Füße, schnürte sie zu und schnallte sie fest.

Ich schlenderte eine Weile durch Bologna : schaute mir ein paar Kirchenausmalungen an, bereits fertige und andere, an denen im Licht des frühen Morgens gearbeitet wurde, denn ich war zuallererst Maler, sogar bevor ich Freund war.

Dann ging ich nach Hause zu meinem Vater in Ferrara und teilte ihm mit, unsere Chancen, die Garganellis als Förderer zu gewinnen, hätten sich zerschlagen.

Was hast du angestellt?, rief er

denn im ersten Moment war er wütend : plusterte sich dann auf vor Stolz nach dem Motto *von meinen Kindern wird sich keines prostituieren* : in seinem Zorn wirkte mein Vater zum ersten Mal alt, und ich zog die Schuhe aus und schaute mir meine Füße an, die voller Blasen waren, weil ich den ganzen Tag mit nichts zwischen Haut und Leder herumgelaufen war : die Blasen auf meiner Haut sahen aus wie kleine Kügelchen aus trübem Glas : wie könnte ich so etwas Opakes malen? Mit welcher Art oder welcher Beimischung von Weiß könnte es gelingen?

Während ich darüber nachsann, war mir selber ganz weiß zumute nach dem Verlust meines Freundes, und ich dachte, dass ich nie wieder Sinn für andere Farben haben würde.

Komisch, dass mir jetzt dieser trübselige Abend einfällt : denn die Garganellis wurden schließlich doch die wichtigsten Gönner meines kurzen Lebens, und die abgeschnittenen Füßlinge fand ich bloß deshalb nicht, weil mein Freund Barto sie in der Hand zusammengerollt und in die Tasche gesteckt, sie als Souvenir mitgenommen hatte, wie er mir Jahre später erzählte, als er mir zu Füßen auf der Steintreppe saß, während ich an der Verzierung für das Grabmal seines Vaters in ihrer Kapelle arbeitete.

Mädchen : hörst du mich?

denn obwohl es mir so vorkam, als sei das für mich bereits das Ende –

war es das nicht.

Es kam noch vieles auf meinem Weg : denn Straßen, die aussehen, als führten sie dich in eine bestimmte Richtung, kehren sich mit einer Windung manchmal um, ohne gefühlt je anders gewesen zu sein als schnurgerade, und Barto und ich waren schon bald wieder Freunde : überhaupt keine Zeit : vieles wird verziehen im Laufe eines Lebens : nichts ist abgeschlossen oder unabänderlich, nur der Tod, und sogar der Tod wird sich ein bisschen fügen, wenn du das, was du von ihm erzählst, richtig erzählst : wir waren bis zu meinem Tode befreundet (falls ich tatsächlich starb, denn ich erinnere mich an kein Sterben), und ich bin zuversichtlich, dass Barto meiner bis zu seinem eigenen Tod zärtlich gedachte (falls er tatsächlich starb, denn ich habe keine Erinnerung daran).

Ich sehe dem Mädchen zu, das sich durch ein zu kleines Fenster eine uralte Geschichte ansieht, die Vorführung von Liebe : gestern war es das Theater der Heiligen, heute ist es Liebe : Liebe freilich, die für ein Publikum gespielt wird :

trotzdem interessiert sich ein Publikum letztlich immer nur für die eigenen Bedürfnisse und nicht dafür, wer du warst oder bist, ein Cosmo, Lorenzo, Ercole oder jemand aus der Schule der Unbekannten Maler der Ferrareser Werkstatt : *meinerseits verziehen.*

Denn niemand kennt uns : ausgenommen unsere Mütter, und auch sie kennen uns kaum (und sterben zu unserer Enttäuschung meist verfrüht).

Oder unsere Väter, deren Schwächen uns, solange sie leben (und deren Abwesenheit, kaum dass sie gestorben sind), in Harnisch bringen.

Oder unsere Geschwister, die uns ebenfalls tot sehen wollen, denn sie wissen über uns nur, dass wir keine Ziegel und Steine zu schleppen brauchten wie sie all die Jahre.

Denn niemand hat die geringste Ahnung, wer wir sind oder wer wir waren, nicht einmal wir selbst

– das heißt, außer in dem kurz aufblitzenden Moment, wenn zwischen Fremden ein anständiger Handel stattfindet oder beim wissenden Nicken von Freunden, die sich einig sind.

Ansonsten treten wir als Unbekannte hinaus in eine vor Insekten schwirrende Luft und sind nichts weiter als ein Hauch Farbe, flüchtiges Wenden der Flügel zu einem Licht, das im Sommerdunkel auf einem Grashalm oder einem Blatt glitzert.

Ich will euch von der Begebenheit erzählen, als ein Mensch, den ich bloße zehn Minuten meines Lebens kannte, mich sah, erschaute und verstand.

Ich gehe eine Straße entlang und passiere ein Feld voller Ungläubiger, es sind Arbeiter, kenntlich an dem Weiß ihrer Kleidung, in dem ihre Haut noch dunkler wirkt : sie pflügen und pflanzen : ich gehe frei an ihnen vorbei meiner Wege.

Ein Stück weiter springt hinter einem Wäldchen plötzlich jemand hervor : es ist einer der Arbeiter, weit genug von dem

Feld entfernt, um etwas von einem Flüchtling an sich zu haben. Ich gehe ziemlich dicht an ihm vorbei : seine weißen Kleider sind verschlissen, aber weniger von der Armut, wie ich im Näherkommen sehe, als vielmehr von der schieren Kraft seines Körpers, so als bräche sie unweigerlich durch : seine Ärmel sind zerfranst von der Kraft seiner Hände und Unterarme : seine Knie haben Löcher in den Stoff gebohrt, so kräftig sind sie : das dunkle Haar seiner Lenden endet mit einem sichtbaren Saum : seine Augen sind von der Plackerei gerötet.

Ich bin schon ein kleines Stück weiter, als der Mann mir etwas nachruft, ein Wort, das ich nicht kenne.

Als ich nicht stehen bleibe, ruft er das Wort noch einmal.

Es ist ein gütiges Wort und zugleich ein drängendes : irgendetwas an seinem Klang lässt mich innehalten und umkehren.

Der Mann steht im Schatten des Wäldchens, vielleicht um nicht gesehen zu werden, oder aber, um von der Sonne auszuruhen, denn ich kann sogar aus dem Abstand, den ich wahre, an seinem Ausdruck keine Furcht vor einem Vorarbeiter oder Aufseher erkennen : sein Ausdruck ist absolute Furchtlosigkeit.

Meintest du mich?, sage ich.

Ja, sagt er

(weit und breit ist sonst kein Mensch auf der Straße).

Sag es bitte noch einmal, sage ich. Das Wort, mit dem du mich gerufen hast.

Ich habe dich mit einem Wort in meiner Sprache gerufen, sagt er.

Einem ungläubigen Wort?

Er lächelt übers ganze Gesicht. Seine Zähne sind sehr kräftig.

Ein ungläubiges Wort, sagt er. Ich kenne das Wort dafür in deiner Sprache nicht.

Ich lächle ebenfalls. Trete ein bisschen näher.

Was bedeutet dein Wort?, sage ich.

Es bedeutet, sagt er, du, der du mehr als eines bist. Du, der du das Erwartete übertriffst.

Er fragt, ob ich ihm helfen kann. Sagt, er brauche einen *Dreh*.

Einen was?

Ein … ich weiß nicht, wie es heißt. Ich muss meine Kleider halten, ich brauche etwas, womit ich sie zusammenhalten kann.

Er zeigt auf seine Mitte.

Du meinst einen Gürtel? Etwas zum Binden?

(seine Bluse, nur von einer Schnalle am Schlüsselbein gehalten, flattert lose an ihm herum, und wir haben einen März, der kalt anfängt).

Ich habe ein Seil in meiner Provianttasche, auf dem Markt in Florenz einem Mann abgekauft, der mir erzählt hat, es sei ein Glücksseil, das Seil eines Gehängten und Gevierteilten (denn wenn man ein Stück Seil mit sich trägt, mit dem jemand gehängt wurde, bedeutet das, man selber wird niemals gehängt, sagte er) : es hat eine gescheite Länge und ist ordentlich dick und sollte den Zweck erfüllen : ich gehe zu ihm zurück, während er mir entgegenkommt : halte ihm das Seil hin : er sieht es sich an, nimmt es, wiegt es in der Hand und lächelt mich an, als wolle er mich mit dem Lächeln bezahlen.

Wenn du nichts hast, hast du das wenigstens ganz.

So einen schönen Mann habe ich noch nie gesehen.

Er sieht, dass ich die Schönheit in ihm sehe, und seine Männlichkeit erhebt sich.

In dem kleinen Wäldchen dort an der Straße lege ich den Mund auf ihn und spiele auf ihm, wie die Muse Euterpe auf der hölzernen Flöte spielt : dann beide : er riecht und schmeckt nach Gras, frischer Erde, Brot und Schweiß : bei ihm sind gerötete Augen ein Zeichen für etwas anderes als Müdigkeit : bei ihm sind schwielige Hände das Werkzeug für stärkeres Gefühl, wenn sie unter Kleider fahren.

Hinterher standen wir auf, und ich war mit Gras und Erde bedeckt genau wie er : er klopfte mich ab : zupfte mir einen Halm von der Schulter und lächelte zum Abschied, klemmte sich den Halm zwischen die Zähne, warf sich mein Seil über die Schulter und kehrte ungeniert zu den Feldern und zu der verlassenen Arbeit zurück.

Das war alles : es war nichts : es war mehr als genug.

Schön.

Als wüsste das Mädchen, dass ich ans Ende meiner Geschichte gekommen bin, verdunkelt sie das Fenster zur Liebe : die arg hingepfuschten Liebesakte verschwinden : sie haben sie offenbar nicht aufgeheitert, denn sie wirkt sehr traurig.

Sie sitzt da, das zugeklappte Fenster auf dem Schoß.

Wir beobachten eine Amsel, die mit 4 anderen Amseln, Männchen und Weibchen, einen Vogel jagt, der keine Amsel ist und nicht mit ihnen vom selben Strauch fressen soll, beladen mit Beeren in einem Rot genau wie das, welches der große Cennini in seinem Handbuch Drachenblut nannte, gut für Pergament geeignet, aber nicht sehr haltbar.

Das Mädchen steht auf und geht über den kleinen Rasen : auf halber Strecke ruft ihr der Bruder hinter der Abtrennung in ihrer Sprache etwas zu : was sie ihm zurückruft, ist länger als ein Name oder als ein *lass das*, es klingt eher wie ein Spiel oder ein Zauberspruch, und sie geht mit strenger Miene und abweisend am Zaun vorbei : dann regnet eine Flut von Zweigen, kleinen Steinchen und Erdkrumen auf sie nieder : er steht auf einem Sims oder einem Fass und hat sie auf einem kleinen Spaten versammelt, wirft erst eine und dann noch eine Ladung so in die Luft, dass sie überall auf ihr landen, als regnete es Steinchen und Stöckchen : sie bleibt stehen : anstatt böse zu sein, lacht sie laut auf.

Sie steht da, die Arme seitlich von sich weggestreckt : wie

aus dem Nichts ist ihr Kummer verflogen, und sie lacht wie ein Kind : legt dann das Fenster ins Gras und springt hinter den Weidenzaun, wirft ihren Bruder zu Boden, schleift ihn herüber auf die Wiese, beide rollen lachend im Gras, und sie stachelt ihn durch Kitzeln zu noch größerer Ausgelassenheit an.

Es tut wohl, so unvermittelte Fröhlichkeit zu sehen.

Sie hat Glück, so einen Bruder und so eine Liebe zu haben : mich und meine Brüder trennte, auch wenn zwischen uns nichts als Luft war, etwas Unsichtbares, so dick wie die Mauern ihres Zimmers.

In dieses Zimmer zurückgekehrt, den Raum, in dem das Bett steht, kehrt auch die Traurigkeit zurück : hinter ihrem Schleier sitzt sie etliche volle Minuten, bis sie plötzlich aufspringt und das beschmutzte Hemd auszieht, den Staub und Dreck zum Fenster hinausschüttelt : sie streift sich das Hemd über, lässt die Knöpfe offen und setzt sich wieder aufs Bett.

Es hängen viele fertige Bilder, alle mit naturgetreuer Darstellung, an den 4 Wänden dieses Zimmers.

An der Südwand, wo das schmale Bett steht, zeigt ein Bild 2 schöne junge Frauen, die nebeneinander einhergehen, wie Freunde es tun : eine hat goldenes Haar, eine dunkles, aber das Dunkel ihres Haars ist durch das Sonnenlicht aufgehellt – das der anderen auch : die beiden gehen eine Straße mit Markisen entlang : es ist warm dort : ihre Kleider sind Musivgold und Azurit : die jungen Frauen führen ein Gespräch und sehen aus, als befänden sie sich gerade zwischen zwei Sätzen : die Goldenere ist in Gedanken : die Dunklere wendet sich ihr mit einer für die freie Luft ganz natürlichen Geste zu und sieht die Freundin so besser : ihr Blick drückt Höflichkeit und Demut aus, Respekt, so etwas wie freundliche Entschlossenheit.

So wie Hell und Dunkel auf dem Bild verteilt sind, Bestimmtheit und Milde, ist es gewiss das Werk eines großen Künstlers.

An der Westwand hängt das Bild einer Frau von einzigartiger Schönheit : sie blickt den Betrachter frontal an : *ich sehe da etwas, direkt hinter dir*, sagt der Blick, *und das ist traurig, verwirrend, ein Rätsel* : es ist sehr raffiniert, wenn man so etwas mit den Augen und der Haltung ausdrücken kann : sie hat einen Arm um ihren Hals geschlungen, hält sich selbst fest, ich glaube zumindest, dass es ihr eigener Arm ist, und zusammen mit dem Bogen ihres Haars (das zwischen dunkel und hell changiert) verleiht das ihrem Gesicht den Ausdruck der Maske, die in der griechischen Antike Traurigkeit bedeutet : sie trauert, glaube ich : trauert um Opfer : denn es ist eine Darstellung der hl. Monica, wie ich dem Schriftzug unter dem Bild entnehme, der zufällig in meiner eigenen Sprache ist : MONICA VITTIMA.

Hinter dem Kopfende des Bettes bedecken viele Bilder die ganze Ostwand : es sind Bilder einer anderen Frau, sie hat auf allen dieselben lachenden Augen : es zeugt von Liebe, wie sie an der Wand angeordnet sind, die Fülle bewirkt jedoch ein Gefühl von Überwältigung : die einzelnen Bilder überlappen, purzeln fast eines über das andere : sie zeigen aber nicht die Frau aus dem Bilderpalast : nein, dies hier ist eine dunkelhaarige Dame, die etwas Herzliches ausstrahlt und deren Kleider und körperliche Gestalt etwas Raffiniertes haben, das ich bewundere : die vielen Porträts zeigen sie in verschiedenem Alter, als habe sich ihr Leben direkt auf die Wand ergossen : auf einigen Bildern in Grautönen ist ein kleines Kind zu sehen, das wird sie wohl ebenfalls sein.

An der letzten Wand, der Nordwand, an der, wie ich sehe, eine Stelle wohl erst kürzlich mit frischem Putz und Gips ausgebessert wurde, befindet sich 1 Bild : es ist die Studie, die das Mädchen mit dem Zauberguckkasten von dem Haus angefertigt hat, als wir auf der hingepfuschten Mauer saßen und hinübersahen, bis die Frau mit der Bürste kam und uns wegscheuchte.

Sie hat ihre Studie des Hauses – die Fenster, eine Tür, ein Gartentor, ein hoher Strauch, die Fassade – mit einer Ernsthaftigkeit an der Wand neben ihrem Bett befestigt, die wohl ein Grundzug ihres Wesens ist.

Dann hat sie sich aufs Bett gesetzt und das Haus ebenso ernst betrachtet, fast so, als wollte sie am liebsten hineingehen, hätte sie den Mumm dazu.

Ein Maler könnte nach einer kleiner Studie ohne weiteres ein größeres Bild machen : wenn ich Malsachen hätte, ein Arm würde reichen, ich würde

wie damals, als aus dem Hofe des Herzogs von Modena und Reggio, des Marchese von Ferrara (dem der kleine Schwanenblut-Engel der Gerechtigkeit 10 und noch mehr Jahre zuvor das Ständchen gebracht hatte) der Aufruf kam, es würden Maler gesucht, die den Palast gegen die Langeweile mit lebensgroßen Bildern des Herzogs und seines Lebens ausschmückten.

Der Wunsch kam zum Teil wohl deshalb auf, weil sein Vater sich einmal eine Bibel hatte machen lassen, und um die auszustechen, wollte Borso eine eigene haben, nur größer und besser, von vorn bis hinten angefüllt mit winzigen Miniaturen, tausend kleinen Abbildungen heiliger Gegenstände und Personen und mit verschiedenen Szenen der heimischen Landschaft : vor meinem geistigen Auge kann ich förmlich sehen, wie er, Borso, eines Tages dort sitzt und die Seiten dieser Bibel betrachtet, jede einzelne Miniatur wunderschön, ein Meisterwerk, kleiner als die Fläche seiner Hand, und wie ihm der Gedanke einschießt, dass ihm, ließe er solche Bilder nur groß genug machen, so groß wie sein gewichtiger Leib etwa, die Leute aus der Stadt und die Würdenträger aus der Umgebung alle dabei zusehen könnten, wie er in einer heiligen Schrift von sich selbst umhergeht : und kein Moment wäre für so ein Vorhaben besser geeignet, wo er nach so vielen Jahren des

Wartens nun endlich doch und als Erster zum Herzog von Ferrara gemacht werden soll, und zwar vom Papst persönlich.

Ergo ließ er den alten Palast, den sein Vorfahr Alberto lange vor uns allen gebaut hatte, aufstocken und erweitern : der Palast lag ziemlich weit außerhalb der Stadt und bekam einen großen, für Feste und Bankette gedachten Saal, und die Wände dieses Saals wollte er mit Bildern eines Jahrs in seinem Leben bemalt haben, Monat für Monat, um den Menschen der Zukunft zu zeigen, was für ein guter Regent er gewesen war.

Ich stand in meinem 33ten Jahr, hatte mein Handwerk seither in Venedig und Florenz gelernt, in Bologna gutes Geld verdient und mir durch meine Arbeit im Palast der schönen Blumen auch in Ferrara schon einen Namen gemacht, als Sg. de Prisciano, der Falke, mein Pferd, mich und meinen Fackelträger begutachtete und mir aufgrund meiner Talente den Auftrag erteilte, 3 volle Monate von Borsos Jahr zu malen, ich allein eine ganze Jahreszeit, März, April und Mai, genau genommen die gesamte Ostwand : an den anderen Monaten sollten mindere Maler aus der Werkstatt des Hofes mitwirken : es war eine Arbeit für den Winter und das Frühjahr, da das neue Gebäude aus Ziegeln gebaut war, nicht aus Stein, was die Zeit für die Ausführung verknappte : aber so schnell wie möglich ist für Fresken sowieso das Beste.

Ich beschaffte mir Blau und Gold aus Venedig, denn Können ist nichts ohne gute Farben, und erst mit guten Farben und Können zusammen lässt sich so etwas wie Anmut erzielen (und zuletzt auch gute Bezahlung).

Wir standen in dem neuen Saal.

(Cosmo war nicht dabei.)

Von den Arbeitern aus der Werkstatt kannte ich keinen : es waren bloße Kinder im Vergleich : ihren Blicken entnahm ich, dass sie meinen Ruf kannten.

(Cosmo hatte an einem anderen Tag eine eigene Führung

durch den Raum erhalten. Cosmo hatte *wesentlich zu den Entwürfen beigetragen.*)

Francescho, das ist dein Gehilfe, sagte der Falke.

Der Knabe an seiner Seite sah aus wie 16 Jahre alt und hatte das Gebaren eines Taschendiebs.

(Cosmo hatte mehr Gehilfen, als er Familie hatte : die meisten Anwesenden im Raum waren irgendwann einmal Cosmos Gehilfen gewesen.)

Ich wartete, bis der Falke fortging und an anderer Stelle mit einem sprach.

Hast du schon mal für Cosmo gearbeitet?, fragte ich.

Der Taschendieb schüttelte den Kopf.

Gut, sagte ich. Denn falls ich mal nicht da bin und Cosmo auch nur versucht, meine Wand anzurühren, möchte ich, dass du es ihm verbietest. Sag ihm, auf Anweisung des Marchese darf er meine Wand nicht anrühren.

Ist das eine Lüge?, sagte der Taschendieb und warf mir einen Blick von der Seite zu.

Ja, sagte ich.

Ich bin ein schlechter Lügner, sagte der Taschendieb. Lügen muss ich extra berechnen.

Ich zahle dir, was du wert bist, sagte ich.

Und was, wenn ich gerade an meinem eigenen Stück Wand arbeite?, sagte der Taschendieb. Denn wenn die sehen, dass ich etwas tauge, lassen sie mich am August oder September vielleicht auch meine eigenen Sachen machen. Was, wenn er reinkommt und ich so vertieft bin, dass ich ihn gar nicht sehe?

Cosmo nicht reinkommen sehen?, sagte ich. Dann hast du Cosmo wirklich noch nie gesehen.

Ach, *den* meinst du, sagte der Taschendieb. Ich weiß schon. *Den* belüge ich für umsonst.

Der Falke befahl einem Knaben in Höflingskleidern, auf einen Stuhl zu steigen und auf dem Arbeitstisch in der Mitte des Raumes Aufstellung zu nehmen : dann postierte sich der Falke unterhalb des Knaben, der senkte den Kopf und beugte das Knie, um näher an den Mund des Falken heranzukommen, und richtete sich gleich wieder auf dem Tisch auf.

Auf die Weise, sagte der Falke.

AUF DIE WEISE, rief der Knabe, als blase er in ein Horn, und das mit für ein so schmächtiges Kerlchen unerwartet tiefer Stimme.

Brauche ich nicht zu schreien, sagte der Falke.

BRAUCHE ICH NICHT ZU SCHREIEN, rief der Bückknabe.

Mit dieser Methode teilte der Falke uns mit, was von uns erwartet wurde.

Die Wände werden DIE WÄNDE WERDEN. Von links nach rechts eingeteilt sein VON LINKS NACH RECHTS EINGETEILT SEIN. Ausgenommen hier und hier AUSGENOMMEN HIER UND HIER. Für diese Stellen sind FÜR DIESE STELLEN SIND. Gefällige Szenen aus dem städtischen Leben vorgesehen GEFÄLLIGE SZENEN AUS DEM STÄDTISCHEN LEBEN VORGESEHEN. Es werden Szenen ES WERDEN SZENEN. Aus dem herzöglichen Wirken sein AUS DEM HERZÖGLICHEN WIRKEN SEIN. In ansehnlicher Architektur IN ANSEHNLICHER ARCHITEKTUR. Szenen aus Umzügen und Turnieren SZENEN AUS UMZÜGEN UND TURNIEREN. Und als Hauptattraktion UND ALS HAUPTATTRAKTION. Hier der Papstbesuch HIER DER PAPSTBESUCH. Bei welchem der geliebte BEI WELCHEM DER GELIEBTE. Marchese zum ersten MARCHESE ZUM ERSTEN. Herzog von Ferrara ernannt werden wird HERZOG VON FERRARA ERNANNT WERDEN WIRD. Zur Feier ZUR FEIER. Dieses historischen Ereignisses DIESES HISTORISCHEN EREIGNISSES. In unserer Stadt IN UN-

SERER STADT. Werden die Wände dieses Raumes WERDEN DIE WÄNDE DIESES RAUMES. Ringsherum diese Geschichte erzählen RINGSHERUM DIESE GESCHICHTE ERZÄHLEN.

Der Falke hob die Hand und schritt zur gegenüberliegenden Seite des Tisches : der Knabe auf dem Tisch trat wieder hinter ihn und bückte sich zu seinem Mund hinab : der Falke wies auf meine Wand : aufwärts, abwärts.

DAS JAHR BEGINNT HIER. MIT DEM MÄRZ. HIER DANN DER APRIL. UND DER MAI.

Der Knabe gemahnte an einen trinkenden Vogel : der Falke ging um den Tisch herum und blickte zur Nordwand : der Knabe bückte sich

(den Knaben habe ich später in meinen März eingefügt : ich band ihm einen lüsternen Affen an das hintere Bein)

der Knabe richtete sich auf.

JUNI BIS SEPTEMBER, sagte der Knabe. HIER, HIER UND HIER. OKTOBER BIS DEZEMBER. HIER UND HIER. (Er kehrte sich mit dem Falken der Westwand zu, fuhr dann blitzschnell zum Süden herum.) DER JANUAR IST HIER. DER FEBRUAR HIER. DIE EINZELNEN MAUERABSCHNITTE UND MONATE. WERDEN DURCH GEMALTE SÄULEN. VONEINANDER ABGETRENNT. INNERHALB DER ABSCHNITTE. WIRD ES ABER. NOCH EINE WEITERE TEILUNG GEBEN. DENN ALLE MONATE. WERDEN VON OBEN NACH UNTEN. IN 3 ZONEN GEGLIEDERT. OBEN DIE MYTHISCHEN GÖTTER. DIE IN WAGEN GEFAHREN KOMMEN. DEN JEWEILIGEN JAHRESZEITEN GEMÄSS. MINERVA, VENUS, APOLLO. MERKUR, JUPITER, CERES.

Vulcanus und so weiter, sagte der Falke mit einer summarischen Handbewegung (denn er hatte seine Liste nicht mit und die Reihenfolge der Götter vergessen).

VULCANUS UND SO WEITER, sagte der Knabe.

Im oberen Bereich der Wand sollten wir lebensgroß die Ankunft der Götter im Jahreskreis darstellen : im unteren Bereich sollten wir lebensgroß Szenen aus Borsos Jahr zeigen, ergänzt durch die im Laufe eines Jahres anfallenden üblichen Monatsbeschäftigungen, stets mit dem hochgerühmten Borso im Zentrum.

Für die Mitte zwischen beiden war ein breiter blauer Himmel vorgesehen.

(Das hörte ich mit großer Freude, denn ich besaß hochwertiges Azurit aus Venedig.)

Der Plan des Falken sah für dieses Blau einen wie Wolken vorüberziehenden Fries mit Figuren aus dem Tierkreis vor : pro Monat 3, von denen jeder 10 Tage symbolisierte.

GOTT HAT ES GEFALLEN, verkündete der Knabe. WIE WIR WISSEN. UNS DIE DINGE IN EINER ANORDNUNG. VON JEWEILS 3 KORRESPONDIERENDEN TEILEN ZU GEBEN. DIE MONATE WERDEN DREIGETEILT. GÖTTER OBEN. HIMMEL IN DER MITTE. DIE ERDE UNTEN. DIE HIMMELSFELDER IN DER MITTE DER MONATE. WERDEN EBENFALLS DREIGETEILT.

Die Götter, die Sterne, die Erde, sagte der Falke.

DIE GÖTTER, DIE STERNE, DIE ERDE, rief der Knabe uns vom Tisch zu. DIE GÖTTER, DIE STERNE, DER HOF. DIE GÖTTER, DIE STERNE, UNSER FÜRST. BEI SEINEM WIRKEN IN DER WELT. EINER WELT, IN DER ER FRIEDEN UND WOHLSTAND GESCHAFFEN HAT. IN SEINER GROSSZÜGIGKEIT. SEINER HERRLICHKEIT. MIT SEINEN WEISSEN HANDSCHUHEN. DIE JAHRES-

ZEITEN IN SEINEM UMKREIS ERTRAGREICH. DIE ARBEITER IN SEINEM UMKREIS GLÜCKLICH. DIE MENSCHEN VON FREUDE ERFÜLLT. DARÜBER DER HIMMEL. UND DARÜBER DIE GÖTTER. IHRE ANKUNFT. AUF IHREN TRIUMPHWAGEN. UMGEBEN VON DEN. IHNEN ZUGEORDNETEN SYMBOLEN. UND ÜBLICHEN ATTRIBUTEN. DER ENTWURF HIERFÜR. BEFINDET SICH. IN DER ANTICAMERA. HINTER DER OSTWAND. STUDIERT IHN GRÜNDLICH. UND WEICHT IN KEINEM PUNKT. VON DEN ANWEISUNGEN. UND DEM AUF DEM MUSTER. GEGEBENEN BEISPIEL AB.

Und dafür, sagte der Taschendieb neben mir. Sollen wir. Pro verfluchten Quadratfuß. Gerade mal 10 Centesimi bezahlt bekommen.

Ich nahm mir vor, mich beim Falken nach meinem Arbeitslohn zu erkundigen : als er mit seinen Mitteilungen fertig war, legte der Falke den Arm um meine Schulter und ging mit mir und zeigte mir meine Wand.

Borso beim Auszug zur Jagd – hier, sagte er. Borso spricht vor einem treuen ungläubigen Greis Recht – hier. Borso macht dem Hofnarren ein Geschenk – hier. Palio di S. Giorgio – ungefähr hier. Zusammenkunft der Dichter – hier oben. Zusammenkunft der Gelehrten, Professoren und weisen Männer von der Universität – dort oben. Darstellung der Schicksalsgöttinnen – hier. Ein Frühlingsbild, etwas mit Fruchtbarkeit, lass deine Phantasie walten – in dem Bereich. Apollo – da. Venus – da. Minerva – da. Alle auf Wagen. Die Minerva muss Einhörner dazubekommen. Die Venus Schwäne. Bei Apollo muss Aurora als Wagenlenkerin dazu, und er braucht Pfeil und Bogen. Er braucht außerdem eine Laute, den delphischen Dreifuß und die Schlangenhaut.

Ich nickte.

Die Götter bebilderst du nach den Gedichten, sagte er.

Mach ich, sagte ich und war nicht klüger als zuvor.

Nun, sagte er. Zu den Dekanen. Für die 3 Dekane eines jeden Monats konsultierst du das Schema in der Anticamera. Dem Schema kannst du zum Beispiel entnehmen, das ist sehr wichtig, Francescho, dass der erste Dekan des Aries weiß gekleidet sein sollte. Er sollte groß sein, dunkel, kraftvoll, ein meisterlicher Mann, der viel Gutes in der Welt bewirkt. Er soll ein Hüter sein, nicht nur des Saals, sondern des ganzen Jahres. Er sollte neben einem Widder stehen, als Symbol für das Sternbild. Und daneben bringst du bitte eine Figur, die für Jugend und Fruchtbarkeit steht und die etwas in der Hand hält, einen Pfeil etwa, der für Können und Streben steht. Ein Selbstporträt vielleicht, Francescho, dein eigenes hübsches Gesicht, was meinst du?

Er zwinkerte mir mit einem Auge zu.

Und hier, im April, sollte einer der Dekane einen Schlüssel in der Hand halten. Mach den Schlüssel recht groß. Und dort drüben … und da … es fand kein Ende, *und einer sollte Kamelfüße haben, einer sollte einen Speer und einen Stab halten, einer eine Eidechse und …*

Bei so viel Vorschriften hatte ich keine Gelegenheit, mich nach der Bezahlung zu erkundigen.

Aber meine Arbeit, das wusste ich ja, würde für sich selbst sprechen und mir, wenn sie fertig war, den gebührenden Lohn einbringen.

Ich begann mit dem Mai und mit Apollo : gab mir große Mühe bei den Pferden : dachte mir 4 Falken aus und setzte sie auf eine Stange : fügte Pfeil und Bogen hinzu, musste die Laute aber einem Mädchen geben, das in der Gruppe der Sängerinnen stand, weil Apollo mit dem Bogen, dem Pfeil und der schwarzen Sonne schon beide Hände voll hatte : den Sonnenball machte ich ein bisschen wie ein schwarzes Samenkorn, eine verbrannte Walnuss oder den Anus einer Katze, denn genauso sieht die Sonne aus, wenn man zu lange in die Sonne schaut.

Was war ein delphischer Dreifuß?

Ich malte einen dreibeinigen Hocker und breitete eine Schlangenhaut darüber.

Als er ihn sah, nickte der Falke.

(Puh.)

Ich malte sämtliche Mitglieder des ferraresischen Hofes, aber nicht so, wie sie jetzt aussahen, sondern als einen nicht enden wollenden Zug kleiner Kinder, die aus einer Öffnung in der Erde ausschwärmen wie aus dem Nichts, in jedem Moment neue und alle nackt wie am Tag ihrer Geburt, die Beißringe an Kordeln um ihren Hals der einzige Schmuck und eins das andere freundschaftlich untergehakt bei ihrem Marsch.

Als er auf das Gerüst heraufkam und es sah, lachte der Falke laut auf: er war so entzückt, dass er die Hand auf meine Kniehose fallen ließ und mich dort anfassen wollte, wo etwas sein konnte oder auch nichts.

Ah!, sagte er.

Ich hatte ihn überrascht.

Er war ernüchtert.

Verstehe, sagte er.

Doch er legte brüderlich den Arm um meine Schulter, und ich hatte ihn umso lieber, den dünnen, gelehrten Falken.

Du hast mich reingelegt. Damit habe ich überhaupt nicht gerechnet, nachdem meine Magd regelrecht aufgelöst war an dem Tag, als du dich vorgestellt hast, sagte er

(denn als ich ihn aufgesucht und ihm den Fackelträger gezeichnet hatte und die Magd, die mir geöffnet hatte, schließlich wieder zur Tür kam und mir ausrichtete, dass ich den Auftrag bekam und nun gehen sollte, hatte ich sie gebeten, mir ihre Haube zu leihen, bloß zum Ansehen, und als sie sie absetzte, hatte ich sie sacht ein Stück ins Haus zurückgedrängt, damit niemand uns sah, und sie freundlich gebeten, noch ein paar andere Sachen auszuziehen, bloß zum Ansehen, was sie lächelnd tat, und dann hatte ich sie an den entblößten Stellen geküsst, wie ich es wollte und was ihr auch gefiel, und sie hatte mich ebenfalls geküsst, und bevor ich ging, hatte sie mir die Haube sehr lieb aus Schabernack umgebunden und gesagt *du würdest ein sehr hübsches Mädchen abgeben, Herr).*

Du bist etwas weniger das, Francescho, was ich glaubte, sagte der Falke nun.

Nur ganz ein klitzekleines bisschen, Signore de Prisciano, sagte ich, aber kein bisschen, soweit es das Bildermachen betrifft.

Nein, du bist trotzdem genauso begabt, sagte er.

Ganz genauso, sagte ich. Keinen Deut weniger.

Ich sagte es mit Hitze, aber er hörte nicht zu : hieb sich stattdessen auf den Schenkel und lachte.

Jetzt kapiere ich es, sagte er. Warum Cosmo dich so nennt?

(*Cosmo? spricht von mir?*)

Wie nennt Cosmo mich denn?

Du weißt es nicht?, sagte der Falke.

Ich schüttelte den Kopf.

Dass Cosmo, wenn er von dir spricht, dich Francescha nennt?, sagte der Falke.

Er tut was?

Francescha del Cossa, sagte der Falke.

(*Cosmo.*

Es ist dir verziehen.)

Ein bloßer Hofmaler, sagte ich, werde ich nie sein. Ich tanze nie nach anderer Leute Pfeife.

Aber jetzt, sagte der Falke, bist du doch ein Hofmaler, nicht?

(Das stimmte.)

Zumindest werde ich mich nie aus freien Stücken bei Geißlern verdingen, sagte ich

(denn Cosmo, das wusste ich, verdiente viel Geld mit den Bildern, die einige bei ihm bestellten).

Der Falke zuckte die Achseln.

Die Geißler bezahlen so gut wie jeder andere, sagte er. Und hast du seinen hl. Georg am Orgelflügel in der Kathedrale gesehen? Francescho, der ist großartig. Und – hat Cosmo dich nicht ausgebildet? Ich dachte, du wärst Cosmos Gehilfe gewesen.

Cosmo? *Mich* ausgebildet?, sagte ich.

Wer dann?, sagte der Falke.

Ich habe mit meinen Augen gelernt, sagte ich, und von den Meistern.

Welchen Meistern?, fragte der Falke.

Dem großen Alberti, sagte ich. Dem großen Cennini.

Aha, sagte der Falke. Autodidakt.

Er schüttelte den Kopf.

Und von Cristoforo, sagte ich.

Da Ferrara?, sagte der Falke.

Del Cossa.

Der Ziegelmacher, sagte der Falke, hat dir das beigebracht?

Ich zeigte nach unten auf meinen neuen Gehilfen, den Taschendieb, der die Zeit zwischen Putzmachen und Farbereiben damit überbrückte, dass er den Stapel Ziegel zeichnete, den ich ihn aus dem Garten hatte holen lassen : wenn ich auf meine prächtigen Hofkinder zurückblicke, die aus der Höhle in dem steinigen Boden herausströmen, scheint mir, als sei die Welt ein einziges Theater und sie ihre gottgegebenen Kritiker.

Seit frühester Kindheit lebe ich mit Ziegeln und Stein, atme sie, schlafe darin, aber Ziegel kann man nicht essen, Steine kann man nicht essen, Signore de Prisciano, und darum …

(ich nahm innerlich Anlauf, um nach meinem Geld zu fragen)

... im Gegenteil, sagte der Falke. Es ist die beste Methode, Vögel zur Jagd abzurichten, nicht? Man gibt ihnen Steine zu fressen

(das stimmt, Falkner tun genau das, damit der Vogel hungrig und scharf bleibt, sie gaukeln ihm vor, er sei gut gefüttert worden, indem sie ihm Steinkügelchen zu fressen geben, so dass der Vogel, wenn die Haube abgenommen wird und er arbeitet, überrascht ist von seinem Hunger und mit umso schärferem Blick Beute findet).

Aber er war meiner Frage ausgewichen, und das wusste der Falke auch : er wandte sich beschämt ab : betrachtete stattdessen mein Kinderheer.

Ein Haufen blasierter Kinder, sagte er. Ganz schmucklos, gesehen als das, was sie sind. Gut. Und mir gefällt dein Apollo. Wo ist die Laute? Ah, ja. Und die Anmut deiner Sängerinnen gefällt mir auch sehr. Und – hier ... oh. Was ist denn das?

Die Zusammenkunft der Dichter, die du wünschtest, sagte ich, in der oberen Ecke, wie gefordert.

Aber das – nein, oder? – bin das nicht – *ich*?

(Es stimmte, ich hatte unverlangt sein Porträt bei den Dichtern eingefügt : ich spürte, dass er lieber als Dichter denn als Gelehrter gelten wollte.)

Was habe ich da in der Hand?, sagte er.

Das Herz.

Oh!

Und das hier, siehst du, soll Hitze sein, sagte ich. Als ob du ein Herz betrachtetest, von dem Hitze aufsteigt wie an einem kalten Tag Atem von einem Mund.

Er bekam Farbe : warf mir dann einen spöttischen Blick zu.

Du bist ein Politiker, Francescho, sagte er.

Nein, Signore de Prisciano. Ein Maler, durch die Arbeit

meiner Arme und Hände und meiner Augen und durch den Wert meiner Arbeit.

Er kehrte mir dann aber schnell den Rücken zu für den Fall, dass ich noch einmal vom Geld anfing.

Beim Abstieg von der Leiter sah er wieder zu mir herauf.

Nicht schlappmachen, sagte er.

Und zwinkerte.

Sozusagen, sagte er.

(Einmal kam ich durch den Vorhang über der Tür zum Monatssaal, es war erst Mitternacht, noch nicht spät, eine gute feuchte Nacht und nur wenige andere bei der Arbeit, denn ich mochte es still lieber, aber als ich durch den Raum ging, merkte ich an den Schatten, dass auf einem Podest am anderen Ende des Raums eine Fackel geschwenkt wurde : ich blieb im Dunkel unten am Gerüst : der Falke, hörte ich, war irgendwo da oben und sprach mit jemandem …

Venezianisch, ja. Piero, gewiss. Castagno, vielleicht der eine oder andere Flame, sicher etwas Mantegna und Donatello. Aber so, als ob, Euer Gnaden, er zwar tief in das alles eingetaucht, es dann aber wieder komplett abgewaschen hätte, so dass die Arbeiten eine Frische haben, wie ich sie noch niemals.

Euer Gnaden.

Ja, sagte der andere. Ich bin nicht sicher, ob mir gefällt, wie er mein Gesicht gemacht hat.

Es hat Zauber, sagte der Falke. Etwas sehr, ich weiß nicht, wie ich es sonst nennen soll, Einnehmendes.

Zauber sollte man nie unterschätzen, sagte der andere.

Die Leichtigkeit der Auffassung, sagte der Falke. Die hat er sich nicht abgeschaut. Nicht bei Piero, nicht bei den Flamen.

Die Kleider der Frauen sind sehr schön, sagte der andere. Aber bin ich auch gebührend in den Mittelpunkt gerückt? In meiner Eigenschaft als Schutz und Schirm? Und inwiefern den Göttern gleich? Ich meine, als Folgerung?

Sehr, Euer Gnaden, und dennoch sehr menschlich, sagte der Falke. Eine seltene Gabe, wenn jemand beides, Götter und Menschen, malen kann, nicht?

Hm, sagte der andere.

Sehen Sie sich die Frau und das Kind hier an, sie stehen nur da, aber in was für einer Choreographie, sagte der Falke. Das ist Mutterschaft, aber mehr als nur Mutterschaft. Es ist, als führten sie ein Gespräch, aber allein durch die Ausrichtung ihrer Körper.

Und macht dieser Maler noch weitere Bilder von mir?, sagte der andere.

Ja, Euer Gnaden, sagte der Falke

und ich hörte sie auf dem Podest umhergehen und drückte mich in den Schatten der Mauer.

Wer ist dieser junge Bursche?, sagte der andere, während die Leiter unter ihm knackte.

Kein junger Bursche, Euer Gnaden, sagte der Falke.

Ich hielt den Atem an.

Ein richtiggehender Maler, gute 30 Jahre alt, sagte der Falke.

Wie ist sein Aussehen?, sagte der andere.

Jugendlich von Erscheinung, Signore, sagte der Falke. Mädchenhaft, könnte man sagen. Jugendlich auch in den Werken. Die durchgängig Frische haben. Frische und Reife, beides zugleich.

Wie nennt er sich?, sagte der andere.

Ich hörte den Falken es ihm sagen –

und malte ihn, nachdem er sich von Cosmos hl. Georg so angetan gezeigt hatte, noch einmal in das Fresko hinein, diesmal in den März (an den Teil der Wand, an dem mir meine Arbeit am besten gelungen war) und als Falkner, dessen Rockschöße sich heben wie die Flügel des Falken auf seinem Arm, daneben den Fackelträger, dessen Zeichnung ihm gefallen hatte, und ich setzte ihn so aufs Pferd, dass er gewisse Ähnlichkeit mit Cosmos Georg hatte : ich machte ihn jung und kraftvoll : gab ihm einen mit Fransen geschmückten Jagdhandschuh : vor allem machte ich die Hoden seines Pferds besonders wohlgestaltet und groß).

Die Monate zu malen dauerte Monate.

Ich machte es so, dass alles nah und zugleich fern aussah.

Den Einhörnern im oberen Teil gab ich durchscheinendes Horn.

Im unteren Teil gab ich den Pferden Augen, die einem beim Durchschreiten des Raums folgen, denn es sind die Augen Gottes, und wer sie auf einem Bild oder einem Fresko hat, zieht den Blick des Betrachters auf das Werk, und das ist nicht blasphemisch, sondern bekräftigt nur, dass der Blick eines machtvollen Auges auch immer auf uns ruht.

Ich malte die unterschiedlichen Himmel von Mai und April und zuletzt März (denn ich schritt von Mai zu März voran und kam von einem Monat zum nächsten mit dem Verputz besser zurande, so dass die Arbeit blühte und gedieh) : ich war so kühn, im oberen Teil der Venus bei den in Dreiergruppen stehenden Liebespaaren Szenen zu malen, in denen Frauen ungeniert von Männern geküsst und berührt werden (das würde die Florentiner ärgern, sollten welche den Raum besuchen, denn sie lehnen die Darstellung solches Treibens strikt ab).

Ich befolgte in allem die Ratschläge, die der große Alberti den besten Malern gab, und zeigte Menschen allen Alters und aller Art, dazu Hühner, Enten, Pferde, Hunde, Kaninchen, Hasen, diverse Vögel, sämtlich in lebhaftem Austausch begriffen und von mannigfaltigen Landschaften und Gebäuden umgeben : und da Alberti in seinem Buch fordert, dass Maler, denen die Lektüre nützlich und hilfreich gewesen ist, *als Lohn für meine Mühen mein Bildnis in ihren Werken wiedergeben, um zu beweisen, dass sie dankbar sind*, tat ich auch dies und malte ihn bei der Zusammenkunft der Gelehrten in den Bereich der Göttin Minerva hinzu : denn wer gut arbeitet, sollte immer geehrt werden, darin waren sich die beiden Großen, Alberti und Cennini, einig. Zum Ausgleich für die gelehrten Professoren placierte ich auf der anderen Seite des Wagens der Minerva, wo der Falke die Parzen haben wollte, eine Zusammenkunft arbeitender Frauen und gab ihnen die Gesichter aller Frauen, die mir von der Straße, aus Werkstätten und Freudenhäusern noch erinnerlich waren : ich gruppierte sie um einen guten Webstuhl und gab ihnen als Hintergrund eine wohlgestaltete Landschaft mit Höhlen.

Ich malte meine Brüder.

Ich malte meine Mutter als strahlende Gestalt.

Ich malte einen Widder mit den Zügen meines Vaters.

Auf die Weise füllte ich die Monate des Marchese mit jenen, die in meinen eigenen auf Erden mit mir gewesen waren.

Während der Arbeit zeigte sich aber, wie es vorkommen kann, wenn man jemanden mit Farbe darstellt, dass sie, kaum hatte ich sie in die Haut des Freskos gemalt, nicht mehr die Menschen waren, die ich kannte : das passierte vor allem im Blau für den Himmel, in dem Teil zwischen den Göttern und der Erde.

Ein Bild ist zumeist nur Bild : manchmal aber ist es mehr : ich betrachtete die Gesichter im Licht der Fackel und sah, dass sie eigenständig waren : sie hatten sich von mir und von der Wand emanzipiert, die sie hervorgebracht und gehalten hatte, sogar von sich selbst.

Es gefällt mir sehr, wenn, sagen wir, ein Fuß oder eine Hand über den Rand und den Rahmen in die Welt jenseits des Bildes ragt, denn ein Bild ist als gegenständliche Realität in der Welt, und der Vorstoß ist ein Kennzeichen dieser Realität : es gefällt mir, wenn eine Figur in den Bereich zwischen

Bild und Welt vordringt, und genauso gefällt mir, wenn ein Körper unter gemalten Kleidern da ist, wenn dort, wo sich Busen, Brust, Ellbogen oder Knie unter dem Stoff wirklich befinden, sie von unten gegen ihn stoßen und ihm Lebendigkeit verleihen : ganz besonders mag ich die Knie von Engeln, denn Heiliges ist ebenfalls von dieser Welt, und es ist keine Blasphemie, so zu denken, nur ein tieferes Durchdringen der Realität des Heiligen.

Aber das sind bloß einfache Freuden – ich bin versucht, einen jungen Knaben zu engagieren, ihn sich auf einen Tisch stellen und die Worte BLOSS EINFACHE FREUDEN rufen zu lassen – verglichen mit allem, was geschieht, wenn das Leben des Bildes selbst den Rahmen überschreitet.

Das bewirkt nämlich 2 gegensätzliche Dinge auf einmal.

Zum einen macht es die Welt erkennbar und verständlich.

Zum anderen entfesselt es Blick und Leben von denjenigen, die sich das Bild ansehen, und schenkt ihnen einen Augenblick der Freiheit von beiden Welten, seiner und ihrer zugleich.

Ich war auch nicht mehr lange Sklave dieser Arbeit, denn als ich mich dem Ende des Monats März näherte, *war* es März und Neujahr nicht mehr fern : eines Tages drängten sich die Gehilfen und Maler aus der Werkstatt in der Mitte des Raumes : eine hitzige Debatte war im Gange, gewiss über den Aufstand der Ungläubigen, vermutete ich hoch oben auf dem Gerüst (die Feldarbeiter hatten sich erhoben und mehr Essen und Lohn gefordert, 10 Männer geschlagen wegen der Taten von nur 1, und es hieß, von den 10 seien einige dem Tode nahe, und den 1, der den Aufstand organisiert hatte, habe man bereits gevierteilt).

Doch nein, es ging nicht um die Ungläubigen : sie debattierten dort unten so hitzig um die letzthin an Borso gerichtete Petition um bessere Bezahlung.

Meister Francescho!, rief der Taschendieb am Gerüst zu mir herauf.

Ercole!, rief ich zurück, ohne mich umzudrehen.

(Ich frischte die Grazien ein wenig auf.)

Lass uns deinen Namen unter unsere auf die Petition setzen, rief der Taschendieb herauf.

Nein!, rief ich hinunter

denn sie hatten schon zweimal um mehr Geld nachgesucht, und beim zweiten Mal hatte Borso allen (mir auch) seine Medaille überreicht, die mit seinem Kopf auf der einen und Justitia auf der anderen Seite und dem Schriftzug *haec te unum : du und sie sind eins.*

Die Medaille war hübsch und sah wertvoll aus, aber Borso hatte schon so viele in der ganzen Stadt verteilt (und nicht bloß hier, sondern auch in seinen anderen Städten), dass sie am Markt nur wenig einlöste.

Und Borso war bekannt für seine Großzügigkeit : entlohnte er seine Lieblingsmusiker nicht großzügig? Bedeckte er Cosmo nicht mit kostbaren Edelsteinen?

Freilich, mir hatte man bisher denselben Satz gezahlt wie den anderen, aber das war ein Versehen, das wusste ich.

Ich wollte dem Marchese direkt schreiben und ihn auf das Versehen hinweisen.

Denn ich wusste, dass ich außergewöhnlich gut war (der Einzige hier, der nicht nach Cosmos Kartons arbeitete, der Einzige, der von außerhalb der Werkstatt des Hofes hinzugezogen worden war) : und als der falsche Lohn das erste Mal kam, hatte ich den Falken gebeten, sich für mich zu verwenden : der Falke hatte mich jedoch betrübt angesehen.

Du hast wohl deine Medaille nicht bekommen?, sagte er

woraus ich entnahm, dass er in der Angelegenheit nichts ausrichten konnte.

Der Falke war über seinen hl. Georg sehr erfreut : ich

merkte, dass er sich ebenso gern als Menschen der Tat wie als Dichter dargestellt sah, denn er wurde rot bis über die Ohren.

Den Kopf geschüttelt hatte er aber bei den Irren aus dem Irrenhaus, die ich mit hinter ihnen herwehenden Zwangsjacken den Pferden und Eseln nachrennen ließ, als nähmen sie auch am Palio teil : und hatte abermals den Kopf geschüttelt bei der in der Ferne gezeigten Szene eines Jagdausflugs, wo der Marchese und alle seine Männer geradewegs auf den Rand eines Abgrunds zureiten, in den ein Hund ungerührt hinabblickt (den Abgrund hatte ich durch einen Spalt in der Architektur im Vordergrund dargestellt, eine Perspektive, auf die ich sehr stolz war).

Besonders vor einem meiner Bilder war der Falke erbleicht.

Hier, sagte er. Nein. Das kann nicht so bleiben. Das musst du ändern.

Er wies auf den ersten Märzdekan, die Stelle, für die er einen kraftvollen Wächter verlangt und ich ihm auch einen gemalt hatte : in Gestalt eines Ungläubigen.

So etwas ist ohnehin schon schlimm. Für sich genommen. Und du bittest mich obendrein, ihn dazu zu bewegen, *dir mehr Geld zu zahlen*? Francescho. Siehst du es nicht? Hast du keine Augen im Kopf? Er lässt dich auspeitschen. Und wenn ich um mehr Geld bitte, lässt er mich auch auspeitschen. Nein, nein, nein. Das muss weg. Schneid es raus. Mach es neu.

Ich schrumpfte innnerlich : ich war ein Narr, stand am Ende womöglich ganz ohne Lohn da, wurde hinausgeworfen und war völlig mittellos : nie wieder würde ich am Hof Arbeit bekommen, dabei war ich bereits klamm, denn Gold und Blau hatten mich den Verdienst eines halben Jahres gekostet : also nahm ich innerlich Anlauf, den Falken zu fragen, was ich stattdessen malen sollte.

Doch als ich ihm antwortete, drang statt der vorbereiteten Worte aus meinem Munde nur nein.

Der Falke neben mir fuhr zusammen.

Francescho. Mach es neu, sagte er noch einmal.

Ich schüttelte den Kopf.

Nein.

Das hier kann auch nicht so bleiben, sagte er und zeigte auf die Grazien im Venus-Teil. Die Grazie da. Mach sie heller. Viel zu dunkel.

Ich hatte den Grazien modische Frisuren gegeben : hatte ihnen Ähnlichkeit mit vergänglichen Menschen gegeben und Ginevra und Agnola dem Betrachter zugewandt, Isotta aber von ihm abgekehrt gemalt : ich hatte ihnen Äpfel in die Hand gegeben und mit ein paar Vs in 2 langen dürren Bäumen die Stelle an den frontal gezeigten Grazien nachgebildet, aus der alles menschliche Leben und manche Lust entspringt : ich hatte je 2 Vögel auf die dürren Bäume gesetzt : alles rhythmisch : sogar die Äpfel und die Brüste ähnelten einander : die Grazie, der ich Isottas Aussehen verliehen hatte, war ihm aufgefallen : doch sogar sie, so schön sie auch sein mochte, vermochte seinen Blick nicht lange zu fesseln, denn der kehrte wieder und wieder zu dem Ungläubigen in den zerlumpten weißen Arbeitskleidern im Bereich des schönsten Blaus zurück.

Dann – ein Wunder – ging irgendetwas in dem Falken vor, merklich an der Art, wie er neben mir stand.

Er schüttelte abermals den Kopf, aber auf andere Art.

Er verlangte mehr Licht.

Mehr Licht kam.

Er stützte das Kinn auf beide Hände.

Als er die Hände wegzog, sah ich, dass der Falke lachte.

Diese Dreistigkeit! Nun, es stimmt, du hast genau das getan, was ich von dir verlangt habe, sagte er. Nur dass ich nicht so viel Schönheit verlangt habe. Gut, wollen mal sehen. Ich, ich weiß nicht, ich krieg das schon hin. Ich lotse ihn gleich zu dem Alten weiter, der wie gewünscht vor ihm das Knie beugt. *Borso spricht Recht vor einem ungläubigen Greis.*

Danke schön, Signore de Prisciano, sagte ich.

Dafür erweise du mir aber auch ein paar Gefälligkeiten, Francescho, sagte der Falke. Mach die Haut des das Knie beugenden Greises noch eine Spur dunkler zum Zeichen dafür, dass die Gerechtigkeit des neuen Herzogs alle Erwartungen übertrifft. Aber ich warne dich, Francescho. Keine weiteren Torheiten. Hörst du? Und die Haut dieser Grazie, der mit dem Rücken zu uns, machst du etwas heller. Dann kommen wir vielleicht, aber nur vielleicht, ungestraft davon.

Ungestraft davonkommen : als ob ich es insgeheim auf Verhöhnung angelegt hätte oder Unruhe stiften wollte : aber, ganz ehrlich, wenn ich meine Bilder betrachtete, überraschten sie sogar mich mit ihren Einsichten : denn beim Malen dieser debattablen Dinge hatte ich mir selbst immer wieder gesagt, dass der Marchese gerecht sein, instinktiv den Wert meiner Arbeit erkennen und mich angemessen entlohnen würde, natürlich würde er das, auch wenn ich ihn und seinen Jagdzug so gemalt hatte, als trappelten sie zu Pferde blind auf einen Riss in der Erde zu : das Malen ist in seinem Vollzug nämlich ein Vorgang zweifachen Erkennens insofern, als das mit eigenen Händen Geschaffene auch dir eine Welt offenbart, für die du mit dem geistigen Auge, dem bewussten Auge, häufig blind bist.

Kopfschüttelnd stand der Falke vor dem Ungläubigen : ihm war das Lachen vergangen : seine Kinnlade fiel herunter : er schlug die Hand vor den Mund.

Und wenn er mich etwas fragt, sagte er immer noch mit der Hand vor dem Mund, sage ich ihm, ich weiß es nicht, sage, es ist …

Eine Gestalt aus einem französischen Ritterroman, sagte ich.

Eine Gestalt aus einem nur Wenigen bekannten französischen Ritterroman, sagte der Falke. Er kann ja nicht zugeben, dass der ihm nicht geläufig ist. Wir wissen schließlich alle, wie gut er die alle kennt.

Dann sah der Falke mir in die Augen.

Zu mehr Geld kann ich dir aber nicht verhelfen, Franceschо, sagte er. Bitte mich nicht mehr darum.

Schön, dann schreibe ich ihm halt selbst und frage ohne Umschweife danach, dachte ich im Stillen, als der Falke das Gerüst hinabstieg : ich brauchte keinen Mittelsmann.

Meister Francescho!, rief nun der Taschendieb von unten herauf.

Ercole!, rief ich von oben zurück.

Ich überarbeitete die Grazien, nun ein schwacher Abglanz : *geben, annehmen, wieder geben* : die als Grazien aber noch hinreichten und entsprachen : ich hatte sie aus der Wand geschnitten, die Stelle neu verputzt und sie neu gemalt, ihnen aber das menschliche Antlitz gelassen, hatte aus allen eine Agnola gemacht, einen dreimal verschiedenen Drilling.

Verzeih mir!, rief der Taschendieb.

Was denn?, rief ich zurück.

Dass ich den Brief in deinem Namen unterschrieben habe!, rief der Taschendieb herauf

(unter den Gehilfen und Malern der Werkstatt ging nämlich das Gerücht, man habe ihnen den besseren Lohn deshalb verweigert, weil mein Name unter dem Brief fehlte, weil ich mich bei den früheren Malen, als sie darum baten, ihnen nicht angeschlossen hatte, und darum sah es für den Marchese vielleicht so aus, sagten sie, als ob ich 10 Centesimi pro Quadratfuß für genug hielt).

Aber nicht mit meinem Namen, Ercole?, rief ich wieder hinunter.

Aber doch mit deinem Namen, rief der Taschendieb herauf. Und ich kann deine Hand gut, das weißt du, Meister

Franceschο. Wir brauchen unseren Lohn. Und je mehr den verlangen, desto besser.

Ich gab dem Apfel der Grazie ganz rechts mehr Licht.

Ercole!, rief ich hinunter.

Ja, Meister Francescho?, rief er herauf.

Ich beugte mich über das Gerüst und sagte leise, nur zu ihm :

Ich brauche keinen Gehilfen mehr. Pack deine Sachen. Such dir einen anderen Meister

denn meine falsche Bezahlung war nur ein Versehen, das wusste ich, und Borso war ein Mann, dem die *Gerechtigkeit* ein besonderes Anliegen war : hatte ich seinen Kopf nicht direkt unter das in den Stein des schön bekränzten Bogens gemeißelte Wort Giustizia in eine Lünette gemalt, die den beiden Seiten seiner Medaille ähnelte? Und darunter eine Szene, in der er vor dankbaren Leuten in der Stadt Recht spricht? Um Gerechtigkeit war es ihm vor allem zu tun (vielleicht weil Nicco, sein Vater, wovon wir alle wussten, wie wir von den legendären Heiligen und den biblischen Geschichten wussten, nicht nur seine illegitimen Söhne begünstigte, sondern in einem Anfall von Zorn auch *unaussprechliches Unrecht* beging, als er seine zweite Frau, die Schöne, und seinen erstgeborenen Sohn, den Hübschen, die sich ineinander verliebt hatten, in einem Verlies enthaupten und danach irgendwo verscharren ließ, den Ort kannte niemand) : Borso lag die Gerechtigkeit so sehr am Herzen, dass er in der Anticamera, gegenüber dem Wandstück, wo ich den Äpfeln der Grazien gerade etwas mehr Licht gab, einen kleinen Saal schaffen ließ, in dem er kleinere Rechtsfälle zu untersuchen gedachte, und wir wussten alle, dass er bei französischen Stuckmeistern Darstellungen des Glaubens, der Hoffnung, des Starkmuts, der Mildtätigkeit, der Weisheit und der Mäßigung bestellt, ausdrücklich aber nur um 6 Tugenden gebeten und verlangt hatte, *die Gerechtigkeit auszulassen*, denn er war die Gerechtigkeit, die Gerechtigkeit war er, und wenn er persönlich im Raum anwesend war, war auch die Gerechtigkeit anwesend, da sie Borsos Kinn, seinen Kopf, sein Gesicht, seine Brust und überdies seinen Leib hatte.

Gute Arbeit, guter Lohn, so sagt es der große Cennini in seinem Handbuch für Maler : es ist auch Ausdruck von Gerechtigkeit, dass du, wenn du gute Materialien benutzt und gute Fähigkeiten zur Anwendung bringst, zumindest gutes Geld als Lohn erwarten darfst : und wenn es sich so fügt, dass der ausbleibt, wird Gott selbst dich entlohnen : das ist Cenninis Versprechen : so wollte ich es dem Marchese schreiben : und ich schreibe es am Vorabend des neuen Jahres oder morgen am Neujahrstag, denn um diese Zeit ist man großzügig (und vielleicht stimmte es sogar und der großzügige Borso glaubte wirklich, dass ich, da ich meinen Namen nicht unter die anderen Petitionen gesetzt hatte, 10 Centesimi wirklich für genug hielt).

Ich sah dem Taschendieb am Rücken an, dass er traurig war : an einem Rücken kann man vieles ersehen : er verstaute sein Werkzeug und seine Habe in seinen Taschen : wusste man, ob Borso, wenn er einen Brief von mir las, nicht nur den Irrtum bei mir berichtigte, sondern sich davon überzeugen ließ, auch großzügiger gegen die niedrigeren Arbeiter zu sein? : mit Glück und Gerechtigkeit schon, auch wenn sie Ersteres brauchten, da sie Letzteres weniger verdienten als ich.

(Ich bin noch klein, sitze auf einem Stein im Geruch von Pferdepisse, in der Hand den Schrumpfkopf, aus dem ein Flügel herausragt : das Ding in meiner Hand ist, mit etwas Glück und Gerechtigkeit, der Anfang eines Baumes.

Glück, ich weiß es, hat damit zu tun, dass das Zufällige eintritt.

Aber was ist Gerechtigkeit?, rufe ich dem Rücken meiner Mutter zu.

Sie ist zu dem Bottich mit der Wäsche unterwegs.

Anständigkeit, ruft sie über die Schulter zurück. Das Rechte tun. Wenn man bekommt, was einem zusteht. Wenn du genauso viel zu essen bekommst wie deine Brüder, genauso viel lernen darfst und genauso viele Möglichkeiten hast wie sie und wenn sie von alledem genauso viel bekommen wie jeder in der Stadt oder auf der Welt.

Aha. Gerechtigkeit hat etwas mit Essen zu tun und mit Lernen.

Und ein vom Baum gefallener Samen, was hat der damit zu tun?, rufe ich.

Sie bleibt stehen und schaut zurück.

Wir brauchen beides, Glück und Gerechtigkeit, wenn wir so leben wollen, wie es uns bestimmt ist, sagt sie. Viele Samen schaffen das nicht. Überleg mal. Sie fallen auf Stein, werden zu Bröseln zertreten, verfaulen im Abfall an der Straßenseite, bilden Wurzeln, die aber nicht anwachsen, sondern vor Durst, Hitze, Kälte eingehen, bevor sie überhaupt unter der Erde aufgebrochen sind, geschweige denn ein Blatt ausgebildet haben. Aber ein Baum ist ein kluges Geschöpf und verbreitet jedes Jahr viele Samen, so dass auf alle, die keinen neuen Baum hervorbringen, Hunderte, ja Tausende kommen, die es tun.

Ich schaue mir die Sämlinge an, die bei den gestapelten Ziegeln büschelweise wuchern, Sämlinge, noch nicht einmal so groß wie ich : sie sehen nach nichts aus : ich schaue zum Dach hinauf, wo 3 dürre Ärmchen beweisen, dass ein Samen in der Dachrinne wurzelt : das ist Glück : aber Gerechtigkeit? Und ich bin weder ein Samen noch ein Baum : ich bin ein Mensch : ich breche nicht auf : ich habe keine Wurzeln : wie kann ich ein Samen oder ein Baum sein oder beides?

Ich verstehe immer noch nicht, was Gerechtigkeit mit Samen zu tun haben soll, rufe ich.

Das kommt schon noch, ruft sie vom Bottich zurück, wo sie wieder das Leinen stampft.

Im nächsten Moment höre ich sie ihr Arbeitslied singen.)

Meister Francescho?

Der Taschendieb.

Bist du noch nicht weg?, rief ich hinunter.

Ich habe noch ein Letztes zu sagen, bevor ich gehe, rief der Taschendieb. Darf ich raufkommen?

Der Taschendieb hatte von mir gute Säulen gelernt : er hatte gute Felsbrocken und Ziegel gelernt : den geschwungenen Bogen einer Krümmung und die Perspektive bei geraden Linien und dass Linien, die nebeneinandergesetzt werden wie verwebte Fäden, eine Fläche bilden : ich hatte ihn ein paar Gebäude im unteren Bereich des Mai machen und an den Arbeitern malen lassen, die dort ihren täglichen Beschäftigungen nachgehen.

Er war noch keine 20 Jahre alt : das Haar fiel ihm noch über die Augen : er war gut im Umgang mit Farben und im Mischen von dickflüssigem Kalkputz : er hatte einen Begriff davon, dass ein Fresko eine Wand braucht und dass die Schicht, die wir wie eine Haut auf die Wand auftragen, genauso empfindlich ist wie unsere eigene Haut und nicht weniger zu der Wand gehört, wie unsere Haut zu uns gehört.

Ich koste die Lippen einer Grazie : er kletterte aufs Gerüst, stellte sich hinter mich und sah mir bei der Arbeit zu.

Ich weiß, du musst mich wegschicken, sagte er. Aber du hättest den Brief unterschreiben sollen. Schon die ersten 2, die wir verfasst haben. Es war falsch von dir, es nicht zu tun. Darum habe ich dich diesmal mit daraufgesetzt. Es geschah zum Wohle von uns allen. Und auch das, Meister Francescho, solltest du wissen. Der Marchese wird sich nicht überreden lassen, dir mehr Geld zu geben als uns. Du bekommst 10 Centesimi pro Quadratfuß. Er wird dir nicht mehr geben.

Doch, wird er, sagte ich. Es ist ein Versehen. Denn Borso ist vor allem gerecht. Wenn er es erfährt, bringt er sein Versehen in Ordnung.

Tut er nicht, niemals, sagte der Taschendieb. Denn eins musst du wissen, Meister Francescho. Er mag Knaben. Nicht Mädchen.

Ich spaltete die Lippe der Grazie.

Ich tupfte den Spalt weg : musste mich am Gerüst festhalten.

Und das sollte ich dir auch sagen, sagte der Taschendieb hinter mir. Als wir am Monat Mai arbeiteten, habe ich gehört, wie er dem Falken auftrug, dich zu ihm zu bringen, auf die Weise, wie er die neuen Knaben und Männer zugeführt haben möchte, weil er will, dass er sich mit einem Talent vergnügen kann, und weil er will, dass das Talent ihm gehört. Und ich hab gehört, wie der Falke es ihm abschlug. Deswegen hat man von dir nie verlangt, ihm in dieser Weise zu Diensten zu sein. Der Falke hat ihm aber nichts über dich verraten, Meister Francescho. Der Falke kennt deinen Wert. Ich geh jetzt, wenn du das immer noch möchtest, auch wenn ich nicht will. Aber ich wünsche dir ein ertragreiches neues Jahr.

Ich hörte ihn hinter mir auf die Leiter steigen : als ich mich umdrehte, wartete er, sein Kopf nur noch bis zu den Augen oberhalb der Plattform : es war komisch und traurig zugleich : doch als ich die Furcht in seinen Augen sah, verstand ich, dass ich eins vielleicht noch probieren konnte.

Ich wette mit dir, Ercole, sagte ich.

Ach ja?, sagte er.

Seine Augen sahen erleichtert aus.

Ich hockte mich vor seinem Kopf hin.

Ich wette mit dir um den Gegenwert von 5 Quadratfuß dieses Freskos, dass er mir, wenn ich ihm schreibe und ihn direkt darum bitte, das Verlangte gibt, sagte ich.

Einverstanden, aber wenn ich die Wette verliere, sagte der

Taschendieb, stieg wieder herauf und setzte sich auf die Plattform. Das wird zwar nicht geschehen, ich weiß es, aber nur für den Fall. Wenn doch. Können wir uns dann darauf einigen, dass ich nach dem Satz für Gehilfen bezahle? Und du, wenn du gewinnst, nach dem Satz für Meister Francescho?

Geh runter und verreib mir etwas Schwarz, sagte ich, nur für den Fall, dass ich es noch brauche.

(Denn Schwarz hat große Kraft und bedeutet was in einem Bild.)

Schwarz?, sagte der Taschendieb. Nein. Es ist Neujahr. Ein Feiertag. Ich habe frei. Und ich bin eh entlassen.

Mach es noch schwärzer als Schwarz, sagte ich. Sieh zu, dass es so dunkel ist wie eine sternenlose Nacht.

Ich schrieb an dem Freitag : brachte den Brief persönlich zum Palast und überreichte ihn dem Türsteher.

Am Morgen des ersten Sonntags, das neue Jahr war 2 Tage alt, war es kalt im Palast und fast menschenleer : als Einziger stieg ich die Treppe zum Monatssaal hinauf und legte das Messer an den März an.

Ich schälte unter dem Bogen zwischen der Girlande und *Borso spricht Recht vor einem ungläubigen Greis* eine kleine Partie von der Wand ab : sie ließ sich in einem Stück abheben wie Marzipan von einer Torte.

Ich brachte den dünnen frischen Unterputz auf : ging nach Hause ins Bett, weil ich die Nacht durcharbeiten wollte.

Am Nachmittag verstaute ich meine Sachen in meinem Ranzen : ließ nur noch mein Werkzeug, meine Farben und ein gutes Stück Spiegel draußen.

Abends allein in dem langen Raum, zündete ich die Fackel an : flackernd begrüßten mich ringsum die Gesichter : ich kletterte bis zur Girlande und zu den Putten.

Ich trug die zweite Putzschicht über dem Loch in dem Bild darunter auf.

Ich machte Borsos Lünette neu, malte sein Porträt im Profil, ähnlich dem Kopf auf der Medaille : *haec te unum* : ich drehte den Kopf aber so, dass jedem, der die Medaille kannte, sofort auffiel, dass der Marchese hier in die andere Richtung blickte.

Neben Borso malte ich mitten in die auf Gerechtigkeit wartende Menge eine Hand – die leer war.

Unter dem in den Stein geschriebenen Wort GIUSTIZIA, wo die Farben der Este waren, verwendete ich Schwarz.

Über dem Schwarz löschte ich alle Buchstaben mit Weiß, bis von dem Schriftzug nur noch I A übrig war.

Ich hob den Spiegel auf die Höhe meiner Augen. Ja, die Leuchtkraft der Farben war gut.

Dann hieß es, runter vom Gerüst und fort aus dem Palast gegen die Langeweile, raus auf die Straße und auf Mattones Rücken gesprungen, im Galopp durch die Straßen, am verräucherten Ghetto vorbei und am Palastturm und der halbfertigen Festung und ein letztes Mal zum Stadttor hinaus, denn hierher würde ich nie wieder kommen, und so ein Abschied ist Minutensache, wenn die Stadt, in der du geboren bist, klein ist und leicht zu durcheilen.

(Bloße anderthalb Jahre danach und, wie es sich fügte, bloße 6 Tage, nachdem der Papst ihn schließlich zum Herzog von Ferrara gemacht hatte, sah Borso sich einmal um, blinzelte, fiel zu Boden und war tot, mausetot, indes die Monate seines Jahres ungerührt weiter an den Wänden seines Palasts gegen die Langeweile kreisten.)

Als die Stadt hinter meiner Schulter so weit weg war wie die fernen Türme in den Landschaften der Bilder, mit denen ich diese Wand gerade bedeckt hatte

(gegen nicht genug Geld, um die Blau und Gold zu bezahlen, geschweige denn die anderen Farben)

als es heller Morgen geworden war und ich die erste Erhebung der Landschaft erreicht und die Ebene unten ganz hinter mir gelassen hatte, hielt ich an.

Überschlug meine Verluste.

Meine Taschen waren so gut wie leer.

Ich musste auf Arbeit hoffen.

Ein Vogel sang über mir, als ich das dachte.

Ich kam schon zurecht : meine Arme und Hände waren kräftig : ich würde nach Bologna gehen, wo ich Freunde und Gönner hatte, wo es keinen lachhaften Hof gab.

In das Vogelgezwitscher mischte sich, von hinten kommend, noch ein Geräusch, ich wandte mich um und sah Staub, der längs der Straße in der flachen Landschaft aufstieg : weit hinten war ein Pferd, das einzige den ganzen bisherigen Morgen : nein, kein Pferd, ein Pony, grau, und als es nahe genug war, saß auf seinem Rücken einer, dessen zu lange Beine zur Seite weggestreckt waren : als der Taschendieb mit seinem Pony neben mir Halt machte, war er so klein, dass ich auf ihn hinabsah wie Gott von der Höhe.

Meister Francescho, sagte er in das Schnaufen des Ponys hinein, das ganz außer Atem war von dem ihm abverlangten Tempo und den Taschen, in denen die gesamte weltliche Habe des Taschendiebs steckte.

Ich ließ ihm, der genauso eingestaubt war wie das Pony, noch Zeit, selber wieder Atem zu schöpfen : er wischte sich mit dem Ärmel das Gesicht ab : nahm innerlich Anlauf zum Sprechen.

Du schuldest mir 5 Quadratfuß, sagte er. Nach dem höheren Satz berechnet.

Da bin ich wieder : ich, ein Mädchen und eine Mauer.

Wir sind vor dem Haus der Liebsten des Mädchens, an der hingepfuschten Mauer : diesmal sitzt sie nicht darauf, sondern auf dem gepflasterten Boden davor.

Wir sind inzwischen oft hier gewesen.

Ich bin allerdings nicht mehr sicher, ob es sich um Liebe handelt, denn das eine Mal, als wir hier waren, zog das Mädchen plötzlich ein Gesicht, so feindselig, dass ich glaubte, sie würde jeden Moment aus der Haut fahren wie eine Schlange, denn die Frau, die wir in dem Bilderpalast gesehen hatten, trat aus ihrem Haus, kam über die Straße und direkt auf sie zu : die Frau sprach das Mädchen sogar an, doch es blieb einfach auf dem Pflaster sitzen und schaute der Frau ohne ein Wort, der Ausdruck pure Ironie, in das schöne Gesicht : dann zog sie, flink wie bei einem Zaubertrick, ihre Tafel heraus und machte eine Studie der Frau : die Frau schlug die Hände vors Gesicht : sie wollte keine Studie von sich gemacht haben : wendete sich ab, alles in einem, und ging in ihr Haus zurück : sah kurz darauf aber von ihrem Fenster zu dem Mädchen auf der anderen Straßenseite herüber : das sogleich noch einmal die Tafel zückte und eine Studie von der Frau im Fenster machte : die Frau zog einen Vorhang herab : davon machte das Mädchen auch eine Studie und dann noch eine des verdunkelten Fensters : dann saß das Mädchen bis zum Anbruch der Dunkelheit weiter nur im Schneidersitz da und beobachtete das Haus : und stand erst jetzt auf und schüttelte sich die Glieder aus, die kalt und steif geworden waren vom Sitzen, und ging weg.

Tags darauf wieder hin, sie und ich auf dem Pflaster.

Wir haben diesen Besuch nun viele Tage gemacht : so viele, dass die Nordwand des Zimmers, in dem sie schläft, ganz mit den kleinen, mit der Tafel gemachten Studien bedeckt ist : sie sind alle handgroß, und das Mädchen hat sie sternförmig angeordnet, an den Spitzen die helleren Bilder, in seinem Zentrum die dunkleren.

Die Bilder zeigen alle das Haus oder die Frau, wenn sie nach Hause kommt und fortgeht, oder andere Leute, die kommen und gehen : sie sind alle aus derselben Perspektive gemacht, von der hingepfuschten Mauer aus : Unterschiede erkennt man am Laub der Hecke und der Bäume, und mit dem Voranschreiten der Jahreszeit hat das Mädchen eingefangen, wie sich das Licht und das Wetter auf der Straße mit jedem Tag geändert haben.

Die andere Frau, die wesentlich ältere, von den Jahren gebeugte, die in dem Haus wohnt, zu dem die hingepfuschte Mauer gehört, ist jeden Tag herausgekommen und hat dem Mädchen irgendetwas zugeschrien.

Das Mädchen hat nichts gesagt, ist nur am dritten Tag einfach von der Mauer heruntergestiegen und hat sich auf die Pflastersteine davor gesetzt.

Die ältere Frau hat dann zwar immer noch gekeift : aber das Mädchen hat, schmächtig, wie sie ist, die Arme verschränkt und mit einer solchen Ruhe und Unerschütterlichkeit vom Boden hochgesehen, dass die Alte mit ihrem Geschrei aufgehört und sie in Ruhe da hat sitzen lassen, wo sie wollte.

Den einen Tag aber hat sie freundlicher zu ihr gesprochen und ihr einen Baldachin an einer Stange gegeben, damit sie den Regen abhalten kann (es hat viel geregnet im Purgatorium) : am selben Tag hat sie dem Mädchen auch eine Erfrischung herausgebracht, ein Getränk, von dem Dampf aufstieg, und Gebäck : an einem anderen Tag eine Wolldecke und einen Überwurf als schützende Hülle.

Heute wird man Blüten auf der Studie sehen, die das Mädchen machen wird, denn an den Bäumen auf der Straße bei dem Haus, das sie so beharrlich betrachtet, zeigen sich die Anfänge der diversen möglichen Grüns, und an einigen, an den blühenden Bäumen, haben sich über Nacht die Blüten geöffnet, an manchen Ästen rosa, an manchen dicht an dicht weiß.

Als die alte Frau heute aus ihrem Haus kam, hatte sie nichts mit, sondern setzte sich zum ersten Mal hinter dem Mädchen auf die Mauer und leistete ihr schweigend Gesellschaft.

Bienen sind da : ein Schmetterling kam vorbei.

Alle, die Blühendes riechen können, werden sich freuen an diesen Blüten.

Und die Luft bringt sie zum Tanzen.

Mir ist eine Erinnerung aus der Zeit, kurz bevor mein Vater starb, haften geblieben, die ich nicht ertragen konnte : sie riss mich sogar noch 10 Jahre nach seinem Tod nachts aus dem Schlaf : je älter ich wurde, desto stärker wurde sie : manchmal war ich unfähig zu malen, weil sie sich zwischen mich und das, womit ich beschäftigt war, drängte und seinen Charakter veränderte : Barto hieß mich deshalb an den Tisch setzen und stellte 2 Becher vor mich hin : füllte 1 aus dem Wasserkrug : und füllte den anderen aus demselben Wasserkrug.

Also, sagte er. In dem Becher befindet sich das Wasser des Vergessens. In dem Becher befindet sich das Wasser des Erinnerns. Das hier trinkst du zuerst. Dann wartest du ein bisschen. Und trinkst das andere.

Aber du hast beide aus demselben Krug befüllt, sagte ich. Es ist beides dasselbe Wasser. Wie kann das eine Vergessen und das andere Erinnern sein?

Na, es ist in verschiedenen Bechern, sagte er.

Dann geht es um die *Becher* des Vergessens und des Erinnerns und hat mit dem Wasser nichts zu tun, sagte ich.

Nein, es ist das Wasser, sagte er. Das Wasser musst du trinken.

Wie kann ein und dasselbe Wasser beides sein?

Das ist eine gute Frage, sagte er. Genau die Art Frage, die ich von dir erwartet hatte. Also. Bist du so weit? Du trinkst zuerst …

Das hieße ja, dass Vergessen und Erinnern im Grunde ein und dasselbe sind.

Spalte keine Haare mit mir, sagte er. Das hier zuerst. Das Wasser des Vergessens.

Nein, du hast doch eben noch gesagt, *das* hier sei das Wasser des Vergessens.

Nein, nein, es ist …, sagte er. Hm. Nein. Warte.

Er sah sich die 2 Becher an : hob sie beide hoch und ging damit durchs Zimmer : schüttete das Wasser in beiden zur offenen Hintertür hinaus in den Hof : stellte die leeren Becher auf den Tisch und füllte sie abermals aus dem Krug : zeigte auf einen, dann auf den anderen.

Vergessen, sagte er. Erinnern.

Ich nickte.

Ich war hier, weil Barto durch die ganze Stadt gelaufen war, um sich eine Madonna anzusehen, die ich für seinen Freund malte, der kniend neben ihr und ein paar Heiligen dargestellt werden wollte und gut bezahlte : Barto hatte sich das Bild angesehen und den Kopf geschüttelt.

Die Leute auf deinen Bildern neuerdings, Francescho, hatte er gesagt. Versteh mich nicht falsch, sie sind immer noch schön. Aber sie sind seltsam. Als hätten sie Stein in den Adern, durch die früher Blut floss.

Leinwand ist etwas anderes als Mauer, sagte ich. Fresken sehen immer leichter aus. Materialien können Bilder verdunkeln.

Bei der Arbeit, die du Domenico gezeigt hast, ist es aber genauso, sagte er.

(Barto besorgte mir und dem Taschendieb in diesen Jahren einen großen Teil unserer Aufträge.)

Er hat mir den Auftrag gegeben, sagte ich. Ihm hat es gefallen.

Das war erfüllt von Bitterkeit, sagte Barto. Sieht dir gar nicht ähnlich. Als ob du ein anderer Mensch geworden wärst.

Ich bin ein anderer Mensch geworden, sagte ich.

Ha!, sagte Ercole, der hinter uns saß (und arbeitete). Wenn's mal so wäre. Dann würde ich für jemand anderen arbeiten.

Halt den Mund, sagte ich.

Was ist?, sagte Barto.

Der Meister Francescho schläft nicht viel, sagte der Taschendieb.

Warum nicht?, sagte Barto.

Sei still, Ercole, sagte ich.

Schlechte Träume, sagte Ercole.

Bei schlechten Träumen kann ich helfen, sagte Barto.

Wenn es nur um Träume ginge, wäre es einfach, sagte ich. Mit Träumen würde ich schon fertig.

Barto sagte, er wisse eine Methode, mit der man sich schlechte Träume vom Hals schaffen könne und schmerzliche Erinnerungen auch : man vollführte im Namen der Göttin des Gedächtnisses ein bestimmtes Ritual : zuerst trank man das eine Wasser und vergaß alles : danach trank man das andere Wasser und bekam eine starke Erinnerung geschenkt, bei der alles zu 1 riesigen Erinnerungsblock zusammengepresst wurde, einem Erinnern von der Größe eines Berghangs.

Nun saß ich am Tisch und hatte die 2 Becher vor mir stehen.

Ich möchte aber nicht, dass meine Erinnerungen wie eine Lawine auf mich einstürzen, sagte ich.

Davon merkst du gar nichts, sagte Barto. Du merkst nicht mal, dass es überhaupt geschieht. Du bist nämlich geschützt. Bist in Trance. Und dann heben wir dich auf, tragen dich durch das Zimmer und setzen dich auf den Spezialstuhl, und du erzählst dem Orakel, woran du dich durch das Wasser erinnert hast. Von der Anstrengung schläfst du anschließend ein. Und wenn du wieder aufwachst, merkst du, dass du dich auf eine ganz neue Art erinnerst. Ohne Angst und Verdruss. Außerdem erinnerst du dich nur an das, woran du dich erinnern *musst.* Von da an schläfst du nachts tief und fest und – das ist das Beste daran – stellst außerdem fest, dass du wieder lachen kannst.

Was für ein Spezialstuhl?, sagte ich. Was für ein Orakel?

Wir saßen unten in der Gesindeküche : sie war leer, Barto hatte die Dienstmädchen und den Koch für die Stunde, die es dauern würde, sagte er, mein Betragen zu ändern, hinausgeschickt : wir hörten, wie sie sich im Hof sonnten und über die Unterbrechung murrten : aber da ich dort ein- und ausging, waren sie auch freundlich zu mir : in Bartos Haus bekam ich immer etwas zu essen, wenn Barto in Geschäften unterwegs war, denn er ging mit mir meistens in die Küche (verbarg mich, glaube ich, vor seiner Frau, der es nicht gefiel, wenn ich zu oft zu ihnen nach Hause kam : Barto hatte mir versprochen, ich würde immer Pate seiner Söhne sein, und zwar *aller* seiner Söhne, nicht bloß des Erstgeborenen : und mit deinen Töchtern, was ist da?, hatte ich gesagt, weil ich wusste, dass ich Mädchen vieles beibringen konnte : ach, die Mädchen sind nicht so meine Sache, hatte er gesagt, und an seinem ausweichenden Blick hatte ich erkannt, dass ich, aber nur bedingt, an den Bereichen seines Lebens teilhaben durfte, bei denen seine Frau nichts zu sagen hatte : für mich war das in Ordnung, ich hatte mehr als genug Gewinn durch unsere Freundschaft : trotzdem hätte ich mich gern auch seiner Töchter angenommen, denn Mädchen wurden, was Farben und Bilder betraf, weniger gefördert, weswegen es manchen guten Maler weniger gab, und bloß aus sinnloser Gewohnheit : seine Frau wollte aber nicht, dass ihre Töchter das Leben eines Malers führten).

Barto sprang zu einer Speisekammer, öffnete einen darin befindlichen Eckschrank und holte eine Bienenwabe heraus, die eingewickelt auf einem Teller lag und über der sich gleich eine kleine Wolke Fliegen einfand : er stellte die Wabe vor mir auf den Tisch.

Das Orakel, sagte er.

Gibt es auch Brot dazu?, sagte ich.

Er ging noch einmal in die Speisekammer.

Oder hättest du als Orakel lieber Eier?

Kann das Orakel aus beidem bestehen?, sagte ich. Und kann ich mir von dem Orakel was mitnehmen?

Meine Frau beschwert sich schon, dass wir nie genug Eier dahaben, sagte er (denn sie wusste von ihren Dienern, dass ich den Taschendieb oft herschickte : ihre Küche, das wussten die Garganellis freilich nicht, bekam für die Eier, die sie einbüßte, aber viel zurück, denn der Taschendieb hatte ein Händchen fürs Essen, ob es nun auf Bildern landete oder in Mägen, und hatte dem Koch beigebracht, wie man Rind- und Schweinefleisch so aufhängt und trocknet, dass es mehr Geschmack bekommt).

Barto stellte eine Schüssel mit Eiern neben den Honig auf den Tisch.

Und der Spezialstuhl?, sagte ich (und steckte mir, während er sich nach einem geeigneten Möbel umsah, schnell 5 Eier in die Tasche).

Er klopfte auf die Apfelkiste in der Ecke : breitete zwei Geschirrtücher darüber und strich die Falten glatt.

Richtig, sagte er. Hier, fertig.

Ich trinke also erst das, sagte ich.

Ja.

Und dann fliegen die Erinnerungen oben aus mir heraus, sagte ich, so als würde jemand, wenn ich ein Haus wäre, die Leiter anlegen, mir aufs Dach steigen, wo alles, woran ich mich erinnere, fein säuberlich verlegt ist wie Dachziegel, immer einer unter dem anderen und der wieder unter dem anderen und so weiter. Und derjenige würde die Ziegel der Reihe nach herunterreißen und auf die Erde werfen und erst aufhören, wenn die Dachsparren leer sind. So darf ich es mir vorstellen?

So in etwa, sagte Barto.

Und wenn sie runtersegeln, landen sie dann fein säuberlich auf einem Stapel oder liegen sie zerbrochen auf einem Haufen?, sagte ich.

Das kann ich dir nicht genau sagen, sagte Barto. Ich habe dieses Ritual noch nie durchgeführt.

Und in meinem neuen dachlosen Zustand trinke ich anschließend *das*, oder?

Ja, sagte Barto.

Und die Dachziegel, sagte ich, heben alle wieder vom Boden ab, die heil gebliebenen und die kleinen Scherben, alle zusammen, und fliegen wie ein Himmel voller flügelloser steifer Vögel zu meinem offenen Dach hinauf und lassen sich dort nieder, wieder alle über und unter ihren alten Nachbarn? An denselben Stellen?

Glaub schon, sagte Barto.

Und welchen Sinn soll das haben?

Welchen Sinn? Der Sinn – das liegt doch auf der Hand, Francescho, ist *der Moment*, in dem die Ziegel, ich meine die Erinnerungen, alle weg sind. Der Moment, in dem du bist wie vor deiner Geburt. Wie frisch aus dem Ei geschlüpft. Für alles offen. Dem Wetter ausgesetzt. Alles ist neu.

Aha.

Du bist offen wie ein neues, noch unbewohntes Haus, sagte Barto. So rein wie eine Wand und wieder so, wie sie vor der Bemalung war.

Aber das Dach, das ich mal hatte, landet dann schon wieder auf mir, oder das Bild?, sagte ich.

Ja, aber in der Zwischenzeit hast du den bildlosen Moment gehabt, deinen reinen Moment. Und das ist der Moment, in dem das Ritual anfängt und ich dich auf den Thron der Mnemosyne setze und du dem Orakel auf dem Tisch laut sagst …

Den Eiern und dem Honig, warf ich ein …

Ja, sagte Barto, du sagst ihnen alles, was dir einfällt. Und danach kann dir die Erinnerung nichts mehr anhaben.

Aha.

So läuft das, sagte er. Das ist der Ritus der Mnemosyne.

Barto war mein Freund, er war mir wohlgesonnen : es war ein herzliches, gut gemeintes, lustiges Spiel, sollte mir Hoffnung einflößen : vielleicht aber, dachte ich – zugetraut hätte ich es ihm –, wollte er letztlich, dass ich vergaß, wer ich war, damit ich *ein anderer* für ihn sein konnte.

Außerdem hatte ich diese Göttin Mnemosyne auf Bildern gesehen : hatte gesehen, wie sie einem Mann die Hand auf den Hinterkopf legt und ihn nicht bloß an den Haaren zieht, sondern ein ganzes Büschel packt und regelrecht am Kopf hochreißt und in der Luft hält, als erhänge sie ihn für ein Verbrechen : sie war keine friedliche Göttin, sondern ein zähes Luder, drahtig und unergründlich : Gelehrten und Dichtern galt sie als Mutter aller Musen, sogar als die eigentliche Erfinderin der Wörter : so eine Göttin wollte ich keinesfalls beleidigen.

Anschließend bringe ich dich nach Hause, sagte Barto gerade, wir legen dir Kissen unter, du schläfst dich aus, und beim Aufwachen geht es dir besser.

Und alles bloß, weil ich Wasser trinke, sagte ich.

Wirst schon sehen, sagte Barto.

Ich griff also nach dem ersten Becher : aber was, wenn ich das Vergessen und das Erinnern versehentlich in der falschen Reihenfolge trank? Dann blieb ich womöglich für immer dachlos und offen und erinnerte mich nie mehr an irgendetwas : was gäbe ich dafür, alles zu vergessen! : wie ich jetzt weiß, seit ich hier in diesem Purgatorium bin, wäre das ein

Paradies, denn das Purgatorium ist ein Leben mit quälenden Erinnerungen, ist das Wissen, dass man einmal eine Heimat hatte, auch wenn man nicht mehr dort ist, oder das Wissen um einen Verlust, den man in einer Welt erlitten hat, die man zwar als die eigene wiedererkennt, in der man aber ein Fremder ist und zu der man nicht mehr gehören kann.

Hier, sagte mein Vater einmal zu mir, nachdem ich ihm kurz zuvor angekündigt hatte, dass ich nicht mehr sein Lehrling sein wollte und mich für reif genug hielt, künftig auf eigenen Beinen zu stehen und im Alter von über 2 Jahrzehnten seiner Anleitung nicht mehr bedurfte.

Er reichte mir ein zusammengefaltetes Blatt Papier, so dünn und abgegriffen, als ich es auffaltete, dass Licht hindurchschien von den vielen Malen, die es in seiner Zeit als zartes Ding in der Welt auf- und wieder zusammengefaltet worden war.

Ich strich das Blatt behutsam glatt und las, was in verblasster Tinte dort von ungelenker Hand geschrieben stand, die Zeilen zum Ende hin ansteigend : der Schreiber hatte keine Vorkehrungen getroffen, seine Wörter in geraden Zeilen niederzuschreiben, wie man es kleinen Kindern anhand gezogener Linien beibringt, denen sie folgen sollen.

Verzeih mir meine Unverschämtheit, sofern es denn eine ist, aber ich habe es dir die ganze Zeit übelgenommen : so sehr, dass ich nachts öfter nicht gut geschlafen habe, wenn ich daran denken musste : dass du mich an dem einen Tag wegen der Bilder, die ich von dir in die Erde und den Staub gezeichnet hatte, auf den Kopf geschlagen hast : verehrter hochgerühmter und überaus geliebter Vater, ich bitte dich, mich nie wieder so schlagen zu wollen : außer natürlich, ich verdiene deinen rechtmäßigen Zorn, was ich in dem Fall, dabei bleibe ich, nicht tat.

Was ist das?, fragte ich ihn.

Du erinnerst dich nicht?

Ich schüttelte den Kopf.

Du warst noch klein, und ich brachte dir das Schreiben bei, sagte er, und das war das Erste, was du schriebst.

!

Ich schaute auf das Blatt in meiner Hand : ich hätte bei meinem Leben geschworen, dass ich es noch nie gesehen habe : dabei war das meine eigene Handschrift.

So sehr vergessen wir im Leben uns selbst.

Ich sah mir an, wie ich es hielt, das Blatt von meiner Kinderhand in der Erwachsenenhand, und dachte, wie viel blasser das Papier in der Hand meines Vaters war : denn meine Haut war hell, weiß wie eine Frauenhaut im Vergleich zur Haut meines Vaters und meiner Brüder nach den Jahren der Arbeit und des Ziegelbrennens bei jeder Witterung, wovon die Haut so braun wird, dass sie dem Rot der Ziegel ähnelt : mein Vater war stolz auf meine helle Haut : für ihn war sie eine Leistung : mit meinen hellen Händen faltete ich das Blatt zusammen und hielt es ihm hin.

Es gehört dir, sagte er. Wenn du aus meiner Lehre ausscheidest, übergebe ich deiner Obhut das Wenige, was ich von deinem Ich als Kind noch besitze. Darin ist auch deine Mutter aufgehoben, die dir vermutlich geholfen hat, es zu formulieren, denn du warst noch sehr klein, als du das geschrieben hast, und man merkt den Sätzen ihre Ausdrucksweise an, genauso wie – hier, siehst du, hier und hier – ihre Angewohnheit, an Stellen, wo eine Atempause kommen soll, 2 Punkte zwischen Satzteile zu setzen.

Es ist auch meine Angewohnheit, sagte ich.

Er nickte. Zog ein weiteres Blatt aus der Tasche an seinem Ärmel und hielt es mir hin.

Gehört auch dir, sagte er.

Was ist das?

Die vertragliche Vereinbarung, sagte er. Wir haben sie abgeschlossen, als du noch ein Kind warst. Erinnerst du dich?

Nein.

Du unterschreibst hier und hier, sagte er, und ich tu es auch. Wir gehen zu einem Notar, er bezeugt die Unterschriften, und – das war's. Du bist endlich *dein eigener Herr.*

Er hob die Augenbrauen und betrachtete mich amüsiert und mit Wärme und dann ich ihn ebenfalls mit Wärme, und für einen Moment entstand zwischen uns ein Glücksgefühl, in das auch Traurigkeit gemischt war.

Bald darauf aber ritt ich auf meinem neuen Pferd davon, ich musste mein eigenes Leben führen und in einer anderen Stadt arbeiten, ich musste Florenz besuchen und Venedig sehen und war niemandes Lehrling mehr.

Alter Vater, alter Ziegelmacher.

Früh verstorbene, nicht alt gewordene Mutter und Ziegelformerin.

3 Jahre später kehrte ich in die Stadt zurück, weil ich gehört hatte, dass es im Palast der schönen Blumen möglicherweise Aufträge gab und weil Cosmo an den Musen arbeitete und ich vielleicht die Möglichkeit hatte, mit Cosmo zu arbeiten : an der Seitenmauer der Kathedrale hatte ich ein paar Knaben gesehen, die einen Knecht mit Steinen bewarfen, einen kraftlosen alten Mann in zerlumpten Kleidern, der einen mit schäbigem Hausrat beladenen Karren hinter sich herzog : es hatte den Anschein, als halte er Passanten an, um ihnen das Gerümpel von seinem Karren zu verkaufen : er griff hinter sich, nahm von seiner Ladung, was ihm gerade in die Finger kam, einen Lappen, einen Becher, eine Schüssel, noch eine Schüssel, einen Schemel, ein Stuhlbein, eine Holzplanke, hielt den Gegenstand hoch und bot ihn feil : einer nahm etwas, bezahlte aber nichts dafür : die Nächsten schoben ihn beiseite : andere eilten fast panisch an ihm vorbei : nur die Knaben nicht : sie folgten ihm, schleuderten Steine und Beleidigungen : der Mann war ein Fremder, Jude oder Ungläubiger oder Zigeu-

ner, oder er hauste im Wald : in der Stadt ging die Furcht vor der Pest um, davor fürchteten sich die Leute immer, auch wenn man jahrelang nirgends Anzeichen dafür gesehen hatte : ein Mann, dessen Tun etwas Fieberhaftes hatte, zog immer nervöse Aufmerksamkeit auf sich : erst als ich schon fortgegangen, 1 Meile oder 2 entfernt war, begriff ich, was ich ihn zuletzt von seinem Karren hatte nehmen und hochhalten sehen : einen Steinhammer : ich ging die Straße bis zur Kathedrale zurück, aber er war fort : ebenso die Knaben : was ich mit eigenen Augen gesehen hatte, war verschwunden, als ob ich es erfunden hätte.

Ich ging zu dem alten Haus : er war da, saß am Tisch, es ging ihm gut : von Hand war eine Liste mit Namen auf das Holz des Tisches geschrieben : die Liste nahm die gesamte Längsseite ein, an der wir als Kinder beim Essen gesessen hatten : im oberen Teil waren ein paar Namen durchgestrichen : *das sind die Leute, die mir noch die Bezahlung für geleistete Arbeit schulden*, sagte er, *ich schreibe allen und erlasse ihnen ihre Schulden, mit denen da oben bin ich schon fertig, denen hier unten muss ich noch schreiben.*

Nicht lange danach kamen sie mit Eilboten nach Bologna geritten und teilten mir mit, dass er gestorben war.

In meinen Träumen war er immer jünger, hatte Arme stark wie Taue.

In einem Traum sagte er mal zu mir, ihm sei kalt.

In manchen Nächten jedoch war sogar an Träume nicht zu denken, weil das, was ich in der Wirklichkeit gesehen und getan oder gesehen und nicht getan hatte, sich wie ein dunkler Vorhang davorlegte.

Nach seinem Tod kehrte ich nach Ferrara zurück und stand vor dem leeren Haus auf der Straße (denn mein Onkel war tot, und meine Brüder hatten keine Lust, die Schulden zu erben, und sich aus dem Staub gemacht und sie mir hinterlassen) : eine mir unbekannte Frau sah mich und trat aus einem Haus gegenüber, überquerte die Straße und drückte mir das Geld in die Hand, das Cristoforo ihr, als er sie zum letzten Mal sah, mit den Worten, nimm du es, ich brauch es nicht mehr, gegeben hatte.

4 Münzen : sie wollte, dass ich sie zurückbekam.

(Ich verlor den Vertrag, den mein Vater und ich unterschrieben hatten : ich verlor den Brief, den ich als Kind meinem Vater geschrieben hatte : die 4 Münzen bewahrte ich auf und besaß sie bis ans Ende meiner, bis ich

was? *starb*?)

Ich schrie es in die Küche hinaus.

An nichts erinnere ich mich an nichts.

Die 2 Dienstmädchen vor dem Fenster fuhren zusammen vor Schreck : auch Barto wäre beinahe aus der Haut gefahren. Ich warf die Hände in die Höhe wie einer, der den Verstand verloren hat : stieß den Becher mit dem Wasser des Erinnerns um : es floss durch einen Spalt im Holz des Tisches und landete auf dem Boden : die Dienerschaft der Garganellis drängte sich mit aufgerissenen Augen in den Türen : Barto hob die Hand, damit niemand hereinkam : beugte sich zu mir herab, heftete die Augen fest auf mich : ich sah auf und durch ihn hindurch wie ein Blinder.

Wer bist du?, sagte ich.

Francescho …, sagte Barto.

Du bist Francescho. Wer bin ich?

Nein, *du* bist Francescho, sagte Barto. Ich bin dein Freund. Erkennst du mich nicht?

Wo bin ich?

Bei mir zu Hause, sagte Barto. In der Küche. Francescho, du bist Hunderte Male hier gewesen.

Ich ließ die Kinnlade herunterklappen : zog eine ausdruckslose Miene : hielt meine vom Wasser auf dem Tisch benetzte

Hand hoch : betrachtete sie, als ob ich noch nie eine Hand gesehen hätte, nicht wüsste, was eine Hand ist.

Ich bin's. Bartolommeo, sagte Barto. Garganelli.

Was ist das für ein Haus?, sagte ich. Wer ist Bartolommeo Garganelli?

Barto wurde weißer als Herbstnebel.

Oh, lieber Gott und liebe Madonna mit allen Engeln und dem Jesuskind, sagte er.

Wer ist Gott und die liebe Madonna und das Jesuskind?

Was habe ich getan?, sagte er.

Was hast du denn getan?, sagte ich.

Ich machte Anstalten aufzustehen, ließ mich dann aber, als ob ich nicht mehr wüsste, wozu Beine dienen, von meinem Thron zu Boden plumpsen : es war ziemlich überzeugend : dann aber spürte ich, o weh, die Feuchte der zerbrochenen Eier in der Hosentasche.

Ach, verdammich, sagte ich.

Francescho?, sagte Barto.

Ich dachte, ich würde damit durchkommen, sagte ich.

Du bist es, sagte er.

Schweiß stand auf seiner Stirn : er ließ sich am Tisch nieder.

Du Mistkerl, sagte er.

Und dann : Danke dem Herrn, Francescho.

Ich rappelte mich auf : von den feuchten Eiern hatte ich auf einer Seite einen langen dunklen Fleck am Mantel und am Hosenbein.

Für einen Augenblick, sagte er, stand mir das Herz still.

Ich musste lachen, und er lachte auch : ich steckte die Hand in die Tasche und zog ein Dotter hervor, das – ein Wunder – noch heil in seinem Sack in einer halben Eierschale steckte : die anderen Dotter hingen, mit Eiweiß und Schale vermischt, in einem langen Schleimtropfen von meiner Hand herab : ich wischte die Hand am Tisch und dann am Gesicht meines

Freundes ab, der es zuließ : dann stürzte ich den Inhalt der Eihälfte in meine Hand und hielt ihm die Hand mit dem intakten Dotter unter die Augen.

Das Orakel spricht, sagte Barto.

Ich hatte ganz vergessen, dass ich die Eier in der Tasche habe, sagte ich.

Na?, sagte Barto. Hab ich dir nicht gesagt, dass es wirkt?

Das Mädchen kann nicht schlafen : oder wirft sich, wenn sie doch einmal schläft, im Bett herum wie ein Fisch an Land : ich beobachte sie, wenn sie sich nachts im Halbschlaf herumwälzt oder wenn sie reglos und stumpf in ihrem dunklen Zimmer sitzt.

Der große Alberti sagt, wenn wir Tote malen, sollten alle ihre Glieder tot sein bis hinab zu den Zehen- und Fingernägeln, die lebendig und tot zugleich sind : entsprechend müssen, sagt er, wenn wir die Lebenden malen, sie bis ins kleinste Glied des Leibes lebendig sein, da jedes Haar auf dem Kopf oder Arm eines Lebenden lebt : Malen, sagt Alberti, ist das Gegenteil des Todes : und weiß dennoch, dass nur Gott, wenn wir selber nichts mehr sind als unsere blanken Knochen, uns wieder zu Menschen machen, uns den Schädel am letzten Tag wieder mit einem Gesicht bekleiden kann und so weiter & so fort, woraus folgt, dass es keine Blasphemie ist, wenn ich behaupte –

denn Alberti hat es gesagt, und es ist wahr –

trotzdem kommt es häufig vor, dass jemand vor ein Bild tritt und die darauf dargestellte Person sieht, als ob sie so lebendig wäre wie der helle Tag, auch wenn sie in Wahrheit schon Hunderte von Jahren nicht mehr lebt und keinen Atemzug getan hat.

Es ist auch Alberti, bei dem man lernen kann, wie man einen Körper, von nichts als den Knochen ausgehend, aufbaut : so dass der Vorgang des Zeichnens und Malens dem Tod ein Schnippchen schlägt : wir malen letztlich jedes Lebewesen, sagt er, *indem wir erst seine Knochen und Muskeln festlegen, die wir dann so mit Fleisch bedecken, dass man leicht jeden darunterliegenden Muskel erkennen kann* : Knochen mit Muskeln und Fleisch zu umhüllen, das macht nämlich im Kern den Malakt aus.

Irgendjemand, das spüre ich jetzt, ist dem Mädchen weggestorben oder ist verschwunden, vielleicht die Frau mit den dunklen Haaren auf den Bildern an der Südwand über dem Bett, die sich das Mädchen manchmal minutenlang ansieht und manchmal nicht ansehen kann, die Frau darauf ist jünger und älter zugleich und manchmal mit einem kleinen Mädchen zu sehen, das diesem Mädchen ähnelt, manchmal aber auch mit einem anderen kleinen Kind, das dann größer und der Bruder wird, und manchmal mit Fremden : in dem Falle bedeuten die Bilder, dass sie tot ist : denn Bilder können Leben und Tod zugleich sein und die Grenze zwischen beiden überschreiten.

Einmal hielt das Mädchen ein Bild der Frau so nahe an eine Lichtquelle, um es noch besser sehen zu können, so als wolle sie etwas im Schatten ausleuchten, dass ich glaubte, das Bild würde gewiss verbrennen : aber die Lichter im Purgatorium sind verzauberte Flammen, und letztlich fing nichts Feuer.

Entweder ist es diese Frau, die das Mädchen verloren hat, oder es ist die hl. Monica Vittima. Oder vielleicht eine der 2 jungen Frauen auf dem Bild mit der Straße im Sonnenlicht, die 2 Freundinnen, die Blonde und die Dunkelhaarige, eine in Gold, eine in Blau : ob sie alle verschwunden sind? Vielleicht ist hier der schwarze Tod umgegangen, und sie sind alle daran gestorben.

Und das Mädchen ist eine Künstlerin! Denn sie hat die vielen Bilder des Hauses, vor dem wir so oft sitzen und warten, von ihrer Nordwand alle abgelöst und auf dem Tisch in ihrem

Zimmer ein neues Werk daraus gemacht, und zwar, ich kann mir nicht helfen, aber bei ihr bin ich wohl genau richtig, in Form einer – Ziegelmauer!

Als ob die kleinen Studien jede ein Ziegel in dieser Mauer wären, hat sie sie ganz fachgerecht versetzt angeordnet, in ungleichmäßigen Reihen nämlich, und mit Bleiweiß die Mörtelfugen dazwischen schraffiert und hat in jeder zweiten Reihe am Ende ihrer Mauer auch Bilder abgeschnitten, die genau wie halbierte oder gedrehte Ziegel aussehen, einer Mauer sehr ähnlich! Sie ist handwerklich geschickt und bringt gute Sachen zustande : ihre Bilderwand ist sehr lang und windet sich vom Tisch zum Boden und von dort weiter durchs Zimmer, als ob das Zimmer ein geteiltes Territorium wäre, in dem

ja

jetzt kommen die Erinnerungen angerauscht, und alles Vergessene mit dazu

als ich für gutes Geld den hl. Vincenzo in Bologna machte, hatte ich bereits ordentlich Aurum musivum aufgetragen (hier *irrt* der große Cennini, der sich sonst nur selten irrt, wenn er behauptet, dieses Gold ließe sich nicht so gut verarbeiten wie anderes) : ich hatte meinen toten Vater oberhalb von Vincenzos Kopf als Christus gemalt : was keine Blasphemie war, hoffte ich, da mein Vater den hl. Vincenzo, den neuen Schutzheiligen der Baumeister und Steinmetze, sehr geliebt und verehrt hat : mein Vater hat in 8 Jahren vor seinem Tod den Gedenktag für seinen Heiligen noch 8 Mal begangen

(mir gefiel aber auch der Gedanke, dass Christus vielleicht länger gelebt hat, als allgemein gesagt wird, und das ist nun zwar eine Blasphemierung, aber den Schatten wert, der dafür auf ein Eckchen Seele fällt, und mit Glück verzeihlich).

Das Bild war voller Ei : ich wollte es immer noch üppiger, vor allem den Faltenwurf des Umhangs und die Haut des Heiligen.

So viel kannst du nicht reinrühren, sagte der Taschendieb. Das bindet nicht.

Wart's ab, Ercole, sagte ich.

Das Lazurit ist auch zu dick, sagte der Taschendieb.

Wart's ab, sagte ich noch einmal.

Aber ich brauchte mehr Gold, brach also auf zu einem Spaziergang, ließ meine Augen ausruhen und holte bei den Farbenmachern neues, bezahlte sie dafür auch anständig, denn ich schuldete ihnen eine Menge Geld

(ich hatte für eine hl. Lucia mehr von diesem Gold verarbeitet, als ich mir zu der Zeit leisten konnte : sie hatte Augen an dem Zweig in ihrer Hand, Augen, die sich an dem Zweig öffnen wie Blüten, der große Alberti schreibt nämlich *das Auge ist wie eine Knospe*, und das brachte mich auf die Idee von den Augen, die sich öffnen wie blühende Pflanzen, weil die hl. Lucia die Heilige der Augen und des Lichts ist und in der Regel blind oder ohne Augen gemacht wird und weil viele Maler ihr zwar Augen geben, aber nicht im Gesicht, sondern sie stattdessen auf einen Teller legen oder ihr in die offene Hand – ich ließ sie ihre Augen aber alle behalten, wollte ihr keins rauben.

Aber wenn der Stengel doch gepflückt ist, Meister Francescho, wie lange halten Augen ohne Wasser? Die welken doch und gehen ein, sagte der Taschendieb.

Ercole, du bist ein Dummkopf, sagte ich.

Nein, die sind jeder Zoll so zart wie echte Blumen, sagte der Taschendieb. Wenn nicht noch zarter.

Er betrachtete das Bild : war den Tränen nahe.

Erstens ist sie eine Heilige, folglich sind die Blumen heilig. Woraus folgt, dass sie gar nicht sterben können, sagte ich.

Heilige und Tod, das ist ein und dasselbe. Das ist die Voraussetzung für Heilige, sagte er.

Zweitens ist es ein Bild, woraus folgt, dass die Blumen nicht sterben können, denn sie sind auf dem Bild, und falls sie drittens doch sterben, geschieht es in der besonderen Heiligenwelt des Bildes, und da kann sie sich von dem Strauch, an dem sie den Zweig gepflückt hat, jederzeit einen neuen holen.

Aha, sagte der Taschendieb.

Er machte mit seiner Arbeit weiter, schielte aber immer wieder zu dem zarten Stengel mit den Augen am oberen Ende, den die Heilige in der Hand hielt : der unruhige Ausdruck auf seinem Gesicht und dass er es nicht aus den Augen lassen konnte, sagten mir, dass es ein gutes Bild wurde).

Auf dem Rückweg von den Farbenmachern kam ich am Fluss an der Stelle vorbei, wo die Leute verdorbene Sachen hinbringen, und sah ein gutes Paar Stiefel, das hinter einem mit Sträuchern bewachsenen Hügel lag, an deren Wurzeln sich Unrat und fortgeworfene Därme und Innereien türmten.

Die Stiefel lagen auf der Seite, und ich ging nachschauen, welche Größe sie hatten : Fliegen stiegen auf : ich sah, dass sich einer plötzlich von allein bewegte.

Hinter dem Schutt sah ich durch das Gestrüpp hindurch zwei Hände in der Luft, als seien sie nicht mit einem Körper verbunden : sie waren über und über mit Pusteln bedeckt, als ob sie mit einer Suppe aus dicken Linsen bestrichen wären, aber blau und schwarz verfärbten Linsen : ich habe den Geruch noch in der Nase : er war stark : ich ging um den Hügel herum und sah, dass die Hände an Armen und dass am Ende der Arme Schultern und ein Kopf waren, alles jedoch mit diesen Blattern bedeckt, sogar das Gesicht : er atmete : er lebte : im Weiß seiner Augen bewegte sich etwas, die Augen sahen mich, und unter ihnen öffnete sich ein Mund.

Komm nicht näher, sagte er.

Ich trat ein Stück zurück : aber nur so weit, dass ich die Hände durch die dürren Zweige noch sehen konnte.

Bist du noch da?, sagte der Mann.

Ja.

Geh weg.

Bist du jung oder alt?, sagte ich (denn erkennen konnte ich es nicht).

Ich glaub, jung.

Du brauchst eine neue Haut.

Er machte ein Geräusch, ein bisschen wie Lachen.

Das ist meine neue Haut.

Wie ist dein Name?

Das weiß ich nicht.

Wo bist du her?, sagte ich. Hast du niemanden, der dir hilft? Familie, Freunde? Sag mir, wo du wohnst.

Ich weiß es nicht.

Was ist mit dir geschehen?

Ich hatte Kopfschmerzen.

Wann?

Weiß ich nicht mehr. Ich erinnere mich nur noch an die Kopfschmerzen.

Soll ich die Nonnen holen?, sagte ich.

Es waren Nonnen, die mich hierhergebracht haben, sagte er.

Was für Nonnen?

Das weiß ich nicht.

Was kann ich tun?, sagte ich. Sag es mir.

Du kannst deiner Wege gehen.

Aber was wird dann aus dir?

Ich werde sterben, sagte er.

Wieder in der Werkstatt angekommen, war ich ganz erfüllt von dem Anblick : ich rief dem Taschendieb zu, wir müssten büschelweise Gesträuch und Gehölz malen, aber so, als ob sie sehend und blind zugleich seien.

Du meinst, mit richtigen Augen dran wie bei deiner Lucia?, fragte der Taschendieb.

Ich schüttelte den Kopf : ich wusste nicht, wie : ich wusste nur, dass ich gerade den Mann, den Unrat, das Laub, die Zweige des Gestrüpps gesehen und begriffen hatte, dass beides, Erbarmen und Erbarmungslosigkeit, mit dem Drängen der Äste zusammenhing.

Mit dem Gleichmut des Laubs, sagte ich.

Hä?, sagte der Taschendieb.

Er malte mir einen Ast, genau wie Äste aussehen, richtig, so war es –

denn jetzt erinnere ich mich an alles –

heraus damit, schnell, bevor ich es wieder vergesse –

den einen Tag, als ich ein Auge aufschlug und das andere nicht aufgehen wollte, als ich flach auf dem Boden lag, war ich da von der Leiter gefallen?

Vor einer halben Stunde hab ich dich gefunden, in die alte Pferdedecke gewickelt, sagte er, nein, nicht – lass das, die Hitze geht von dir aus, du schwitzt, und draußen ist es heiß, Meister Francescho, wie kannst du da frieren? Hörst du mich? Verstehst du, was ich sage?

Was ich sah, war der Taschendieb, der sich an meiner Stirn über mich beugte, sich Wasser auf den Ärmel goss und den Arm noch mal auf meine Stirn legte, zu kalt : im Eiltempo rannten die Leute davon : alle, bis auf den Taschendieb, der meine Jacke aufknöpfte, ein Messer an meinem Hemd ansetzte und schnitt, immer weiter, immer tiefer, die Lagen meiner Brustbinde durchtrennte, sie zurückschlug und öffnete, *verzeih mir, Meister Francescho, ich tue das, damit du mehr Luft bekommst, nicht aus Respektlosigkeit* sagte : ich war beunruhigt, fuchtelte mit den Armen, nicht wegen meiner zerschnittenen Binde, sondern wegen der Propheten und der Ärzte, die wir an die Wände und die Decke malten (richtige Ärzte, die tapfer genug gewesen wären, hier hereinzukommen, hab ich an dem Tag keine gesehen, die einzigen Ärzte in meiner Nähe waren

Bilder), die beste Arbeit, die ich bis dahin gemacht hatte, noch nicht abgeschlossen, und wir hatten den ganzen Lohn dafür im Voraus bekommen : ich sagte dem Taschendieb, er solle die Propheten beenden, die Ärzte aber alle übermalen : er versprach es : es ging mir gleich besser als ich das hörte : *lass nie eine Arbeit unfertig, Ercole* : er brachte mich weg von dort, wo wir jetzt unerwünscht waren wegen der auf meiner Haut ausgebrochenen Farben, und trug mich auf dem Rücken zu einem Bett, ich weiß nicht, wohin, es stand an einer Wand : was für ein Zimmer es auch war, ich sah es mal blasser, mal schärfer und hörte es rings um mich knacken wie bei einem Erdbeben, und als die Tünche an der Wand Risse bekam, sah ich die Leute …

Ercole, sag, sagte ich, wer sind die feinen Leute, die durch die Wand kommen. Ich kann es nicht richtig sehen.

Was für Leute?, sagte Ercole. Wo?

Dann verstand er.

Ach, die, sagte er, das ist eine Gesellschaft feiner junger Leute, sie kommen aus den Wäldern und tragen geflochtenes Eichenlaub und Zweige im Haar und um den Hals, die Handgelenke und die Knöchel, der Duft der Bäume hüllt sie auch ein wie Girlanden, so als trügen sie Bäume und Blumen am Leib statt Kleider, und ihre Arme quellen über von den Blumen und Gräsern, die sie auf der Wiese hinter dem Wäldchen gepflückt haben, Gräser und Blumen mit so starkem Duft, dass ihr Aroma ihnen vorausfliegt wie ein Herold, wenn du sie richtig hättest sehen können, Meister Francescho, hättest du sie gleich malen wollen, das weiß ich, und wenn du sie gemalt hättest, hättest du sie auch gut getroffen, denn man sieht ihnen an, dass sie niemals sterben oder vielmehr, falls doch, dass sie nichts dagegen haben und es dem Leben nicht verargen, soll ich die Jalousie herunterziehen, ist es dir hier zu hell?, sagte er.

Ich gratuliere dir, Ercole, sagte ich. Es ist so hell, dass es dunkel ist

erinnere mich nicht

was darauf folgte

das aber erzielt man, wenn man das Gold gründlich verstreicht : sorgfältig ausgeführt, spendet Gold beides zugleich, Dunkelheit und Helligkeit : ich brachte dem Taschendieb das Vergolden bei : brachte ihm Haar und Äste bei : Felsen und Steine und dass darin alle Farben auf der Welt enthalten sein können und dass alle Farben auf allen Bildern, die je gemalt wurden, aus Steinen gewonnen werden, aus Pflanzen, Wurzeln, Fels und Samen : ich brachte ihm bei, wie die Mutter den Körper des Sohnes in den Armen hält, das letzte Abendmahl, das Wunder von Wasser und Wein, die Tiere, die ringsum im Stall stehen, und wie der Tag unterdessen immer weitergeht, und zwar im Vordergrund und im Hintergrund zugleich, vom Tod zum letzten Abendmahl zur Hochzeit zur Geburt.

Ich brachte ihm auch bei, dass unbelebte Gegenstände und Lebewesen, die in aufwärts, in die Luft geführter Bewegung gezeigt werden, stets die größte Anmut und Lebendigkeit ausstrahlen : der gute Taschendieb, er war mir immer treu ergeben : gerade fällt mir ein, wie ich ihn in dem Winter nach der Arbeit an den Fresken im Palast gegen die Langeweile noch einmal nach Ferrara zurückschickte und er auch klaglos ging, weil ich wissen wollte, wie das fast ein Jahr trockene Werk aussah.

Er ging an einem Mittwoch und war am Freitag zurück, kam direkt in die Kirche, in der wir die Madonna restaurierten.

Er hat nur eins verändern lassen, seit wir dort waren, ein einziges Detail im ganzen Saal, sagte der Taschendieb. Sein eigenes Gesicht.

Wer? Der Falke?, sagte ich.

Borso natürlich, sagte der Taschendieb. Er hat sein Gesicht in allen Monaten neu machen lassen, auch in deinen. Ich hab den Mann an der Tür gefragt, ich kenne ihn, ein alter Freund meines Vaters. Er sagt, Borso habe es sich von seinem Vetter Baldass neu machen lassen.

Der Türsteher, erzählte mir der Taschendieb, habe ihn begrüßt wie einen Sohn und zu den anderen Dienstboten gebracht, die ihn ebenso empfingen, ihm zu essen gaben, ihn regelrecht bemutterten und nach mir ausfragten …

(*sie haben nach mir gefragt?*)

… ja, sagte er. Und, hör zu, das ist noch nicht alles. Borso ist in letzter Zeit oft aushäusig, denn er hat sich in den Kopf gesetzt, einen Berg zu bauen – nicht bloß zu *versetzen*, denn das kann ja der Glaube, leicht, sondern einen Berg zu *schaffen*, von Grund auf, sehr hoch und an einer Stelle, wo vorher keiner war. Am Monte Santo werden also Steine geschleppt und aufgetürmt, und die Arbeiter im Steinbruch schuften bis zum Umfallen, und manchmal kommen wirklich welche zu Tode, und wenn das passiert, verbaut Borso die Leichen mit in seinen Berg.

Und, Meister Francescho, sie haben mir noch etwas erzählt, sagte der Taschendieb. Unser Monatssaal ist inzwischen bei den Leuten berühmt. Oft kommt eine Menge Volks aus der Stadt zum Palast, und wenn sie eingelassen werden, gehen sie gleich zu deiner Gerechtigkeitsszene. Stehen davor und schauen. Laut sagt nie jemand was. Borso glaubt, sie kommen, weil sie ihn sehen wollen, weißt du, das Bild, auf dem er Recht spricht. Der Türsteher sagt aber, dass die Leute beim Verlassen des Raums so vergnügt ihrer Wege gehen, als ob ihnen jemand Geld zugesteckt hätte. Vor allem wollen sie, erzählte mir seine Frau, während sie mir Eintopf in die Schüssel füllte, das Gesicht sehen, das du in das Schwarz unter dem Türsturz hineingemalt hast, das Gesicht, das nur halb zu sehen ist und dessen Augen – deine Augen, Meister Francescho – frontal aus dem Bild blicken, als ob die Augen über Borsos Kopf die Betrachter tatsächlich anschauten.

Das sind nicht meine Augen, sagte ich.

Ja, ja, sagte der Taschendieb.

Du hast doch nicht etwa behauptet, dass es meine Augen sind?

Und wenn, würde das auch nichts ändern, sagte er. Ich weiß, dass es deine Augen sind. Ich seh sie jeden Tag. Aber sie glauben, was sie wollen. Die Frau des Türstehers hat mir anvertraut, die Frauen, die sich den Saal ansehen kommen, sagen beim Gehen alle, dass das die Augen einer Frau sind. Und die Männer sind sich, wenn sie wieder gehen, sicher, dass es die Augen eines Mannes sind. Weißt du noch, dass du bloß ein halbes Gesicht gemalt hast, ohne Mund? So als könne man bestimmte Dinge nicht laut sagen? Die Leute kommen von meilenweit her, um sich das anzusehen, und nicken sich gegenseitig zu, wenn sie davorstehen. Und dann haben sie mir auch noch erzählt, hör dir das an – dass jetzt immer viele Arbeiter zum Palast kommen, Ungläubige und andere Feldarbeiter, Arbeiter aus unserem Süden und auch arme Einheimische, und in großer Zahl an die Tür klopfen, manchmal 20 auf einmal, und zum Türsteher sagen, sie wollen *ihren Respekt erweisen*, wollen *Borso huldigen*. Sie wollen, soll das heißen, sich persönlich vor ihm verbeugen, und wenn er da ist, erlaubt Borso es ihnen und empfängt sie im Tugendsaal.

Ja, und?, sagte ich.

Überleg doch, Meister Francescho, sagte der Taschendieb. Wer in den Tugendsaal will, muss durch den Saal der Monatsbilder durch, nicht?

Wir haben also den beliebten Mann aus ihm gemacht, als der er von uns gemalt werden wollte?, sagte ich.

Der Taschendieb lachte : zog seinen Reisemantel aus : er

hatte schnell alles herausgesprudelt und noch nicht mal sein Gepäck abgestellt : das tat er nun, setzte sich zu meinen Füßen auf die weicheren Taschen und erzählte weiter.

Wie ich gehört habe, sagte der Taschendieb, schwenken die Arbeiter, wenn sie allmählich ans hintere Ende des Saals der Monatsbilder kommen, zum Monat März ab, machen vor deinem in Blau gemalten Arbeiter halt und bleiben so lange davor stehen, wie sie können. Neuerdings bringen manche, in ihren Ärmeln versteckt, sogar Blumen mit und lassen auf ein zwischen ihnen verabredetes Zeichen hin alle die Arme herabsinken, so dass ringsherum aus ihren Kleidern Blumen zu Boden fallen, vor die Füße deines Arbeiters. Wenn sie zum Weitergehen gedrängt werden, gehen sie zu Borso hinein und verbeugen sich pflichtschuldig, was eine halbe Minute dauert, und werden dann zum Palast hinausgeführt, wieder an den Monatsbildern vorbei, wo sie den ganzen Saal hindurch die Köpfe nach hinten drehen, damit sie das Bild noch so lange wie möglich sehen.

Eines Tages kamen ungefähr 25 auf einmal hinein und standen vor dem Arbeiter, während der Staub der Felder von ihnen fiel, sahen zu ihm hinauf und wollten fast eine volle Stunde nicht weichen, gaben vor, die Sprache nicht zu verstehen, als man sie zum Gehen aufforderte, und als sie es schließlich taten, geschah es friedlich.

Und das hat Borso nicht ändern lassen?, sagte ich (und meine Stimme klang wie das Piepsen einer Maus).

Der weiß nicht mal, was dort geschieht, sagte der Taschendieb. Es hat ihm niemand gesagt. Es würde auch niemandem einfallen, und er hat es nicht mit eigenen Augen gesehen, nicht wahr? Er ist ja ständig auf der anderen Seite der Mauer im Saal der Tugenden und wartet, auf seinen Thron gequetscht, auf die Verbeugungen. Das heißt, falls er nicht in Monte Santo ist und den neuen Berg baut.

In dem Moment bedauerte ich ihn, Borso, die Gerechtigkeit in Person, dessen Eitelkeit mich an meine gemahnte …

im Grunde aber ängstigte es mich, dass Dinge, die ich getan oder gemacht hatte, eine so heftige Wirkung haben konnten.

Deine Geschichten sind reine Schmeichelei, sagte ich.

Sie sind die reine Wahrheit, sagte der Taschendieb.

Ich will von deinen Lügen nichts mehr hören.

Du hast mich zum Nachsehen hingeschickt. Ich habe nachgesehen. Jetzt erzähle ich dir davon, sagte der Taschendieb. Ich dachte, du würdest es gern hören. Ich dachte, du würdest dich freuen. Du bist so ein eitler Sack, ich dachte, du wärest hellauf begeistert.

Ich zog ihm eins über den Schädel.

Ich nehme dir nicht mal ab, dass du dort warst.

Au!, sagte er. Genau. Das ist fein. Schlag mich noch einmal, und ich gehe.

Ich schlug ihn noch einmal.

Er ging.

Gut.

Ich räumte meine Arbeitssachen weg : ging zu mir nach Hause, legte mich schlafen : sperrte den Taschendieb aus, der die Angewohnheit hatte, am Fußende des Bettes zu schlafen : mochte er die Nacht im Freien verbringen

(er kam wieder, 3 Tage später

der gute Taschendieb, der noch in jungen Jahren starb, wenngleich lange nach mir, an zu viel Alkohol, tempus edax, *verzeih mir*)

ich selber lag in der Nacht allein in meinem Bett und überlegte, ob die Kunde von meinen Bildern und den vielen Leuten, die kamen und sie sich ansahen, zu Cosmo gelangt war.

Cosmo, verdammter Cosmo.

Ich bin noch ein Kind : bin erst seit kurzem Francescho und lerne, wie man Pergament und Papier tönt und die Farben mischt, die man zum Malen der mannigfaltigen Haut- und Fleischtöne bei unterschiedlichem Licht braucht : ich bringe mir das allein aus Büchern bei, während mein Vater an einem Haus am Rande der Stadt arbeitet, und als ich mich eines Tages in einem leeren Raum des halbfertigen Hauses zu der Lücke in der Mauer hinauslehne, die ein Fenster werden soll, geht unten der Sohn des Schusters über die Wiese, den alle kennen, weil er bei Hofe angenommen worden ist : er ist noch jung, er soll die Wimpel, die Fellfarben und die Rüstungen malen, die sie bei Turnieren verwenden, aber wer auch nur ein bisschen von Bildern versteht, weiß, dass er ein richtiger Maler von Bildern ist, so voll des Lebens in seiner ganzen Verworrenheit und seinen Widersprüchen, dass sie jeden, der sie sieht, verblüffen : und während er die Wiese durchquert, sehe ich es plötzlich klar und deutlich : er ist ein Wesen, das ganz und gar aus Grün besteht und Grün verströmt : denn wie er durch das hohe Gras stapft (er hat den Pfad verlassen, auf dem die Leute sonst über Land gehen, und bahnt sich den Weg an einer Stelle, wo das Gras wuchert), ist alles an ihm grün : der Kopf, die Schultern, die Kleider sind in Grün getaucht : und sein Gesicht darüber ist das allergrünste Grün : es ist, als sendete sein Leib reines Grün aus, das ich beinahe so schmecken kann, als kaute ich auf Laub und Gräsern herum : ich weiß natürlich, dass es die Wiese ist, die ihre Farbe auf ihn wirft, dennoch ist er aber der Grund dafür, dass die sich meilenweit um ihn ausbreitende Wiese so grün ist, wie sie ist.

Ich bin 18 Jahre alt : hege große Hoffnungen, denn mein Vater hat den aufregendsten neuen jungen Meister, den die Stadt seit langem gesehen hat, dazu überredet, einen Blick auf ein paar Bilder von mir zu werfen, und sich mit einem großen Konvolut in den städtischen Palast aufgemacht, um sie ihm vorzuführen (so neu ist er übrigens gar nicht, er gestaltet nämlich schon über 10 Jahre die Teppiche und Stoffe für den

Palast und ist für die Schabracken und Wimpel verantwortlich, hat sich aber auch einen Namen mit seinen Bildern gemacht, die fast bestürzend grob sind, nur Wurzeln und Steine und Grimassen, und das alles verblüffend hoffärtig, in einem Maße, dass ihre längere Betrachtung Unbehagen und Widerwillen weckt : hinzu kommt, dass Borso, der neue Marchese, Bono und Angelo satthatte, die guten alten Meister, die nicht seine, sondern die Hofmaler seines Halbbruders waren, und dass dieser neue Maler seine Aufmerksamkeit gefunden und, wie es heißt, viele Geschenke von ihm bekommen hat) : mein Vater findet, den Mann zu kennen sei nützlich, und Arbeit bei Hofe zu bekommen sei ein Klacks, wenn er mich in die Lehre nimmt : ich bin zu Hause in der Werkstatt, die mein Vater hinter unserem Haus aus Stöcken und aufgehängten Leinwänden für mich hergerichtet hat, vor Wind geschützt, aber im hellen Tageslicht, gut zum Malen : es ist eine schwache Konstruktion, aber zweckmäßig, und ich brauchte die Wände heute Morgen auch nicht neu aufzubauen (meine Brüder reißen die Stöcke abends gern mal aus der Erde, wenn sie von der Arbeit oder vom Trinken heimkommen, vorige Nacht haben sie es aber vergessen oder waren so nett, es sein zu lassen), und ich arbeite konzentriert an einem Bild, so groß wie die mir ringsum als Abtrennung dienenden Leinwände, ich male eine Geschichte, die mir aus der Kindheit in Erinnerung geblieben ist : ein Musiker fordert einen Gott zum Wettstreit heraus, wessen Musik die bessere ist : der Gott gewinnt, der Musiker muss den Wetteinsatz einlösen und bekommt bei lebendigem Leib die Haut abgezogen, die er dem Gott als Trophäe überreichen muss.

Es ist eine Geschichte, über die ich schon fast mein ganzes Leben lang grübele : und jetzt eben ist mir eingefallen, wie ich sie erzählen kann : der Gott steht auf einer Seite, das Messer lustlos in der herunterhängenden Hand : sein Gestus grenzt an Enttäuschung : der Körper des Musikers jedoch windet sich empor und mit Ekstase aus seiner Haut heraus, und die Haut ist wie ein dicker, fließender Stoff, der sich in einem Stück von der Schulter löst und gleichzeitig in Fetzen von den Handgelenken und Knöcheln fällt wie emporgeworfenes Konfetti : durch das Abschälen der Haut sieht der Leib aus wie die Braut, wenn sie sich nach der Hochzeit entkleidet : aber leuchtend rot, kristallrot : und das Schönste ist, dass der Musiker die Haut mit dem Arm auffängt, von dem sie sich löst und von selbst ordentlich zusammenlegt.

Jemand ist hinter mir herangetreten : ich wende mich um : ein Mann steht in den Falten des Tuchs, das die Tür zu meiner Werkstatt bildet : er ist noch ziemlich jung : mit Schmuck behängt : seine Kleider sind wunderschön : er selbst in seinen Kleidern ist ebenfalls eine Augenweide, und die Arroganz, die er ausstrahlt, hat sogar eine Farbe : später versuche ich mich etliche Male daran, diese Farbe zu mischen, bekomme sie aber nie richtig hin.

Der Mann betrachtet mein Bild : schüttelt den Kopf.

Das ist verkehrt, sagt er.

Sagt wer?, sage ich.

Marsyas ist ein Satyr und ergo ein Mann.

Sagt wer?

Sagt die Geschichte. Sagen die Gelehrten. Die Jahrhunderte. Das sagen alle. Das kannst du nicht machen. Es ist eine Travestie. Sage ich.

Wer bist du?, sage ich

(obwohl ich es ganz genau weiß).

Wer ich bin? Falsche Frage. Wer bist du? Niemand. Niemand wird dir dafür je etwas geben, zumindest kein Geld. Es ist wertlos. Sinnlos. Wenn du einen Marsyas malen willst, muss Apollo siegen. Marsyas muss das Verderben verkörpern, die Niederlage. Apollo ist die Reinheit. Marsyas muss bezahlen.

Er starrt auf das Bild mit, ist es Zorn? Tritt noch näher heran und reibt derb mit Daumen und Zeigefinger auf der unteren Ecke herum.

He!, sage ich

denn es ärgert mich, dass er es anfasst.

Er tut, als habe er mich nicht gehört : schaut sich die Felder an, die Zäune und Bäume, die Häuser in der Ferne, die Gesteinsbrocken, die Menschen, die ihr Tagwerk tun, den gewöhnlichen Alltag, die Knaben, die Steine in den Fluss werfen, die der Hund holen soll, die Frau, die die Wäsche im Bottich mit den Füßen stampft, die Vögel im Fluge, die Wolken, die ziehen, wohin der Wind sie weht, und den Baum, an den der Musiker mit Fesseln gebunden sein sollte, aus denen er sich befreit hat.

Er hat das Gesicht so dicht vor das Bild geführt, wie es dichter nicht mehr geht, es fehlt nicht viel, und die Wimpern seiner Augen streichen über die Zweige und Blätter der Krone auf Apollos Kopf : ebenso dicht tritt er an die Stelle heran, an der die Haut von Gesicht und Hals des Musikers, alles, was noch an seinem Leib haftet, mit dem Rot des Fleisches darunter zusammenkommt : er tritt einen Schritt zurück, noch einen und noch einen, so dass er wieder neben mir steht : blickt hinab zu den Farben auf meinem Tisch.

Wer hat dein Blau gemacht?, sagt er.

Ich.

Er zuckt die Achseln, so als sei ihm egal, wer das Blau gemacht hat : hebt die Augen und betrachtet wieder das Bild : seufzt : schüttelt missbilligend einmal kurz den Kopf und verzieht sich durch die Öffnung in den luftigen Wänden wieder nach draußen.

2 Tage später war das Bild weg : ich trat morgens aus dem Haus, die Werkstatt war wie üblich abgerissen und zerstört, aber da ich wusste, wie gern meine Brüder Schabernack trie-

ben, verwahrte ich mein Werkzeug und alles Wichtige immer an einem sicheren Platz : ich ging zum Vorratsschuppen meiner Mutter : das in die Höhe geschossene Gras auf dem Pfad durch das Feld war von mehr Füßen niedergetreten als nur meinen : die Schuppentür war offen : das Bild war weg, genauso wie die Rolle mit den Skizzen (alles andere hatte mein Vater in den Palast mitgenommen, wo niemand Zeit hatte, ihn zu empfangen, so dass er alles wieder mit heimbrachte : es lag sicher im Haus, im Schlafzimmer meiner Mutter oben auf den Schränken, wo die Ziege und ihre Kleinen nicht herankommen).

Wer weiß, wohin es verschwand? In den Fluss? Ins Feuer? In ein Hinterzimmer, zerschnitten, zusammengerollt und in die Lücken zwischen Wand und Fenster oder Tür und Boden gestopft oder in die Risse im Holz oder im Stein gehämmert zum Schutz vor der Feuchte?

(Strahlender Cosmo, begünstigter Hofmaler, verdrängst deine Vorgänger als begünstigte Hofmaler, bevor du deinerseits von meinem geliebten Gehilfen, dem Taschendieb, verdrängt wirst (ha!) : leuchtender, mit Schmuck behängter Cosmo, alt und krank schreibst du deinem letzten Herzog einen Bettelbrief, bist zum Malen inzwischen zu alt, und der Bischof und der Kanzlist, die dir den Lohn für den Altar und das Tafelbild des Heiligen schulden, lassen deine Rechnungen links liegen : sie so reich, und du so arm : grüner, vergessener Cosmo, alt geworden und schließlich, wenngleich erst einige Zeit nach mir, gestorben, an Armut, jawohl

aber nicht an der Kälte

denn ich nehme meine noch unfertige Arbeit zu einer alten, alten Geschichte und rolle sie über dir auf, breite sie in ganzer Länge über dich, decke dich zu und schlage die Enden unter deinem Kinn ein, damit du es ein bisschen wärmer hast in den Wintern der Kälte …

(es sei dir verziehen.)

Das Mädchen hat eine Freundin.

Die Freundin ähnelt äußerlich meiner Isotta, sehr schön, und ist hier hereingefegt wie ein Windstoß, als ob sich in einer Wand plötzlich unerwartet eine Tür auftäte : die beiden haben vieles gemeinsam und sind ganz beschwingt davon : zusammen sind sie herb und hell wie die Schalen von 2 frischen Zitronen.

Das Mädchen hält für ihre Freundin die aus den vielen kleinen Bildern gemachte Wand hoch : die Freundin nickt bewundernd : sie nimmt ein Stück, schaut sich ein Bild ganz genau und dann noch an, wie die gemacht ist, die Bilderwand.

Ein Mädchen fasst an einem Ende und das andere Mädchen am anderen an, und sie messen die Länge der Wand, indem sie sie durchs Zimmer ausbreiten : sie *ist* lang, diese Wand : dann kommt wie ein schelmisches Hündchen der kleine Bruder herein, duckt sich in der Mitte unter die ausgebreitete Bilderwand und stößt mit dem Kopf daran wie eine Ziege oder ein Widder : die Mädchen kreischen : sie fassen zu und schwingen die Wand behutsam von ihm weg, breiten sie in ihrer Brüchigkeit über den Tisch und die Enden vorn und hinten auf den Boden, ohne sie zu verdrehen, damit sie heil bleibt : das getan, fährt das Mädchen herum und brüllt den Bruder an : er wird kleinlaut : geht hinaus : die Mädchen nesteln weiter an der langen Bilderwand herum : kurz darauf kommt der Bruder wieder und hat 2 Tassen mit etwas Heißem darin in den Händen, Dampf steigt auf : ein Friedensangebot : und sie gelangen auch tatsächlich zu einer Einigung : er darf mit bei ihnen im Zimmer bleiben, weil er ihnen diese Getränke gebracht hat : sitzt nun artig und still auf dem Bett, als wäre er nie etwas anderes gewesen.

Die Mädchen widmen sich wieder ihrer Wand : kaum haben sie vergessen, dass er da ist, steckt der Bruder Nase und Hände in die Tasche, mit der die Freundin gekommen ist : er hat etwas zu essen gefunden und zerrt an der Verpackung : die beiden hören ihn, drehen sich um, sehen, was er tut, und schreien ihn sofort an, richten sich dann beide auf und jagen ihn hinaus.

Doch als sie zurückkommen –

Zerstörung!

Sie haben die zu heißen Tassen auf der Bilderwand abgestellt, und beim Anstoßen an den Tisch ist ein bisschen übergeschwappt : die Tassen sind auf ein paar Bildern angetrocknet – woraus sind die gleich noch? –, so fest, dass eine Tasse am Henkel hochheben heißt, die ganze Wand hochzuheben.

Die Mädchen lösen die Bilderwand von den Tassen ab : von der Hitze und der verschütteten Flüssigkeit sind die Studien, auf denen die Tassen standen, mit 2 perfekten Kreisen in Tassenbodengröße gekennzeichnet.

Das Mädchen schaut ganz bestürzt.

Hebt das Wandstück hoch : löst die 2 Studien mit den Kreisen mit einem kleinen Messer ab : schwenkt sie in der Luft, als wolle sie sie trocknen.

Die Freundin nimmt sie ihr aber aus den Händen : lacht : hält sich die Studien vor die Augen, als ob es Augen wären.

Haha!

Das Mädchen schaut verdutzt : ihr Mund geht auf : verzieht sich zu einem breiten Lächeln : dann Gelächter von beiden : dann fassen sie abermals jede nach einem Ende der langen Bilderwand, aus der jetzt in der Mitte Steine herausgeschnitten sind, und breiten sie wie zuvor im Zimmer aus : diesmal fasst das Mädchen weniger behutsam zu, sondern wickelt sich, als die Wand ganz ausgebreitet ist, ihr Ende um die Schulter und klemmt es sich unter die Arme wie einen Kragen oder ein Tuch.

Als die andere das sieht, tut sie es ihr gleich : schon umhüllen sie sich beide : drehen sich nach innen ein und umwickeln sich mit dem Wandverband, bis sie mit dem ganzen Oberkörper, mit Brust, Bauch und Armen und hinauf bis zum Hals in den Bildern stecken wie in einer Rüstung : dann drehen sie sich zueinander, so als führe die Wand sie zusammen : sie treffen sich, umhüllt wie Raupen, in der Mitte des Raumes : aber sie kommen nicht bloß zusammen, sie kollidieren : woraufhin die Papierwand reißt und die Steine, als sie sich auflöst, wie Dachziegel hinabsegeln und die Mädchen auf dem Boden landen, eine in den Armen der anderen, mitten im Chaos der ringsum verstreuten Bilder.

Mir gefällt, wenn eine Freundin Geschick hat.

Mir gefällt, wenn eine Wand gekonnt aufgebrochen wird.

Ich mache gerade ein Porträt meines Freundes : der mit den braunen Augen, wie heißt er noch? Der Name entfällt mir : ihr wisst, wen ich meine, ich meine Wie-heißt-er-noch : sein Vater ist gestorben, und jetzt ist er das offizielle Oberhaupt seiner Familie : das Land und die vielen Schiffe gehören ihm und nun auch das ganze Geld : trotzdem ist es ein inoffizielles Porträt, denn seine Frau will das offizielle nicht von mir gemacht haben, und um mich zu besänftigen, hat er mich gebeten, ihn ebenfalls zu malen, die offiziellen Versionen sind doch nicht wahr, sagt er, als ich ihn nach dem Grund frage

(den Namen weiß ich nicht mehr, aber ich weiß noch ganz genau, dass ich mich über seine Frau sehr geärgert habe)

und nachdem ich weit im Hintergrund ein paar Schiffe hingeworfen habe, mache ich mit seinem Kopf weiter : doch mein Freund, der vor mir sitzt, ist heute noch unruhiger als sonst : ich arbeite an der Falbel im Unterhemd, die seinen Kragen so hübsch krönt, bin aber immer mit einem Auge bei ihm, der heute kaum stillsitzen kann.

Ich kenne seine Enttäuschung : kenne sie seit jeher : sie ist fast genauso alt wie unsere Freundschaft : die mit Mühe gezügelte Kraft, die Bestürzung, die um ihn in der Luft liegt, wie wenn ein Sturm nicht losbrechen kann.

Wie immer tut er jedoch aus Güte gegen mich so, als beschäftige ihn etwas anderes.

Eine Geschichte, sagt er, habe ihn doch sehr erzürnt.

Sie verfolgt ihn, sagt er : er muss ständig daran denken.

Was für eine Geschichte?, sage ich.

Eigentlich alle, sagt er. Sie sind nie die Geschichte, die ich brauche oder wirklich will.

Ich mache das Bild fertig : schweige still : lasse Zeit vergehen : nach einer Weile spricht er in diese Stille und schildert mir die Geschichte in groben Zügen.

Sie handelt von einem Zauberhelm, mit dem sein Träger sich verwandeln, jede beliebige Gestalt annehmen kann, die er will, er braucht dafür bloß den Helm aufzusetzen.

Der Teil ist es aber nicht, der ihn rasend macht : der Teil der Geschichte gefällt ihm : die Geschichte geht noch weiter, und der andere Teil handelt von 3 Jungfrauen, den Hüterinnen eines Goldschatzes, und wer das Gold von ihnen gewinnt und einen Ring davon schmiedet, gebietet über alles, das Land, das Meer, die Welt und alle ihre Völker : einen Haken hat die Sache allerdings : es gibt eine Bedingung : er bekommt die ganze Macht, der Mann, der den Ring schmiedet, aber um sie zu behalten, muss er der Liebe abschwören.

Mein Freund sieht mich an : rutscht auf dem Hocker herum : richtet ganz offen den Blick auf mich : die Hauptsache, die er mir nicht sagen kann, macht ihn in meinen Augen nur noch schöner.

Ich zeichne an, wo hinter seiner Schulter die Krümmung des Felsens enden soll und wo ich den Fischer hinstellen will : unter den hohen Felsvorsprung hier stelle ich die 2 Kinder mit dem Fischspeer : ich zeichne an, wo seine Hand vorn über den Rahmen herausgreift : zeichne grob den kleinen Kreis für den Ring vor, den er in der Hand halten soll.

Es leuchtet mir einfach nicht ein, sagt er. Warum soll derjenige, der mit Tapferkeit oder Glück das Gold gewinnt und den Ring daraus schmiedet, nicht den Ring *und* die Liebe haben können?

Ich bedeute ihm nickend, dass ich seiner Meinung bin und verstehe.

Ich weiß jetzt, was ich mit dem Rest der Landschaft hinter ihm mache.

Da bin ich wieder : ich, 2 Augen und eine Mauer.

Wir sind vor einem Haus, bin ich hier schon mal gewesen? 2 Mädchen knien auf dem Pflaster.

Eine alte Frau, ich glaube, ich

kenne ich sie? nein

ist herausgekommen und sitzt auf der Mauer und sieht den beiden zu : sie malen, Eier? Nein, Augen : sie malen 2 Augen auf eine Mauer : jede eines : sie beginnen mit dem Schwarz für das Loch, durch das wir sehen : dann malen sie nacheinander die farbigen Kreise : erst blau : dann weiß : zuletzt den schwarzen Umriss.

Eine alte Frau ruft ihnen etwas zu : die eine (wer ist sie?) bückt sich zu einem Topf mit Weiß darin, beugt sich vor, tupft ein kleines weißes Viereck, so groß wie ihre Fingerkuppe, erst an das eine und dann an derselben Stelle an das andere Auge, denn ein Auge ohne Licht ist zwar ein Auge, sieht aber nicht, sagt die alte Frau, die auf einer Mauer sitzt

glaube ich höre es aber nicht richtig denn

irgendetwas

Gott weiß was

die Haut meines Vaters?

die Augen meiner Mutter?

zieht mich

hinab zu

der feinen Linie

aus nichts
Grus und Sand und
Gemisch aus Schmutz und Erde und
den kleinen Steinen
dort am Fuße dieser
(wirklich arg hingepfuschten ich mein ja nur)
Mauer an der Stelle wo bröselnder
Grundstein auf Pflaster trifft
schau
die Linie wo
eins zum anderen kommt
winziges grünes fast nicht vorhandenes Unkraut
wurzelt darin
wie verzaubert
denn es ist eine Zauberlinie
die Linie zwischen Flächen
ein Ort möglichen Grüns
denn was immer da oben geschieht
Augen an eine Mauer gemalt
ist ein Nichts
gegen die winzigen Farbunterschiede
deren Vielfalt das Auge erst sieht
wenn es dicht davor ist selber
der Ort wird
wo zur horizontalen Linie die
vertikale kommt und zur Fläche die Fläche und ein
Bauwerk zum zweiten das dem Anschein nach
nur 2 Dimensionen hat aber tiefer ist
als das Meer wenn du mutig hineinsteigst oder
tief wie ein Himmel und genauso tief in die Erde
hinabreicht (die Blütenblätter falten sich ein
der Kopf sinkt auf den Stengel herab)
durch Schichten von Ton auf Stein

vermischt von den
Würmern durch deren Münder
alles hindurchgeht
befördert von Sporen mit
Beinchen zuhauf und noch viel
viel feiner als eine Wimper und
in Farben wie nur Dunkelheit sie
hervorbringt
filigrane Adern
schau
der Ast am Baum über und über
bedeckt mit Blättern bevor auch nur der
Gedanke an den Pfeil
wie
die Wurzel sich unter der Erde
durch das Dunkel gräbt
bevor sich
der Baum auch nur zeigt
der Samen noch geschlossen
der Stern noch nicht verglüht
das Rund der Augenhöhle
der noch Ungeborenen
hallo all ihr neuen Knochen
hallo all ihr alten
hallo du alles
das noch
entsteht und
vergeht
beides

eins

Denk mal einen Moment über dieses moralische Problem nach, sagt Georges Mutter zu George, die vorn auf dem Beifahrersitz sitzt.

Nicht sagt. Sagte.

Georges Mutter ist tot.

Was für ein moralisches Problem?, sagt George.

Der Beifahrersitz in dem Mietwagen ist ungewohnt, er befindet sich nämlich auf der Seite, auf der zu Hause der Fahrersitz ist. Ungefähr so wird es sein, wenn sie selber fährt, nur dass sie, Sie wissen schon, eben nicht selber fährt.

Also gut. Du bist Künstler, sagt ihre Mutter.

Ich?, sagt George. Seit wann? Und ist das ein moralisches Problem?

Haha, sagt ihre Mutter. Mir zuliebe. Stell es dir vor. Du bist Künstler.

Das Gespräch findet vorigen Mai statt, da lebt Georges Mutter noch, offensichtlich. Tot ist sie seit September. Jetzt ist Januar, genauer gesagt, kurz nach Mitternacht am Neujahrstag, was bedeutet, es ist gerade das Jahr nach dem Jahr geworden, in dem Georges Mutter gestorben ist.

Georges Vater ist nicht da. Das ist besser, als wenn er zu Hause ist und weinerlich in der Küche steht oder durchs Haus tigert und Geräte aus- und anschaltet. Henry schläft. Sie ist gerade zu ihm rein und hat nachgesehen; er ist eingeschlafen, obwohl nicht in dem Sinne, in dem manche Leute das Wort verwenden, wenn sie sagen, jemand ist für immer eingeschlafen, Sie wissen schon, tot.

Das wird das erste Jahr seit dem Jahr, in dem ihre Mutter auf die Welt kam, dass ihre Mutter nicht mehr lebt. Das ist so offensichtlich, dass es dämlich ist, daran auch nur zu denken, und doch so schrecklich, dass man nicht nicht daran denken kann. Beides zugleich.

Jedenfalls verbringt George die ersten Minuten des neuen Jahrs damit, nach einem alten Song zu suchen. Let's Twist Again. Text von Kal Mann. Der Text ist ziemlich schwach. Let's twist again like we did last summer. Let's twist again like we did last year. Dann folgt ein Reim, der ist echt lausig, ein Reim, der genau genommen keiner ist.

Do you remember when

Things were really hummin'.

Hummin' reimt sich nicht auf summer, die Zeile endet nicht mit Fragezeichen und könnte, genau genommen, sogar *erinnerst du dich daran, als alles echt gestunken hat* bedeuten.

Dann weiter : Let's twist again, twisting time is here. Oder, so steht es überall auf den Seiten im Internet, twistin' time.

Immerhin haben sie einen Apostroph gesetzt, sagt die George von vor dem Tod ihrer Mutter.

Es ist mir scheißegal, ob eine Seite im Internet auf grammatische Richtigkeit achtet, sagt die George von danach.

Bei diesem Vorher und Nachher geht es ums Trauern, heißt es immer. Das Trauern verläuft angeblich in mehreren Phasen. Wie viele Trauerphasen es gibt, ist umstritten. Es sollen drei oder fünf sein, manche behaupten auch sieben.

Der Songschreiber hat sich über den Text, wie es aussieht, keine großen Gedanken gemacht. Vielleicht steckte er auch gerade in einer der drei, fünf oder sieben Trauerphasen. Phase neun (oder dreiundzwanzig oder hundertdreiundzwanzig oder ad infinitum, denn nichts wird jemals nicht wieder so sein) : In der Phase macht man sich keine Gedanken mehr darum, ob Songtexte einen Sinn haben. Man wird die Songs sogar fast alle hassen.

George braucht aber einen Song, zu dem man diesen einen Tanz tanzen kann.

Dass er so offensichtlich wirr und sinnlos ist, ist zweifellos ein Plus. Genau deshalb wird er sich damals so gut verkauft haben und so eine große Sache gewesen sein. Die Leute mögen es, wenn es nicht zu sinnvoll ist.

Meinetwegen, stell ich es mir halt vor, sagt George auf dem Beifahrersitz vorigen Mai in Italien zu genau der gleichen Zeit, zu der George im darauffolgenden Januar zu Hause in England auf einen sinnlosen alten Songtext stiert. Vor dem Autofenster erstreckt sich um sie herum Italien, so heiß und gelb, als wäre es sandgestrahlt worden. Henry sitzt leise schniefend hinten, hat die Augen zu und den Mund offen. Das Band des Sicherheitsgurts geht über seine Stirn, weil er so klein ist.

Du bist Künstler, sagt ihre Mutter, und du arbeitest mit vielen anderen Künstlern an einem Projekt. Und alle Beteiligten bekommen dasselbe als Lohn. *Du* bist aber der Ansicht, das, was *du* tust, ist mehr wert, als die Beteiligten, du selbst eingeschlossen, dafür bezahlt bekommen. Also schreibst du dem Mann, der die Arbeit in Auftrag gegeben hat, einen Brief und bittest ihn, dir mehr Geld zu geben, als alle anderen bekommen.

Bin ich denn mehr wert?, sagt George. Bin ich besser als die anderen Künstler?

Spielt das eine Rolle?, sagt ihre Mutter. Kommt es darauf an?

Bin ich es, oder ist es die Arbeit, die mehr wert ist?, sagt George.

Gut. Mach weiter, sagt ihre Mutter.

Ist das echt? Oder bloß hypothetisch?

Spielt das eine Rolle?, sagt ihre Mutter.

Ist es etwas, was in Wirklichkeit bereits entschieden ist, und du willst bloß eine These an mir austesten, obwohl du schon genau weißt, was deine Meinung dazu ist?, sagt George.

Kann sein, sagt ihre Mutter. Aber meine Meinung interessiert mich nicht. Mich interessiert deine.

Du interessierst dich doch sonst für nichts, was mich beschäftigt, sagt George.

Das ist jetzt sehr unreif von dir, George, sagt ihre Mutter.

Ich *bin* noch unreif, sagt George.

Richtig, ja. Damit wäre das geklärt, sagt ihre Mutter.

Es folgt ein kurzes Schweigen, noch okay, aber wenn sie nicht ein wenig einlenkt, und zwar bald, wird ihre Mutter, die seit Wochen gereizt und launisch ist wegen des Ärgers im Paradies, sprich ihrer Freundschaft mit dieser Lisa Goliard, zu Anfang bloß kühl, dann aber richtig mürrisch und biestig sein.

Passiert es jetzt oder in der Vergangenheit?, sagt George. Ist der Künstler ein Mann oder eine Frau?

Spielen beide eine Rolle?, sagt ihre Mutter.

Spielt beides, sagt George. Beides ist Singular.

Mea maxima, sagt ihre Mutter.

Ich kapiere nicht, warum du dich nie festlegen willst, sagt George. Und das bedeutet nicht das, was du denkst. Wenn du es ohne das culpa sagst, bedeutet es bloß *ich bin die Größte* oder *ich bin die Beste* oder *mir gebührt das meiste* oder *mein Äußerstes.*

Stimmt doch, sagt ihre Mutter. Ich bin die Größte, die Allergrößte sogar. Aber die allergrößte was?

Vergangenheit oder Gegenwart, sagt George. Mann oder Frau. Beides zusammen geht nicht. Es muss das eine oder das andere sein.

Wer sagt das? Warum muss es so sein?, sagt ihre Mutter.

MANNO, sagt George zu laut.

Nicht, sagt ihre Mutter und deutet mit einer Kopfbewegung nach hinten. Es sei denn, du willst ihn aufwecken. Dann bist du aber auch für die Unterhaltung zuständig.

Ich. Kann. Deine. Moralische. Frage. Erst. Beantworten. Wenn. Ich. Mehr. Details. Kenne, sagt George sotto voce, was auf Italienisch, obwohl George kein Italienisch kann, wörtlich unter der Stimme heißt.

Braucht man für moralisches Handeln Details?, flüstert ihre Mutter genauso leise.

Gott, sagt George.

Braucht man für moralisches Handeln Gott?

Mit dir reden ist, sagt George immer noch unter der Stimme, wie gegen eine Wand reden.

Oh, sehr gut, du, sehr gut, sagt ihre Mutter.

Inwiefern gut?, sagt George.

Weil es genau bei dieser Kunst, bei dem Künstler und dem moralischen Problem um Wände geht, sagt ihre Mutter. Und da fahren wir hin.

Genau, sagt George. Gegen eine Wand.

Ihre Mutter lacht laut auf, und dieses Lachen ist so echt und laut, dass sie hinterher beide nachsehen, ob Henry davon wach wird, wird er aber nicht. Dass ihre Mutter so lacht, kommt in letzter Zeit selten vor und hört sich deshalb fast normal an. George ist so zufrieden, dass sie gleich errötet.

Und was du gerade gesagt hast, ist grammatisch nicht richtig, sagt sie.

Ist es doch, sagt ihre Mutter.

Nein, sagt George. Grammatik ist eine endliche Menge von Regeln, und du hast eben gegen eine verstoßen.

Der Ansicht schließe ich mich nicht an, sagt ihre Mutter.

Ich glaub nicht, dass Sprache Ansichtssache ist, sagt George.

Nach meiner Ansicht, sagt ihre Mutter, ist Sprache ein lebendiger Organismus, der sich wandelt und verändert.

Ich fürchte, mit der Ansicht kommst du nicht in den Himmel, sagt George.

Ihre Mutter lacht noch einmal so ungekünstelt.

Nein, hör zu, ein Organismus, sagt ihre Mutter –

(und vor Georges geistigem Auge blitzt der Umschlag eines alten Taschenbuchs auf, das Ein guter Orgasmus ist machbar heißt und das ihre Mutter in einem Schränkchen neben ihrem Bett aufbewahrt, seit der Zeit vor Georges Geburt, der Zeit in ihrem Leben, als sie, sagt ihre Mutter, jung war und leicht unter Apfelzweigen)

– der seinen eigenen Regeln gehorcht und sie nach Belieben ändert. Außerdem ist vollkommen klar, was ich sagen wollte, und darum gibt es an der Grammatik auch nichts auszusetzen, sagt ihre Mutter.

(Ein guter Organismus ist machbar.)

Dann eben grammatisch unelegant, sagt George.

Ich wette, du weißt gar nicht mehr, was ich eigentlich gesagt habe, sagt ihre Mutter.

Da fahren wir hin, sagt George.

Ihre Mutter nimmt in gespielter Verzweiflung beide Hände vom Lenkrad.

Wie konnte es dazu kommen, dass ich, die größte Unpedantin aller großen Unpedantinnen der Welt, so eine Pedantin geboren habe? Und warum war ich nicht schlau genug, sie gleich bei der Geburt zu ertränken?

Ist *das* das moralische Problem?, sagt George.

Denk mal darüber nach, klar, warum denn nicht, sagt ihre Mutter.

Nein, tut sie nicht.

Nicht sagt ihre Mutter.

Sagte ihre Mutter.

Denn wenn alles gleichzeitig stattfände, wäre das so, als läse man ein Buch, in dem die Zeilen des Textes alle doppelt bedruckt sind, als wären die Seiten alle genau genommen zwei, von denen eine die andere überlagert und unleserlich macht. Denn es ist Neujahr, nicht Mai, und es ist England, nicht Italien, und draußen gießt es in Strömen, und trotzdem hört man die dämlichen Silvesterraketen, die eine nach der anderen explodieren wie in einem kleinen Krieg, denn die Leute stehen im strömenden Regen auf der Straße, während der Regen ihnen in die Champagnergläser prasselt, und sehen sich, den Kopf im Nacken, an, wie ihre (erbärmlich) mickrigen Feuerwerksraketen kurz aufleuchten und dann erlöschen.

Georges Zimmer befindet sich unter dem Dach, und das hat, seit sie es im vorigen Jahr neu machen ließen, eine undichte Stelle in der Schräge am hinteren Ende. Dort kommt, wenn es regnet, jedes Mal ein kleines Rinnsal herein, und es kommt auch jetzt eines rein, *Frohes neues Jahr, George! Dir auch ein frohes neues Jahr, Regen,* läuft wie an einer Perlenschnur bis dahin, wo der Verputz und die Gipskartonwand aneinanderstoßen, und tropft von dort auf die Bücherstapel, die auf dem Bücherschrank liegen. In den Wochen, die das nun so geht, haben sich die Poster schon ein bisschen gelöst, weil der Kleber auf einem Teil der Wand nicht hält. Darunter eine Ansammlung hellbrauner Flecken, die aussehen wie die Zeichnung des Wurzelgeflechts eines Baums oder eine Karte von Landstraßen oder wie ein tausendfach vergrößerter Schimmelfleck oder wie die Adern, die im Weiß der Augen sichtbar werden, wenn man müde ist – nein, wie nichts von alldem, denn solches Zeug denken ist bloß ein dämliches Spiel. Feuchtigkeit dringt ein und verfärbt die Wand, weiter nichts.

George hat es ihrem Vater nicht gesagt. Die Dachbalken verfaulen, und dann stürzt das Dach ein. Sie wacht, wenn es geregnet hat, jedes Mal mit Schmerzen in der Brust und einer verstopften Nase auf, aber wenn das Dach runterkommt, hat es sich gelohnt, dass sie so oft nicht richtig Luft gekriegt hat.

Ihr Vater kommt nie zu ihr ins Zimmer. Er ahnt nichts davon. Wenn sie Glück hat, bekommt er es erst mit, wenn es zu spät ist.

Es ist bereits zu spät.

Der Gipfel der Ironie ist, dass ihr Vater im Moment bei einer Dachdeckerfirma beschäftigt ist. Zu seinem Job gehört, dass er mit einer kleinen rotierenden Kamera, an der ein Lämpchen dran ist, zu den Leuten nach Hause geht. Er befestigt die Kamera an einer Stange, an der normalerweise eine Kaminbürste sitzt, verbindet sie mit dem tragbaren Monitor und schiebt sie im Schornstein bis ganz nach oben. Dann kann jeder oder jede, der oder die es wissen will und £ 120 übrig hat, sehen, wie es in seinem oder ihrem Schornstein aussieht. Wenn der- oder diejenige, der oder die das wissen will, noch £ 150 mehr übrig hat, kann ihr Vater das Zustandsbild auch als Datei zur Verfügung stellen, und er oder sie kann sich den Schornstein, den er oder sie hat, von innen ansehen, wann immer er oder sie will.

Alle anderen sagen inzwischen : wann sie wollen. Sie. Könnte George doch auch machen.

Wann immer sie wollen.

Jedenfalls wird sich Georges Zimmer, vorausgesetzt, das Wetter ist oft genug schlecht und die undichte Stelle bleibt lange genug unbemerkt, dem Himmel und dem vielen Regen öffnen, dessen Menge die im Fernsehen immer biblisch nennen. Schon lange vor Weihnachten ging das los, dass sie jeden Abend in den Nachrichten bringen, welche Gegenden überall im Land überschwemmt sind (bei ihnen ist jedoch nichts überschwemmt, sagt ihr Vater, weil das aus dem Mittelalter stammende Abwassersystem dieser Stadt noch so gut ist wie eh und je). Ihr Zimmer wird bedeckt sein von der grauen Schmiere und den Schmutzpartikeln, die der Regen aufgenommen hat und weiterträgt, dem Schmutz, der aufgrund der bloßen Tatsache, dass es Leben auf der Erde gibt, in der Luft liegt. Alles in diesem Zimmer wird verfaulen. Sie wird das Vergnügen haben, mitanzusehen, wenn sich die Dielenbretter an den Enden aufbiegen, sich verziehen, an den genagelten Stellen splittern und sich vom Kleber lösen.

Sie wird im Bett liegen, die Decken von sich geworfen, und die Sterne werden direkt über ihr sein, nichts zwischen ihr und ihren längst erloschenen Augen.

George (zu ihrem Vater) : Glaubst du, dass wir noch Erinnerungen haben, wenn wir sterben?

Georges Vater (zu George) : Nein.

George (zu Mrs Rock, der Schulpsychologin) : (genau dieselbe Frage)

Mrs Rock (zu George) : Glaubst du, wir brauchen noch Erinnerungen, wenn wir gestorben sind?

Oh, sehr schlau, sehr schlau, sie halten sich für oberschlau, wenn sie Fragen immer mit Gegenfragen beantworten. Dabei ist Mrs Rock im Allgemeinen echt nett. Mrs Rock, die rockt, wie ihr das wohl sagen würdet, sagen die Lehrer an der Schule immer, als dächten sie, da sei ihnen ja gerade etwas ganz Tolles eingefallen, wenn sie George den Rat geben, mit Mrs Rock zu sprechen, *sie rockt, weißt du*, sagen sie nach einem Räuspern und wollen von George wissen, wie es ihr geht, und sagen es gleich noch mal, wenn sie von George hören, dass sie schon mit ihr redet, dass sie die wöchentliche Doppelstunde Sport tauschen und zu Rock Sessions gehen darf! Sie lachen erst einmal über Georges Witz, schauen aber gleich ganz betreten, weil sie gelacht haben, statt bei ihr besonders einfühlsam zu sein und eine Leichenbittermiene zu ziehen – haben sie überhaupt richtig gehört, hat George wirklich einen Witz gemacht, gehört sich das, wo sie doch traurig sein soll und so weiter?

Wie fühlst du dich?, sagte Mrs Rock.

Ich bin okay, sagte George. Aber ich glaub, nur weil ich nichts davon merke.

Du bist okay, weil du nicht merkst, dass du okay bist?, sagte Mrs Rock.

Sie haben gefragt, wie ich mich fühle, sagte George. Ich glaub, ich bin okay, weil ich nichts davon merke, dass ich etwas fühle.

Du merkst nicht, dass du etwas fühlst?, sagte Mrs Rock.

Oder wenn, dann nur wie von weit weg, sagte George.

Wenn du etwas fühlst, dann wie von weit weg?, sagte Mrs Rock.

Wie bei einem Geräusch, das man ständig im Ohr hat, weil jemand ein Loch in die Mauer bohrt, nicht in die eigene Mauer, aber in eine ganz in der Nähe, sagte George. Wie wenn man zum Beispiel eines Morgens von Lärm aufwacht, weil jemand in der Straße etwas an seinem Haus machen lässt und man nicht bloß hört, dass irgendwo gebohrt wird, sondern es bei sich zu Hause auch spürt, obwohl es in Wirklichkeit ein paar Häuser weiter weg stattfindet.

So ist das?, sagte Mrs Rock.

Was?, sagte George.

Ähm, sagte Mrs Rock.

Jedenfalls lautet die Antwort ja, in beiden Fällen, sagte George. Es ist weit weg, *und* es ist wie dieses Bohren. Und Syntax ist mir inzwischen sowieso egal. Tut mir leid, dass ich Sie mit dem letzten Was verunsichert habe.

Mrs Rock sah nun wirklich verwirrt aus.

Sie schrieb etwas in ihren Notizblock. George sah ihr dabei zu. Mrs Rock sah wieder zu George auf. George zuckte die Achseln und machte die Augen zu.

Denn wie kann es sein, dachte George, als sie, es war noch vor Weihnachten, auf dem übertrieben bequemen Stuhl in Mrs Rocks Besprechungszimmer saß und die Augen zuhatte, dass es jetzt im Fernsehen einen Werbeclip mit sich selbst schälenden tanzenden Bananen und tanzenden Teebeuteln gibt und ihre Mutter den Clip nie wird sehen können? Wie kann die Welt so geschmacklos sein?

Wie kann es sein, dass dieser Werbeclip auf der Welt ist, ihre Mutter aber nicht?

Diese Gedanken sprach sie aber nicht aus, denn es war zwecklos.

Es geht nicht ums Aussprechen.

Es geht um das Loch, das im Dach entstehen wird, so dass mehr Kälte ins Haus eindringen kann, wodurch sich, zwangsläufig, die Bausubstanz des Hauses verändert, weswegen George dann jede Nacht im Bett liegen und in den schwarzen Himmel sehen kann.

Es ist vorigen August. Ihre Mutter sitzt im Esszimmer am Tisch und liest laut aus dem Internet vor.

Wer Meteore beobachten will, sagt ihre Mutter, *hat heute Nacht Glück. Bei dem klaren Himmel, der für den Perseidenschauer für fast ganz Großbritannien vorhergesagt ist, dürften zwischen dem späten Montagabend und dem frühen Dienstagmorgen bis zu sechzig Sternschnuppen pro Stunde zu sehen sein.*

Sechzig Sternschnuppen!, sagt Henry.

Er rennt wie ein Wilder um den runden Tisch herum und macht dabei Iiiie.

Sarah Pennock, die Wettermoderatorin von Sky News, sagte, sagt ihre Mutter, *die Schauerneigung wird im Laufe der Nacht zurückgehen, und man wird vielerorts Gelegenheit haben, das Himmelsschauspiel zu verfolgen.*

Dann lacht ihre Mutter.

Sagt : Sky News!

Henry. Kopfschmerzen. Es reicht, sagt ihr Vater.

Er bekommt Henry zu fassen, hebt ihn hoch und hält ihn mit dem Kopf nach unten.

Iiiiie, sagt Henry. Es ist mir schnuppe, dass du mich verkehrt herum hältst, ich bin nämlich ein Stern, iiiiie.

Ist doch bloß Luftverschmutzung, sagt George.

Wenn du erst mal siehst, wie die so schön an deinem Kopf vorbeiziehen, sagst du das nicht mehr, sagt ihre Mutter.

Über, sagt George.

Jeder Meteor ist ein Staubteilchen eines Kometen und verglüht, wenn er mit einer Geschwindigkeit von sechsunddreißig Meilen pro Sekunde auf die Atmosphäre trifft, liest ihre Mutter vor.

Ist ja nicht sehr schnell, sagt Henry, der immer noch verkehrt herum hängt, unter seinem Pullover hervor, der umgeschlagen und ihm übers Gesicht gerutscht ist. Autos fahren schon mit dreißig.

Pro Sekunde, nicht pro Stunde, sagt George.

Einhundertvierzigtausend Meilen pro Stunde, liest ihre Mutter vor.

Eigentlich echt langsam, sagt Henry.

Er beginnt zu singen.

Sterne und Laterne, Sterne und Laterne.

Ziemlich aufregend, sagt ihre Mutter.

Es ist echt kalt heute Abend, sagt George.

Sei nicht so langweilig, George, sagt ihre Mutter.

I-ja, sagt George, denn als dieses Gespräch stattfindet, hat sie ihre Mutter und ihren Vater bereits mehrfach aufgefordert, sie, wenn sie ihren Namen verwenden, wenigstens mit vollem Namen anzusprechen.

Ihre Mutter prustet los.

Was ist?, sagt George.

Wie du das sagst. Es hört sich an wie etwas, was in meiner Jugend schon komisch klang, sagt ihre Mutter. So haben wir immer die reichen Kinder nachgeäfft. Weißt du noch, Nathan?

Nein, sagt ihr Vater.

I-ja, George, i-ja, sagt ihre Mutter und mimt ein piekfeines Mädchen von früher.

George hat die Wahl : reagieren oder ignorieren. Sie entscheidet sich für ignorieren.

Wir werden sowieso nichts sehen, sagt sie. Dafür ist es hier viel zu hell.

Die Lampen schalten wir doch alle aus, sagt ihre Mutter.

Ich meine nicht unser Licht. Ich meine alle Lichter von ganz Cambridge, sagt George.

Die schalten wir auch alle aus, sagt ihre Mutter. *Am hellsten gegen Mitternacht.* Jetzt hab ich's. Wir setzen uns alle ins Auto und fahren raus aus der Stadt, bis hinter Fulbourn, und schauen es uns von dort an. Nathan, was meinst du?

Ich muss um sechs raus, Carol, sagt ihr Vater.

Gut, okay, sagt ihre Mutter. Du bleibst mit Henry zu Hause, und ich und George, ich meine Georg-i-ja, fahren.

Georgia und ich, sagt George. Und ich fahr nicht mit.

Macht drei von euch Georg-i-jas, die nicht mitfahren, sagt ihre Mutter. Okay. Ihr drei und euer Vater könnt mit Henry zu Hause bleiben, und ich fahre allein. Nathan, sein Gesicht ist schon ganz rot, lass ihn runter.

Nein, denn ich *will* die sechzig Sterne sehen, sagt Henry, noch immer mit dem Kopf nach unten. Ich möchte sie mehr sehen als jeder andere hier im Zimmer.

Hier steht, es könnte sogar Feuerkugeln geben, sagt ihre Mutter.

Feuerkugeln möchte ich sogar sehr gern sehen, sagt Henry.

Das ist bloß Luftverschmutzung. Und Satelliten, sagt George. Was soll das bringen?

Miss Maulig, sagt ihr Vater und schüttelt Henry in der Luft.

Ms Maulig, sagt ihre Mutter.

Entschuldige meine grundstürzende politische Inkorrektheit, sagt ihr Vater.

Er sagt es leise und meint es lustig und gemein zugleich.

Ich ziehe Miss vor, sagt George. So lange, bis ich Doktor Maulig bin jedenfalls.

Zu jung, um zu begreifen, was es politisch bedeutet, sich nicht schon in der Anrede als verheiratet oder unverheiratet kennzeichnen lassen zu wollen, sagt ihre Mutter.

Das könnte auf George gemünzt gewesen sein oder auf ihren Vater. Ihr Vater ist zehn Jahre jünger als ihre Mutter, und das heißt, wie ihre Mutter öfter sagt, dass sie unter völlig verschiedenen Umständen aufgewachsen sind. Es macht nämlich viel aus, ob man unter Thatcher seine Kindheit verbracht hat oder aber schon seine späte Jugend.

(Thatcher war Premierministerin, irgendwann nach Churchill und lange bevor George auf die Welt kam, und brachte in einer der erfolgreichsten Denoncen von Georges Mutter ein Baby namens Blair auf die Welt – an den erinnert sich George noch aus ihrer Kindheit, der war auch Premierminister –, Baby Blair stand also nackt, bis auf die Windelhose, die er anhatte, obwohl er körperlich voll entwickelt war, auf einer Granate, der Wind aus Thatchers dicken Backen verwehte ihm das Haar, und er hielt sich eine Hand vor die Genitalien und die andere schüchtern an die Brust, und unter der Karikatur stand : Die Geburt aus dem Knall. Diese Denonce, das weiß George noch, war überall. Es war lustig, sie in sämtlichen Zeitungen und im Netz zu sehen, weil sie ja wusste, dass ihre Mutter die entscheidende Taste gedrückt und sie in die Welt hinausgeschickt hatte, das aber niemandem erzählen konnte.)

Rein praktisch bedeutet der Altersunterschied zwischen ihren Eltern jedoch, dass sie sich zweimal getrennt haben, auch wenn sie beide Male wieder zusammengekommen sind.

Die Zeiten, in denen du mir meinen Feminismus wenigstens nachsehen konntest, sind wohl auch lange vorbei, aber ich beklage mich nicht, denn erstens würde das nichts ändern, und zweitens lehrt die Geschichte des Feminismus, dass man Nachsicht sowieso nicht erwarten darf, und wenn du den Jungen herunterlässt, pass auf, dass er nicht zu fest mit dem Kopf aufschlägt, sonst bricht er sich nämlich den Hals, sagt ihre Mutter, ohne den Blick vom Bildschirm zu wenden. Und George. Oder wie immer du heißt. Wenn du das verpasst und es dir nicht mit mir ansiehst, wirst du es dein ganzes Leben bereuen.

Werd ich nicht, sagt George.

Nicht sagt. Sagte.

Es gab einen Nachruf im Independent, denn auch wenn Georges Mutter nicht so berühmt war wie die Leute, die normalerweise einen Nachruf kriegen, und auch wenn sie an der Uni nicht mehr fest angestellt war, hatte sie weiter einen ziemlich wichtigen Job bei einer Denkfabrik und veröffentlichte ab und zu Kolumnen im Guardian oder im Telegraph und manchmal sogar in den Europa-Ausgaben amerikanischer Zeitungen, und nachdem das mit der Internet-Guerilla in der Presse offengelegt wurde, wussten noch viel mehr Leute, wer sie war. *Dr. Carol Martineau Ökonomin Journalistin Interventionistische Netz-Aktivistin (19. November 1962 – 10. September 2013) 50 Jahre alt.* Im ersten Absatz heißt es *Renaissance-Frau.* Es heißt *Kindheit schottische Cairngorms Ausbildung Edinburgh Bristol London.* Es heißt *Artikel und Vorträge Ideologie Lohngefüge Verteilungsungerechtigkeit ideologische Folgen Ausbreitung der Armut in Großbritannien.* Es heißt *Doktorarbeit bestätigt durch IWF wachsende Ungleichheit und Rückgang von Wachstum und Stabilität.* Erwähnt wird ihr Steckenpferd *Interessen der Wirtschaftsführer Arbeitnehmerschaft Billiglöhne.* Es heißt *Martineau vor drei Jahren enttarnt Mitbegründerin der Anonymen Netz-Interventionisten einflussreiche satirische Kunstbewegung. Tausende Unterstützer Nachahmer.*

Es heißt *tragische unvermutete allergische Reaktion Standard-Antibiotikum.*

Als Letztes steht da *hinterlässt.* Das bedeutet, sie ist tot. *Ehemann Nathan Cook und ihre beiden gemeinsamen Kinder.*

Das alles bedeutet tot.

Das alles bedeutet, Georges Mutter ist vom Angesicht der Erde verschwunden oder, genauer gesagt, in sie hinein.

Als Georges Mutter noch lebte (jetzt kann sie es nicht mehr, weil sie, Sie wissen schon, tot ist), hat sie jeden Tag vor der Arbeit Übungen gemacht, Stretching und einige andere Sachen, um sich fit zu halten. Und zum Schluss ist sie jedes Mal zur Musik eines Songs von der Playlist auf ihrem Handy durchs Wohnzimmer getanzt.

Das mit den Übungen hatte sie vor ein paar Jahren angefangen. Und hatte jeden Tag weggesteckt, dass alle über sie lachten, wenn sie zwischen den Möbeln herumturnte, die Kopfhörer größer als ihre Ohren.

Sie wird, das hat sich George vorgenommen, vom ersten Tag des Jahres an, in dem ihre Mutter nicht mehr lebt, nicht nur täglich etwas Schwarzes am Körper tragen, sondern ihrer Mutter zu Ehren auch den Tanz aus den Sechzigern tanzen. Problematisch ist das nur insofern, als George sich dafür Songs anhören muss, und Songs anhören ist eines der Dinge, die sie nicht mehr kann, ohne in eine Traurigkeit zu verfallen, bei der ihr die ganze Brust wehtut.

Das Handy von Georges Mutter ist in der Panik und allem, was danach kam, verschwunden. Es hat sich nicht wieder eingefunden, obwohl ihre anderen Sachen alle noch genau da im Haus waren, wo sie sie zuletzt hatte. Sie wird das Handy bei sich gehabt haben. Es ist zwischen Bahnhof und Krankenhaus verloren gegangen. Die Nummer ist gesperrt worden, vermutlich von ihrem Vater. Wenn man sie wählt, hört man die Stimme auf dem Band sagen, diese Nummer sei derzeit nicht vergeben.

Vermutlich hat jemand, der bei der Überwachung arbeitet, das Handy ihrer Mutter genommen.

Georges Vater : George, ich hab es dir schon gesagt. Ich will so einen paranoiden Unsinn von dir nicht mehr hören.

Mrs Rock : Du glaubst also, jemand, der bei der Überwachung arbeitet, hat das Handy deiner Mutter genommen?

Die Playlists ihrer Mutter waren alle auf dem Handy. Ihre Mutter war bei ihrem Handy sehr eigen. George hat nur ein-, zweimal kurz reingesehen (und beide Male hinterher ein schlechtes Gewissen gehabt, aus unterschiedlichen Gründen). Die Playlists hat sie sich nicht mal angesehen, sondern nur ein paar E-Mails und SMS. Auf die Idee, nach der Musik zu suchen, ist sie gar nicht gekommen. Das war die Musik ihrer Mutter. Und damit sowieso Blech. Jetzt hat George keine Ahnung und wird auch nie mehr erfahren, welchen Song oder welche Songs ihre Mutter jeden Tag zum Tanzen oder im Zug oder draußen auf der Straße gehört hat.

Der Tanz, mit dem ihre Mutter die Übungen abschloss, war aber immer der alte aus den Sechzigern, für den man im Internet Anleitungen und sogar mehrere passende Songs findet.

Es gibt einen Ausschnitt aus einem Super-8-Film, den ihre Mutter überspielt hat, da tanzt sie den Tanz ungefähr 1965 als kleines Mädchen mit ihrer Mutter, Georges Großmutter. George hat diesen Filmschnipsel bei sich auf dem Laptop und dem Handy.

Es ist eine Großmutter, die schon lange tot war, als George auf die Welt kam. George kennt sie aber von alten Fotos. Sie sieht aus wie jemand aus einer anderen Zeit. Ist sie ja auch. Sie ist sehr jung, sieht streng aus, aber hübsch, eine Fremde mit dunklem, oben auf dem Kopf aufgetürmtem Haar. Das Stück Film hat lauter flackernde Streifen und Schatten am oberen Rand, wo meistens das Gesicht der Großmutter ist, denn im Fokus steht Georges Mutter, die zu der Zeit wesentlich kleiner ist als Henry heute. Sie muss gerade mal drei gewesen sein und hat eine Strickjacke aus rosa Wolle an, das Farbigste in dem Film. George kann, wenn sie den Film anhält, sogar die Knebelverschlüsse an der Strickjacke erkennen, die schwarz sind, und hinter dem Kind, das ihre Mutter ist, steht ein Fernseher auf dünnen schrägen Beinen, die Sorte, bei denen sich der Bildschirm so nach vorn wölbt wie der Bauch bei dicken alten Leuten.

Neben den Beinen ihrer Mutter, die Strümpfe anhat, twistet Georges Mutter ohne Ton von einer Seite zur anderen, ihre Ärmchen nichts als Ellbogen. Sie zieht ein ernstes, finsteres Gesicht, lächelt aber auch; schon damals war ihr Mund, wenn sie lächelte, derselbe gerade Strich, und es sieht schon in diesem frühen Alter so aus, als wolle sie, zwar höflich, aber bestimmt, keinen Zweifel daran aufkommen lassen, dass sie sich konzentrieren muss. In dem Film *muss* sie sich ja auch konzentrieren, weil sie noch klein und die Strickjacke klobig ist, so viel größer und dicker als sie selbst, dass sie wie ein kleiner rosa Schneemensch aussieht, als kippte sie jeden Moment um. Nach einer Weile meint man zu sehen, dass sie sich mit der kompakten Gesamtheit ihres kleinen Persönchens gegen etwas wappnen muss, was jeden Moment eintreten kann und, wenn es wirklich eintritt, den Tanz beendet. Aber es tritt nicht ein, denn kurz bevor es in dem Film dann um Schwäne und Ruderboote auf einem Teich irgendwo in Schottland geht, endet der Tanz, ihre Mutter streckt (als Kind) begeistert die Arme hoch, die Dame mit dem Haarturm (Georges Großmutter) lässt ihre Arme herunter und schnappt sich das Kind, hebt es in das Geflacker und aus dem Bild.

Der Tanz dauert 48 Sekunden auf Georges Laptop.

Wundstarrkrampf. Treibsand. Kinderlähmung. Lunge. Das sind einige der Wörter, vor denen Georges Mutter Angst hatte, als sie klein war. (George hat sie mal gefragt.)

Tell Laura I Love Her. Das ist eine der Platten, die ihre Mutter sehr gern mochte, als sie klein war. One Little Robin In A Cherry Tree. Wenn man die hört, erst das Knacken der Plattennadel und dann die Sternenexplosion der kitschigen Melodien, das ist, wie wenn man in die Vergangenheit eintaucht und sie miterlebt, man ist wo ganz anders, wo Leute wirklich solche Songs gesungen haben, eine Vergangenheit, so neu und so fremd, dass es wie ein Schock ist.

Der Schock des Neuen und des Alten, beides zugleich, sagt ihre Mutter.

Sagte.

Eines Nachmittags kommt Georges Vater mit dem neuen Plattenspieler nach Hause, und als er schließlich raushat, wie man ihn an den CD-Verstärker anschließt, zerren sie die alten Schallplatten unter der Treppe hervor.

Ein Junge namens Tommy liebt ein Mädchen namens Laura. Er möchte ihr *alles* geben (darüber lachen ihre Eltern sich krumm und schief, aber George ist zu der Zeit noch zu jung und kapiert nicht, was daran so komisch ist), Blumen und Geschenke und – das möchte er ihr am liebsten geben – einen Ehering. Weil er sich den aber nicht leisten kann, meldet er sich für ein Stockcar-Rennen an, dessen Sieger 1000 Dollar als Preisgeld bekommt (Blödmann, sagt George; ja, leider, sagt ihre Mutter; romantisch, sagt ihr Vater; und Henry ist zu klein, um irgendwas zu sagen). Tommy ruft bei Laura an, aber die ist nicht zu Hause, und deshalb sagt er ihrer Mutter, sie soll Laura ausrichten, dass er sie liebt, sie soll Laura ausrichten, dass er sie braucht, sie soll Laura ausrichten, dass er es rechtzeitig schaffen wird, aber vorher muss er noch etwas Dringendes erledigen (o-oh, sagt ihre Mutter, schon tragisch, weil es um zwei Ecken geht. Wieso?, sagt George. Was bedeutet, um zwei Ecken? Romantisch halt, sagt ihr Vater. Letzten Endes kommt bei der Technik immer nur dasselbe heraus, sagt ihre Mutter.

Sie wirft ein Schlaglicht auf das Metaphysische, weiter nichts. Was ist das Metaphysische?, sagt George. Ein für diesen Song viel zu großes Wort, sagt ihr Vater). Dann geht das Auto, in dem Tommy sitzt, in Flammen auf, und als sie ihn aus den zerquetschten Resten ziehen, sagt er, schon im Sterben, sie sollen Laura ausrichten, dass er sie liebt und dass sie nicht weinen soll, weil seine Liebe zu ihr unsterblich ist.

Sie, ihre Mutter und ihr Vater lachen auf dem Teppich Tränen.

Warum hast du die Platte überhaupt aufgehoben?, fragt George ihre Mutter. Die ist doch richtig schlimm.

Bis heute wusste ich es zwar nicht, aber offenbar ja wohl deshalb, damit du, ich und dein Vater sie heute zusammen anhören können, sagt ihre Mutter, und sie kringeln sich wieder vor Lachen.

In diesem neuen Heute und in welcher Trauerphase auch immer an das Heute von damals zu denken macht George nicht traurig oder sonst was.

Aber für den Fall, dass sie die Schallplatte für das Tanzding gebrauchen kann, ist sie kurz vor Beginn des neuen Jahres runtergegangen, als ihr Vater nicht zu Hause war, damit es ihm nicht wehtut, sie zu hören, und hat sie aus dem Stapel der kleineren Platten (die haben einen bestimmten Namen, aber den hat George vergessen) neben dem Plattenspieler gezogen.

Sie hat die Lautstärke zurückgedreht. Und die Platte aufgelegt. Sie hatte eine Delle, und die Gitarren im Intro klangen seekrank, als wäre der Platte übel. George hingegen war nicht schlecht, sie merkte nichts.

Die Platte war nicht zu gebrauchen, sie war zu langsam.

Für das Tanzding, mit dem ihre Mutter jeden Tag ihre Übungen abschloss, braucht sie einen schnelleren Rhythmus.

An Silvester kam ihre Mutter um Mitternacht immer mit richtig hübschem Papier an, der Sorte, bei der Teile von echten Blütenblättern eingearbeitet sind, und gab ihr und ihrem Vater jeweils zwei Blatt. Darauf schrieben sie jeder (ausgenommen Henry, der schlief, und das war wichtig, weil zu dem Ritual auch Feuer gehörte) ihre Wünsche und Hoffnungen für das neue Jahr auf das eine Blatt und die Sachen, die ihnen im alten Jahr gar nicht gefallen hatten, auf das andere Blatt. Dann gingen sie der Reihe nach – sie passten höllisch auf, dass die Blätter nicht durcheinandergerieten – zum Spülbecken, zündeten ein Streichholz an, hielten es an eine Ecke des Blatts Papier mit den Sachen drauf, die ihnen nicht gefallen hatten, und schauten sich an, wie es verbrannte. Wenn man das Blatt nicht mehr halten konnte, ohne sich die Finger zu verbrennen, konnte man es sicher ins Spülbecken fallen lassen (das Loslassen sei der eigentliche Sinn des Rituals, sagte ihre Mutter immer) und, wenn es nicht mehr brannte, die verkohlten Reste fortspülen.

Dieses Jahr hat George keine Wünsche und keine Hoffnungen.

Das Blatt Papier, das vor ihr liegt, ist bis auf die Worte WAS VON DEM TAGESPROGRAMM FÜR DIE WEIHNACHTSFERIEN BLEIBT leer. In die eine Spalte hat sie Zahlen eingetragen, die bedeuten die Tageszeit. Neben 9.30 steht TANZDING.

Sie sucht nur deshalb jetzt nach geeigneten Songs, damit sie vorbereitet ist und morgen früh (heute) gleich nach dem Frühstück anfangen kann.

Vor einiger Zeit geht George mal ins Arbeitszimmer ihrer Mutter, wandert da herum und sieht sich die Sachen an, die auf den Büchern in den Regalen stehen. Ihre Mutter ist noch nicht tot. Ihre Mutter ist da und arbeitet. Überall liegt stapelweise Papier.

George, sagt ihre Mutter, ohne sich umzudrehen.

Woran arbeitest du?

Hast du keine Hausaufgaben auf?

Du arbeitest daran, ob ich Hausaufgaben aufhabe?

George, sagt ihre Mutter. Lass die Sachen liegen, fass nicht alles an, geh und beschäftige dich mit deinen eigenen Sachen.

George geht zu ihr und bleibt an der Ecke des Schreibtischs stehen. Setzt sich auf den Stuhl neben dem Stuhl ihrer Mutter.

Mir ist ein bisschen langweilig, sagt sie.

Mir auch, sagt ihre Mutter. Das ist Statistik. Ich muss mich konzentrieren.

Ihr Mund ist der dünne Strich.

Wozu hebst du das auf?, sagt George und greift nach dem Glas voller Bleistiftspäne.

Das Glas war ursprünglich mal ein Glas mit Minikapern von Santorini, jedenfalls steht das auf dem, was vom Etikett noch dran ist. Durch das Glas sieht man das unterschiedliche Holz der verschiedenen Bleistifte, die ihre Mutter benutzt. Eine Schicht Späne ist dunkelbraun. Eine Schicht ist hell-golden. Beim Drehen des Bleistifts im Spitzer entstehen dünne farbige Striche, winzige bunte Zickzacks, die wie die Ränder von Kammmuscheln aussehen.

Ein Bleistift, sieht George, war einmal rot und schwarz (gestreift?). Einer war blau marmoriert. Ein anderer war grün, ein richtig nettes Hellgrün. George zieht einen blaugeränderten Span aus dem Glas. Er sieht ein bisschen aus wie eine Motte aus Holz, und sie wickelt ihn sich um den Zeigefinger. Der Span ist dünn und zerbricht in mehrere Teile, als sie ihn dreht.

Was heb ich auf?, sagt ihre Mutter.

George hält ihr die Bleistiftspäne hin.

Wozu soll das gut sein?, sagt sie.

Wozu das gut sein soll, haha, sagt ihre Mutter.

Warum spitzt du deine Bleistifte nicht in den Papierkorb wie ein normaler Mensch?, sagt George.

Tja, sagt ihre Mutter und schiebt den Stuhl zurück. Weil ich es traurig finde, sie gleich zu entsorgen. Es gefällt mir nicht. Nicht, bevor ich mit dem fertig bin, wofür ich sie verwendet habe.

Bisschen jämmerlich, sagt George.

Mag sein, ja, sagt ihre Mutter. Im wahrsten Sinne des Wortes. Ich glaub, weil sie ein Beleg für etwas sind. Hm. Aber ein Beleg wofür?

George verdreht die Augen.

Der Beleg, dass du einmal Bleistifte gespitzt hast, sagt sie. Kann ich mir mal kurz das Wörterbuch ausleihen?

Nimm dein eigenes, sagt ihre Mutter. Geh weg. Und mach die Tür hinter dir zu, du nervtötende, anspruchsvolle kleine Pest.

Sie rückt mit dem Stuhl wieder nach vorn und klickt auf etwas. George geht noch nicht gleich. Sie bleibt hinter ihrer Mutter stehen, zieht das große Wörterbuch aus dem Regal und schlägt es, an die Wand gelehnt, auf.

Jakute. Jalape. Jalousie. Jamaika. Jambus. James Grieve. Jammer; jämmerlich. Großen Schmerz ausdrückend : jämmerliches Weinen; durch fremde Schuld oder eigenes Unvermögen (Interessant, dieses Oder.) elend und beklagenswert : ein jämmerlicher Zustand; mitleiderregend, ärmlich, dürftig : in einer jämmerlichen Kammer hausen; (abwertend) verachtenswert : ein jämmerlicher Lohn.

Erst als George wieder draußen ist und die Tür hinter sich zugemacht hat, kapiert sie, was sie gesagt und warum ihre Mutter gelacht hat.

Bleistifte spitzen, wozu wird das wohl gut sein? Haha!

George erwägt, noch mal reinzugehen und es ihr zu sagen.

Aber sie lässt es lieber bleiben, weil sie weiß, dass sie nervt.

(War doch zu etwas gut, denkt George jetzt am Neujahrsmorgen.)

WAS VON DEM TAGESPROGRAMM FÜR DIE WEIHNACHTSFERIEN BLEIBT.

Unter TANZDING schreibt sie in die Spalte neben 10.00 Uhr das Wort GARTEN.

Das Wort Garten bedeutet hier mehr als bloß Garten, denn vor einiger Zeit (vor September) hatte George endgültig genug davon, dass alle in der Schule dauernd nur über die Pornos redeten, die sie im Internet geguckt hatten. Es war, als wäre sie in zweifacher Hinsicht Jungfrau, weil sie sich noch nie einen angesehen hatte. Sie beschloss also, sich welche anzusehen und dann selbst ein Urteil zu bilden. Sie wollte aber nicht, dass Henry was mitbekam, denn er ist erst acht, nein, war damals gerade mal sieben. Das ist keine Diskriminierung ihrerseits. Er wird seine eigenen Entscheidungen treffen, wenn er alt genug ist. Das heißt, wenn er die Chance bekommt, so lange zu warten, denn auch die Kleinen sehen sich dieses Zeug auf den Pausenhöfen der Grundschulen an, ohne dass sie jemand daran hindert.

Sie schnappte sich also das iPad und setzte sich in das, was von der alten Pergola noch da war, von wo sie es sehen konnte, wenn jemand auf sie zukam (vor allem Henry), und klickte auf die ersten Bilder, die hochkamen, und fand interessant, sogar erstaunlich, was sie alles sah, und war ganz froh, dass sie sich in den Garten rausgesetzt hatte, weg vom Haus.

Zuerst war es interessant. Ziemlich überraschend.

Es wurde ziemlich schnell langweilig und monoton.

Aber dann interessierte es sie, bei wie vielen Drehbüchern eine Handlung sein musste oder wenigstens eine vorgetäuscht wurde. In einem war eine Frau um die zwanzig mit langen blonden Haaren, die außer Highheels nichts anhatte und der eine wesentlich ältere Frau in einem sehr schicken Kleid mit tiefem Ausschnitt Handschellen anlegte. Die Ältere fasste die Jüngere am Kinn und bog ihren Kopf zurück, nahm eine Pipette und träufelte ihr daraus etwas in die Augen. Davon wurde die Jüngere offenbar blind. Die ältere Frau führte sie in einen Raum, der ein bisschen wie ein Sportstudio aussah, falls Sportstudios schwarz gestrichen waren und dort Ketten an Sprossenwänden hingen; wie in einem Sportstudio standen in dem Raum auch Geräte und verschiedenste Vorrichtungen und, in einem Halbkreis, Männer und Frauen in derselben Abendgarderobe, wie die ältere Frau sie trug, als wären sie alle bei einem hochoffiziellen Anlass gewesen. Die jüngere Frau wusste davon nichts. Sie sah nichts wegen der Augentropfen. Das war jedenfalls die Handlung. An dieser Stelle sprang der Film vorwärts zu mehreren kurzen Ausschnitten aus extrem wirkenden Beispielen dafür, was gleich mit der blinden Frau gemacht wurde; in ganzer Länge bekam man das nur zu sehen, wenn man sich dafür anmeldete.

Konnte die Frau sehen? Oder war sie wirklich blind? George war fasziniert. War das echt? Oder schauspielerte die Frau bloß? Und wenn sie blind war, erblindet von dem Zeug, das die Ältere ihr in die Augen geträufelt hatte, wie lange dauerte es, bis es verging und sie wieder sehen konnte? Oder konnte sie nie mehr sehen? Vielleicht lief sie ja jetzt noch irgendwo blind durch die Welt. Vielleicht hatten sie ihr weisgemacht, das vergehe wieder, es verging aber nicht oder nur zum Teil. Vielleicht veränderte irgendetwas an den Augentropfen ihre Sehweise. Oder aber ihr war nichts passiert, und sie sah weiter normal.

George blickte nicht mehr durch. Wer sah hier was?

Dann war da ein Film, in dem lag eine ziemlich alte Frau, bestimmt schon in den Dreißigern, auf dem Rücken und wurde der Reihe nach, aber immer nur ganz kurz, von einer großen Anzahl von Männern gefickt, die meisten maskiert wie die Killer in Thrillern im Fernsehen. Wenn der Nächste anfing, erschien jedes Mal eine Zahl auf den Bildschirm. 7!! 8!! 9!! Dann sprangen die Zahlen von 13!! 14!! vorwärts zu 34!! 35!! 36!! Angeblich waren es insgesamt vierzig Männer, und das Ganze hatte angeblich exakt vierzig Minuten gedauert, so zeigte es die Uhr auf dem Bildschirm an, der Film dauerte aber nur circa fünf. Es war nur die eine Frau, und sie lag auf dem Rücken auf einem Couchtisch, was nicht bequem gewesen sein kann. Sie hatte die Augen zu und war am ganzen Körper irgendwie rot, und es war auch, als hätte jemand die Linse betatscht oder beschmiert, als wäre sie beschlagen. Am Ende des Films konnte man auf dem Bildschirm lesen : *Nach diesem Dreh war meine Frau schwanger.* Gefolgt von drei Ausrufungszeichen.

Warum waren es vierzig?, überlegte George, als sie im Garten saß bei den Blumen, die um sie herum alle mit dem Kopf nickten, und beim Schatten eines vorbeiflatternden Schmetterlings ab und zu über den Rand ihres iPads schaute. Weil vierzig eine Zahl ist, die bedeutungsschwer klingt, nach magischer Zahl wie bei vierzig Tage und vierzig Nächte, vierzig Jahre in der Wüste, vierzig Räuber? Sesam öffne dich! Haha. Nein, das war ein bisschen krank. Und war die Frau auf dem Couchtisch wirklich die Ehefrau desjenigen, der den Film gedreht hatte? Und war sie danach wirklich schwanger? Manches daran war schon interessant, als schaute man einer Bienenkönigin bei der Arbeit in einem Bienenstock zu. Aber warum hatten so viele Männer in dem Film Masken getragen? Machte es das aufregender? Für wen? Vielleicht wollten sie auch bloß nicht, dass ihre eigenen Ehefrauen oder Leute auf der Arbeit, wenn sie zum Beispiel zu einem Vorstellungsgespräch gingen, nachdem sie hier mitgewirkt hatten, sie in dem Film erkannten.

Eines Nachmittags hatte George dann auf einen Film geklickt, nach dem sie sich schwor, dass sie sich den (oder ein Stück davon, denn er war ziemlich lang) für den Rest ihres Lebens jeden Tag einmal ansehen würde.

In dem Film war ein Mädchen, das aus rechtlichen Gründen zwar sechzehn gewesen sein muss, aber viel jünger aussah als George. Sie sah aus wie zwölf. Außerdem war da ein Mann, der aussah wie vierzig. Als er das Mädchen küsste, nahm er fast ihr ganzes Gesicht in den Mund. Sie waren sehr lange in einem Raum, der aussah wie eine Jurte, und machten Verschiedenes, und die Gleichmut des zarten Mädchens plus ihr unverkennbares Unbehagen, plus, dass sie zwar da war, aber zugleich abwesend wirkte, wie betäubt, als habe man ihr etwas gegeben, wodurch sie alles langsamer erlebte, als es in Wirklichkeit ablief, das alles zusammen bewirkte einen Umbau in Georges Gehirn und Herz und natürlich in ihren Augen, und wenn George sich danach andere Sexfilme ansah, war das Mädchen im Hintergrund immer da.

Nicht nur das. Das blasse gequälte Mädchen mit den geschlossenen Augen und dem offenen O seines Munds geisterte, stellte George fest, auch durch die nächste Fernsehsendung, die sie sich in der Mediathek ansah.

Das Mädchen geisterte durch YouTube, als sie sich Videos von Vampire Weekend ansah und von dem Hündchen, das vom Sofa purzelte, und von der Katze, die auf dem Staubsauger saß, der ganz alleine saugte, und von dem Fuchs, der so zahm war, dass derjenige, der den Film mit ihm eingestellt hatte, ihm den Kopf streicheln konnte.

Es geisterte durch die Pop-ups und die Werbung auf Facebook und durch die Fakten über die Geschichte der Suffragetten, als George auf der Seite der BBC nachsah, weil sie das für die Schule brauchte.

Es geisterte durch die Nachrichten in dem kurzen Bericht von der Frau, die zur Durchreiche eines McDrive geritten kam, um sich einen Burger zu kaufen, und die, als sie dort abgewiesen wurde, vom Pferd stieg und es ins Gebäude und an den Tresen führte und dort bestellen wollte. *McDonald's bedauert, dass wir berittene Kunden nicht bedienen können.*

Als George spürte, dass das Mädchen sogar hier herumgeisterte, ging sie ihren Verlauf durch und suchte nach dem Pornofilm. Klickte ihn an.

Das Mädchen saß wieder ernst auf der Bettkante.

Der Mann griente wieder in die Kamera und nahm den Kopf des Mädchens zwischen die Hände.

Was tust du denn hier draußen, Georgie?, fragte ihr Vater sie vor zwei Monaten.

Es war November und kalt. Ihre Mutter war tot. George hatte wochenlang nicht an das Mädchen gedacht, bis es ihr in einer Französischstunde wieder eingefallen war, als sie den Konditionalis wiederholten. Sie war nach der Schule in den Garten gegangen, hatte den Film gesucht und angeklickt. Hatte sich sotto voce bei dem Mädchen in dem Film für ihr Versäumnis entschuldigt.

Ihr Vater kam heraus und steckte Abfall in die Mülltonnen. George saß ohne Jacke in der Pergola. Er kam durch den Garten auf sie zu. Sie drehte den Bildschirm in seine Richtung. Beim Näherkommen verlangsamte sich sein Schritt.

Um Gottes willen, George, sagte er. Was machst du da?

Ich wollte Mum danach fragen, sagte George. Ich hatte es vor. Ehrlich. Jetzt kann ich es nicht mehr.

Sie erklärte ihrem Vater, dass sie sich den Film von dem Mädchen schon einmal eine Zeitlang jeden Tag angesehen hatte und jetzt wieder damit anfangen wollte, damit sie niemals vergaß, was diesem Menschen angetan worden war.

Aber, George, sagte ihr Vater.

Sie sagte ihm, sie tue es im weiteren Sinne als Zeuge für alle ungerechten und falschen Dinge, die Menschen ständig angetan werden.

George, das ist anständig von dir, sagte ihr Vater. Dieser Haltung zolle ich Beifall.

Es ist nicht bloß eine Haltung.

Ehrlich, George, ich hab mich richtig gefreut, als ich sah, dass du hier draußen bist und dir etwas ansiehst, sagte er. Ich dachte, gut, Georgie ist wieder da, sie sieht sich etwas auf dem iPad an, sie interessiert sich wieder für etwas. Ich war froh. Aber, Liebes, dieses Zeug, das ist abstoßend. Das kannst du dir nicht ansehen. Und du darfst nicht vergessen, es ist eigentlich nicht für dich bestimmt. Nicht mal *ich* kann mir das ansehen. Und außerdem, dieses Mädchen, ich meine, das ist wahrscheinlich schon vor Jahren passiert.

Das ist kein Grund, nicht zu tun, was ich tue, sagte George.

Wahrscheinlich ist sie sehr gut dafür bezahlt worden, sagte ihr Vater.

George machte große Augen. Prustete.

Ich kann nicht glauben, dass du das gerade gesagt hast, sagte sie. Ich kann nicht glauben, dass ich mit dir verwandt bin.

Und Sex ist auch nicht so. Liebevoller Sex. Echter. Sex zwischen Menschen, die einander lieben.

Hältst du mich wirklich für so einen Schwachkopf?, sagte George.

Außerdem wirst du verrückt, wenn du dir weiter solches Zeug ansiehst, sagte ihr Vater. Du schadest dir selbst.

Der Schaden ist bereits eingetreten, sagte George.

George, sagte ihr Vater.

Das ist wirklich passiert, sagte George. *Diesem* Mädchen. Und jeder kann sich ansehen, wie es passiert, einfach so, wenn er oder sie Lust dazu hat. Und jedes Mal, wenn jemand Neues den Film anklickt und es sich ansieht, passiert es wieder zum ersten Mal. Deshalb will ich es mir aus einem ganz anderen Grund ansehen. Und indem ich es mir mit anderen Augen ansehe, kann ich etwas wiedergutmachen an ihr. Verstehst du es immer noch nicht?

Sie hielt den Bildschirm hoch. Ihr Vater schlug sich die flache Hand vor die Augen.

Schon, sagte ihr Vater. Bloß, George, dass du dir das ansiehst, was immer du dir als Begründung oder Absicht dafür zusammengezimmert hast, ändert für sie nichts. Es bedeutet bloß, dass die Zahl derer, die sich den Film mit ihr ansehen, immer weiter steigt. Außerdem kann man nie sicher sein, man kann nie wissen. Es gibt Umstände …

Ich hab Augen im Kopf, sagte George.

Gut, okay, aber was ist mit Henry?, sagte ihr Vater. Was, wenn er das zu sehen bekäme?

Was glaubst du, warum ich hier in der Kälte sitze? Er bekommt es nicht zu sehen. Nicht durch mich jedenfalls. Ich meine, er wird das selber machen müssen, wenn er so weit ist. Außerdem siehst du dir solche Sachen auch an. Ich weiß es. Das tun alle.

Großer Gott, sagte ihr Vater. Ich kann nicht glauben, was du eben gesagt hast.

Er kehrte ihr den Rücken zu, weil der Film noch in seine Richtung gedreht war und weiterlief. Begann, mit dem Rücken zu ihr, zu lamentieren. Andere Leute, die hatten Glück mit ihren Kindern, die hatten normale Kinder mit normalen Neurosen, zum Beispiel dass sie immer nur mit demselben Löffel essen oder gar nichts essen wollten oder sich dauernd erbrachen, sich ritzten, was immer.

Es war halb im Scherz und halb nicht im Scherz gemeint.

George lehnte sich zurück. Klickte auf Pause. Wartete, bis ihr Vater den Garten verlassen hatte.

An dem Abend guckte sie zusammen mit ihrem Vater Newsnight, die Art Sendung, in der alle Tage Massaker und Ungerechtigkeiten passierten – wenn sie es in die Nachrichten schafften – und dann bei den alten Nachrichten archiviert wurden, keine Neuigkeiten mehr waren. Ihre Mutter war tot. Ihr Vater war eingeschlafen. Er war sehr, sehr müde. Schlief viel. Das lag am Trauern. Als er aufwachte, schaltete er, ohne

George auch nur anzusehen, zu UK Border Force um, das auf dem Kanal namens Pick lief.

Wer hätte das gedacht?, sagt Georges Mutter.

Es ist ein Jahr vor ihrem Tod. George und ihre Eltern sehen sich vor dem Zubettgehen Müll im Fernsehen an, zappen so lange herum, bis sie aufgeben und ausschalten.

In meiner Kindheit, sagt sie, hätte niemand geglaubt, dass wir uns eines Tages Berichte ansehen, wie Menschen an Passkontrollen durchsucht und abgewiesen werden. Wann ist so etwas leichte Unterhaltung geworden?

Sechs Monate vor ihrem Tod und kurz bevor es sie so bedrückt, dass ihre Freundschaft mit dieser Lisa Goliard versandet, kommt Georges Mutter ins Wohnzimmer. Es ist Sonntagabend. George sieht sich im Fernsehen einen Bericht über den Flying Scotsman an, einen Zug von früher. Sie hat aber erst eingeschaltet, als die Hälfte der Sendung schon vorbei ist und dadurch den Anfang verpasst, und weil es so interessant ist, sieht sie sich den nebenher in der Mediathek auf dem Laptop an.

Auf dem einen Bildschirm hat der Zug gerade den Hundert-Meilen-pro-Stunde-Rekord gebrochen. Auf dem anderen Bildschirm haben gerade Autos den Zug überholt. Nebenher sieht sie sich noch auf dem Handy Fotobomben an. Einige sind richtig genial und lustig. Bei anderen kann man nicht glauben, dass sie nicht digital geschönt worden sind, sie sehen aus wie gestellt, auch wenn diejenigen, die sie gemacht haben, das bestreiten.

Du, sagt ihre Mutter, die ihr zusieht, bist eine Migrantin deiner eigenen Existenz.

Bin ich nicht, sagt George.

Doch, sagt ihre Mutter.

Was hast du für ein Problem, Dinosaurier?, sagt George.

Ihre Mutter lacht.

Dasselbe wie du, sagt sie. Wir sind inzwischen alle Migranten unserer eigenen Existenz. Zumindest in diesem Teil der Welt. Wir sollten uns also darauf einstellen. Weil, schau, wie Migranten überall in der Welt behandelt werden.

Deine politische Korrektheit ist manchmal so langweilig, dass ich direkt …, sagt George.

Sie mimt, dass ihr die Augen zufallen und sie einschläft.

Möchtest du nicht manchmal dein Leben vereinfachen?, sagt ihre Mutter. Ein Buch lesen?

Ich lese die ganze Zeit, sagt George.

Dich mal nur mit einer Sache befassen statt mit fünfzehn auf einmal?

Ich bin flexibel, sagt George, ohne aufzublicken. Ich gehöre zur flexiblen Generation. Und du bist doch die große Internet-Anarchistin. Du solltest es eigentlich gut finden, dass ich Grips habe.

Grips, ja, sagt ihre Mutter. Grips ist wichtig. Den erwarte ich auch bei meiner Tochter. Sonst müsste ich, die politisch so korrekt ist und alles, dich gleich ins Waisenhaus stecken.

Genau genommen würde das bedeuten, dass ihr, du und Dad, sterben müsstet, sagt George.

Tja, eines Tages schon, sagt ihre Mutter. Mit Glück aber eher später als früher. Wie auch immer. Eigentlich ist es mir egal, auf wie viele Bildschirme du gleichzeitig siehst. Ich spiele nur meinen Part der besorgten Mutter. Das müssen alle Eltern. So steht es im Generationenvertrag.

Blabla, sagt George. Du tust jetzt nur so cool, weil Netzinterventionen vor Jahren mal drei Monate lang als cool galten …

Danke!, sagt ihre Mutter. Endlich anerkannt, wenigstens das.

… dabei bist du in Wirklichkeit genauso paranoid wie alle anderen über vierzig, sagt George, gehst in Sack und Asche, steckst in der Vergangenheit fest, geißelst dich und trompetest *Schund! Schund! Verdummung durch Information! Verdummung durch Information!*

Oh, das ist gut, George, sagt ihre Mutter. Kann ich das haben?

Für eine Denonce?

Ja.

Nein.

Bitte?

Wie viel zahlst du mir dafür?, fragt George.

Du bist der geborene Söldner, sagt ihre Mutter. Fünf Pfund.

Einverstanden, sagt George.

Ihre Mutter zieht einen Schein aus dem Portemonnaie und schreibt auf die leere weiße Fläche zwischen dem Bildnis von Elizabeth Fry und der Zeichnung einiger weiblicher Gefangenen, denen sie geholfen hat, die Worte : *Verdummung durch Information voll bezahlt.*

Damals : George hat die fünf Pfund tags darauf gleich verbraten. Die Vorstellung, den Geldschein auf die freie Wildbahn zu schicken, gefiel ihr.

Heute : George wünscht sich, sie hätte den Schein nicht ausgegeben. Wenn niemand sie wegradiert und sie sich nicht abgenutzt hat, geht irgendwo auf der Welt die Handschrift ihrer Mutter von einer Hand zur anderen, von einem Fremden zum anderen.

George sieht sich das Wort GARTEN an, das unter TANZDING steht, beides in ihrer Handschrift. Das Tanzen dauert keine fünf, der Film von dem Mädchen aber fünfundvierzig schreckliche Minuten, von denen sie meist nicht mehr als fünf aushält.

Tanzding. Garten. Dann Henry, der wie ein viktorianisches Kind aus einem kranken rührseligen Lied über Tod und Waisenkinder dasteht und die Hände ausstreckt, als bete er, wie er es tut, seit er vor einer Woche im Fernsehen Weihnachtslieder aus dem King's College gesehen hat. Dann ihr Vater, der ihnen weismachen will, er sei nicht betrunken, oder beim Aufstehen noch nicht wieder nüchtern ist, den Restalkohol bis zum Mittagessen auf der Couch ausschläft und sich dann eine Ausrede überlegt, damit er abends mit Leuten weggehen kann, die meinen, einen besseren Gefallen, als dafür zu sorgen, dass er trinkt, könnten sie ihm nicht tun, und der erst nach dem Wochenende wieder zur Arbeit muss, was bedeutet, noch fünf Tage trinken.

Mitternacht ist gerade mal zehn Minuten vorbei. Es ist kaum Zeit verstrichen. Draußen werden sporadisch weiter Silvesterraketen abgefeuert. Der Regen trommelt weiter auf das Veluxfenster. Ihr Vater ist aber noch nicht zu Hause und bleibt wahrscheinlich auch noch eine Ewigkeit weg, und George hat beschlossen, auf ihn zu warten, falls er, wenn er heimkommt, die Treppe allein nicht schafft.

Vor ihrer Tür ist ein Geräusch.

Es ist Henry.

Er steht in der Tür und sieht verweint und fiebrig aus und mit dem langen Haar, das er jetzt hat, komischerweise ein bisschen wie ein Abbild des kleinen Lord Fountleroy.

(Er will es sich nicht schneiden lassen, denn die Haare hat immer sie ihm geschnitten.

Henry, sie kommt nicht wieder. George hat es ihm gesagt.

Ich weiß, sagte Henry.

Sie ist tot, sagte George. Das weißt du doch.

Ich will meine Haare aber nicht schneiden, sagte Henry.)

Darfst reinkommen, sagt George. Sondererlaubnis.

Danke, sagt Henry.

Bleibt aber an der Tür stehen. Kommt nicht herein.

Ich bin ganz wach. Mir ist ganz langweilig, sagt er.

Er ist den Tränen nahe.

George geht zu ihrem Bett hinüber, schlägt die Decke zurück und klopft darauf. Henry kommt ins Zimmer und zum Bett herüber und schlüpft hinein.

Toast?, sagt George.

Henry sieht sich die Fotos ihrer Mutter an, die George über dem Bett an die Wand geklebt hat. Er streckt die Hand nach einem aus.

Nicht, sagt George.

Er gehorcht, weil er noch schlaftrunken ist. Wendet sich wieder um und setzt sich.

Zwei Scheiben, bitte, sagt er.

Mit Marmelade?, sagt George.

Keine Butter, egal, was du draufttust, sagt er.

Ich bring dir deine zwei Scheiben Toast, sagt George. Und wenn du sie gegessen hast, vertreiben wir zwei zusammen die Langeweile.

Henry schüttelt den Kopf.

Ich meine nicht langweilig, sagt er. Ich möchte mich langweilen. Tu ich aber nicht. Ich will nur nicht das, was ich statt Langeweile jetzt habe.

George nickt.

Und, Henry, sagt sie, nicht die Fotos anfassen, wenn ich nicht da bin. Es ist mein Ernst.

George geht nach unten und macht eine Scheibe Toast. Bestreicht sie dick mit Butter und geht mit dem Buttermesser, ohne es abzuwaschen, gleich ins Marmeladenglas, weil das niemand merken wird. Genau deshalb tut sie es, denn sie kann jetzt für den Rest ihres Lebens Butterschlieren in jeder Marmelade hinterlassen, wie sie lustig ist.

Als sie zurückkommt, ist Henry eingeschlafen. Das wusste sie schon vorher. Sie nimmt ihm das Foto, das er von der Wand gelöst hat, aus der Hand (die Aufnahme, auf der ihre Mutter noch ein Teenager ist und auf einer Statue in einem

Park in Edinburgh auf dem Rücken eines Pferds hinter dem, wer immer das sein soll, Mann sitzt, den die Statue darstellen soll) und steckt es wieder an seinen Platz (sie hat die Fotos so angeordnet, dass sie keine Chronologie ergeben).

Sie setzt sich auf den Fußboden, lehnt sich an ihr Bett und isst den Toast.

Das ist so *langweilig*, sagt sie in Italien in dem Palazzo in dem gespielt kindlichen Ton, in den sie bei diesem Spiel immer verfallen.

Das bringst nur du fertig, durch die Türen eines Palasts kommen, der extra dafür gebaut wurde, die Langeweile zu vertreiben, und, weil du intuitiv oder durch Magie oder was immer gleich alles weißt und verstehst, laut sagen, dass du es langweilig findest, sagt ihre Mutter.

Aber George spielt das Kunst-wozu-soll-das-gut-sein-Spiel. Vielleicht hat ihre Mutter das nicht mitgekriegt.

In dem *ganzen Haus* ist außer uns kein Mensch, sagt sie, immer noch mit dieser Kinderstimme. Wozu soll das *gut* sein, was *soll* das? Was hat das mit irgendwas zu tun? Kunst, wozu ist das *gut*?

Kunst verändert nichts, das aber so, dass sich etwas verändert. (So lautet eine Denonce ihrer Mutter, die mit am häufigsten über Twitter weiterverbreitet wurde.) Das versteht sich. Aber hier geht es um das Spiel, das in ihrer Familie gespielt wird. Und zwar seit Jahren. Ausgedacht hat es sich ihr Vater, er fängt damit an, um sie und ihren Bruder zum Lachen zu bringen, wenn ihre Mutter sie alle wieder mal ins Museum schleppt. Er tut so, als sei er geistig ein bisschen behindert, und spielt das so gut, dass sich im Museum manchmal Leute nach ihm umdrehen oder wegsehen, weil er ja wirklich geistig behindert sein könnte.

Die Kunst in diesem Raum hat jedoch tatsächlich schon etwas verändert – sie hat ihre Mutter aufgemuntert, die vorige Woche per Zufall ein Foto davon entdeckte, das sich in eine Kunstzeitschrift verirrt hatte und das Bild eines Mannes zeigte, der in zerschlissenen weißen, von einem alten Strick als Gürtel zusammengehaltenen Kleidern vor einem blauen Hintergrund steht, und es gefiel ihrer Mutter gleich beim ersten Anblick so gut, dass ihre Traurigkeit buchstäblich wie weggeblasen war (sie hat schon seit Wochen schlechte Laune, weil ihre Freundin Lisa Goliard verschwunden ist) und sie ihrer Familie vor drei Tagen beim Frühstück verkündete, sie würden sich dieses Bild alle zusammen nächste Woche ansehen. Sie hätte schon ein Hotel gebucht.

Nathan, kannst du dir von Mittwoch bis Sonntag freinehmen?, sagte sie.

Nö, sagte ihr Vater.

Schön, sagte sie. Ich kann darauf verzichten, dass du dir mit mir Bilder ansiehst. George, kannst du dir von Mittwoch bis Freitag von der Schule freigeben lassen?

Da muss ich meine Sekretärin fragen, sagte George, mein Terminkalender ist ziemlich voll. Außerdem empfinde ich es als meine Pflicht, dich darauf hinzuweisen, dass es jetzt verboten ist, Kinder bloß für einen Urlaub aus der Schule zu nehmen.

Wie geht es deinem Hals?, sagte ihre Mutter.

Der tut richtig doll weh, sagte George. Ich glaube, es ist eine Entzündung. Wohin fahren wir denn?

Nach Italien, sagte ihre Mutter. Henry, wie geht es deinem Hals?

Meinem Hals geht es sehr gut, danke, sagte Henry.

Henry, du hast Halsschmerzen, sagte George.

Wieso?, sagte Henry.

Sonst kannst du nicht nach Italien mitkommen, sagte George.

Ist es da gut, wenn man Halsschmerzen hat?, sagte Henry.

Als George hier im Palazzo jetzt ihren Kunst-wozu-soll-das-gut-sein-Scherz macht, sagt Henry, als glaubte er auch, sie habe es ernst gemeint :

Das ist echt schön.

Henry ist schwul. Eine andere Erklärung gibt es nicht. Er hat aber recht, es ist wirklich ein sehr schöner Raum. Zumindest dort hinten, da ist er sogar spektakulär, oder vielleicht ist er da auch bloß besser beleuchtet. Ihre Mutter ist schon durch den ganzen langen Raum dorthin unterwegs. Ihre Mutter ist wie ausgewechselt. Seit dem Moment, in dem sie in Italien gelandet sind und die Flugzeugtür aufgegangen und die wärmere Luft hereingeströmt ist, wirkt sie heller und leichter.

Und als sie diesen Raum betreten haben, ist sie noch lockerer geworden.

Es ist zwar blamabel und schrecklich, wenn jemand bei deinem Spiel nicht mitmachen will, aber George gibt sich einen Ruck. Sie schlüpft wieder in ihr wirkliches Ich.

Ist das der Palast, von dem du im Auto gesprochen hast?, sagt sie. Das moralische Problem?

Ihre Mutter schweigt.

Sie schaut.

George schaut ebenfalls.

Der Raum ist warm und dunkel. Nein, nicht dunkel, sondern hell. Beides. Er ist wie ein riesiger dunkler Tanzsaal mit einem beleuchteten Bild, das einen Teil der Wände einnimmt. Ansonsten ist da nichts außer ein paar niedrigen Bänken, auf die man sich zum Betrachten der Wände setzen kann, und einer Frau mittleren Alters (eine Aufsicht?) auf einem Klappstuhl in der Ecke am anderen Ende. Davon abgesehen ist da nur das Bild. Ganz kann man es sich auf einmal gar nicht ansehen. Denn der halbe Raum ist damit bedeckt. Die andere Hälfte zeigt ein verblasstes Bild oder gar keins. Was noch vorhanden ist, steckt aber so voller Leben, dass es genau genommen wie lebendig ist, zumindest die Stellen im hinteren Teil. Und die Menschen in dem breiten blauen Streifen, der sich auf halber Höhe der Wand durch den ganzen Raum zieht, durch die gesamte Mitte des Bilds und es in ein Darüber und ein Darunter teilt, sehen aus, als schwebten sie oder als wanderten sie auf Luft, vor allem in dem helleren Teil.

Es ähnelt einer riesigen Bildergeschichte. Nur dass es zugleich wie Kunst ist.

Da gibt es Enten. Einen Mann, der die Faust um den Hals einer Ente geschlossen hat. Die Ente schaut ganz verdattert drein, als sagte sie gerade *was soll der Sch...* Oberhalb des Entenkopfs sitzt ein anderer Vogel einfach da, vollkommen frei. Er sitzt neben dem Mann und sieht zu, wie der die Ente erdrosselt, als verfolgte er interessiert das Geschehen.

Das ist aber nur ein Detail. Solche Details gibt es überall. Einen paddelnden Hund zum Beispiel. George starrt auf seine Genitalien. Überhaupt, die großen Testikel bei allen Tieren auf dem Bild, die welche haben, nur bei dem einen nicht, bei dem man sie erwarten würde : dem Stier. Er hat offenbar keine.

Dann gibt es einen Affen. Er schmiegt sich ans Bein eines Jungen, der jedoch mit snobistischem Hochmut auf ihn herabsieht. Weiter drüben ist ein sehr kleines Kind mit einer gelben Haube auf dem Kopf, das etwas liest oder isst. Eine alte Frau mit einem Stück Papier in der Hand bedient das Kind. Hier ziehen Einhörner einen Triumphwagen, dort küssen sich Liebende, hier sind Leute mit Musikinstrumenten, dort arbeiten Leute auf Bäumen und auf Feldern. Es gibt Cherubim und Girlanden, Menschenmengen, dort oben arbeiten Frauen an einem, wie es aussieht, Webstuhl, und hier unten blicken Augen unter einem dunklen Gewölbe hervor, während Menschen sich unterhalten, Geschäfte machen und nicht merken, dass sie Zuschauer haben. Es gibt Hunde und Pferde, Soldaten und Städter, Vögel und Blumen, Flüsse und Flussufer, Wasserblasen in den Flüssen, Schwäne, die aussehen, als lachten sie. Da ist ein Gewimmel von kleinen Kindern. Sie sehen stolz aus. Es gibt Kaninchen oder Feldhasen, nein, beides.

Die Gebäude auf dem Bild sind manchmal wunderschön und manchmal eingefallen, es gibt kaputte Steinplatten auf der Straße und Ziegelsteine, kaputte Bogengewölbe vor schöner Architektur und Pflanzen, die überall durch die intakten und die zerfallenen Bauten sprießen.

Man schaut aber zwangsläufig wieder und wieder und nach einer Weile noch einmal auf den blauen Streifen, der wie ein Fries zwischen dem oberen Teil und den unteren Teilen des Bilds rings um den Raum verläuft und in dem die Menschen und die Tiere frei schweben. Das Blau zieht den Blick unweigerlich auf sich. Es verschafft einem eine Atempause von den Dingen, die darüber und darunter stattfinden. In dem Blau gibt es eine Frau in einem wunderschönen roten Kleid, die über einer keck dreinschauenden Ziege oder einem Schaf in der Luft sitzt. Da ist auch der Mann in den weißen Lumpen. Der war auf dem Bild, das ihre Mutter zu Hause gesehen hat. Seinetwegen sind sie hier. Ein Stück weiter, auf der anderen Seite der über der Ziege schwebenden Frau, steht ein junger Mann oder eine junge Frau, könnte beides sein, in einem schönen, prächtigen Gewand und mit einem Pfeil oder Stock in der einen und einem goldenen Reifen in der anderen Hand, als sei alles nur ein bezauberndes Spiel.

Mann oder Frau?, sagt George zu ihrer Mutter, die vor diesen Figuren steht.

Da bin ich überfragt, sagt ihre Mutter.

Lächelnd zeigt sie nacheinander auf den Mann in Lumpen, auf die Frau in der Luft und auf die verspielte, ziemlich dilettantisch in ihr Prunkgewand gekleidete Gestalt.

Mann, Frau, beides, sagt sie. Wunderschön sind sie alle, einschließlich des Schafs. Und schau mal da.

Sie zeigt auf den oberen Bereich des Bilds, dessen längere Betrachtung ziemlich anstrengend ist wegen der Höhe, in der er sich befindet, und wo drei Triumphwagen abgebildet sind, von verschiedenen Tieren gezogen, und viele Menschen herumstehen und man Vögel und Kaninchen sieht, Bäume und Blumen und ferne Landschaften.

Ankunft der Götter, sagt ihre Mutter.

Sind das die Götter?, sagt George.

Und es merkt noch nicht mal jemand, sagt ihre Mutter. Schau mal, wie viele Leute um sie herumstehen. Als wären die Götter nichts Besonderes. Sie kommen an, und kein Mensch zuckt auch nur mit der Wimper.

George macht auf dem Absatz kehrt und sieht sich die andere Wand an. An der langen Seite des Raums geht das Bild weiter. Es soll im Prinzip eine Fortsetzung sein. Die Aufteilung ist genauso. Aber dieses Bild ist nicht so gut, weder so fesselnd noch so interessant – oder vielleicht nicht so gut restauriert.

George sieht sich die andere Bilderwand genauer an.

Hier sind die Gestalten einfach nicht so schön. Es gibt Tiere, zum Beispiel da der riesige Hummer, aber sie sind kein Vergleich etwa zu dem Pferd auf der vorigen Wand, das einen fast frontal anschaut und dessen Blick einem sagt, dass es nicht weiß, was es von dem Mann auf seinem Rücken halten soll. Es gibt hier auch Menschen und Blumen, sogar mit Blumen bedeckte Menschen, aber sie sind weniger anziehend, wirken fratzenhafter als die an der hinteren Wand, wo die Pferde dicker werden und der Himmel blauer.

Das sollen die verschiedenen Jahreszeiten sein, nicht?

George geht zu der guten Wand zurück.

Es ist, als überlagere sich alles. Manches geschieht ganz vorn auf den Bildern und geschieht zur gleichen Zeit, und zwar einzeln und zugleich im Zusammenhang, dahinter und noch weiter dahinter und abermals dahinter, so wie man durch die Perspektive meilenweit sehen kann. Außerdem gibt es einzelne Details wie den Mann mit der Ente. Die bilden wiederum ein Geschehen für sich. Das Bild führt einem beides vor Augen – das nahe Geschehen und den größeren Zusammenhang. Wenn man den Mann mit der Ente ansieht, merkt man, dass Grausamkeiten alltäglich und fast komisch sind. Das Grausame geschieht inmitten von allem anderen. Es ist eine erstaunliche Weise, zu zeigen, wie normal Grausamkeit im Grunde ist.

In den oberen Teilen des Bilds gibt es keine Jagdszenen und keine Grausamkeit, nur in den unteren.

Die Hörner der Einhörner sehen aus, als bestünden sie aus leuchtendem Glas.

Die Kleider der Leute auf dem Bild sehen alle aus, als seien sie von einer Brise gebläht.

George schaut zu ihrer Mutter hinüber und ist überrascht, wie jung und strahlend sie unter dem Blau aussieht.

Was ist das für ein Haus?, sagt George.

Ihre Mutter schüttelt den Kopf.

Palazzo, sagt sie.

Dann sagt sie ein Wort, das George nicht richtig hört.

Etwas Derartiges habe ich noch nie gesehen, sagt ihre Mutter. Es hat so viel Wärme, dass es fast schon freundlich ist. Ein freundliches Kunstwerk. Auf so einen Gedanken bin ich mein Lebtag noch nicht gekommen. Und schau dir das an. Es ist nie sentimental. Es ist großmütig, aber auch spöttisch. Und wenn es mal spöttisch ist, ist es einen Moment später wieder großmütig.

Sie sieht George an.

Es ist ein bisschen wie du, sagt sie.

Dann sagt sie nichts mehr. Sondern schaut nur.

In dem Raum hinter ihnen hört man nur die Aufseherin,

die Henrys Charme erlegen ist und nun mit ihm von Bild zu Bild geht und ihm die Wörter für alles nennt, worauf er zeigt.

Cavallo, sagt die Frau.

Pferd, sagt Henry.

Si!, sagt die Frau. Bene. Unicorni. Cielo. Stelle. Terra. Dei e dee e lo zodiaco. Minerva. Venere. Apollo. Minerva Marzo Ariete. Venere Aprile Toro. Apollo Maggio Gemelli. Duca Borso di Ferrara. Dondo la giustizia. Dondo un regalo. Il palio. Un cagnolino.

Sie merkt, dass George und ihre Mutter ihr ebenfalls zuhören. Zeigt auf die leeren und verblassten Wände.

Secco, sagt sie.

Sie zeigt auf die noch mit dem Bild bedeckten Wände.

Sagt : Fresco.

Zeigt auf das richtig gut leuchtende Wandende.

Mando è andato a Venezia per ottenere il meglio azzurro.

Ich glaube, sie sagt, das Blau ist venezianisch, sagt Georges Mutter.

Sie geht zu der Aufseherin und spricht mit ihr. Auf Englisch. Die Aufseherin antwortet auf Italienisch, das ihre Mutter nicht kann. Sie lächeln sich an und unterhalten sich.

Was hat sie gesagt?, fragt George ihre Mutter, als sie durch die Tür mit dem Vorhang hinaus- und die Treppe hinuntergehen.

Ich habe keine Ahnung, sagt ihre Mutter. Aber es war nett, mit ihr zu sprechen.

Hinterher sitzen sie im Restaurant an einem Tisch im Garten dieses Palasts. Süß duftende gelbe Blüten rieseln ihnen von den Bäumen auf den Kopf und auf den Tisch. George entdeckt einen tiefen Riss in der Außenmauer des Gebäudes, unweit des Dachs.

Vielleicht das Erdbeben, sagt ihre Mutter. Erst vor kurzem. Voriges Jahr. Wir haben Glück, dass wir es überhaupt sehen konnten. Meines Wissens ist es gerade erst wieder für den Publikumsverkehr geöffnet worden.

Ist das der Grund, weshalb manche Wände Bilder dran haben und manche nur den Verputz?, sagt George. Und weshalb zwei Personen in den Triumphwagen am Ende der Wand Gesichter haben, eine aber keins?

Ich weiß es nicht, sagt ihre Mutter. Ich weiß nicht viel darüber. Es war nicht leicht, überhaupt etwas darüber zu finden. Aber es ist ganz angenehm, es nicht zu wissen.

Und was ist nun mit dem moralischen Problem?, sagt George.

Dem was?, sagt ihre Mutter.

Die bessere Bezahlung für die bessere Kunst, sagt George.

Ach so, ja, sagt ihre Mutter. Das.

Sie erzählt George noch einmal von dem Künstler, der vor ungefähr fünfhundertfünfzig Jahren einen Teil dieses Raums ausmalte und der Ansicht war, seine Arbeit sollte besser bezahlt werden als die aller anderen an der Ausschmückung beteiligten Maler, und der dem Herzog deshalb einen Brief schrieb.

Die Fortsetzung ist sogar noch fesselnder, sagt sie. Der Brief, den er verfasste, ist nämlich der einzige Grund, weswegen wir wissen, dass dieser Künstler überhaupt gelebt hat. Er wurde erst vor einhundert Jahren aufgefunden, also vierhundert Jahre nachdem er seinen Teil der Wände bemalte. Vierhundert Jahre lang existierte er als Maler nicht. Bis vor gut hundert Jahren, Ende des neunzehnten Jahrhunderts, wusste man nicht einmal, dass es in diesem Raum einmal Fresken gab. Sie waren jahrhundertelang übertüncht gewesen. Dann bröckelte irgendwo die Tünche von den Wänden ab, und die Bilder kamen darunter zum Vorschein. Bis zu dem Zeitpunkt war der Raum verschollen gewesen.

Du bist in einem Raum, ich meine, sitzt da zum Beispiel

drin, und der Raum, in dem du bist, verschwindet?, sagt Henry. Kann das passieren?

Er sieht verstört aus.

Nein, sagt George. Sei nicht so ein Idiot.

Nenn deinen Bruder nicht Idiot, sagt Georges Mutter.

Du bist ein Idiot, sagt Henry.

Nenn deine Schwester nicht Idiot, sagt ihre Mutter.

Ich hab nicht Idiot zu ihm gesagt, sondern Nidiot, sagt George. Nidiot ist viel schlimmer als bloß Idiot.

Du bist bei weitem der viel größere Nidiot als ich, sagt Henry.

Ein viel größerer, sagt George.

Ihre Mutter lacht.

Du kannst es nicht lassen, was?, sagt sie. Das ist einfach deine Art.

Was lassen?, sagt George.

Henry rennt in den Wiesenkerbel am verwilderten Ende des Gartens, wo moderne Skulpturen stehen und man die Wiese ungehindert wachsen ließ. Das Gras steht so hoch, dass er darin verschwindet.

Das ist ein ganz besonderer Ort hier, sagt ihre Mutter.

Stimmt, denkt George, es ist wirklich spektakulär – und das ist das zweite Mal, dass sie das Wort spektakulär dachte –, denn als sie eben hier herausgekommen und durch den Garten zu dem Restaurant gegangen sind, das nach Ramschladen aussah, aber Pasta und Wein anbietet, erklang plötzlich ein Jazz-Titel mit altmodischem Piano und mit Trompeten, lag plötzlich wie von allein in der Luft (während er freilich aus einem Lautsprecher ertönte), wie extra für sie gespielt.

Jetzt füllt sich der Garten mit italienischen Schulkindern, die jünger als George, aber älter als Henry sind. Sie setzen sich an die Tische und unterhalten sich.

Hat er sein Geld noch bekommen?, sagt George.

Wer?, sagt ihre Mutter.

Der Maler. Er *war* ja besser. Falls der hintere Teil des Raums von ihm ist.

Ich kann es dir nicht sagen, George, sagt ihre Mutter. Ich weiß so gut wie nichts darüber, eigentlich nur das, was ich dir erzählt habe, und das stand unter dem Bild, als ich es mir zu Hause angesehen hab. Wenn wir wieder zurück sind, werde ich mich da einlesen. Es könnte allerdings sein, weißt du, dass unsere Augen einige Teile des Raumes aus Gewohnheit einfach schöner finden als die anderen, weil wir bestimmte Erwartungen an Schönheit haben. Und *unsere* Maßstäbe anlegen statt *ihre*. Aber ich sehe es genauso, ich stimme dir zu. Einiges ist wirklich ausnehmend schön, teils sogar atemberaubend. Und ich finde es ziemlich interessant, dass wir nur wissen, welcher Maler diese Wand gemacht, ja dass er überhaupt existiert hat, weil er mehr verlangt hat.

Wie Oliver Twist, sagt George.

Ihre Mutter lächelt.

In gewisser Weise, sagt sie.

Wie war sein Name?, sagt George.

Ihre Mutter verdreht die Augen.

Ich hab ihn gewusst, George, wirklich. Ich hab ihn gelesen, noch zu Hause. Aber im Moment fällt er mir nicht ein, sagt ihre Mutter.

Wir sind so weit gefahren, um uns ein Bild anzusehen, das dir gut gefällt, und du weißt den Namen des Mannes nicht mehr, der es gemalt hat?, sagt George.

Ihre Mutter reißt die Augen weit auf.

Ich weiß, sagt sie. Aber es spielt keine Rolle, dass wir seinen Namen nicht wissen. Wir haben doch die Bilder gesehen. Was brauchen wir denn sonst zu wissen? Es genügt doch, dass jemand sie gemalt hat und wir eines Tages hierhergekommen sind und sie gesehen haben. Nein?

Ich könnte ihn auf deinem Handy googeln, sagt George.

Gleich darauf fühlt sie eine Reihe verschiedenster Dinge, die von unangenehm bis ganz mies reichen.

(Schlechtes Gewissen und Wut :

– Sing mir ein Liebeslied vor

– Nein, ich hab meine Singstimme durch die Schwangerschaft verloren

– Ich wüsste ja zu gern, wo die jetzt ist. Ich wette, in einer Domstadt, und da treibt sie sich bei den geschnitzten Engeln an der Decke eines phantastischen Doms herum

Wut und schlechtes Gewissen :

– Was machen deine Augen heute, wie geht es dir, was machst du, wo steckst du & wann sehen wir uns wieder)

Ihre Mutter kriegt nichts mit. Ihre Mutter hat keinen blassen Schimmer. Sie sieht nach ihrem Handy, vergewissert sich, dass es sicher in dem Fach in ihrer Tasche steckt.

(Georges Handy ist kein Smartphone, sie bekommt in weniger als einem Jahr aber ihr eigenes, zu Weihnachten, dreieinhalb Monate nach dem Tod ihrer Mutter.)

Lass uns nichts googeln, sagt ihre Mutter. Es ist doch nett, es nicht wissen zu müssen.

Ihre Mutter entspannt sich.

Nicht dass an Entspanntheit irgendetwas verkehrt wäre. Ihre Mutter entspannt, lässig, gedankenlos und liebevoll, wie die Mütter von anderen immer sind, das ist eine ganz neue Aussicht.

Aber es sieht ihr gar nicht ähnlich, nicht alles wissen und nicht alles herausfinden zu wollen, was es zu wissen gibt. Heute Morgen im Hotel hatte ihre Mutter, als sie aus dem Frühstücksraum kamen, beim Vorbeigehen an der Rezeption nämlich *buona sera* zu dem Mann und dem Mädchen gesagt, die dahinter standen, und das Mädchen hatte gelacht, dann aber gemerkt, dass es unhöflich gewesen war, sich geschämt und sich das Lachen verkniffen. George hat noch nie erlebt, dass sich jemand auf die Weise selbst korrigiert.

Nicht buona sera, Madam, verzeihen Sie, sagte der Mann. Es heißt buon giorno. Sie wünschen uns nämlich einen schönen Abend, und jetzt ist Morgen.

Auf dem Gehweg vor dem Hotel war ihre Mutter stehen geblieben und hatte George angesehen.

Diese Stadt rüttelt alles durcheinander, was ich bisher zu wissen meinte, sagte sie. Alles, was ich seit Jahren für selbstverständlich gehalten habe.

Sie legte den Arm um Georges Schulter. Drückte auf der anderen Seite Henry fest an sich.

Es tut so gut, mich selber mal für eine Weile zu vergessen!, sagte sie.

Sie sah glücklich aus auf dem Gehweg vor dem Laden, in dem es Souvenirs und Erzeugnisse aus Ferrara gab.

Jetzt sieht sich George in dem Garten des Palazzos um und setzt sich rittlings auf die Bank. Irgendetwas an den Schulkindern ist ihr komisch vorgekommen, und jetzt weiß sie, was es ist. Keines telefoniert mit dem Handy oder sieht auf einen Bildschirm. Sie sprechen alle miteinander. Zwei sprechen sogar mit Henry, versuchen es zumindest. Henry beschreibt irgendetwas. Zeichnet einen Kreis in die Luft. Die Kinder, mit denen er spricht, fuchteln auch mit den Armen im Kreis herum.

George sieht ihre Mutter an. Ihre Mutter sieht George an. Eine gelb-weiße Blüte fällt herab, streift ihre Nase, verfängt sich in ihrem Haar und landet auf ihrem Schlüsselbein. Ihre Mutter lacht. George würde zu gern mitlachen, hat aber noch ihre Miene zur Frage schlechtes Gewissen oder Wut auf. Ein Mundwinkel wandert aufwärts. Der andere bleibt nach unten gezogen.

Die Stadt, in die sie gekommen sind, ist hell und düster zugleich. Es ist eine Stadt der Mauern mit einem riesigen, imposanten Kastell, für das George, müsste sie es in der Schule beschreiben, die Wörter abweisend und bedrohlich verwenden würde. Alles vermittelt einen Eindruck von Wehrhaftigkeit, und die zwischen hohen Mauern hindurchführenden Gassen sehen aus, als wären es die Schauplätze von Alpträumen und als könnte man sich darin nur verlaufen. Doch im Nu kann sich alles hier ändern, von hell zu dunkel, dunkel zu hell, und trotz der vielen Steine ist es irgendwie auch grün und rot und gelb; die Mauern und Gebäude färben sich rot-golden in der Sonne. Die Mauern sind hoch und kahl, es klingt aber, als verberge sich dahinter ein Garten. Dann wieder gibt es lange, schnurgerade, breite Straßen mit wirklich sehr schönen Bäumen, und man denkt, es sei doch keine Stadt aus Mauern, sondern eine Stadt der Bäume. Im Grunde sprießen von den Dächern sämtlicher Gebäude und aus den Wänden sämtlicher Mauern Bäumchen oder Büsche oder wenigstens Grashalme.

Es riecht hier nach Jasmin, nach noch mehr Jasmin, ab und zu nach Kloake und wieder nach Jasmin.

Es ist äußerst seltsam hier, hatte ihre Mutter gestern Abend gesagt, als sie sich fürs Schlafengehen fertig machten. Ich weiß einfach nicht, was ich dazu sagen soll.

Sie schaute auf den Stadtplan, der auf dem Bett lag.

Als ob der Stadtplan, den wir bekommen haben, und das Erlebnis, wirklich hier zu sein, nichts miteinander zu tun hätten, sagte sie.

Sie hatten sich den ganzen Tag beim Durchstreifen der Stadt verlaufen, obwohl sie den Stadtplan vom Hotel mithatten. Was darauf ganz nah schien, war, wenn sie hinlaufen wollten, in Wirklichkeit doch weit entfernt; sie hatten einmal aber auch ein Ziel angesteuert, für das sie viel Zeit zu brauchen glaubten, und festgestellt, dass sie binnen kurzem dort waren.

Wenn ihre Mutter einfach auf Google Maps oder Streetview nachgesehen hätte, hätten sie sich besser zurechtgefunden und mehr Verve entwickelt. Aber ihre Mutter will aus irgendeinem Grund nicht ins Internet gehen, nicht mal ihr Handy einschalten.

Verve? Das ist ein gutes Wort, George, sagt ihre Mutter.

Aus dem Lateinischen. Für Lebhaftigkeit, sagt George.

Wir brauchen keine Lebhaftigkeit. Lasst uns zur Abwechslung mal schlendern, einfach der Nase nach. Das hier ist die erste moderne Stadt in Europa, sagt ihre Mutter, als sie nach der Besichtigung des Palazzos zurückgehen. Wegen ihres planvollen Baus und der Mauern. Auch wenn alte Städte für euch zwei nichts Neues sind, weil ihr da aufgewachsen seid, wo ihr aufgewachsen seid, und so etwas alle Tage seht. Für euch ist es nichts Besonderes. Der Palazzo jedenfalls, den wir gerade besichtigt haben, der mit den Bildern, ist sogar noch älter als die Mauern. Er stammt aus einer Zeit, als die Stadt noch nicht ummauert war. So alt ist er. Und für ein so altes Gebäude ist er außergewöhnlich.

Dann hört sie mit ihrem Vortrag auf, und sie laufen einfach benommen herum, sehen ein bisschen aus wie die ungezogenen Kinder in der Schule, wenn sie einen Joint geraucht haben, weil es hier so anders als zu Hause ist. Jetzt, zu einer Tageszeit, in der die Leute aus den Häusern kommen und sich draußen aufhalten, sind die Straßen voller Fußgänger. Die Straßen sind auch voller Leute auf Fahrrädern, aber die sind Teil der Menge und fahren scheinbar mühelos um sie und ihre Mutter und Henry herum. Es ist ein Wunder, dass keiner mit anderen zusammenstößt und dass man so langsam fahren kann, ohne umzukippen. Es kippt niemand um. Es hastet auch keiner, nicht mal im Regen. Keiner klingelt ungeduldig mit dem Fahrrad (außer, merkt George, Touristen, die leicht zu erkennen sind). Keiner schreit einen anderen an, er soll aus dem Weg gehen. Sogar alte, ganz in Schwarz gekleidete Frauen fahren hier mit dem Fahrrad und haben die Sachen in ihren vollen Fahrradkörben in Papier eingewickelt und mit Gummis oder Stricken befestigt, als sei alt sein, in ein Geschäft gehen, Sachen einkaufen und sie nach Hause transportieren hier etwas ganz anderes.

Ein Junge in Georges Alter fährt an einer Kreuzung an ihnen vorüber, die bloßen Arme um ein hübsches Mädchen gelegt, das vor ihm auf dem Lenker sitzt.

Georges Mutter zwinkert George zu.

George wird rot. Und ärgert sich gleich über sich, weil sie rot geworden ist.

In der Nacht übertönen laute Trommeln und Trompeten das Lärmen der um die Dächer unweit ihres Hotels kreisenden Sommervögel. Sie folgen dem neuen Lärm zu einem Platz, wo eine Schar junger Leute, die zwar älter als George, aber trotzdem noch jung sind und von denen manche historische Kostüme, wie ein Überwurf über die Jeans und die T-Shirts geschlungen, und manche Leggings tragen wie die Gestalten auf den Bildern, die sie am Nachmittag gesehen haben, ein Bein in einer Farbe, das andere in einer anderen, in Gruppen zu Marschmusik tanzen oder tanzend marschieren und Flaggen in die Luft werfen, die, wenn sie sich beim Emporsteigen entrollen, größer als Betttücher sind und beim Herabsinken wieder um die Stäbe wickeln. Erst halten die Flaggenwerfer sie hinter dem Rücken, an die Schultern gedrückt wie eingefaltete Flügel, dann schwenken sie die Flaggen durch die Luft wie riesengroße Schmetterlingsflügel, und andere Mitglieder ihrer Gruppe (das Ganze sieht aus wie die Probe für einen Wettbewerb im Flaggenwerfen) blasen dazu in lange, mittelalterlich aussehende Hörner und schlagen die Trommeln.

Sie, ihre Mutter und Henry stehen mit anderen Zuschauern auf einer historischen Treppe, oberhalb von zwei großen Hinweistafeln, auf denen SPRECHENDE MAUER steht (man kann von beiden Tafeln die Beschreibung für einen Stadtrundgang herunterladen und erfährt von der einen, wo ein Regisseur, den ihre Mutter gut findet, aufgewachsen ist, und von der anderen etwas über einen Giorgio Irgendwer, einen Romanschriftsteller, sagt ihre Mutter, der früher hier gelebt hat). Die Probe ist so laut, dass die beiden Tafeln regelrecht wackeln.

George sieht aber einem Hund nach, der über den Platz läuft, stehen bleibt, an etwas schnuppert und wieder weitertrottet, als sei der Lärm nichts Ungewöhnliches. Vielleicht findet so etwas hier jede Woche statt. Dann schlagen über den Köpfen aller in der Stadt, noch hoch über der am weitesten in die Höhe geworfenen Flagge da und dort Kirchenglocken zur Mitternacht, und die erste Gruppe der Flaggenwerfer, die nun an die Reihe kommt, probt ihre Nummer, als seien alle verzaubert, ohne Trommeln und Hörner, nur begleitet von den ihre Melodie jetzt so leise summenden Musikern, dass es regelrecht lächerlich ist nach dem Getöse der Teams vor ihnen.

Wenn doch nur alle Aufmärsche und aller Prunk so leise abgingen, sagt ihre Mutter.

Do you remember when
Things were really hummin'.

Punkt.

Ist ihre Mutter wirklich tot? Ist das ein ausgeklügelter Schwindel? (Jeder Schwindel, ob im Fernsehen oder Radio, in der Zeitung oder im Internet, wird als ausgeklügelt bezeichnet, egal, ob er ausgeklügelt ist oder nicht.) Hat jemand, ausgeklügelt hin oder her, ihre Mutter verschwinden lassen wie in einer Episode von Spooks – Im Visier von MI5, und sie lebt jetzt unter neuem Namen woanders und darf einfach nur keinen Kontakt zu den Menschen aus ihrem früheren Leben aufnehmen (nicht mal zu ihren eigenen Kindern)?

Denn wie kann jemand auf einmal weg sein?

George hat doch gesehen, wie sie in dem Krankenhausbett lag und sich krümmte. Ihre Haut hatte eine andere Farbe und war mit Striemen bedeckt. Sie konnte kaum sprechen. Etwas sagte sie aber doch ganz zum Schluss dessen, was mit ihr geschah und bevor sie George hinausschickten, weil sie vor der Tür warten sollte, nämlich, dass sie ein Buch sei. Ich bin ein offenes Buch, sagte sie. Kann aber auch sein, sie sagte, sie sei *kein* offenes Buch.

Ich in ei off es uch.

George (zu Mrs Rock) : Ich möchte Ihnen etwas sagen, aber ich glaube, wenn ich es gesagt habe, werden Sie empfehlen, dass ich zu einer gründlicheren Therapie als der geschickt werde, die ich bei Ihnen bekomme, weil Sie mich für komplett paranoid und hysterisch halten.

Mrs Rock : Du glaubst, ich könnte dich für paranoid und hysterisch halten?

George : Ja. Ich versichere Ihnen aber, noch bevor ich es sage, dass ich weder paranoid noch hysterisch bin, auch wenn es sich scheinbar anders anhört, und ich möchte klarstellen, dass ich den Gedanken schon lange vor dem Tod meiner Mutter hatte, die das selber übrigens auch glaubte.

Mrs Rock nickte zum Zeichen dafür, dass sie George zuhörte.

Daraufhin erzählte George Mrs Rock, dass ihre Mutter überwacht und von Spionen verfolgt worden war.

Mrs Rock : Du glaubst, deine Mutter wurde von Spionen verfolgt?

Psychologen werden darin geschult, etwas, was man ihnen gerade gesagt hat, zu wiederholen, aber in Form einer Frage, damit man sich fragt, warum man das gedacht oder gesagt hat. Es war nervtötend.

George erzählte es Mrs Rock trotzdem. Sie erzählte ihr von

dem einen Mal vor fünf Jahren, als ihre Mutter an dem großen Glasfenster eines schicken teuren Hotels im Zentrum von London vorbeiging. Dahinter aßen Leute zu Abend; es waren die Fenster eines Restaurants, und an einem sah ihre Mutter, deutlich erkennbar, einen Politiker oder PR-Mann mit anderen am Tisch sitzen. Zu dem Zeitpunkt war ihre Mutter wütend über einige Politiker gewesen. George wusste nicht mehr, wer da am Fenster gesessen hatte, nur dass es ein Politiker oder PR-Mann war, den ihre Mutter für irgendetwas verantwortlich machte. Jedenfalls holte sie ihren Lippenpflegestift aus dem Rucksack und begann, über dem Kopf des Mannes etwas auf das Glas der Scheibe zu schreiben. Es sah aus wie ein Halo (die Worte ihrer Mutter).

Sie wollte das Wort TARTUFFE an die Scheibe schreiben. Doch sie hatte gerade mal das T, das A und das R geschrieben, sagte George, als schon aus verschiedenen Richtungen Sicherheitsleute auf sie zukamen. Also nahm sie die Beine in die Hand. (Ihre Worte.)

Mrs Rock notierte sich etwas.

Danach geschah zweierlei, sagte George. Nein, dreierlei. Post, die meine Eltern nach Hause geschickt bekamen, und sogar die Post für mich und für Henry, es war ungefähr zu der Zeit, als er Geburtstag hatte, sah öfter aus, als sei sie bereits geöffnet worden. Sie steckte in einer Kunststoffhülle mit der Aufschrift Ihre Sendung wurde leider beschädigt, die die Post nimmt, wenn etwas eingerissen ist. Und dann offenbarte jemand in der Presse, dass meine Mutter zu den interventionistischen Netztaktivisten gehört.

Zu den was?, sagte Mrs Rock.

George erzählte ihr von den Denoncen und den Aktivisten, die schon sehr früh, lange vor allen anderen, in Pop-ups Sachen auf Internetseiten einschleusten, die jemand aufrief, so wie es heute dauernd mit Werbung geschieht. Nur dass die

Denoncen eben in Form von Grafiken oder Bildern oder als Kurzinformationen erschienen.

Meine Mutter gehörte zu den ersten vier, die sich anonym etwas ausdachten, was ins Netz geschleust werden sollte, sagte George. Nach einer Weile machten das Hunderte. Meine Mutter war schon im Abseits, als sie damit anfing, und geriet noch mehr ins Abseits. Es ist eigentlich zum Totlachen, weil sie mit dem Computer gar nicht umgehen kann. Ich meine, konnte, Sie wissen schon.

Mrs Rock nickte.

Jedenfalls war es ihr Job, politische Aussagen durch Kunst und Kunst durch politische Aussagen zu konterkarieren. Zum Beispiel erschien auf einer Seite über Picasso auf einmal ein Kästchen, in dem stand, wussten Sie, dass in Großbritannien 13 Millionen Menschen unterhalb der Armutsgrenze leben. Oder auf einer Politikseite erschien ein Kasten mit einem Gemälde oder ein paar Strophen aus einem Gedicht, solche Sachen. Dann wurde in der Presse bekannt, dass sie zu den Netzaktivisten gehörte, und von da an wurde sie, wenn sie irgendwo einen Artikel über Geld oder über Ökonomie veröffentlichte, von Leuten, die anderer Ansicht waren, als unterkomplex und als politisch voreingenommen bezeichnet.

Als George das sagt, lacht ihre Mutter in Georges Kopf laut auf über die politische Voreingenommenheit. Es gibt niemanden auf der Welt, der nicht voreingenommen wäre, sagt sie. Sie sagt es so, als sänge sie eine schöne Melodie, tra la la. Und unterkomplex, sagt sie, ist eines meiner Lieblingswörter. Sei immer unterkomplex, George. Lass dir das nicht nehmen. Trau dich.

Mrs Rock : Und was war das Dritte, weswegen du dachtest, dass deine Mutter von Spionen überwacht wird?

[Auftritt Lisa Goliard]

George : Ach, nichts. Es waren nur die zwei Sachen.

Mrs Rock : Hast du nicht gesagt, es sei zweierlei, dich dann verbessert und dreierlei gesagt?

George : Ich dachte für einen Moment, es wären drei Sachen gewesen. Aber dann hab ich gemerkt, dass ich eigentlich zwei meinte.

Mrs Rock : Und das sind die zwei, weswegen du glaubst, dass deine Mutter von Spionen überwacht wurde?

George : Ja.

Mrs Rock : Und deine Mutter glaubte das auch?

George : Sie wusste es.

Mrs Rock : Du glaubst, sie wusste es?

George : Wir haben darüber gesprochen. Die ganze Zeit. Das war so was wie ein Dauerscherz. Jedenfalls fand sie es ganz gut. Es hat ihr gefallen, beobachtet zu werden.

Mrs Rock : Du glaubst, es hat deiner Mutter gefallen, beobachtet zu werden?

George : Sie halten mich für verrückt, nicht? Sie denken, ich denke mir das alles bloß aus.

Mrs Rock : Du machst dir Sorgen, dass ich denke, du denkst dir das aus?

George : Ich denke mir gar nicht aus.

Mrs Rock : Ist es dir sehr wichtig, was ich denke oder andere denken?

George : Ja, klar, aber *was* denken Sie, Mrs Rock? Denken Sie gerade, meine Güte, das Mädchen muss in eine viel gründlichere Therapie geschickt werden?

Mrs Rock : Möchtest du denn in eine »viel gründlichere Therapie« geschickt werden?

George : Ich bitte Sie nur, zu sagen, was Sie denken, Mrs Rock.

Da tat Mrs Rock etwas Unerwartetes. Sie wich von ihrer üblichen Methode und ihrem Drehbuch ab und begann George zu sagen, was sie vielleicht wirklich dachte.

In der Antike, sagte sie, gebrauchte man das Wort Mysterium in einem Sinn, der uns heute nicht mehr geläufig sei. Es bedeutete ursprünglich

– das interessiert dich bestimmt, Georgia, denn ich weiß aus unseren Gesprächen, dass dir Bedeutungen wichtig sind, sagte sie –

– Na ja, waren, früher, sagte George.

– das kommt wieder, so viel glaube ich über dich sagen zu können, auch wenn ich mich weit vorwage und ein gewisses Risiko eingehe, wenn ich es sage, sagte Mrs Rock. Jedenfalls bedeutete das Wort ursprünglich ein Schließen des Munds oder der Augen. Es bedeutete, man war sich einig oder verabredete, etwas in sich zu verschließen.

Schließen. In sich verschließen.

Gegen ihren Willen wurde George nun doch neugierig.

Dass manches von Natur aus ein Mysterium war, wurde damals hingenommen und häufig für selbstverständlich gehalten, sagte Mrs Rock. In der Zeit und der Kultur, in der wir heute leben, bedeutet Mysterium aber viel häufiger die Suche nach möglichen Antworten, es geht um die Lösung des Rätsels. Bei einem Kriminalroman zum Beispiel, einem Thriller oder einem Fernsehspiel ist das Interessante, *dass* wir herausfinden, was geschehen ist, darum lesen wir sie ja oder sehen sie uns an. Und wenn wir keine Antwort finden, fühlen wir uns betrogen.

In dem Moment klingelte es zur Pause, und Mrs Rock verstummte. Sie war bis zu den Haarwurzeln und um die Ohren errötet. Sie verstummte, als hätte ihr jemand den Stecker rausgezogen. Klappte ihr Notizbuch zu, und das war, als hätte sie auch ihr Gesicht verschlossen.

Nächsten Dienstag zur gleichen Zeit, Georgia, sagte sie. Ich meine, nach Weihnachten. Am ersten Dienstag nach den Ferien. Bis dann.

George macht die Augen auf. Sie hockt, an ihr Bett gelehnt, auf dem Boden. Henry liegt in ihrem Bett. Die Lampen brennen alle. Sie war eingenickt, und jetzt ist sie aufgewacht.

Ihre Mutter ist tot. Es ist 1.30 Uhr. Heute ist Neujahr.

Von unten dringt Lärm herauf. Es hört sich an, als sei jemand an der Haustür. Davon ist sie wach geworden.

Das wird ihr Vater sein.

Henry wacht auf. Seine Mutter ist auch tot. Die Erkenntnis, sieht George, zieht, drei Sekunden nachdem er die Augen aufgeschlagen hat, über sein Gesicht.

Schon gut, sagt sie. Das ist bloß Dad. Schlaf weiter.

George geht die erste Treppe hinunter und dann die zweite. Bestimmt hat er seinen Schlüssel verloren oder in einer Tasche stecken und ist zu betrunken, die Hand hineinzuschieben oder sich daran zu erinnern, dass er welche hat.

Sie schaut durch den gewölbten Türspion, sieht aber nichts. Da ist niemand.

Dann tritt die Person vor der Tür wieder nach vorn und klopft noch einmal. George staunt.

Es ist ein Mädchen aus ihrer Schule. Helena Fisker.

Die Schultern dunkel vom Regen, die Haare, wie es aussieht, auch ganz schön nass, steht Helena Fisker auf der anderen Seite von Georges Haustür.

Sie klopft noch einmal, und alles an George, die dicht hinter der Tür steht, macht im wahrsten Sinne des Worts einen Satz. Es ist, als klopfe sie an George an.

Helena Fisker war dazugekommen, als George von den debilen Mädchen aus der Neunten bedrängt wurde, bei denen es gerade schwer angesagt war, mit dem Handy die Geräusche urinierender Klassenkameradinnen zu vergleichen. Wenn du ein Mädchen warst und zur Toilette gingst, lachten in der nächsten Stunde alle über dich, weil sie das Geräusch deines Urinierens auf ihre Handys geschickt gekriegt hatten, und dazu einen Film, in dem die Tür der Toilettenkabine aufgeht und du rauskommst. Dann landete das auf Facebook. Zweimal wurde so etwas sogar auf YouTube eingestellt und blieb da mehrere Tage.

Eine Zeitlang sprachen dann alle, die Jungs eingeschlossen, wenn es um jemanden ging (und es sich zufällig um ein Mädchen handelte), nur noch darüber, wie laut oder leise sie beim Urinieren war. Unter den Mädchen war dadurch ein Wahn ausgebrochen, eine existenzielle Angst regelrecht, dass sie vielleicht zu laut urinierten. Sie gingen nun immer zu zweit auf die Toilette, damit eine mithören und sich vergewissern konnte, dass das Urinieren nicht zu laut war.

Eines Tages hatte George die Tür einer Kabine aufgemacht und davor einen Pulk von Mädchen vorgefunden, die sie zwar flüchtig kannte, aber nur vom Sehen, nicht genauer, und die sich alle um eine andere scharten, die ein Smartphone hochhielt.

Als hätten sie es geprobt, hustete und prustete die ganze Meute plötzlich wie aufs Stichwort angewidert in Georges Richtung.

Doch hinter ihnen kam gerade Helena Fisker durch die Tür zu den Toilettenkabinen herein.

Vor ihr hatten die meisten in der Schule ziemlichen Respekt.

Helena Fisker hatte vor kurzem, das wusste George von den Leuten aus dem Kunstunterricht, eine Rüge für die von ihr gestaltete Weihnachtskarte der Schule bekommen. Sie war bekanntermaßen gut in Kunst. Das gezeichnete Rotkehlchen, das sie vorgezeigt hatte, war anscheinend so niedlich gewesen, dass man ihr gleich erlaubte, die Bestellung beim Drucker aufzugeben, und das Formular abstempelte. Der Auftrag wurde bezahlt und die Karten mit dem Namen der Schule auf der Rückseite gedruckt. Der Drucker hatte die fünfhundert Stück in einem großen Karton geliefert.

Beim Öffnen des Kartons hatten sie statt des Rotkehlchens aber die Zeichnung einer total hässlichen massiven Betonmauer in der Sonne vorgefunden.

Helena Fisker hatte, als sie im Büro des Direktors antanzen und auf dem Teppich vor seinem Schreibtisch stehen bleiben musste, angeblich gelächelt, als könne sie die Aufregung gar nicht verstehen.

Aber das ist Bethlehem, hatte sie gesagt.

Jetzt stand die Meute vor George, filmte und quiekte sie an und merkte nicht, dass Helena Fisker hinter ihnen stand. Helena Fisker fing über die Köpfe der Mädchen hinweg Georges Blick ein. Dann passierte was mit ihren Augen.

Helena Fiskers Blick katapultierte alles, was diese Mädchen sagten und taten, ins Land der Lappalien.

Helena Fisker reckte den Arm über die Köpfe der Zwerginnen und nahm der in der Mitte das Handy aus der Hand.

Wie auf Kommando fuhren alle herum.

Hi, sagte Helena Fisker.

Dann nannte sie sie einen Haufen alberner kleiner Wichser. Fragte, warum sie sich alle so für Urin interessierten und was sie für ein Problem hätten. Schob sich an ihnen vorbei und hielt das Smartphone über die Schüssel der Toilette, deren Spülung George gerade gezogen hatte.

Alle kreischten los, am lautesten aber das Mädchen, dessen Telefon es war.

Du hast die Wahl. Film weg oder Smartphone weg, sagte Helena Fisker.

Das ist wasserdicht, du blöde Migrantenkuh, sagte eine.

Hast du gerade Migrantenkuh zu mir gesagt?, sagte Helena Fisker. Toll. Pluspunkt.

Helena Fisker schlug das Smartphone mit der Vorderseite auf den Rand der Toilettenkabine. Kleine Stücke Plastik flogen davon.

Und jetzt testen wir mal, ob dein Telefon wasserdicht ist *und* wie die Schule rassistische Beleidigungen ahndet, sagte sie noch, als George schon hinausging.

Danke, sagte George später, als sie sich vor dem Geschichtsraum anstellten.

Sie hatte vorher noch nie mit Helena Fisker gesprochen.

Ich fand den Vortrag gut, erwiderte Helena Fisker, den du neulich in Englisch gehalten hast. Die Geschichte über den Fernsehturm, die du erzählt hast.

(Sie waren reihum alle drangekommen, nach Sitzordnung, und nun musste George drei Minuten lang über Empathie sprechen. Sie hatte keinen Schimmer gehabt, was sie sagen sollte. Dann hatte Ms Maxwell gesagt, vor der ganzen Klasse, aber sehr leise und nett, es ist in Ordnung, wenn du heute nicht sprechen möchtest, Georgia. Nun wollte George es erst recht machen. Doch als sie aufstand, war ihr Kopf wie leergefegt. Sie hatte also erst mal anhand einiger Beispiele gesagt, was ihre Mutter immer gesagt hatte, nämlich dass es fast unmöglich sei, sich in einen anderen hineinzuversetzen, ganz gleich, ob der in Paraguay lebte oder in derselben Straße wie man selbst, ob er sich gerade im Nebenzimmer aufhielt oder auf dem Stuhl daneben saß, und zum Schluss von einer Popsängerin erzählt, die in den sechziger Jahren einmal im Restaurant des Londoner Fernsehturms, der damals noch Turm der Britischen Post hieß, zu Mittag aß und so empört darüber gewesen war, wie der Oberkellner einen einfachen Kellner herumkommandierte, dass sie das Brötchen nahm, das man ihr gerade mit ihrem Beilagenteller gebracht hatte, und damit nach dem Oberkellner warf und ihn am Hinterkopf traf.)

Das ist alles, worüber sie und Helena Fisker sich bisher unterhalten haben.

Seit dem Vorfall in der Toilette hat sich George allerdings

schon zweimal dabei ertappt, dass sie etwas Unerwartetes gedacht hat. Sie hat, fiel ihr auf, überlegt, ob die Mädchen den von der einen mit dem Smartphone gemachten Film – falls der Speicher überlebt hatte – gelöscht oder vielleicht doch behalten hatten.

Wenn der Film noch existierte, bedeutete das, dass es irgendwo eine Aufnahme von ihr gab, bei der sie über die Köpfe der anderen hinweg Helena Fisker direkt in die Augen sah.

George öffnet die Tür.

Ich dachte, du bist vielleicht nicht zu Hause, sagt Helena Fisker.

Doch, bin ich, sagt George.

Gut. Frohes neues Jahr.

Henry setzt sich im Bett auf, als George und Helena Fisker in Georges Zimmer kommen.

Wer bist du?, sagt Henry.

Ich bin H, sagt Helena Fisker. Wer bist du?

Ich bin Henry. Was ist das für ein Name?, sagt er.

Das ist der Anfangsbuchstabe meines Vornamens, sagt Helena Fisker. Wer mich nicht kennt, sagt in der Regel Helena. Aber ich kenne deine Schwester. Wir sind Schulfreundinnen, darum kannst du auch H zu mir sagen.

Das ist derselbe Anfangsbuchstabe wie bei meinem Vornamen, sagt Henry. Hast du mir was mitgebracht?

Henry, sagt George.

Sie bittet um Entschuldigung. Erklärt Helena Fisker, dass fast jeder, der seit dem Tod ihrer Mutter zu ihnen kommt, Henry ein Geschenk mitbringt, manchmal mehrere.

Bekommst du keine?, sagt Helena Fisker.

Nicht so viel wie er, sagt George. Ich glaub, mich finden sie dafür schon zu alt. Oder sie trauen sich bei mir weniger, mir was zu schenken.

Hat sie nun was mitgebracht oder nicht?, sagt Henry.

Ja, sagt Helena Fisker. Ich hab dir einen Kohlkopf mitgebracht.

Ein Kohlkopf ist kein Geschenk, sagt Henry.

Wenn du ein Kaninchen bist, schon, sagt Helena Fisker.

George muss lachen.

Henry, es ist nicht zu übersehen, findet das auch sehr lustig. Er kugelt sich vor Lachen im Bett.

Deine Haare sind ganz nass, sagt er, als er zu lachen aufhört.

Das kommt davon, wenn man ohne Hut, Kapuze oder Schirm im Regen herumrennt, sagt Helena Fisker.

George geht mit ihr nach hinten zum Bücherbord und zeigt ihr die undichte Stelle, durch die alle paar Minuten Regen auf das oberste Buch auf dem Stapel tropft.

Irgendwann, sagt George, kommt das Dach herunter.

Cool, sagt Helena Fisker. Dann hast du freie Sicht auf die Sterne.

Dann ist nichts zwischen mir und ihnen, sagt George.

Bis auf manchmal der Polizeihubschrauber, sagt Helena Fisker. Der große Himmelsrasenmäher.

George lacht.

Gleich darauf merkt sie etwas und ist überrascht.

Sie merkt, dass sie gelacht hat.

Sie hat sogar zweimal gelacht, einmal bei dem Scherz mit dem Kaninchen und einmal bei dem Rasenmäher.

Als ihr das klar wird, ist sie so überrascht, dass sie gleich noch einmal lachen muss, jetzt aber innerlich.

Macht insgesamt dreimal, dass George seit September im Präsens gelacht hat. Kein Zweifel.

Als H das erste Mal nach Neujahr wieder zu George nach Hause kommt, drückt sie ihr den A4-Umschlag in die Hand, den sie unter der Achsel klemmen hat, zieht die Jacke aus und hängt sie in der Diele auf.

George hält ihr den Umschlag wieder hin.

Der ist für dich, sagt H.

Was ist das?

Das hab ich dir mitgebracht, sagt H. Hab ich aus dem Netz.

George macht den Umschlag auf. Eine Fotografie auf dickem Papier steckt darin. Auf dem Bild ist es Sommer. Zwei Frauen (beide jung, beide zwischen Mädchen und Frau) gehen in einer sehr sonnig wirkenden Stadt eine Straße mit Geschäften entlang. Ist das jetzt oder in der Vergangenheit? Die eine junge Frau ist blond, die andere ist dunkler. Die Blonde, die schmächtigere von den beiden, richtet den Blick auf etwas, das links von ihr, aber auf dem Foto nicht mit drauf ist. Sie hat ein T-Shirt mit einem orange-gelben Muster an. Die Dunkelhaarige ist größer und trägt ein blaues Minikleid mit Streifen am Rocksaum und an den Ärmelbündchen. Die Kamera fängt sie ein, als sie sich gerade der anderen zuwendet. Eine Brise weht, und sie hält sich die Haare aus dem Gesicht. Der Ausdruck der Blonden ist konzentriert, als überlege sie etwas. Die Dunkelhaarige sieht aus, als habe eine eben gemachte Bemerkung sie beeindruckt, und sie wolle gerade ja sagen.

Wer ist das?, sagt George.

Zwei Französinnen, sagt H. Aus den Sechzigern. Ich hab meiner Mutter das von deinem Sechziger-Jahre-Tick erzählt und auch die Geschichte, die du in der Stunde bei Maxwell erzählt hast, die über den Fernsehturm, und sie wollte wissen, welche Sängerin das war, und hat dann nach den Sängerinnen gesucht, die ihr und vor allem auch ihrer Mutter gefallen haben, und dann ist sie sauer geworden, weil ich keine davon kannte, und ich musste sie mir alle auf YouTube ansehen. Und als ich das gemacht hab, dachte ich, die hier (sie zeigt auf die blonde Frau) sieht dir ein bisschen ähnlich.

Echt jetzt?, sagt George.

Meine Mutter sagt, die beiden waren große Stars, sagt H. Nicht zusammen, jede für sich. Sie waren beide sehr bedeutend und haben die französische Musikindustrie verändert. Meine Mutter hat sich gar nicht mehr eingekriegt, ist dann aber vom Thema abgekommen, weil ich ihr das von deiner Mutter gesagt hatte, und sie gleich (H wechselt in einen französisch angehauchten Akzent) *das ist nicht fair, deine Freundin wird die Phasen der Langeweile und der Trauer und der Melancholie verpassen, die so wichtig sind und auf die sie in dem Alter, in dem sie jetzt ist, ein Anrecht hat, denn stattdessen durchlebt sie jetzt echte Trauer und echte Schwermut.* Jedenfalls dachte ich, statt mir weiter ihren Sermon anzuhören, bring ich dir mal das Foto vorbei, da kann ich dich gleich fragen, ob du vielleicht mit mir mitkommen möchtest, zum Parkhaus.

Zu einem Parkhaus?

Ja, dem Mehrgeschosser, sagt H. Hast du Lust?

Jetzt?

Ich garantiere dir, das wird richtig langweilig, sagt H.

George sieht aus dem Fenster. Hs Fahrrad steht draußen an der Hauswand. Ihr eigenes Rad befindet sich mit einem Platten seit dem vorigen Sommer im Schuppen. Sie sieht den

Reifen förmlich vor sich, sinnlos im Dunkeln, und auch das Rad, schräg gegen die Gartengeräte gelehnt.

Okay, sagt sie.

Sie gehen links und rechts von dem Fahrrad, das H schiebt, stadteinwärts. An dem Parkhaus angekommen, steuert George auf die Tür des Fahrstuhls zu, aber H legt den Zeigefinger auf die Lippen und zeigt auf den verglasten Dienstraum des Wächters. Ein Mann in Uniform sitzt darin, der, wie es aussieht, statt des Kopfs eine Zeitung hat. Darunter schläft er. H zeigt auf die Feuerschutztür, die zur Treppe führt. Sehr vorsichtig macht sie eine auf. Sie ist schwer. George stemmt den Fuß dagegen. Als sie sich beide durchgezwängt haben, lässt H sie langsam zugehen.

Es ist ein Montagabend im Februar, so dass kaum Autos da sind. Ein einsamer Allradwagen parkt auf dem obersten Deck, das zugleich das Dach des Parkhauses ist und sich unter freiem Himmel befindet. Der Betonboden ist nass und glänzt im Licht der Parkhauslampen vom Regen.

George und H beugen sich so weit über die Brüstung des Parkdecks, wie sie können (die machen sie so hoch, damit sie weniger verlockend für Selbstmörder ist, sagt H). Sie schauen auf die Dächer ihrer Stadt hinab, deren Straßen fast leer sind und nach dem Regen ebenfalls glänzen. Ab und zu fährt unten ein Auto vorbei. Kaum jemand ist unterwegs.

So wird die Stadt aussehen, wenn ich auch tot bin, denkt George. Und wenn ich spränge, gleich jetzt? Die Stadt wäre noch dieselbe. Sie würden nur den Dreck wegräumen, den ich gemacht habe, und am nächsten Abend würde es regnen oder nicht regnen, die Straßen würden glänzen oder wären stumpf, ab und zu führe unten ein Auto vorbei, und an Tagen, an denen viel los ist, würde sich der Verkehr dort unten stauen, weil die Leute hier parken wollen, um dann einkaufen zu gehen, das Parkdeck würde sich mit Autos füllen und später wieder leeren, und einer nach dem anderen würden die Monate vergehen, bis es wieder Februar wird und noch einmal und noch einmal, Februar um Februar um Februar, und diese historische Stadt wäre weiter ungeniert historisch.

George hört auf, das zu denken, denn H hat inzwischen den Einkaufstrolley geholt, an dem sie vorbeigekommen sind, weil jemand ihn vor dem Fahrstuhl einen Stock tiefer hat stehenlassen; H hat ihn ganz allein durchs Treppenhaus heraufgezerrt.

Der Einkaufstrolley ist noch ziemlich neu. Seine Räder rollen ohne zu viel Lärm auf dem Beton.

Hier, sagt H. Halt mal fest.

George hält den Wagen fest, und H klettert, nein, springt eher mit einem großen Satz hinein. Sie braucht sich bloß an der Seite festzuhalten und in die Luft zu springen, schon ist sie drin. Sehr eindrucksvoll.

Wie sind deine Triumphwagenfahrkünste?, sagt sie.

Sagen wir so, sagt George. Hier steht nur das eine Auto, und wenn ich dich anschiebe, ganz gleich, in welche Richtung, wirst du damit kollidieren. Und wenn du mit viel Glück *nicht* damit kollidierst …

Sie zeigt auf die Auf- und die Abfahrt, die beide extrem steil zum nächsttieferen Geschoss abfallen.

Skispringen, sagt H. Die ultimative Mutprobe.

Sie sieht aus dem Augenwinkel nach schräg oben, wo die Überwachungskamera ist. Springt dann so unangestrengt aus dem Einkaufstrolley heraus, wie sie hineingesprungen ist.

Richtig, sagt sie. Du zuerst.

Sie nickt George zu, weist dann auf den Trolley.

Niemals, sagt George.

Mach schon, sagt H. Vertrau mir.

Nein.

Wir fahren nicht die Abfahrt runter, sagt H. Versprochen.

Ich passe auf. Für einmal reicht die Zeit. Wenn sie auch für zweimal reicht und er weiterschläft und niemand raufkommt, tauschen wir.

Sie rückt den Trolley zurecht.

Wartet.

George kann sich nirgends mit dem Fuß abstützen und muss sich deshalb an den Seiten festhalten und sich irgendwie drüberwerfen und drin umdrehen und wieder aufrichten

(autsch).

Fertig?

George nickt. Sie stemmt sich gegen die Seiten des Einkaufstrolleys, und sie stemmt sich dem entgegen, dass sie so etwas normalerweise nicht tut.

Wie soll ich es machen, bis rüber festhalten oder einmal kräftig anschieben und dann loslassen?, sagt H.

Letzteres.

Sie muss über sich staunen.

Kollidieren. Letzteres. Du verwendest Wörter, die ich sonst von niemandem höre. Du bist wild.

Im wahrsten Sinne des Wortes, sagt George aus dem Korb heraus.

Die wilde Fahrt beginnt, sagt H.

Sie schwenkt den Einkaufswagen so herum, dass George das breite Parkdeck vor sich hat. Lenkt ihn von den Rampen weg. Im nächsten Moment schiebt H mit so kräftigem Stoß an, dass es George ruckartig nach hinten drückt, was sich anfühlt, als führe sie vorwärts und rückwärts zugleich.

Als sie später wieder zu Hause sind, geht George runter und macht Kaffee, und Henry unterhält sich oben in ihrem Zimmer allein mit H.

Genau, das ist sie, sagt H. Die Heldin der Tribute von Pannen.

Es heißt Tribute von Panem, sagt Henry.

Katnuss, sagt H.

Ihr Name ist nicht Katnuss, sagt Henry.

Als George wieder raufkommt, spielen Henry und H Pingpong mit Wörtern.

Henry : So blind wie?

H : Häuser.

(Henry lacht.)

Henry : So sicher wie?

H : Ein Gong.

Henry : So tapfer wie?

H : Ein Rettich.

(Henry kugelt sich auf dem Fußboden vor Lachen über das Wort Rettich.)

H : Okay. Jetzt du.

Henry : Jetzt ich!

H : So scharf wie?

Henry : Ein Rettich.

H : So zufrieden wie?

Henry : Ein Rettich.

H : So taub wie?

Henry : Ein Rettich.

H : Du kannst nicht immer bloß Rettich sagen.

Henry : Doch, kann ich, wenn ich will.

H : Schön, meinetwegen. Du hast recht. Aber wenn du es kannst, kann ich es auch.

Henry : Okay.

H : Rettich.

Henry : Rettich was?

H : Ich spiele auf deine Art. Rettich.

Henry : Nein, spiel ordentlich. So was wie was?

H : So rettich wie … ein … Ret …

Henry : Du sollst ordentlich spielen!

H : Ebenso, Henry. Eben plus so.

Als H um elf heimgeht, kann George es im wahrsten Sinne des Wortes fühlen : Es wird düsterer im Haus, als käme das ganze Licht nicht weiter als bis zu dem Trüben, bevor sich eine Glühbirne richtig erwärmt hat. Das Haus wird so blind wie ein Haus, so taub wie ein Haus, so trocken wie ein Haus, so starr wie ein Haus. George tut alles, was man vor dem Schlafengehen tun soll : wäscht sich, putzt sich die Zähne, zieht die Sachen aus, die sie tagsüber angehabt hat, und die Sachen an, die man über Nacht anhaben soll.

Statt des Nichts, das ihr sonst im Kopf herumschwirrt, wenn sie im Bett liegt, denkt sie jedoch darüber nach, dass H eine Mutter hat, die Französin ist.

Sie denkt darüber nach, dass Hs Vater aus Karatschi und aus Kopenhagen kommt. Es ist, sagt ihr Vater, sagt H, sogar absolut möglich, dass jemand aus dem Norden und dem Süden, aus dem Osten und dem Westen kommt, alles zugleich.

Daher, denkt sie, hat H vielleicht ihre Augen.

Sie denkt an das Foto der beiden Sängerinnen auf ihrem Schreibtisch. Denkt daran, dass sie womöglich eine gewisse Ähnlichkeit mit einer französischen Sängerin aus den sechziger Jahren hat.

Sie wird die Fotografie separat ankleben, wird eine ganze Wand dafür reservieren, wie sie es bei dem Plakat der Filmschauspielerin gemacht hat, das ihre Mutter ihr gekauft hat, als sie in dem Museum in Ferrara die Ausstellung über den Regisseur angesehen haben, den ihre Mutter gut fand und der für seine Filme immer diese Schauspielerin genommen hat.

Sie denkt daran, dass sie noch nie zu zweit mit einem Fahrrad gefahren ist, wo eine auf den Pedalen steht und das Treten übernimmt und die andere auf dem Sattel sitzt und sie um die Taille fasst, aber so locker, dass die sich ungehindert bewegen kann.

Sie denkt daran, wie höflich H war, als sie sich bei dem Wachmann im Parkhaus entschuldigt hat. Zum Schluss hatte es den Anschein, als sei er eher entzückt, auch wenn er ihnen mit der Polizei gedroht hatte.

Schließlich gestattet sie sich, darüber nachzudenken, wie es sich anfühlt, wenn man :

vor lauter Angst den Atem anhält

so schnell fährt und absolut nichts dagegen machen kann

begreift, was hilflos bedeutet

auf glänzendem Boden trudelt und weiß, das geht vielleicht nicht gut aus, ebenso, eben plus so vielleicht aber doch.

Dann wacht sie auf, und es ist ausnahmsweise einmal Morgen, und sie hat, anders als sonst, glatt durchgeschlafen.

Als H sie das nächste Mal zu Hause besucht, hat George nicht mit ihr gerechnet und ist im Arbeitszimmer ihrer Mutter. Sie hat sich hineingeschlichen, was sie eigentlich nicht soll, sitzt am Schreibtisch, das große Wörterbuch aufgeschlagen vor sich, weil sie nachsehen will, ob TAR ohne die Buchstaben, zu denen ihre Mutter nicht mehr gekommen ist, ein eigenständiges Wort ist.

(Ja, aber für ein obskures Musikinstrument.)

Sie sieht sich verschiedene Wörter an, die mit TAR beginnen. Stellt sich ihre Mutter auf der Anklagebank in einem Gerichtssaal vor. Jawohl, Euer Ehren, ich habe ein Wort an die Scheibe geschrieben, etwas über seinem Kopf, aber nicht das Wort, an das Sie denken. Ich wollte das Wort TARZAN schreiben, und das ist, wie Euer Ehren sicher wissen, der Held eines Films aus meiner Jugend, der als junger Mann im Dschungel eine Frau kennenlernt, in die er sich verliebt und mit der er nach England geht, wo sie heiraten und einen Sohn bekommen. Daraus lässt sich leicht schließen, dass das von mir angefangene Wort eine positive Bedeutung haben sollte.

Oder :

Ja, Euer Ehren, aber es sollte das Wort TARTE sein, was, wie Euer Ehren wissen mögen oder nicht, letztlich nichts anderes ist als eine bestimmte Sorte Kuchen, woraus sich leicht schließen lässt, dass usw.

Nein. Ihre Mutter hat sich bei allem, was sie schrieb, nie herausgeredet. Lügen und sich herausreden, das würde George tun, nicht ihre Mutter, wenn sie dabei erwischt würde, dass sie über dem Kopf eines Prominenten ein Wort an eine Fensterscheibe schreibt.

Nicht dass ihre Mutter erwischt worden wäre. Sie konnte gerade noch rechtzeitig abhauen.

George würde garantiert erwischt werden.

Ihre Mutter hätte einfach gesagt, wie es war. Ja, Euer Ehren, ich kann nicht lügen, nach meiner Überzeugung ist er ein Tartuffe, wie er im Buche steht, und deshalb habe ich das Wort geschrieben.

Ich kann nicht lügen. Ja, ich habe den Kirschbaum gefällt. Und weil ich so ehrlich bin, werde ich vielleicht noch zum Präzedens. Nein, nicht Präsident. Präzedens.

Wenn ihre Mutter da wäre, wäre ihr so eine Denonce vielleicht wieder fünf Pfund wert gewesen.

(Aber wird die wertlos, weil ihre Mutter nicht mehr da ist?)

Es gibt noch mehr Wörter, die mit TAR anfangen, TARIF natürlich und TAROT und TARTAN, aber auch TARTARUS, das Schattenreich, das ein Teil der Unterwelt ist und noch unter dem Hades liegt und so tief sein soll, dass ein Amboss, der von der Erde hinabfällt, neun Tage braucht, bis er dort ankommt, ebenso, eben plus so lange, wie der Amboss für seinen Weg vom Himmel zur Erde braucht.

TARTUFFE

(Ich wette, in einer Domstadt, und da treibt sie sich bei den geschnitzten Engeln an der Decke eines phantastischen Doms herum.

Und : *wie geht es dir, was machst du …)*

Alles geheuchelt. Alles falsch.

Diese Falschheit macht sie wütend.

Die George von danach spürt die Wut über die Falschheit, die so tiefe Kerben in die Brust der George von davor geschlagen hat, noch heute.

Sie dreht sich auf dem Stuhl um. H steht in der Tür.

Dein Vater hat mir aufgemacht, sagt sie. Ich bin in dein Zimmer raufgegangen, aber da warst du nicht.

H hatte sich heute in der Schule überlegt, dass es ihnen vielleicht beim Lernen half, wenn sie den Stoff, den sie wiederholen mussten, in Songtexte umwandelten und ihn als Übung zu Melodien von Liedern sangen, die sie beide kannten. Was man so gelernt hat, sagt H, vergisst man nie wieder. Sie haben nächste Woche beide einen schriftlichen Test in Biologie vor sich, und George hat außerdem noch einen in Latein.

Wir könnten Folgendes machen, sagte H : Ich überlege mir die Biologie-Version, wir lernen sie auswendig, und danach übersetzt du sie ins Lateinische und hast gleich doppelt was davon.

Sie standen vor dem Fachraum Geschichte im Flur.

Was meinst du? Überleg doch mal, sagte H.

Ich überlege gerade, sagt George. Wenn wir sterben.

Was?, sagte H.

Glaubst du, dass wir dann noch Erinnerungen haben?, sagte George.

Das war ihre Testfrage.

H wurde nicht einmal unruhig. Sie ließ sich durch nichts aus der Ruhe bringen. Sie zog ein Gesicht, aber es war ein nachdenkliches Gesicht.

Hm, sagte sie.

Zuckte dann die Achseln und sagte :

Wer weiß?

George nickte. Gute Antwort.

Jetzt ist H hier, dreht sich auf einem Fuß und betrachtet die Massen von Bücher- und Zeitungsstapeln und Bildern.

Wow, sagt sie. Was ist das hier?

Was das ist? George dreht sich auf dem Drehstuhl herum, den ihre Mutter extra für dieses Arbeitszimmer angeschafft hat, und ihr Blick fällt auf die allererste Denonce, die ausgedruckt und gerahmt an der Wand hängt. Es ist eine Liste mit den Namen aller Frauen, die gegen Ende des neunzehnten und zu Beginn des zwanzigsten Jahrhunderts drei Jahre lang an einer Kunstakademie in London studiert haben. Die Liste tauchte einen Monat lang ohne weitere Erklärung auf den Webseiten auf, wenn jemand im Internet das Wort Slade eingab (auch wenn derjenige nicht die Akademie, sondern nur die Band mit den alten Männern suchte, die das eine Weihnachtslied geschrieben hatten). Dazu kam es, weil Georges Mutter die Biographie eines berühmten Künstlers aus der Zeit um die Jahrhundertwende gelesen hatte und so auf die Frau dieses Künstlers aufmerksam geworden war, die er an der Kunstakademie kennengelernt hatte. Sie hatte auch dort studiert, war aber noch in jungen Jahren gestorben, weil sie mehr Kinder bekam, als sie körperlich verkraften konnte (Georges Mutter ist Feministin). (War.) Vor ihrem Tod (na ja, offensichtlich) hatte die Frau eine Freundin namens Edna, die auch an der Kunstakademie studiert hatte. Edna war sogar eine der begabtesten Künstlerinnen dort gewesen. Der Mann, den sie heiratete, war sehr wohlhabend. Eines Tages hatte der Mann beim Heimkommen Ednas Farben und Pinsel auf dem Tisch im Speisezimmer ausgebreitet vorgefunden und verlangt, dass sie ihren Unsinn wegräumte. Das war, bevor Henry geboren wurde. George und ihre Mutter und ihr Vater waren im Urlaub in einem gemieteten Ferienhaus in Suffolk. Ihre Mutter las das Buch und kam zu der Stelle, auf der Edna das passierte, und brach im Garten in Tränen aus. Jedenfalls laut der Geschichte. George erinnert sich nicht daran, aber angeblich tobte ihre Mutter wie eine Verrückte im Garten des Ferienhauses herum, und die Zimmervermittlung schickte ihnen später eine Rechnung für zwei Pflanzen, die sie verwüstet hatte. Deine Mutter ist ein sehr leidenschaftlicher Mensch, sagte ihr Vater immer, wenn die Sprache darauf kam. Edna hatte letztlich aber kein schlechtes Leben gehabt, denn ihr Ehemann war nicht lange nach dem Vorfall gestorben, wohingegen sie hundert Jahre alt wurde, viele Bilder in Museen ausstellte und von einer renommierten Zeitung sogar als phantasievollste Künstlerin Englands bezeichnet wurde (obwohl sie einmal einen Nervenzusammenbruch erlitt und ihr Atelier später von einer Bombe getroffen und mit vielen ihrer Werke zerstört wurde).

Das alles rauscht George in dem Bruchteil einer Sekunde durch den Kopf, den es dauert, sich auf dem Drehstuhl ihrer Mutter zu H umzuwenden und zu sagen :

Das ist das Arbeitszimmer meiner Mutter.

Cool, sagt H.

Sie legt ein mit ihrer Schrift bedecktes Blatt Papier neben George auf den Schreibtisch. Hebt das Bild hoch, das auf einem Stapel Briefe obenauf liegt. George schaut nach, was sie hochgehoben hat.

Dieses Bild hat ihr so gefallen, sagt George, dass wir bis nach Italien gefahren sind und es uns angesehen haben.

Wer ist das?, sagt H.

Weiß ich nicht, sagt George. Irgendein Mann halt. An einer Wand. Auf blauem Hintergrund.

Wer hat es gemalt?

Das weiß ich auch nicht, sagt George.

Sie blickt nach unten auf den Song, den sie ins Lateinische übersetzen soll. Sie hat keine Ahnung, was DNS auf Lateinisch heißen könnte.

Zur Melodie von Wrecking Ball :

(1. Strophe)

Herr Friedrich Miescher fand das Nuklein / 18–6–9, es war

in Eiter drin / Crick, Watson und Ros Franklin sahn / zwei Stränge sind verdrillt in einer Bahn. / Doppelhelix in 19–5-3 / Röntgenfoto in 19–5-2. / Franklin starb am Nobelpreis vorbei. / Leben nicht 1 Strang, sondern 2.

(Refrain)

G – A – T – C und D – NA / Desoxyribonuklein / Guanin-Adenin-Thymin-Cytosin / die Verdrillung ist mal / po-o-sitiv / yeah, und mal / ne-e-gativ.

(2. Strophe)

Pflanzen, Pilze und Tiere, alle sind / Eukaryoten / Bakterien und Archäen / die Prokaryoten. / Immer ist es A&T oder aber G&C, / anders geht es nie. / Zwei lange Chromosomen, drei Lettern die Codonen. / I will always want you.

H steht immer noch da und sieht sich das Bild des Mannes in Lumpen an.

Die letzte Zeile steht bloß aus metrischen Gründen da. Bis mir was anderes einfällt.

Sie hält das Bild des Mannes hoch.

Aus welcher geschichtlichen Zeit ist das?, sagt sie.

Es ist aus einem Palazzo, sagt George. Wenn du in der Bildersuche Ferrara Palazzo eingibst, Ferrara ist der Ort, an dem wir es gesehen haben, findest du es bestimmt.

Sie schaut wieder auf den Song.

Ich glaub nicht, dass ich davon mehr als drei oder vier Zeilen ins Lateinische übersetzen kann, sagt sie. Vieles sieht sowieso wie Griechisch aus.

Mach mal die letzte Zeile, sagt H.

Und grinst irgendwie dazu. Sieht George aber nicht an, sondern weiter auf das Bild des zerlumpten Mannes.

Die einzige Zeile, die wir nicht brauchen und nicht nehmen wollen, und ausgerechnet die möchtest du als erste auf Lateinisch?

Ich würde sie eben gern auf Lateinisch hören, sagt H.

Sie grinst jetzt breit und sieht George immer noch nicht an. Setzt sich auf den Fußboden.

Sie wartet.

Okay, sagt George. Aber darf ich dich zuerst etwas fragen?

Yep.

Es ist rein hypothetisch, sagt George.

Das ist nicht meine Stärke, sagt H. Ich kippe schon mal um, wenn ich eine Spritze bloß sehe.

George steht vom Stuhl ihrer Mutter auf und setzt sich im Schneidersitz zu H auf den Fußboden.

Was, wenn ich dir sagen würde, dass meine Mutter, als sie noch lebte, überwacht worden ist, sagt sie.

Aus gesundheitlichen Gründen, oder warum?, sagt H. Im Rahmen einer Diät?

George senkt die Stimme, denn ihr Vater mag es nicht, wenn sie davon anfängt, *sie hat sich das ausgedacht, um sich von ihrem Leben abzulenken, und was glaubst du, wie ich mich dabei fühle, George? Und du denkst es dir aus, um dich von ihrem Tod abzulenken. Sie war albern und unreif. Das bist du auch. Nimm dich zusammen. Interpol und der MI5, der MI6 und der MI7 waren an deiner Mutter nicht interessiert.* Er hat ihr eingeschärft, das zu lassen, und wird schon mal laut, wenn George davon anfängt, auch wenn er sonst meist sehr behutsam mit ihr spricht, jetzt, wo alles so Nach-dem-Tod ist.

Von Leuten aus dem, du weißt schon. Wie im Fernsehen, sagt George. Nur eben nicht wie im Fernsehen, nicht mit Bomben oder Waffen oder Folter oder so. Da war nur so eine Frau, die irgendwie ein Auge auf sie hatte.

Oh, sagt H. Die Form von Überwachung.

Wenn ich so was sagen würde, sagt George, würden dir dann Wörter wie wahnhaft und paranoid einfallen oder muss mit Medikamenten behandelt werden?

H überlegt. Nickt schließlich.

Das würde dir einfallen?

Lebt nicht in der Wirklichkeit, sagt H.

In Georges Brust gibt etwas nach. Letztlich ist ihr eine Last genommen, die Art Last, nach der sich alles wund anfühlt, man selber sich aber befreit vorkommt.

H ist noch nicht fertig. Da wird deine Mutter wohl einem Mythos aufgesessen sein, sagt sie.

Das ist kein Witz, sagt George.

So war es auch nicht gemeint, sagt H. Wir leben schließlich nicht in mythischer Zeit, als der Minotaurus im Labyrinth noch Jungfrauen verspeiste. Als ob die Polizei zum Beispiel jemals die Eltern überwachen würde, wenn sie eigentlich untersuchen müsste, wer deren Sohn ermordet hat, oder als ob die Presse Prominenten nachstellen und sogar Toten hinterherschnüffeln würde, um Geld aus ihnen herauszuschlagen. Alles Mythen. So etwas gibt es in unserer Welt nicht.

Ha, sagt George.

Als ob die Regierung uns überwachen würde, sagt H. *Unsere* Regierung doch nicht. In den Ländern, wo es keine Demokratie gibt und die weniger gut und zivilisiert sind, da würden die Regierungen das mit *ihren* Bürgern natürlich machen. Aber doch nicht bei uns. Ich meine, vielleicht überwachen sie ja bestimmte Leute, auf die sie ein Auge haben müssen. Aber bei ganz normalen Leuten, da machen die so was nicht, sie über ihre E-Mails oder Handys ausspionieren oder über die Spiele, die sie auf dem Handy spielen. Oder als würden das die Läden machen, in denen wir immer unsere Sachen einkaufen. Du täuschst dich, du bist verrückt. Überwachung, das gibt es nicht, das ist ein Mythos. Deine Mutter war was? Politisch aktiv? Sie hat Artikel über Geld veröffentlicht? Und das Netz ein bisschen aufgemischt? Warum sollte jemand sie überwachen? Deine Hirngespinste sind gefährlich. Jemand sollte ein Auge auf *dich* haben.

Sie blickt auf.

Ich würde es machen, sagt sie. Ich hätte es gemacht, wenn es um dich geht.

Wenn es um dich gegangen wäre, sagt George stumm in ihrem Kopf.

Ich hätte für umsonst ein Auge auf dich gehabt, sagt H.

Sie sieht George lachend und ernst zugleich in die Augen.

Oder wenn es um dich ginge, denkt George.

Sie legt sich flach auf den Teppich ihrer Mutter. Den hat ihre Mutter in einem Antiquitätengeschäft unweit der Mill Road gekauft. Na ja, Antiquitäten. Trödelladen kommt eher hin.

H streckt sich so neben ihr aus, dass ihre Köpfe auf gleicher Höhe sind.

Beide Mädchen starren an die Decke.

Das Problem ist, Frau Doktor, sagt H.

Ihre Stimme dringt von meilenweit weg an Georges Ohr, denn sie überlegt gerade, woran man erkennt, was Antiquitäten sind und was bloß alter Trödel, und wie ihre Mutter ihr den Unterschied erklärt hätte.

Ich bin mehr so, sagt H.

Mehr was?

Na ja, sagt H, und ihre Stimme klingt seltsam verändert. Eben mehr so.

Oh, sagt George.

Ich glaube, sagt H, ich bin von Natur aus mehr fürs Handfeste als fürs Hypothetische.

Und streckt dabei die Hand aus und fasst nach Georges Hand.

Hs Hand hat nicht einfach bloß nach Georges Hand gefasst, sondern ihre Finger mit Georges Fingern verschränkt.

In dem Moment ist dort, wo in Georges Gehirn die Wörter lagern, auf einmal alles weg.

Hs Hand hält ihre für einen Augenblick fest und lässt dann wieder los.

Ja?, sagt sie. Nein?

George bringt kein Wort heraus.

Ich kann langsamer, sagt H. Ich kann warten. Ich kann warten, bis es richtig ist. Kann ich alles.

Dann sagt sie :

Aber vielleicht bist du nicht …

George bringt kein Wort heraus.

Vielleicht bin ich nicht …, sagt H.

Dann steht Georges Vater in der Tür, Gott weiß, wie lange schon. George setzt sich auf.

He, Mädchen, sagt er. George. Du weißt, ich möchte nicht, dass du hier drin bist. Es ist nichts sortiert. Da sind wichtige Sachen dabei, ich möchte nicht, dass hier irgendetwas durcheinandergebracht wird. Außerdem dachte ich, du wolltest dich heute ums Abendessen kümmern, George.

Mach ich auch, sagt George. Ich wollte gerade anfangen, bin praktisch schon auf dem Weg.

Bleibt deine Freundin zum Essen?, sagt ihr Vater.

Nein, Mr Cook, ich muss nach Hause, sagt H.

Sie liegt immer noch auf dem Boden.

Du kannst gern mitessen, Helena, sagt Georges Vater. Es ist jede Menge da.

Danke, Mr Cook, sagt H. Das ist wirklich nett von Ihnen. Ich werde zu Hause erwartet.

Aber zum Essen kannst du doch noch bleiben, sagt jetzt auch George.

Nein, sagt H.

Sie steht auf.

Bis bald, sagt sie.

Im nächsten Moment ist sie schon aus dem Zimmer hinaus.

Und wieder einen Moment später hört George die Haustür zugehen.

George legt sich wieder auf den Teppich.

Sie ist kein Mädchen. Sie ist ein Felsblock.

Ein Stück Mauer.

Sie ist etwas, an das andere Dinge ohne ihre Erlaubnis und ohne ihr Einverständnis anschlagen.

Es ist vorigen Mai in Italien. George, ihre Mutter und Henry sitzen nach dem Abendessen draußen am Tisch vor einem Restaurant in einem Laubengang unweit des Castellos. Ihre Mutter hält ihnen (na ja, George, denn Henry macht ein Computerspiel) einen ellenlangen Vortrag über die Technik der Freskenmalerei, und wie man bei Fresken in einer anderen italienischen Stadt, die bei einer schweren Überschwemmung in den sechziger Jahren beschädigt wurden, als die Behörden und Restauratoren sie abnahmen, um sie zu restaurieren, so gut es ging, auf Vorzeichnungen stieß, die von den Künstlern angefertigt worden waren, und diese Vorzeichnungen unterschieden sich in manchen Fällen erheblich von der Oberfläche, was man ohne die Beschädigung überhaupt nicht entdeckt hätte.

George hört nur mit halbem Ohr hin, denn das Spiel, das sich Henry auf dem iPad ansieht, heißt Injustice, und dafür ist er, findet George, noch viel zu klein.

Was für eines ist es denn?, sagt ihre Mutter.

Das, in dem die Comic-Helden alle zu Bösen mutiert sind, sagt George. Es ist wirklich sehr brutal.

Henry, sagt ihre Mutter.

Sie zieht Henry einen Ohrstöpsel aus dem Ohr.

Was ist?, sagt Henry.

Such dir zum Spielen was mit weniger Gewalt, sagt seine Mutter.

Okay, sagt Henry. Wenn ich muss.

Du musst, sagt seine Mutter.

Henry steckt sich den Ohrstöpsel wieder rein und klickt das Spiel weg. Klickt stattdessen auf Horrible Histories. Nicht lange, und er kichert in sich hinein. Noch mal nicht lange, und er ist mit dem Kopf auf dem iPad am Tisch eingeschlafen.

Aber was war zuerst da?, sagt ihre Mutter. Die Henne oder das Ei? Das Bild unter oder das Bild auf der Oberfläche der Wand?

Das Bild darunter war zuerst da, sagt George. Denn es wurde zuerst gezeichnet.

Aber das erste und meistens auch das einzige Bild, das wir sehen, sagt ihre Mutter, ist das an der Oberfläche. Und bedeutet das, dass es schließlich doch zuerst kommt? Und bedeutet das wiederum, dass das andere Bild, wenn wir davon nichts wissen, vielleicht gar nicht existiert?

George tut einen tiefen Seufzer. Ihre Mutter zeigt nach drüben zur Mauer des Castellos. Ein Bus fährt vorbei. Ein Reklamebild bedeckt sein gesamtes Heck, eine Madonna mit Kind wie von früher, nur dass die Mutter dem Jesuskind zeigt, wie man etwas auf dem iPad googelt.

Wir sitzen hier und essen zu Abend, sagt ihre Mutter gerade, und sehen uns alles an, was uns hier umgibt. Und da drüben, direkt vor unseren Augen. Wenn das ein Abend vor siebzig Jahren wäre …

… ja, *ist* es aber nicht, sagt George. Es ist *heute*.

… würden wir von diesem Tisch aus sehen, wie Menschen vor der Mauer aufgereiht und erschossen werden. Direkt neben der Stelle, wo die Plätze für die Cafébar sind.

Ach. Großer Gott, sagt George. *Mum* Woher *weißt* du das überhaupt?

Wäre es besser oder schlechter oder wahrer oder falscher, wenn ich es nicht wüsste?, sagt ihre Mutter.

George zieht ein finsteres Gesicht. Geschichte ist grässlich. Sie ist ein Berg von Leichen, die unter den großen und kleinen Städten in die Erde drängen in den nicht enden wollenden Kriegen, den Hungersnöten und Seuchen, von all denen, die verhungert oder beseitigt oder zusammengetrieben und erschossen oder gefoltert wurden und krepierten oder vor Schlössern an die Wand gestellt wurden oder sich an Straßengräben aufreihen mussten und niedergemäht wurden. George findet Geschichte entsetzlich, und das einzig Gute daran ist, dass sie meistens endgültig vorbei ist.

Und was war hier zuerst da?, sagt ihre unausstehliche Mutter gerade. Was wir sehen oder wie wir sehen?

Ja, klar, aber das, was da passiert ist, die Erschießung, das ist ewig her, sagt George.

Gerade mal zwanzig Jahre, bevor ich auf die Welt kam, sagt ihre Mutter, und nun sitze ich hier.

Geschichte, schon uralt, sagt George.

Genau wie ich, sagt ihre Mutter. Und trotzdem sitze ich hier. Ich bin immer noch da.

Aber *das* nicht mehr, sagt George. Das war nämlich damals. Und jetzt ist heute. Das nennt man *Zeit.*

Geht etwas so einfach weg?, sagt ihre Mutter. Existieren irgendwelche Dinge nicht oder hören auf zu existieren, bloß weil wir nicht direkt vor uns sehen, wie sie geschehen?

Ja, wenn sie vorbei sind, sagt George.

Und was ist mit den Dingen, die direkt vor uns geschehen

und die wir trotzdem im Grunde nicht sehen?, sagt ihre Mutter.

George verdreht die Augen.

Total sinnlose Diskussion, sagt sie.

Warum?

Also schön. Das Castello, sagt George. Wir haben es direkt vor uns, ja?

So ist es.

Ich meine, sagt George. Du kannst nicht anders, als es sehen. Es sei denn, du hast etwas an den Augen. Und selbst wenn du etwas an den Augen hättest, könntest du immer noch hingehen und es anfassen, könntest auf die eine oder andere Weise feststellen, dass es da steht.

Allerdings, sagt ihre Mutter.

Aber auch wenn es dasselbe Castello ist wie damals, als es gebaut wurde, und seine Geschichte hat, sagt George, und so viel passiert ist, mit ihm und in ihm drin und darum herum und so weiter ad infinitum, hat das nichts damit zu tun, dass wir jetzt hier sitzen und es ansehen. Außer dass es eine Sehenswürdigkeit ist, weil wir Touristen sind.

Haben Touristen einen anderen Blick als andere Leute?, sagt ihre Mutter. Und wie kann es sein, dass du in der Stadt aufgewachsen bist, in der du aufgewachsen bist, und nicht darüber nachdenkst, was die Gegenwärtigkeit des Vergangenen bedeutet?

George gähnt demonstrativ.

Der beste Ort auf der Welt, um zu lernen, wie man das ignoriert, sagt sie. Ich hab da alles gelernt, was ich je wissen muss. Vor allem über Tourismus. Und über das Aufwachsen inmitten von historischen Gebäuden. Es sind bloß Gebäude. Du redest dauernd hochtrabendes Zeug, von wegen dass irgendwas mehr bedeutet, als es wirklich bedeutet. Wie ein Flowerpower-Dauerrausch ist das, als hätte man dir das Hippietum in der Kindheit eingeimpft und als könntest du gar nicht anders, als alles symbolisch zu sehen.

Dieses Castello, sagt ihre Mutter, wurde auf Anweisung des estensischen Hofs gebaut. Die Este waren die Familie, die in dieser Provinz Hunderte von Jahren regiert haben und auf die vieles zurückgeht, was hier in der Kunst und Poesie und Musik entstanden ist. Und damit auch in der Kunst und Literatur und Musik, die daran anknüpfte und die für dich und mich eine Selbstverständlichkeit ist. Ohne Ariost, der seine Erfolge als Künstler diesem Hof verdankte, wäre Shakespeare ein ganz anderer geworden. Falls es überhaupt einen Shakespeare gegeben hätte.

Kann schon sein, aber das ist doch *heute* nicht mehr von Belang.

Weißt du, Georgie, es gibt nichts, was nicht mit allem anderen zusammenhängt.

Du sagst immer Georgie zu mir, wenn du mich bevormunden willst.

Die Erde, auf der wir leben, ist auch keine flache Scheibe, sagt ihre Mutter. Dieses Castello und diese Stadt wurden vor vielen belanglosen Jahrhunderten von einer Familie erbaut, deren Titel und deren Erblinie mehr oder weniger direkt bis zu Franz Ferdinand führen.

Der Band?

Genau. Der Pop-Band, die 1914 in Sarajevo einem Attentat zum Opfer fiel, woraufhin der Erste Weltkrieg ausbrach.

Der Erste Weltkrieg ist nächstes Jahr ganze hundert Jahre her, sagt George. Dass der noch für uns wichtig ist, kannst du ja wohl nicht behaupten.

Was? Der Erste Weltkrieg, in dem dein Urgroßvater, übrigens zufällig mein Großvater, im Schützengraben nicht nur einmal mit Senfgas beschossen wurde, sondern sogar zweimal? Was dazu führte, dass er und deine Urgroßmutter sehr arm waren, weil er mit seiner Krankheit nicht arbeiten konnte und früh starb? Von dem ich die Lungenschwäche geerbt habe? Für uns nicht wichtig?, sagt ihre Mutter. Und dann der Zerfall der Balkanstaaten und der Beginn territorialer Konflikte im Nahen Osten zwischen Juden und Palästina, der Bürgerkrieg in Irland, die politischen Umwälzungen in Russland und die politischen Umwälzungen im Osmanischen Reich, der Ruin Deutschlands und die Wirtschaftskrise und die sozialen Unruhen dort, was alles großen Anteil am Aufkommen des Faschismus hatte und zu einem neuen Krieg führte, in dem zufällig deine Großmutter und dein Großvater – übrigens zufällig meine Mutter und mein Vater – gekämpft haben, beide damals gerade mal zwei, drei Jahre älter als du heute? Nicht wichtig? Für uns?

Ihre Mutter schüttelt den Kopf.

Was?, sagt George. *Was?*

Eine wohlbehütete Kindheit in Cambridge, sagt ihre Mutter.

Und lacht leise in sich hinein. Dieses Lachen macht George wütend.

Warum habt ihr, du und Dad, es euch dann als Wohnort ausgesucht, wenn ihr nicht wolltet, dass wir da aufwachsen?

Ach, weißt du, sagt ihre Mutter. Gute Schulen. Die Nähe zu London. Ein lebhafter Immobilienmarkt, der auch eine Rezession übersteht. Alles, worauf es im Leben wirklich ankommt.

Meint ihre Mutter das ironisch? Schwer zu sagen.

Ein dichtes Netz von Tafeln für die Zeit, wenn du aus der Schule kommst und dein Vater und ich es uns nicht leisten können, dich auf die Universität zu schicken *und* dich zu ernähren, und für später, wenn du mit der Universität fertig bist, sagt ihre Mutter.

Es ist total verantwortungslos, so etwas zu sagen, sagt George.

Dafür ist sie aber neu und modern, meine Verantwortungslosigkeit, sagt ihre Mutter.

Die Tische ringsum leeren sich. Es ist schon spät und merklich kühler. Es hat geregnet, während sie hier in dem Laubengang beim Essen gesessen und sich gestritten haben. Ihre Mutter zieht einen Pullover aus ihrer Handtasche. Reicht ihn George, damit sie ihn Henry um die Schultern legt. Dann holt sie ihr Handy aus der Tasche. Schaltet es ein. *Schlechtes Gewissen und Wut.* Schaltet es einen Moment später wieder aus. George ist vor schlechtem Gewissen so übel, dass sie sich fast übergeben muss. Schnell denkt sie sich eine Frage aus, die nach dem Geschmack ihrer Mutter ist.

Der Palazzo, den wir uns heute angesehen haben, du weißt, welchen ich meine?

Mhm, sagt ihre Mutter.

Glaubst du, dass da auch Künstlerinnen beteiligt waren?

Ihre Mutter vergisst das Telefon in ihrer Hand und legt sofort los (genau wie George geahnt hat).

Sie erzählt George, dass es unter den bekannten Renaissancemalern auch Frauen gab, allerdings nicht viele, ihr Anteil war verschwindend klein. Sie weiß von einer Malerin namens Katharina, die von den hiesigen Herrschern großgezogen wurde, in dem Castello da drüben, weil sie die Tochter eines Adligen war. Eine Frau am estensischen Hof hatte sie unter ihre Fittiche genommen und dafür gesorgt, dass sie eine erstklassige Ausbildung erhielt. Dann war Katharina in ein Nonnenkloster eingetreten, was eine gute Entscheidung war, wenn man eine Frau war und malen wollte. Während ihrer Zeit in dem Kloster wurde sie berühmt, schrieb nebenbei Bücher und malte Bilder, deren Existenz aber erst bekannt wurde, als sie gestorben war.

Ihre Bilder sind recht hübsch, sagt ihre Mutter. Und man kann Katharina heute noch sehen.

Du meinst, erspüren, was für ein Mensch sie war, wenn man ihre Bilder anschaut und so, sagt George.

Nein, ich meine es so, wie ich es gesagt habe. In natura.

Wie denn?

In einer Kirche in Bologna, sagt ihre Mutter. Als sie heiliggesprochen wurde, grub man ihre Gebeine aus – von verschiedenster Seite ist bezeugt, wie süß der Geruch war, als man sie ausgrub …

Mum, sagt George.

… und fertigte einen Schrein für sie in einer ihr geweihten Kirche, in der man sie noch sehen kann; sie ist mit den Jahren zwar schwarz geworden, sitzt aber nach wie vor in dem Schrein und hält ein Buch und irgendeine heilige Monstranz in der Hand.

Das ist verrückt, sagt George.

Aber dass es das sonst noch einmal gegeben hätte?, sagt ihre Mutter. Nicht dass ich wüsste. Eher unwahrscheinlich, dass Frauen an den Fresken mitgewirkt haben. An den erhaltenen, die wir heute gesehen haben, sicher nicht. Aber wenn ich etwas darüber schreiben müsste, keine Ahnung, einen Aufsatz oder eine Dissertation, würde ich über die Vagina auf dem einen Bild bestimmt einen guten Text zusammenbringen …

Mum, sagt George.

Wir sind in Italien, George, keine Bange, es versteht doch kein Mensch, was ich sage, sagt ihre Mutter und demonstriert die Raute auf ihrem eigenen Brustbein, die Vagina, die man an dem schönen Arbeiter in Lumpen in dem blauen Feld sieht, der männlichsten und kraftvollsten Gestalt im ganzen Raum, gegen den der Herzog, um den es eigentlich geht und der die Hauptfigur sein soll, stark abfällt, womit sich der Künstler bestimmt Ärger eingehandelt hat, vor allem, weil es die Gestalt eines Arbeiters oder Sklaven ist, noch dazu eines Schwarzen oder Juden. Und darüber, dass die offene Form auf seiner Brust ihr Gegenstück in dem Strick findet, den der Arbeiter um die Taille trägt und den der Künstler als Symbol für den herabhängenden und zugleich erigierten Phallus gestaltet hat …

(ihre Mutter hat mal Kunstgeschichte studiert)

… außerdem über die Mehrdeutigkeiten in Bezug auf Sex und Gender, die das gesamte Werk durchziehen …

(und ein Frauenstudium absolviert)

… zumindest in dem Teil der Fresken, die von diesem Künstler stammen. Oder, noch genauer gesagt, darüber, dass die dritte Gestalt, der effeminierte Junge, das knabenhafte Mädchen wiederum, einen Ausgleich zu der kraftvollen Männlichkeit des Arbeiters schafft und mit dem Pfeil und dem Reifen ein Symbol des Männlichen und des Weiblichen in Händen hält. Allein schon damit könnte ich einigermaßen schlüssig begründen, dass der Schöpfer der Fresken eine Frau war, wenn ich es müsste. Aber ist es auch wahrscheinlich?

Wie macht sie das bloß, sich auch noch merken, dass sie das alles *gesehen* hat?, denkt George. Ich war im selben Raum, hab mir genau dasselbe angesehen wie sie, wir standen an derselben Stelle, und ich hab davon *nichts* gesehen.

Ihre Mutter schüttelt den Kopf.

Eher nicht, George, ich muss es leider sagen.

Am Abend putzt sich ihre Mutter vor dem Schlafengehen im Bad die Zähne. In der Zeit, in der man Fresken malte, war dieses Hotel ein Privathaus von irgendwem. Es heißt Prisciani Suite und war sogar das Wohnhaus von jemandem, der etwas mit der Entstehung der Fresken in dem Palazzo zu tun hatte, in dem sie sich heute die Bilder angesehen haben (das steht neben der Tür auf einer langen Informationstafel, und George, die kein Italienisch kann, hat versucht, es zu entziffern). Man sieht noch Reste der originalen Fresken, zwischen denen der Hausbesitzer damals gewohnt hat, an den Wänden ihres Zimmers – George hat sie sogar angefasst. Sie reichen die ganze Wand hinauf, auch oben am Zwischengeschoss vorbei, wo Henry in einem schmalen Einzelbett schläft. Man kann sie anfassen, wenn man will. Nirgends steht, dass das verboten wäre. Pellegrino Prisciani. Pellegrino, wie das Mineralwasser, hatte sie gesagt. Und wie der Vogel, hatte ihre Mutter gesagt. Welcher Vogel?, hatte George gesagt. Der Wanderfalke, Falco peregrinus. Pellegrino ist auch das italienische Wort für Pilger oder Wanderer und hat irgendwann auch die Bedeutung hinzugewonnen, die wir als Namen dieses Vogels kennen.

Gibt es etwas, was ihre Mutter nicht weiß?

Das Hotel ist voller Kunst. Über dem Bett, in dem sie und ihre Mutter schlafen werden, hängt ein modernes Werk von einem italienischen Künstler der Gegenwart. Es ist wie ein riesiges Auge geformt, hat an einem Ende aber einen Propeller wie ein Flugzeug, nur dass der Propeller aussieht wie aus riesigen Ahornsamen gemacht. Am oberen Rand des Metallstreifens – oder woraus die Pupille da gemacht ist – sitzt ein Schneckenhaus, und das ganze Gebilde bewegt sich sehr langsam in der Luft über dem Bett und erzeugt den Eindruck, als bewege die Schnecke sich ebenfalls, auch wenn sie das offensichtlich nicht tut. An der Wand hängt eine Tafel zu dem Kunstwerk. Leon Battista Alberti regalò a Leonello d'Este un manoscritto in cui compariva il disegno dell'occhio alato. Questa raffigurazione allegorica rappresenta l'elevazione l'intellettuale : l'occhio simbolo della divinità, le ali simbolo della velocità, o meglio della conoscenza intuitiva, la sola che permette di accedere alla contemplazione e alla vera conoscenza. Leon Battista Alberti, wer immer das war, schenkte Leonello d'Este (wichtig, wenn er ein Este war, denn die waren, das weiß George schon, so etwas wie die Könige von Ferrara) eine Handschrift, in der, irgendetwas über vergleichen und eine Zeichnung und einige Wörter, die George nicht kennt.

Das eine, occhio, könnte aber Auge oder Augen heißen, nicht bloß weil das Kunstwerk ja wohl ein Auge ist, sondern weil es zum Beispiel auch das Wort Okular gibt. Und irgendwas über Allegorie, repräsentieren und geistige Erhebung, das Auge symbolisiert Heiligkeit, irgendetwas symbolisiert Geschwindigkeit, blabla, Intuition, Kontemplation …

George gibt auf.

Das Handy ihrer Mutter liegt, in der Hülle, auf ihrem Nachttisch.

Schlechtes Gewissen und Wut. Wut und schlechtes Gewissen.

Es gibt etwas, wovon ihre Mutter nichts weiß, denkt George, als sie zu dem Auge hinaufsieht.

Das riesige Auge dreht sich von allein in der Luft über dem Bett, und George leuchtet darunter auf und verblasst wieder, als ob ihr ganzes Ich eine kaputte Neonröhre wäre.

George hat die Kunst satt. Hat die Nase voll davon, dass die immer so schlau ist.

Ich muss dir was beichten, sagt sie, als ihre Mutter aus dem Bad kommt.

Aha, sagt ihre Mutter. Und das wäre?

Ich habe etwas getan, was ich nicht hätte tun sollen, sagt George.

Was denn? Ihre Mutter bleibt in der Mitte des Zimmers stehen, den Tiegel mit der Feuchtigkeitscreme in der einen, den Deckel in der anderen Hand.

Ich hab schon seit Monaten ein schlechtes Gewissen, sagt George.

Ihre Mutter stellt die Sachen weg, kommt herüber und setzt sich zu ihr aufs Bett.

Liebling, sagt sie. Schluss damit, mach dir keine Gedanken. Was immer es ist, alles ist verzeihlich.

Wäre mir neu, wenn *das* verzeihlich wäre, sagt George.

Das Gesicht ihrer Mutter ist voller Anteilnahme.

Okay, sagt sie. Raus damit.

George erzählt ihrer Mutter nichts davon, dass sie in ihr Handy gesehen und den SMS-Wechsel gefunden hat, in dem es um das Verlieren der Stimme und um die geschnitzten Engel ging. Sie erzählt ihr bloß von dem Tag, an dem das Handy ihrer Mutter auf der Anrichte in der Küche aufleuchtete und George am Namen Lisa Goliard den Grund dafür sah.

Ja, und?, sagt ihre Mutter.

Den Teil, in dem das über die Augen ihrer Mutter stand, lässt George lieber weg.

Da stand : Wie geht es dir, was machst du, wo bist du & wann sehen wir uns wieder.

Ihre Mutter nickt.

Es ist bloß, sagt George. Ich hab eine Antwort geschickt.

Ja? Eine SMS von dir?

Eine von dir, sagt George.

Von mir?

Ich hab sie so geschrieben, als wäre ich du, sagt George. Ich hab ein ganz schlechtes Gewissen deswegen. Ich hätte das nicht lesen, nicht in deine Privatsphäre eindringen und mich schon gar nicht als du ausgeben dürfen. Ich weiß.

Was hab ich denn geschrieben? Weißt du das noch?, sagt ihre Mutter.

Auswendig.

Und?

Es tut mir sehr leid, Lisa, aber ich verbringe gerade viel gemeinsame Zeit mit meiner Familie und bin so erfüllt von dem Schönen, das ich mit meinem Mann und zwei Kindern erlebe, dass ich mich längere Zeit nicht mit dir werde treffen können, sagt George.

Ihre Mutter platzt laut heraus vor Lachen. George ist verblüfft. Ihre Mutter lacht, als sei das das Lustigste, was sie seit langem gehört hat.

Ach, du bist herrlich, George, wirklich, du bist zu gut, sagt sie. Hat sie zurückgesimst?

Ja, sagt George. Hat sie. Sie hat geschrieben : Alles in Ordnung bei dir, du klingst gar nicht wie du.

Ihre Mutter schlägt vor Entzücken mit der flachen Hand aufs Bett.

Da hab ich zurückgeschrieben, sagt George : Alles bestens, danke, ich bin nur mit zeitaufwendigen Familienangelegenheiten beschäftigt, und die nehmen mich so in Anspruch, dass ich kaum mehr dazu komme, auch nur ins Handy reinzusehen. Ich melde mich bei dir, du brauchst dich nicht bei mir zu melden. Bis irgendwann. Und dann hab ich meine SMS gelöscht. Und dann ihre.

Ihre Mutter lacht so herzhaft und so laut, dass Henry, der über ihnen schon geschlafen hat, davon aufwacht, die Treppe herunterkommt und wissen will, was los ist.

Als sie Henry wieder ins Bett gebracht und beruhigt haben, legen sie sich auch hin. Ihre Mutter schaltet das Licht aus. Sie horchen, ob Henrys Atemzüge gleichmäßiger werden. Werden sie bald.

Dann erzählt ihre Mutter George im Dunkeln leise diese Geschichte :

Eines Tages warte ich am King's Cross vor dem Geldautomaten, da steht eine Frau vor mir, ungefähr im selben Alter wie ich.

Im gleichen, sagt George.

George, sagt ihre Mutter. Wessen Geschichte ist das?

Entschuldigung.

Sie lächelt mir zu, weil wir beide warten müssen. In der Tasche, die sie neben sich am Boden hat, sind lauter interessante Sachen, Rollen kunsthandwerkliches Papier, ein großes Knäuel grünes Garn oder Wolle oder starker Bindfaden, jede Menge Stifte und Bleistifte und Werkzeug aus Metall und

Lineale. Jedenfalls, sie kommt dran, tippt ihre PIN ein und klopft plötzlich auf ihre Jackentaschen, kramt in der offenen Tasche und sucht den Boden rings um ihre Füße ab, und ich : Suchen Sie etwas? Kann ich behilflich sein? Und sie schlägt sich mit der flachen Hand an die Stirn und sagt : *Seit wann bin ich bloß so, dass ich panisch überlege, wo meine Bankkarte sein könnte, wenn ich am Automaten stehe, Geld ziehen will und die Karte vor der Nase habe, nur halt vergessen, dass sie schon im Automaten steckt?* Ich muss lachen, das kommt mir bekannt vor. Wir plaudern ein bisschen, ich frage sie nach den Papierrollen in ihrer Tasche, und sie erzählt mir, dass sie Bücher gestaltet, Einzelstücke, man könnte sagen, Kunstbücher, Bücher, die wie Kunstwerke sind. Du kennst mich. Ich gleich Feuer und Flamme. Wir haben Mailadressen getauscht.

Ungefähr vierzehn Tage später finde ich eine Nachricht von dieser Frau in meinem Posteingang. *Was hältst du davon?*, mehr stand da nicht, und als ich den Anhang öffnete, waren es Fotos eines wunderschönen Büchleins, mit allen möglichen Farben, von Hand geschriebenen Zeilenkringeln und Ziffern, fast wie bei Matisse, und ich habe ihr geantwortet, dass es mir richtig gut gefällt, und sie wieder zurückgemailt : *Aber sollte ich etwas anderes mit meinem Leben anfangen?* Ich war verblüfft über diese doch sehr persönliche Frage von einer Fremden an eine praktisch Fremde und schrieb zurück : *Möchtest du denn etwas anderes mit deinem Leben anfangen?* Dann hab ich nichts mehr gehört und sie wieder vergessen. Und dann spricht sie mir eines Tages auf die Mailbox und lädt mich zum Mittagessen ein, was merkwürdig war, denn ich konnte mich nicht erinnern, ihr meine Telefonnummer gegeben zu haben, du kennst mich, die gebe ich nie weiter. Sie würde mir gern etwas zeigen, höre ich, und ich soll sie vorher in ihrer Werkstatt besuchen.

Der Besuch war aufregend. Da gab es jede Menge Drucktypen, die in halb und ganz aufgezogenen Schüben lagen, überall standen Tinten und Farben, Schneidemaschinen, eine alte Druckerpresse und Flaschen mit Flüssigkeiten drin, Fixative, Farben, keine Ahnung. Ich fand's toll.

Was sie mir aber zeigen wollte, war ein Glaskasten. Sie machte auf Bestellung eine Buchreihe für jemanden, der drei solche Exemplare wollte, die aber in einem geschlossenen Glaskasten geliefert werden sollten. Die Bücher hätten also all diese wunderschön gestalteten Seiten, aber niemand sollte sie sich ansehen können, zumindest nicht ohne Glasbruch.

Sie saß da und sagte : Ich stecke in einer Zwickmühle, Carol. Mach ich mir die Mühe und gestalte die Bücher schön mit Text und Bildern, oder rauhe ich bloß die Seitenränder auf, damit es so aussieht, als wär etwas drin, wische und biege und schmiere ein bisschen daran herum, damit es richtig nach Arbeit aussieht, liefere sie ab, lasse mir mein Geld geben und komme damit durch, dass ich kaum etwas daran gemacht habe? Entscheide ich mich dafür, ein Scharlatan zu sein, oder mache ich mir einen Haufen Arbeit auf die Gefahr hin, dass sie nie jemand sehen wird?

Wir gingen Mittag essen und wurden ziemlich betrunken. Sie sagte : *Es erregt mich, dass ich dir beim Essen zusehen kann*, und ich sagte : Was? Wirklich, so etwas erregt dich?

Aber trotzdem. Wie schmeichelhaft. Jemand wollte mir beim Essen zusehen.

Krank, sagt George.

Ihre Mutter unterdrückt ein Lachen.

Sie wurde mir immer sympathischer, sagt sie. Sie war gehemmt und anständig, anarchisch und unverschämt und voller Überraschungen, war banal und wild zugleich, wie ein böses Mädchen in der Schule. Und sie war reizend und mir gegenüber sehr zuvorkommend und lieb. Aber da war noch etwas, ein Fünkchen. Sie sah mich an, und ich wusste, das war etwas

Echtes, und das gefiel mir, mir gefiel, dass sie mir und meinem Leben diese Beachtung schenkte. Als sei sie daran interessiert, wie es mir alle Tage ging und was mich tagsüber alles beschäftigte. Und dann hat sie mich geküsst, ein einziges Mal. Richtig, ich meine, gegen eine Wand gedrückt, ein richtiger Kuss …

O Gott, sagt George.

Genau dasselbe hat dein Vater auch gesagt, sagt ihre Mutter.

Du hast es Dad erzählt?

Natürlich, sagt ihre Mutter. Ich erzähle deinem Dad alles. Jedenfalls, Liebes, wusste ich hinterher, dass es ein Spiel ist. Nach einem Kuss weiß man immer, woran man mit jemandem ist. Es war ein ziemlich guter Kuss, George, er hat mir gefallen. Und trotzdem …

(*Das verzeihe ich ihr nie*, denkt George.)

… spürte ich danach, dass irgendetwas nicht stimmte, sagt ihre Mutter. Sie löcherte mich ständig mit Fragen : wo ich bin, was ich gerade mache, mit wem ich es mache, mit wem ich mich sonst noch treffe oder arbeite, das vor allem, und woran ich gerade arbeite, worüber ich schreibe, was ich von diesem oder jenem halte, das ging in einem fort, und ich dachte, tja, das ist ein bisschen wie bei der Liebe, so zwanghaft, wenn Menschen verliebt sind, fragen sie nach den merkwürdigsten Sachen, vielleicht *ist* es ja Liebe, vielleicht kommt es mir einfach deshalb so verquer vor, weil es eine Liebe ist, die nur zum Ausdruck gebracht werden kann, wenn wir beide in Kauf nehmen, unser Leben über den Haufen zu werfen. Und das war nicht meine Absicht, George. Ich weiß, was ich für ein gutes Leben habe. Und sie, vermutete ich, hatte das genauso wenig vor, sie hat ja auch ein Leben, einen Ehemann, Kinder. Nehme ich zumindest an. Ich hab jedenfalls mal Fotos gesehen.

Und dann kam der Tag, an dem ich sie in der Werkstatt besuchen wollte, ohne mich vorher anzukündigen. Ich hab angeklopft, und eine Frau in einem Overall machte mir die Tür auf, und ich fragte nach Lisa, und sie : Wer? Lisa Goliard, sage ich, die Buchgestalterin, das ist ihre Werkstatt, und die Frau sagt, nein, so heiße ich nicht, ich bin die und die, und das ist *meine* Werkstatt, kann ich Ihnen behilflich sein? Und ich wieder : Aber sie vermieten Ihre Werkstatt manchmal an andere Drucker oder Buchgestalter, ja?, und sie sieht mich an, als ob ich verrückt wäre, und sagt, sie sei wirklich sehr beschäftigt, und ob sie irgendetwas für mich tun könne, und erst als ich wieder ging, dämmerte mir, dass ich Lisa in der ganzen Zeit, die ich sie nun kannte, und das waren inzwischen zwei Jahre, nicht einmal in der Werkstatt hatte arbeiten oder irgendetwas machen sehen. Wir hatten immer bloß da gesessen und uns unterhalten, ich hatte nie gesehen, dass sie etwas schrieb oder ein Buch band oder etwas druckte oder Papier beschnitt.

Als ich wieder zu Hause war, suchte ich online nach ihr und fand wieder nur dieselben Seiten wie früher, auf einer stand immer noch Seite im Aufbau, dazu ein Link zu einem Buchhändler in Cumbria, aber sonst kaum etwas. Eigentlich gar nichts. Kein Hinweis.

Als existierte sie fast nicht, sagt George. Sie existierte nur gerade so.

Dass jemand online nicht auffindbar ist, besagt noch nichts, sagt ihre Mutter. Sie hat mit Sicherheit existiert. Existiert mit Sicherheit.

In einem Film oder einem Roman käme heraus, dass sie eine Spionin ist, sagt George.

Ich weiß, sagt ihre Mutter.

Es klingt fröhlich, wie sie das im Dunkeln neben George sagt.

Möglich ist es. Es ist keineswegs unmöglich. Auch wenn es unwahrscheinlich ist. Es würde mich nicht überraschen. Unser Kennenlernen war seltsam, eigentlich war alles sehr seltsam. Es ist, als ob jemand mein Leben unter die Lupe genommen und genau geplant hätte, wie er meine Aufmerksamkeit gewinnt und mich, wenn er sie hat, an der Nase herumführt. Auch eine Kunst. Außerdem ist sie eine nette Spionin. Falls sie eine ist.

Nette Spione, gibt es das?, sagt George.

Früher hätte ich so was nicht behauptet, sagt ihre Mutter. Wir haben sogar darüber gesprochen, haben ständig darüber gewitzelt. Ich sage zu ihr, du bist beim Geheimdienst, nicht wahr?, und sie, die Frage kann ich dir leider nicht beantworten.

Hast du ihr gesagt, dass du das mit ihrer Werkstatt spitzgekriegt hast?, sagt George.

Ja. Ich hab ihr erzählt, dass ich dort war und dass mir jemand anders aufgemacht hat. Sie hat gelacht und gesagt, ich hätte die andere Frau angetroffen, die ab und zu da arbeitet, sie sei die Besitzerin des Hauses. Die hatte Angst, die Behörde, die Stadtverwaltung könnte erfahren, dass sie Räume untervermietet, und behauptete, wenn sie gefragt wurde, deshalb immer steif und fest, außer ihr sei da niemand. Als sie mir das erzählte, dachte ich, na ja, das klingt plausibel, das ist die Erklärung, und merkte, dass ich zugleich dachte, na ja, damit ist es *weg*erklärt. Wegen dieser widersprüchlichen Gefühle hab ich mich wohl schließlich von ihr zurückgezogen.

George, was ich sagen wollte, du wirst das wahrscheinlich erst verstehen, wenn du älter bist …

Herzlichen Dank, sagt George.

Nein, sagt ihre Mutter. Es ist wirklich nicht herablassend gemeint. Aber um zu verstehen, was ich dir sagen will, muss man ein gewisses Alter erreicht haben. Manches braucht wirklich Zeit. Denn auch wenn ich vermutlich hereingelegt worden bin, gab es da etwas. Und das war aufrichtig, war leidenschaftlich. Es blieb unausgesprochen. Blieb der Intuition überlassen. Der Vorstellungskraft. Allein das war aufregend. Soll heißen, es hat mir gefallen. Auch wenn ich an der Nase herumgeführt worden bin. Am meisten aber, Schatz, das Gesehenwerden. Das Beobachtetwerden. Das macht das Leben sehr, ach, ich weiß nicht. Prickelnd.

Prickelnd?, sagt George. Was soll das denn heißen?

Dass jemand einem zusieht, sagt ihre Mutter, das hat etwas.

Aber eine Spionin und Lügnerin?

Sehen und Gesehenwerden, Georgie, ist nie ganz unkompliziert.

Sind.

Was?

Sind nie ganz unkompliziert, sagt George. Hast du Dad erzählt, dass sie eine Spionin ist? Was hat er gesagt?

Er sagte (und jetzt spricht ihre Mutter in einem Ton, der der ihres Vaters sein soll) : Carol, kein Mensch überwacht dich. Das ist der Ausdruck von etwas Halbbewusstem. Dich reizt, dass sie zur Mittelschicht gehört. Sie reizt, dass du aus der Arbeiterklasse kommst. Das ist die klassische paranoide Klassenfixierung, und ihr macht ein pubertäres Drama daraus, damit euer Leben interessanter wird.

Weiß Dad denn nicht, dass es nicht mehr bloß drei Klassen, sondern hundertundfünfzig verschiedene Gesellschaftsschichten gibt, in die wir uns einordnen können?, sagt George.

Ihre Mutter lacht neben George im Dunkeln.

Wie auch immer, Liebling. Spiele nutzen sich ab. Ich wurde es ein bisschen leid. Vorigen Winter hab ich den Kontakt zu ihr einschlafen lassen.

Ja, ich weiß.

Ich war ein bisschen geknickt deswegen, sagt ihre Mutter. Weißt du?

Wissen wir alle, sagt George. Du warst unausstehlich.

Ach ja? Ihre Mutter lacht leise. Sie hat mir gefehlt. Sie fehlt mir noch. Es kam mir vor, als hätte ich eine Freundin. Sie *war* meine Freundin. Und, Gott, George, irgendetwas daran gab mir das Gefühl, zugelassen zu sein.

Zugelassen?, sagt George. Das ist der blanke Wahnsinn.

Ich weiß. Als dürfte ich sein, sagt ihre Mutter. Als besäße ich *Daseinsberechtigung*. Ich musste lachen, als es mir klar wurde. Dann kam ich mir, na ja, irgendwie besonders vor. Wie eine Gestalt in einem Film, die mit einem Mal in eine Aura aus Licht gehüllt ist. Kannst du das nachvollziehen?

Ehrliche Antwort? Nein, sagt George.

Können wir unsere Grenzen denn nie überschreiten?, sagt ihre Mutter. Nie über uns hinausgehen? Werde ich, was dich betrifft, jemals mehr sein dürfen als deine Mutter?

Nein, sagt George.

Und warum ist das so?

Weil du meine Mutter bist.

Aha. Verstehe. Jedenfalls hab ich es sehr genossen, solange es dauerte. Bin ich verrückt, George?

Ehrliche Antwort? Ja, sagt George.

Jetzt weiß ich wenigstens, warum sie mich nicht mehr angesimst und gefragt hat, warum ich mich nicht melde. Haha!, sagt ihre Mutter.

Gut so, sagt George.

Sehr komisch, sagt ihre Mutter.

Deine Lisa Goliard oder wer immer sie in Wirklichkeit, wenn sie nichts vorgaukeln muss, wirklich ist, kann sich wieder ins Land der Spione verpissen, sagt George.

Es folgt ein kurzes missbilligendes Schweigen, und George spürt, dass sie zu weit gegangen ist. Dann sagt ihre Mutter :

Bitte keine solchen Ausdrücke, George.

Ist okay. Er schläft.

Er vielleicht. Aber ich nicht, sagt ihre Mutter.

Sagte.

Das war damals.

Jetzt ist heute.

Jetzt ist Februar.

Aber ich nicht.

Ihre Mutter ist jetzt gar nichts mehr.

George liegt im Bett, hat die Hände im Nacken verschränkt und denkt an das eine Mal in ihrem Leben, dass sie Lisa Goliard leibhaftig gesehen hat.

Sie wollten alle zusammen nach Griechenland in Urlaub, waren schon frühmorgens um halb sieben am Flughafen, wollten sich in einem Pret Frühstück holen, und George drehte sich gerade zu ihrer Mutter um und wollte sie bitten, ihr ein warmes Sandwich mit Tomaten und Mozzarella mitzubringen. Doch ihre Mutter war nicht da. Sie war zurückgeblieben, stand weiter hinten und sprach mit einer Frau mit langem Haar, das weiß schimmerte, obwohl die Frau jung und schön war, was George schon von hinten erkannte. Und ihre Mutter sah aus, das war ja äußerst seltsam, als stünde sie wie auf Zehenspitzen, nicht? Als reckte sie sich, wie um etwas oben aus dem Regal zu ziehen oder einen Apfel hoch oben im Baum zu pflücken. Die Frau beugte sich vor, legte die Hand auf die Schulter von Georges Mutter und gab ihr einen Kuss auf die Wange, und als die Frau sich für einen letzten Gruß noch einmal umdrehte, erhaschte George einen Blick auf ihr Gesicht.

Wer war das?, fragte George ihre Mutter.

Ihre Mutter fand gar kein Ende. Rein zufällig getroffen, die Freundin, die Bücher gestaltet, wie groß ist die Wahrscheinlichkeit, na, was für ein Zufall.

Ihre Mutter, sah George, bekam noch mehr Farbe.

Es dauerte lange, bis die Farbe ihrer Mutter wieder normal war. Es dauerte den halben Griechenlandflug – fast ganz Nordeuropa –, bis die Röte sich gelegt hatte.

In dem Mythos lässt der König von Kreta für den Minotaurus, ein halbmenschliches Wesen mit einem Stierkopf, als Gefängnis ein Labyrinth errichten. Von Zeit zu Zeit muss dieser König, dessen Frau den Minotaurus geboren hat, ihm lebende Jünglinge und Jungfrauen als Opfer darbringen. Das Ungeheuer wird aber von einem Helden mit einem Schwert besiegt, und der besiegt das Labyrinth mit einem einfachen Garnknäuel. Geht nicht so die Geschichte?

George steht auf, läuft vor zur Tür und zieht ihr Handy aus der Tasche ihrer Jeans, die an der Rückseite hängt. Es ist 1.23 Uhr. Ein bisschen spät, um jemandem zu simsen.

Sie simst H.

– *Ich muss dich was fragen.*

Es kommt keine Antwort. George simst noch einmal.

– *Hast du das mit dem Mythos und dem Labyrinth gesagt, weil du es stierisch blöd von mir findest, dass ich glaube, sie wurde überwacht?*

Dunkel.

Nichts.

George zieht im Bett die Beine an. Versucht an gar nichts zu denken.

Am nächsten Tag in der Schule mag H aber nicht richtig mit George sprechen. Nicht dass sie unfreundlich wäre, sie ist höflich und nickt, ist aber immer kurz angebunden. Vielleicht hält H George eben doch für paranoid und verrückt. Nicht dass H ihr nicht antwortet, wenn George sie anspricht, sie setzt das Gespräch nur nicht fort und wendet sich gleich wieder ab, was eine längere Unterhaltung nicht gerade erleichtert.

Das wird besonders schwierig, weil sie für das Empathie / Sympathie-Projekt in Englisch ja Zweiergruppen bilden und über unterschiedliche Ansichten diskutieren sollen, und das muss bis Freitag fertig sein und als Vortrag vor der Klasse gehalten werden. H steht aber immer wieder auf und geht zu dem anderen Tisch, wo der Drucker steht, und druckt sich Sachen aus, und der Tisch steht auf der Seite des Klassenzimmers, wo drei Mädchen sitzen, mit denen H befreundet ist, George aber weniger. Wenn sie zurückkommt, dreht sie sich zur Seite, schreibt sich was auf und antwortet nur, wenn George sie direkt anspricht. Sie tut es auf nette Weise, ist aber sichtlich desinteressiert.

Es ist Dienstag, und George hat Mrs Rock.

Ich glaub, ich bin vielleicht kein sehr leidenschaftlicher Mensch, sagt George.

Seit Weihnachten lässt Mrs Rock es sein, immer zu wiederholen, was George gesagt hat. Ihre neue Taktik ist, dazusitzen und zuzuhören, ohne etwas zu sagen. Erst kurz vor Ende der Stunde erzählt sie George eine Geschichte oder macht Anmerkungen zu einem Wort, das George verwendet hat, oder zu etwas anderem, das ihr bei dem, was George erzählt hat, aufgefallen ist. Das bedeutet, die Stunden bestehen nun aus einem langen Monolog von George und einem Epilog von Mrs Rock.

Heute früh habe ich meinen Vater gefragt, sagt George, ob er findet, dass ich ein leidenschaftlicher Mensch bin, und er hat gesagt, ich finde, du bist auf jeden Fall sehr ehrgeizig, George, und wenn du etwas willst, treibt dich schon viel Leidenschaft an, aber ich glaube, er wollte mich bloß abwimmeln. Mein Vater weiß sowieso nicht, ob ich leidenschaftlich bin oder nicht. Und dann machte mein kleiner Bruder gleich auf seinem Handrücken Geräusche wie beim Küssen, und das war meinem Vater peinlich, und er hat das Thema gewechselt, und als wir zur Tür raus sind, um in die Schule zu gehen, hat sich mein kleiner Bruder auf der Auffahrt neben den Van meines Vaters gestellt und dauernd gesagt, da wäre auch viel Leidenschaft im Antrieb, das wäre ein leidenschaftlicher Antrieb, und ich kam mir blöd vor, richtig idiotisch, weil ich überhaupt vor allen am Tisch davon angefangen hatte.

Mrs Rock sitzt still da wie eine Statue.

Macht dann zwei, die heute nicht richtig mit George sprechen wollen.

Drei, wenn man ihren Vater mitzählt.

In George, die hier auf Mrs Rocks bequemem Besucherstuhl sitzt, regt sich eine Sturheit. Sie macht den Mund zu. Verschränkt die Arme. Schaut aus dem Augenwinkel auf die Uhr. Es ist erst zehn nach. Sechzig Minuten der Stunde liegen noch vor ihr (es ist eine Doppelstunde). Sie macht keinen Mucks mehr.

Tick tick tick.

Neunundfünfzig.

Mrs Rock sitzt George gegenüber an ihrem Tisch wie das Festland vor einer Insel, nachdem die letzte Fähre des Tages längst abgelegt hat.

Schweigen.

Fünf Minuten vergehen in diesem Schweigen.

Schon diese fünf Minuten vergehen wie eine Stunde.

George überlegt, ob sie es riskieren soll, unverschämt die Ohrstöpsel aus der Tasche zu ziehen und Musik auf dem Handy zu hören. Aber das kann sie nicht machen, oder doch? Denn das ist ihr neues Handy, und sie hat damit noch keine Musik heruntergeladen, obwohl sie es schon zwei Monate hat. Da ist nur der Song drauf, den H für sie heruntergeladen und zu dem sie gestern den Text für die Hausaufgabe zur DNS geschrieben hat.

I will always want you.

Dieses want hier ist gar kein so einfaches Wort, denn es gibt volo, was ich will heißt, normalerweise aber nicht für ein belebtes Objekt verwendet wird. Desidero? Ich fühle das Bedürfnis nach, ich begehre. Amabo? Ich werde lieben.

Und wenn ich niemals lieben werde, was dann? Wenn ich nie begehren werde? Nie wollen werde?

Numquam amabo?

Mrs Rock, würde es Sie stören, wenn ich etwas simse?, sagt George.

Du möchtest mir etwas simsen?, sagt Mrs Rock.

Nein, nicht Ihnen.

Dann stört es mich, Georgia, denn wir hatten vereinbart, dass wir in der Beratungsstunde ein Gespräch miteinander führen, sagt Mrs Rock.

Na ja, sagt George. Nur tun wir das eben nicht, sondern sitzen bloß da und sagen nichts.

Es ist deine Entscheidung, Georgia. Du entscheidest, wie du die Zeit mit mir nutzen möchtest.

Sie meinen die Zeit, in der ich, weil irgendwer das bei einer Schulversammlung so entschieden hat, sagt George, zu Ihnen gehen und in Ihrem Zimmer sitzen muss, damit Sie mich alle schön überwachen und mir dabei zusehen können, wie ich durch ein Labyrinth renne, weil sie herauskriegen wollen, wie ich den Tod meiner Mutter verkrafte.

Dich überwachen?, sagt Mrs Rock.

Wie bitte?

Du sagtest, dich überwachen, sagt Mrs Rock.

Nein, sagt George. Das müssen Sie in Ihrem Kopf selber gedacht haben und behaupten aus irgendeinem Grund jetzt, ich hätte das gesagt.

Mrs Rock schaut entsprechend verwirrt. Sie notiert sich etwas. Dann sieht sie George wieder mit genau derselben ausdruckslosen Offenheit an wie vor diesem Wortwechsel.

Und außerdem. Wenn ich entscheiden kann, wie ich die Zeit nutze, kann ich mich auch dafür entscheiden, in der Zeit eine SMS zu schicken, sagt George.

Nicht, wenn sie nicht für mich bestimmt ist, sagt Mrs Rock.

Und falls du es doch tust, bekommst du Ärger. Du weißt ja, dass ich dein Telefon konfiszieren muss, wenn ich dich dabei sehe, dass du es außerhalb der Mittagspause auf dem Schulgelände aus der Tasche holst und benutzt. Und dass du es dann nicht vor Ende der Woche zurückbekommst.

Gilt diese Regel sogar in der Beratungsstunde?, sagt George.

Mrs Rock steht auf. Es ist schockierend, dass sie das tut. Sie nimmt sich ihren Mantel vom Haken an der Tür und öffnet die Tür.

Komm mit, sagt sie.

Wohin?

Komm schon.

Brauche ich eine Jacke?, sagt George.

Sie gehen durch den Flur an allen Klassenzimmern vorbei, in denen Schüler im Unterricht sitzen, durch die Eingangstür hinaus und am Schulgebäude entlang bis zum Tor. Mrs Rock geht durch. George folgt ihr.

Kaum sind sie zum Tor hinaus, bleibt Mrs Rock stehen.

Jetzt kannst du dein Handy hervorholen, Georgia, ohne gegen Regeln zu verstoßen, sagt sie.

George holt ihr Handy aus der Tasche.

Mrs Rock kehrt ihr den Rücken zu.

Jetzt kannst du deine SMS schicken, sagt sie.

– *Semper heißt immer*, schreibt George. *Und es gibt ein gutes Wort : usquequaque. Das bedeutet überall oder in jeder Hinsicht. Perpetuus bedeutet ununterbrochen oder fortwährend, und continenter bedeutet unaufhörlich. Ernsthaft verwenden kann ich die aber alle nicht, denn im Moment sind es für mich bloß Wörter.* Dann drückt sie auf Senden.

Als sie wieder in Mrs Rocks Zimmer sitzen, sind nur noch zehn Minuten der Stunde übrig.

Ungefähr um die Zeit rücken Sie immer ein bisschen nach vorn und erzählen mir die Geschichte oder sagen das, was Sie sich als Abschluss für die Stunde vorgenommen haben, sagt George.

Ja, aber ich finde, heute solltest du die Stunde abschließen, Georgia. Das Thema, das für uns heute entstanden ist, war ja Sprechen und Nicht-Sprechen und wann, wo und wie wir beides tun. Darum finde ich es wichtig, dass wir uns aus der Schulstruktur herausgenommen haben und du den Kontakt herstellen konntest, der für dich vordringlich war.

Dann spricht Mrs Rock einen Moment darüber, was das Aussprechen bestimmter Dinge bedeutet.

Es bedeutet, bestimmte Dinge zur Sprache bringen zu wollen. Gleichzeitig bedeutet es alle Dinge, die nicht gesagt werden können, auch wenn man den Versuch unternimmt, manches in Worte zu fassen.

Mrs Rock meint es gut. Sie ist eigentlich sehr nett.

Wenn sie nachher geht und ihr Handy checkt, erklärt George, wird sie hinter der SMS, die sie dank Mrs Rocks Freundlichkeit vorhin abschicken durfte, das kleine rote Ausrufungszeichen und daneben das Symbol für nicht zugestellt vorfinden, denn man kann an eine Telefonnummer, die es nicht mehr gibt, keine SMS schicken; ausgeschlossen.

Du hast eine SMS geschickt, obwohl du wusstest, dass deine Nachricht denjenigen nicht erreichen kann?, sagt Mrs Rock.

George nickt.

Mrs Rock schaut erstaunt. Blickt dann rasch auf die Uhr.

Wir haben noch zwei Minuten, Georgia, sagt sie. Gibt es noch etwas, was du heute in die Stunde einbringen oder unbedingt loswerden möchtest?

Nö.

Sie sitzen anderthalb Minuten schweigend da. Dann ertönt die Klingel.

Nächsten Dienstag um dieselbe Zeit, Georgia, sagt Mrs Rock. Bis dann.

Als George nach Hause kommt, steht H vor ihrer Haustür.

Es ist das dritte Mal, dass H zu George nach Hause kommt.

Ich dachte, du sprichst nicht mehr mit mir / was, wenn ich niemals lieben / niemals begehren / niemals jemanden haben wollen werde / ich bin vielleicht kein sehr /

Hi, sagt George.

Hi, sagt H. Tut mir echt leid. Wirklich.

Ist schon okay.

Mir war heute richtig elend, sagt H. Ich war zu nichts in der Lage.

Dann erzählt H ihr, sie habe gestern Abend erfahren, dass ihre Familie nach Dänemark zieht.

Wer?, sagt George. Du?

H nickt.

Von hier weg?

H nickt.

Für immer?, sagt George.

H sieht weg, dann George aber wieder an.

Kann man jemanden, der noch zur Schule geht, so einfach mitten im Jahr von der Schule nehmen?, sagt George.

H zuckt die Achseln.

Wann?

Anfang März, sagt H. Die Arbeit meines Vaters. Er ist jetzt in Kopenhagen. Er hat schon eine tolle Wohnung für uns gefunden.

Sie sieht ganz unglücklich aus.

George zuckt die Achseln.

Empathie / Sympathie?, sagt sie.

H nickt.

Ich hab meine Notizen mitgebracht.

Sie setzen sich unten an einen Tisch. H schaltet ihr iPad an.

Sie hat sich überlegt, dass sie eine Präsentation über den Maler machen könnten, von dem das Bild ist, das Georges

Mutter so gut gefallen hat, dass sie bis nach Italien gefahren ist, um es sich anzusehen. H hat noch andere Bilder dieses Malers gefunden und ein paar Details aus seiner Biographie.

Viel gibt es aber nicht, sagt sie. In den spärlichen Informationen, die man über ihn findet, heißt es immer, dass man nur wenig über ihn weiß. Sie wissen nicht genau, wann er geboren wurde, und dass er gestorben ist, wissen sie bloß, weil das in einem Brief erwähnt wird, vielleicht an der Pest, und er war 42, steht in dem Brief, so dass sie das ungefähre Geburtsdatum berechnen können, aber niemand ist sicher, in welchem Jahr genau, es könnte das eine oder das andere sein. Und es gibt den einen Brief aus seiner Feder, von dem deine Mutter dir erzählt hat, der an den Herzog, in dem er bessere Bezahlung verlangt hat. Eines seiner Bilder befindet sich in London in der National Gallery, und es gibt eine Zeichnung im British Museum. Es gibt auf der ganzen Welt nur fünfzehn oder sechzehn Sachen von ihm. Glaub ich jedenfalls. Das meiste, was ich mir angesehen hab, wurde auf Italienisch angezeigt. Ich hab's mit Google übersetzt.

H liest George etwas vor.

Cossa war ein Opfer der Pest, die zwischen 1477 und 1478 in Bologna infierì … 78 wäre das wahrscheinlichste Datum sein, Jacken in der Krankheit in diesem Jahr kamen aus Rohheit.

Jacken was?, sagt George.

Jacken in der Krankheit in diesem Jahr kamen aus Rohheit, sagt H noch einmal. Ich hab es wortwörtlich abgeschrieben. So stand es da.

Sie liest noch ein Stück.

Die wenigen frühen Werke nicht voraussehen lassen fast dabei innovative Kompositionen phantasie …

Und dann sagt sie ein Wort, das wie Paranoia klingt.

Sie zeigt George, wo auf der Seite es steht.

… innovative Kompositionen phantasie Schifanoia.

Das ist er. Das ist der Palazzo, zu dem wir gefahren sind, sagt George, als sie das Wort sieht.

(Jetzt, vor Monaten, sagt ihre Mutter im Auto in Italien den Namen. Es ist der Palazzo, zu dem sie unterwegs sind.

Ski-fa-no-ja, sagt sie. Übersetzt heißt das, was die Langeweile vertreibt.

Lass das mal mich beurteilen, sagt George zu ihr.

Sie kommen an einem Straßenschild vorbei, das George zum Lachen bringt, weil es zeigt, wohin es nach etwas geht, das Lame heißt.

Schon kommt noch eines. Darauf steht :

Scegli di vivere
non berti la
vita

Was stand da? Irgendwas zu leben, nicht irgendwas das Leben? Es rauschte so schnell vorbei.)

Für die Hausaufgabe in Empathie / Sympathie eigne sich der Maler gerade deshalb so gut, findet H, weil man nur wenig über ihn weiß. Das bedeutet, sie können sich vieles selber ausdenken und keine schlechte Note dafür bekommen, weil ihnen das niemand nachweisen kann.

Ja, schon, aber ob Maxwell erwartet, dass wir mit diesem öden historischen Leben-in-anderer-Zeit-Kram daherkommen?, sagt George. Nach dem Motto : Stell dir vor, du bist eine Wäscherin oder ein Zauberer im Mittelalter und wurdest ins 21. Jahrhundert katapultiert.

Er würde auch sprechen wie in einer anderen Zeit, sagt H. Würde Balbier sagen oder ho und holla oder heisa.

Dass die damals in Italien das Wort ho kannten, ich meine, wussten, was das heute in Rapsongs bedeutet, kann ich mir nicht vorstellen, sagt George.

Die haben bestimmt ihr eigenes Wort dafür gehabt, sagt H.

George geht nach oben. Sie geht ins Arbeitszimmer ihrer Mutter und holt das Wörterbuch aus dem Bücherregal. Da steht, das Wort ho gab es schon im vierzehnten Jahrhundert und war genauso ein Ausruf wie holla oder heisa und außerdem der Ruf an den Fährmann zum Herüberholen. Abgesehen von Nutte in den Rapsongs ist HO heute auch die Abkürzung für Home Office, die Firmenzentrale oder das Innenministerium.

Heisa und hoho, sagt H. Gibt's bei Shakespeare massenhaft. Heisa! singt heisa! den grünenden Bäumen! Die Freundschaft ist falsch, und die Liebe nur Träumen.

(H hat voriges Jahr im Sommer als Kartenverkäuferin und Reinigungshilfe für £ 10 pro Abend beim Shakespeare-Festival gearbeitet.)

Sollten wir ihn nicht einfach so sprechen lassen, wie *wir* es tun, sagt George, mit Empathie eben? Wär das nicht besser?

Klar, aber die Sprache müsste definitiv anders sein, sagt H.

Klar, Italienisch, sagt George.

Aber das Italienisch von *damals*. Wie es damals gesprochen wurde. Das natürlich anders ist als heute. Überleg mal. Er wandert in was immer die anhatten, keine Ahnung, im Parkhaus die Treppen rauf und runter. Wie würde er die Autos nennen?

Kleine Kerker auf Rädern, sagt George.

Kleine Beichtstühle auf Rädern. Für ihn stünde ja alles in einem Bezug zu Gott, sagt H.

Das ist gut, sagt George. Schreib das mal auf.

Er wäre wie ein Austauschschüler, aber nicht bloß aus einem anderen Land, sondern aus einer anderen Zeit, sagt H.

Und würde vielleicht so was sagen wie, leider bin ich das Produkt der lahmenden Phantasie einer Sechzehnjährigen, die keinen Schimmer von Kunst hat und von mir nicht mehr weiß, als dass ich ein paar Bilder gemalt hab und wohl an der Pest gestorben bin, sagt George.

H lacht.

Man kann sich über reale Personen nicht einfach irgendwas ausdenken, sagt George.

Wir denken uns andauernd was über reale Personen aus, sagt H. Im Moment denkst du dir was über mich aus. Und ich denke mir definitiv Sachen über dich aus. Und das weißt du auch.

George errötet und ist überrascht, als sie es merkt. Sie sieht weg. Denkt schnell an etwas anderes; denkt, dass das mal wieder typisch ist. Man wünscht sich sehnlichst, dass die eigene Tote von den Toten zurückkehrt. Man wartet und wartet, dass dieser Mensch wiederkommt. Aber statt derjenigen, die man eigentlich braucht, kriegt man einen toten Renaissancemaler, der in einer Tour von sich und seiner Arbeit redet, und über den weiß man noch nicht mal was, und daraus soll man was über Empathie lernen?

Genauso hätte sich ihre Mutter auch aus der Affäre gezogen.

Im Fernsehen zeigen sie jetzt eine Reklame für Lebensversicherungen, in der ist jemand als Pestopfer verkleidet, was den Zuschauern sagen soll, dass es diese Versicherungsgesellschaft schon seit Jahrhunderten gibt und dass es nichts gibt, was sich nicht versichern lässt.

Wie mag es gewesen sein, überlegt sie, an der Pest zu sterben? In einer Grube voll mit den Gebeinen anderer Leute begraben zu werden, reingeschaufelt zu werden, noch bevor du richtig kalt bist, weil die Leute Angst haben, sich anzustecken, und dann die vielen anderen Toten auf dich draufgeschaufelt zu kriegen? Für einen Moment denkt sie an Gebeine unter einem kalten Boden, den großen Steinplatten einer Kirche vielleicht, oder unter unscheinbaren Stadthäusern, in denen jetzt Menschen wohnen und arbeiten, die nicht ahnen, dass unter ihnen die Gebeine liegen. Die Gebeine regen sich. Sie tauschen, als George sie sich vorstellt, untereinander die Plätze. Es sind die Gebeine des Mannes, der die Ente malte, die voller Entsetzen spürte, wie die Faust des Jägers sich um ihren Hals schloss, der die sanften Augen des Pferds malte, die Frau, die über dem Rücken des Schafs oder der Ziege mit dem kecken Gesicht in der Luft schwebte, den kräftigen dunkelhäutigen Mann in den Lumpen malte, den ihre Mutter so erstaunlich fand und den H jetzt auf den Bildschirm geholt hat.

In echt ist es irgendwie besser, sagt George.

Hier im Internet steht, es ist eine Allegorie der Faulheit, sagt H. Ich nehme an, weil seine Kleider zerrissen sind und er aussieht, als sei er arm.

Wenn meine Mutter noch lebte, würde sie die Behauptung als Denonce verwenden, sagt George. Sie würde einen Herzinfarkt kriegen, wenn sie hören würde, dass jemand dieses Bild als Faulheit bezeichnet.

Auf der Seite, auf der steht, er ist eine Allegorie der Faulheit, steht auch, der hier ist eine Allegorie der Tüchtigkeit, sagt H.

Sie holt das Bild des reichen Jünglings mit dem Pfeil in der einen und dem Reifen in der anderen Hand auf den Schirm.

Ich meine, wenn sie nicht, du weißt schon, tot wäre, sagt George. Das hier habe ich dort auch gesehen. Neben dem Mann in den Lumpen. Leibhaftig.

H hat noch drei andere Bilder des Malers gefunden, die aber nicht in dem Palazzo in Ferrara sind. Auf einem kniet ein Engel vor einer Jungfrau Maria und verkündet ihr, dass sie ein Kind gebären wird. Links über den beiden sieht man weit entfernt eine am Himmel schwebende Gestalt. Das ist Gott. Die Gestalt hat eine komische Form, wie ein Schuh oder ein – was?

Dann bemerkt George die unten in das Bild gemalte Schnecke, die es durchquert, als krieche eine echte Schnecke über ein Bild. Die Schnecke ist fast genauso groß wie die Gestalt Gottes.

Soll das bedeuten, Gott ist wie eine Schnecke? Oder eine ein Bild duchquerende Schnecke ist wie Gott?

Die Spirale ihrer Schale ist perfekt.

Ein weiteres Bild in leuchtendem Gold zeigt eine Frau, die eine dünnstielige Blume in der Hand hält. Die Blume hat dort, wo die Blütenblätter sind, Augen.

Wild, sagt H.

Die Frau mit der Augenblume lächelt ganz fein, wie eine schüchterne Zauberin.

Das letzte Bild, das H gefunden hat, zeigt einen hübschen jungen Mann mit braunen Augen. Er hat einen goldenen Reifen in der Hand und streckt den Arm über den Rahmen hinweg der realen Welt entgegen, als sage er buchstäblich : Hier, für dich, möchtest du ihn?

Der Mann hat einen schwarzen Hut auf. Vielleicht trauert er auch.

Sieh dir das an, sagt H.

Sie zeigt auf die Felsformationen im Hintergrund, hinter dem Kopf des Mannes, wo eine Felsnase, die ein bisschen wie ein Penis geformt ist, direkt auf das felsige Ufer gegenüber zeigt – über eine kleine Bucht hinweg auf die andere Seite hinter dem Kopf des hübschen jungen Mannes –, wo sich der Eingang zu einer Höhle auftut.

Beide brechen in Gelächter aus.

So offensichtlich es ist, so leicht ist es zu übersehen. Es ist nur zart angedeutet und zugleich das Krasseste auf der ganzen Welt, so krass, dass es schon wieder zart angedeutet ist. Wenn man es gesehen hat, kann man es nicht mehr ignorieren. Es macht die Absicht des hübschen Mannes vollkommen klar.

Aber nur, wenn man es bemerkt. Falls ja, verändert es das gesamte Bild wie eine geistreiche Bemerkung, die jemand laut auszusprechen sich getraut hat und die man nur hört, wenn man die Ohren offenhält und mehrere Sachen gleichzeitig wahrnehmen kann. Damit soll nicht gesagt sein, dass jemand lügt oder etwas vortäuscht, und auch wenn man es nicht bemerken würde, ist es so eindeutig vorhanden wie nur was. Es können auch bloß Felsen in einer Landschaft sein, wenn man es so sehen will – aber für den, der hinschaut, gibt es noch mehr zu entdecken.

Sie hören auf zu lachen. Das ist der Moment, in dem sich H zu George herüberbeugt, als wolle sie sie auf den Mund küssen, ja, so dicht herüber, so nah, dass George für ein, zwei Sekunden Hs Atem einatmet.

H küsst George aber nicht.

Ich komme wieder, sagt sie.

George sagt nichts.

H zieht den Kopf wieder weg.

Nickt George zu.

George zuckt die Achseln.

Eine halbe Stunde später sind George und H in Georges Zimmer. Sie haben eingesehen, dass sie zu viel erklären müssten, wenn sie über einen Maler sprechen, über den sie nichts wissen, und dass es zu viel Arbeit machen würde; außerdem könnte man sie leicht dabei erwischen, dass sie über die Zeit und das Leben damals nicht genug wissen, zum Beispiel wie die Leute Farbstoffe aus Insekten oder so gewannen, ganz zu schweigen von den Päpsten und Heiligen, den Göttern und Göttinnen, mythischen und delphischen was auch immer (delphische was?, sagt George; ein delphischer, keine Ahnung, Dreifuß, sagt H; was ist ein delphischer Dreifuß?, sagt George; siehst du? wir haben keinen Schimmer, sagt H).

Sie wollen den Unterschied zwischen Empathie und Sympathie lieber mit einer kleinen Pantomime veranschaulichen.

Für die Empathie wird H spielen, dass sie auf der Straße über etwas gestolpert und hingefallen ist, und George, eine Passantin, wird das zufällig mitbekommen und gleich über ihre eigenen Füße stolpern, einfach deshalb, weil sie jemanden hat stolpern sehen. Für die Sympathie wird H wieder hinfallen, aber diesmal wird George stehen bleiben und sich um sie kümmern, sie ansprechen, sich bücken und ihr beim Aufstehen helfen etc. Zuletzt wird H spielen, dass sie total neben der Spur und auf Droge ist, und George, die das mitbekommt, wird so tun, als sei sie ebenfalls high und ganz benebelt. Danach wollen sie eine Umfrage in der Klasse machen, ob das letzte Stück ein Beispiel für empathisches oder sympathisches Verhalten war.

Als Titel für ihre Präsentation haben sie sich Empathie und Sympathie gehen auf Reisen ausgedacht.

H staunt, wie schnell der feuchte Fleck sich ausbreitet. George versteckt ihn inzwischen mit Bildern, hinter denen ihr Vater niemals Feuchtigkeit vermuten würde. Sie hat Fotos von Kätzchen angeklebt und von Bands, die bei ihren Mitschülern gerade hoch im Kurs stehen, ihr aber piepegal sind, so dass es sie nicht stört, wenn sie durch das, was darunter ist, Schaden nehmen.

Wer ist das?, sagt H und sieht auf das Bild, das am anderen Ende des Zimmers an der Wand hängt.

Eine italienische Filmschauspielerin, sagt George. Das hat mir meine Mutter gekauft.

Ist die gut?, sagt H.

Weiß ich nicht, sagt George. Ich hab nie einen Film mit ihr gesehen.

H schaut zu dem Bild der jungen französischen Sängerinnen und den Fotos, die über dem Kopfende des Bettes an der

Wand angeordnet sind und Georges Mutter als Frau und als junges Mädchen, als Kind und sogar als winziges Schwarzweiß-Baby zeigen. H setzt sich auf Georges Bett und schaut sie sich an.

Erzähl mir von ihr, sagt sie.

Erst musst du mir etwas erzählen, sagt George. Dann mach ich's.

Was?, sagt H. Was möchtest du hören?

Mir egal. Irgendwas, woran du dich erinnerst. Oder was dir heute Abend irgendwann mal eingefallen ist.

Wann?, sagt H.

Wann du willst. Als wir uns die Bilder angesehen haben, egal.

Oh, okay, sagt H. Na ja. Das mit den Jacken und der Rohheit.

Sie erzählt George von dem Festival vorigen Sommer, wo sie die Eintrittskarten verkauft und abgerissen hat. Wie es euch gefällt im St. John's College. Sie hat eine Doppelschicht gemacht, und bei der Abendvorstellung war die Nachfrage nach Karten unerwartet groß, es kamen fast dreihundert Zuschauer – sonst waren es eher um die siebzig.

Ich riss also wie verrückt Karten ab, sagt sie, und machte meine Striche in den Elfer- und Fünfzehner-Spalten, fünfzehn war der volle Kartenpreis und elf der ermäßigte, und wir hatten anfangs fast kein Wechselgeld, nur zwei Fünfpfundscheine, eine einzige Pfundmünze und eine Handvoll Pennys, was zur Folge hatte, dass ich eine Zeitlang nur an die Karten verkaufen konnte, die das Geld passend hatten. Es war saukalt an dem Abend, und die Leute, die in der Schlange standen, froren und waren außerdem wütend, ich weiß genau, wie kalt es war, denn ich hatte keine Jacke an.

Roh, sagt George.

Ja, aber warte, sagt H. Nach den Karten musste ich für zweihundertfünfundsiebzig Personen Glühwein aus einem Kessel in Styroporbecher abzapfen, und alle wollten welchen, weil es so kalt war, und ich war allein, und der Wein ließ sich nur abfüllen, wenn man den Kessel etwas neigte, was nicht einfach war, weil er einiges wog und ich aufpassen musste, wenn ich einen Becher drunterhielt, damit der Glühwein nicht über den Rand und mir über die Hand lief. Ich hatte Wie es euch gefällt an dem Tag schon anderthalb Mal gesehen, die zweite Hälfte am Vormittag und das Stück komplett am Nachmittag, und wollte nur noch nach Hause, konnte aber nicht, weil es zu meinem Job gehörte, dass ich den Zuschauern nach der zweiten Hälfte mit der Fackel leuchtete, damit sie im Dunkeln den Weg zum Ausgang fanden. In der zweiten Hälfte hab ich meistens versucht, mich an dem Kessel zu wärmen, hatte sogar die Arme darum gelegt und wollte so lesen, obwohl es schon fast dunkel war und ich die Fackel nicht benutzen durfte, weil ich damit die Zuschauer abgelenkt hätte.

Die Darstellerin der Rosalind, die im Stück ja auch als Ganymede verkleidet auftritt, ging hinter den Zuschauern auf und ab und versetzte sich probeweise immer abwechselnd in ihre Rolle als Mädchen und in ihre Rolle als Mann, damit sie später die richtige Haltung fand, und hatte an dem Abend sehr schlechte Laune, weil sie zwischendurch auch noch ins Trinity rennen und dort für die kranke Darstellerin der Ophelia einspringen musste und weil in der Nachmittagsvorstellung von Hamlet jemand just in dem Moment laut zischend eine Flasche Kirschsoda aufgemacht hatte, als sie mit ihrem »da ist Rosmarin, das ist für die Treue« anfing, so dass sie prompt ihren Text vergessen hatte. Jedenfalls marschierte sie im Halbdunkel hin und her, gab sich mal als das eine und mal als das andere, und ich konnte sie von meinem Platz ein bisschen sehen, sah abwechselnd zu ihr hinüber und wieder in mein Buch, und da sprang mir noch etwas ins Auge, etwas Schnelles, Kleines, ich dachte zuerst, vielleicht hat sie vergessen, in welchem Stück sie gerade ist, und geht in ihrer Rolle als Ophelia auf allen vieren, wie sie es in der Szene, in der sie wahnsinnig wird, auf der Bühne spielen muss, aber dafür war das, was sich dort bewegte, zu flink und zu klein, und außerdem hörte ich sie ja, sie war vorn auf der Bühne, schon eine ganze Weile, sprach gerade die Zeile, die finde ich toll, dass man dem Geist die Türen nicht versperren kann, und dieses vierbeinige Etwas war hinter die Zuschauer verschwunden und tauchte wieder auf, und da sah ich, es war ein Fuchs, und er hatte etwas im Maul, er hatte sich hinter den Zuschauern einen Mantel oder eine Jacke geschnappt und war damit fortgerannt. Und fünf Minuten später dasselbe wieder, er kam rein und schleppte dieses Mal etwas weg, was wie eine Handtasche aussah. Und als das Stück aus war, stand ich auf der Straße und hielt die Fackel, damit die Leute den Weg sahen, und die drei oder vier Zuschauer, deren Sachen weg waren, liefen durch die Gärten und suchten und gingen schließlich ratlos weg. Ich wusste Bescheid. Sie nicht. Ich wollte es ihnen aber nicht sagen. Das wäre Verrat an dem Fuchs gewesen. Und als ich selber nach Hause ging, merkte ich, dass ich schon eine Weile nicht mehr an die Kälte gedacht hatte, und zwar von dem Moment an, wo ich das mit dem Fuchs beobachtet hatte.

Jacken in der Krankheit in diesem Jahr kamen aus Rohheit, sagt George. Ich vermute, damit ist Haut gemeint.

Wieso?, sagt H.

Mit Jacken könnte die grausame Art und Weise gemeint sein, in der die Krankheit in dem Jahr die Haut zerstört hat. Kommen und Gehen. Rohheit. Grausamkeit.

Sie fragt H, wann ihre Familie umzieht.

In der ersten Märzwoche, sagt H.

Eine neue Schule.

Die fünfte in vier Jahren. Du könntest sagen, ich bin Veränderung gewohnt. Deswegen bin ich so ausgeglichen und komme mit allen so gut zurecht. Du bist dran.

Womit? Gut zurechtzukommen?, sagt George.

Mir erzählen, was dir eingefallen ist, sagt H. Als wir uns die Bilder angesehen haben.

Es ist vorigen Mai. Es ist Italien. Sie fahren mit dem Mietwagen zum Flughafen zurück.

Skifa was war's?, sagt George.

Noia, sagt ihre Mutter.

Henry fängt auf der Rückbank an zu singen. Skipanoi, Skipanoi. Schiff ahoi, Schiff ahoi.

Ein echter Heuler, Henry, sagt George.

Ihre Mutter beginnt, den Text eines Songs der Pet Shop Boys zu singen.

They were never being boring, singt sie. They dressed up in thoughts, and thoughts make amends.

Es heißt nicht *thoughts*, sagt George. Sondern *fought*.

Nein, George, sagt ihre Mutter.

Doch. Die Zeile geht : *we dressed up and fought, then thought, make amends*.

Nein, sagt ihre Mutter. Die schreiben immer so kluge Texte. Überleg doch mal. Sich in Gedanken kleiden, weil Gedanken es wiedergutmachen. Das sollte direkt ein geflügeltes Wort sein. Wenn ich ein Wappen hätte, würde ich mir das direkt als lateinisches Motto darauf wünschen, als meinen Wahlspruch. Außerdem dachte ich schon immer, das ist wunderbar philosophisch und erklärt ganz genau, warum die niemals langweilig waren.

Deine Version ergibt keinen Sinn, sagt George. In Gedanken kann man sich nicht kleiden. Es heißt *fought*. Eindeutig. Du verhörst dich.

Ich beweise es dir, sagt ihre Mutter. Bei nächster Gelegenheit spielen wir es und hören es uns an.

Wir könnten uns den Text sofort im Netz ansehen, sagt George.

Diese Internetseiten sind voller Fehler, sagt ihre Mutter. Wir benutzen unsere menschlichen Ohren und hören uns zusammen das Original an, wenn wir wieder zu Hause sind.

Ich wette fünfzig Pfund, dass ich recht habe, sagt George.

Nur zu, sagt ihre Mutter. Mach dich auf einen großen Verlust gefasst.

Francesco de was?, hatte die Frau in der Auskunft gesagt.

Cossa, sagte George.

Cotta?

Cossa, und es ist del, sagte George. Mit l.

Della Francesca, sagte die zweite Frau beim Herüberkommen.

Nein, sagte George. Francesco. Dann del. Und dann Cossa. Francesco del Cossa.

Die zweite Frau schüttelte den Kopf. Die erste schüttelte den Kopf.

Es ist ein Bild des hl. Vinzenz. Der hl. Vinzenz von Ferrara, sagte George.

Hier hatte sich George nun allerdings geirrt. Es ist nicht Ferrara. Es ist das Bildnis eines Heiligen namens Ferrer und hat mit dem Palazzo, in dem George in Italien war, nichts zu tun.

Trotzdem. An dem Tag, an dem George zum ersten Mal in die National Gallery ging, um sich den hl. Vinzenz Ferrer anzusehen, kannten die beiden Frauen von der Auskunft weder den Maler noch das Bild. Vielleicht erkundigt sich hier niemand nach irgendetwas, ausgenommen nach den ganz berühmten Bildern, und da ist es schon in Ordnung, wenn der einem nicht geläufig ist, denn man kann nicht von jedem verlangen, dass er jedes einzelne der Hunderte, nein, Tausende von Bildern eines Museums kennt, auch wenn er oder sie an der Auskunft, zumal der für nur einen Flügel des Gebäudes, arbeitet.

George war von dem Bild, als sie es sich zum ersten Mal ansah, auch nicht besonders beeindruckt gewesen. Es konnte leicht passieren, dass man daran vorbeilief, einen kurzen Blick darauf warf und meinte, man hätte alles gesehen, was man wollte. Bei den meisten Leuten ist es an den meisten Tagen so, wie George nun alle Tage beobachtet. Es ist kein Bild, das einen sofort ansprechen würde. Sie musste es sich selber eine Weile ansehen, um ihre eigene oberflächliche Reaktion darauf zu überwinden. Das Bild ist nicht wie die in dem Palazzo in Italien, zumindest scheint es auf den ersten Blick nicht so zu sein.

Könnten Sie uns den Namen vielleicht buchstabieren, sagte die eine Frau von der Auskunft. Danke.

Sie gab das, was George gesagt hatte, in den Computer ein. Wartete auf ein Ergebnis. Als es kam, schauten beide Frauen erst erstaunt, als hätten sie etwas Tolles vollbracht, und dann entzückt, als hätte Georges Frage und die Tatsache, dass sie sie beantworten konnten, ihnen den Tag verschönert.

Es hängt in Raum 55!, sagte die erste Frau.

Sie sah George an, als wollte sie ihr sogar die Hand schütteln.

Das war vor drei Wochen, Anfang März. Seitdem vollzieht George zweimal die Woche folgendes Ritual : Sie steht auf, zieht sich an, isst Frühstück, kümmert sich darum, dass Henry rechtzeitig für die Schule fertig ist und alles hat, was er braucht, bringt ihn zum Bus, geht ins vordere Zimmer und macht zu irgendeinem französischen Song, der gerade auf der Playlist erscheint, das Tanzding zu Ehren ihrer Mutter, zieht ihre Jacke an, geht an das alte Schreibpult und stibitzt die Denoncen-Bankkarte (dieses Konto hat ihr Vater vergessen), verlässt anschließend das Haus, als ginge sie zur Schule, schleicht sich auf der anderen Seite des Hauses, wo ihr Vater nicht sehen kann, in welche Richtung sie geht, aber wieder nach hinten und radelt stattdessen zum Bahnhof, wo sie sich die eine Stunde, die es noch dauert, bis die billigeren Tarife gelten, am Fahrkartenschalter oder im Warteraum vertreibt. Dann fährt George unter Überwachungskameras durch die Gegend, wie Leute in Romanen von früher unter dem Laub oder den kahlen Ästen von Bäumen und den Augen und Flügeln von Vögeln durch die Gegend fuhren, nickt dem Turm zu, der am Horizont der Stadt aufragt wie die Riesenfühler eines Insekts, wo die Sängerin vor fünfzig Jahren mit dem Brötchen nach dem Oberkellner warf, steigt zur U-Bahn hinunter und kommt an einer anderen Stelle wieder herauf, nicht weit entfernt von dem Flügel des Museums, in dem das einzige im ganzen Land vorhandene Bild des Malers hängt, den ihre Mutter mochte.

Francesco del Cossa
(ca. 1435/6 – ca. 1477/8)
Der heilige Vinzenz Ferrer, circa 1473–5
Der heilige Vinzenz Ferrer war ein spanischer Dominikanermönch, der in ganz Europa tätig war und mit Eifer die Bekehrung von Häretikern betrieb. Hier hält er das Evangelium in der Hand und zeigt nach oben zu einer Vision des seine Wunden darbietenden Christus. Christus ist umgeben von Engeln, die seine Leidenswerkzeuge zeigen. Dies ist die mittlere Tafel des Altarbilds einer dem heiligen Vinzenz geweihten Kapelle in San Petronio, Bologna.

Eitempera auf Pappel. Inv.-Nr. 597. Erworben 1858.

Über den Mann auf dem Bild weiß das Museum mehr als über den Maler, der es gemacht hat. Über den steht hier nur, man kenne bei dem Bild weder das genaue Entstehungsjahr noch die exakten Geburts- und Sterbedaten seines Schöpfers.

Das Bild hängt in einem Raum mit Bildern anderer Maler aus etwa der gleichen Zeit. Zuerst findet man die Bilder der anderen Maler alle interessanter als das hier, denn es sieht einfach aus wie irgendein religiöses Bild (erster Grund, nicht hinzusehen) eines ziemlich streng dreinschauenden Mönches (zweiter Grund, nicht hinzusehen), der bereit ist und wartet, den Zeigefinger der einen Hand erhoben hat und in der anderen ein aufgeschlagenes Buch hält, weshalb es so aussieht, als wolle er jeden, der stehen bleibt und zu ihm hinsieht, ermahnen (dritter Grund, nicht hinzusehen).

Dann aber merkt man, dass er den Betrachter gar nicht ansieht. Er sieht an ihm vorbei oder über ihn hinweg in die Ferne, als gehe hinter ihm irgendetwas vor und als könne er sehen, was es ist.

Dann ist da auf einer Seite neben ihm die mit Steinplatten belegte Straße, die sich beim Hinsehen von einer Straße in einen Wasserfall verwandelt, als verflüssigten sich die Steine buchstäblich zu Wasser.

Da begreift man dann, dass auf dem Bild jede Menge unerwartete Sachen sind. Oben sitzt ein Jesus in einer Art goldenem Gewölbe, der aber merkwürdig alt aussieht für einen Jesus, ein bisschen mitgenommen, ein bisschen milde wie ein schon etwas abgekämpfter Mensch oder wie ein als Jesus ausstaffierter Vagabund. Durch das Lachsrosa, das er trägt, hebt er (Er?) sich von allem anderen in dem Bild ab. Er ist umgeben von Engeln, die auf Wolken schweben, was einem aber nicht gleich auffällt. Ihre Flügel sind leuchtend rot oder lila oder silbern. Jeder von ihnen könnte beides sein, männlich oder weiblich. Sie halten Folterutensilien in den Händen wie die Leute in einer S&M-Szene im Netz, aber eigentlich auch wieder nicht wie in einer S&M-Szene, für die sie zu unaufgeregt sind, oder ist es lieblich? Laut der Informationstafel sind es »Werkzeuge«, und sie halten sie ganz ruhig und anmutig, als wären sie Musiker in einem kleinen Orchester, das auf seinen Einsatz wartet.

Dann bemerkt man, dass der Heilige auf einem kleinen Podest mit Füßen steht. Das Podest ist wie eine Mini-Theaterbühne, und dadurch sieht der schwarze Umhang, den er über seiner Kutte noch anhat, auf einmal wie ein Theatervorhang aus. Zwischen den Füßen des Podests hindurch kann man den Sockel der Säule hinter ihm sehen, und das ist wie ein Blick hinter die Kulissen, als sei das alles bloß Theater, doch zugleich sehen die Falten in der Haut am Handgelenk der Hand, die das Buch hochhält, vollkommen echt aus. Genauso verlaufen sie in der Haut einer Hand, die etwas Schweres hochhält.

In Höhe seines Kopfes, und das ist das Allerbeste, endet die Säule, deren Spitze irgendwann mal abgebrochen ist, und nun wächst dort etwas heraus, was wie ein kleiner Wald aussieht.

Im Hintergrund hinter den Beinen des Heiligen sind sehr kleine Leute. Die sollen wegen der Perspektive zwar klein sein, machen den Mann jedoch zu einem Riesen, und tatsächlich, wenn man mal von dem Bild wegsieht zu den anderen im Raum, wirken die alle zwergenhaft. Nach diesem wirken sie platt und altmodisch, als zeigten sie abgedroschene Dramen und gäben vor, echt zu sein. Dieses Bild gibt wenigstens zu, dass das Ganze eine Darstellung ist.

Vielleicht hat sich George für das Anschauen des Bilds aber auch nur richtig Zeit genommen, vielleicht würde sie jedes Mal, wenn sie sich etwas ansieht, so gute Sachen erleben, wenn sie sich genügend Zeit dafür nimmt.

George hat den Heiligen jetzt siebenmal gesehen. Bei jedem Besuch ist er ihr weniger streng vorgekommen. Mittlerweile wirkt er gelassen, als könne nichts – weder die anderen Bilder in dem Raum und das, was auf ihnen passiert, noch die

Tag für Tag vor ihm hin- und hergehenden Menschen mit ihren vielen verschiedenen Leben, ja das ganze übrige Museum, der Platz, die Straßen, der Verkehr, die Großstadt, das Land, das Meer, die strahlenförmig von ihm wegführenden Länder – ihn aus der Fassung bringen. Man schaue sich nur mal die weit geöffneten Arme des Gottes im oberen Teil des Bilds an, er könnte glatt das Baby im Leib einer Schwangeren sein, auf einem Querschnitt dargestellt, ein sehr altes, weises Baby allerdings. Man schaue sich den Umhang des Heiligen an, der ebenfalls weit geöffnet ist und dessen Schwarz zur Körpermitte des Heiligen hin ins Silber der Kutte übergeht. Sein Zeigefinger ist nicht mehr tadelnd erhoben, sondern weist nur nach oben, und zwar nicht unbedingt zu Gott, auf den er laut der Hinweistafel angeblich zeigt, sondern eher auf den Himmel, dessen Blau immer dunkler und blauer wird, je höher es hinaufgeht, oder darauf, wie ein Wald aus Stein herauswachsen kann, oder auf die angeblichen Folterwerkzeuge, die im Grunde machtlos sind, nichts weiter als Museumsstücke, Requisiten für ein altes Drama, das seinen Schrecken längst verloren hat.

George ist unwillkürlich immer stärker gefesselt von dem Bild, und das, obwohl es – wie die anderen Bilder in dem Raum, die alle vor über fünfhundert Jahren entstanden sind – auf den ersten Blick kaum etwas mit der Wirklichkeit zu tun hat. Wenn sie jetzt den Raum 55 betritt, ist es komischerweise so, als schaue sie bei einem alten Freund vorbei, auch wenn der ihren Blick nie erwidert, weil der Heilige immer zur Seite sieht. Aber sogar das ist gut. Es ist gut, wenn an dir vorbeigesehen wird, als seiest du nicht die Einzige, als passiere nicht alles bloß dir. Denn das bist du nicht. Und das tut es nicht.

Ein freundliches Kunstwerk. Das war, als ihre Mutter von der Kunst im Palazzo, die sie sich gerade ansahen, sagte, sie sei *ein bisschen wie du*. Großmütig, aber auch, was war es noch? Noch irgendwas.

Sarkastisch?

George hat es vergessen.

Anfangs musste sie, wenn sie hierherkam, die ganze Zeit daran denken, dass sie sich ein Bild ansah, von dessen Existenz ihre Mutter überhaupt nichts wusste oder an dem sie vielleicht achtlos vorübergegangen wäre, wie die Leute es tun, die zu den berühmteren Bildern unterwegs sind.

Heute fällt George auf, dass die Felslandschaft auf der einen Seite des Heiligen bröselig ist, brüchig, wie noch nicht richtig gebildet, sich auf der anderen Seite aber in Gebäude verwandelt hat, die sehr prächtig und elegant sind.

Es ist, als führe der Weg am Heiligen vorbei in der einen Richtung zur Ganzheit und in der anderen zum Zerfall.

Beide Zustände sind wunderschön.

George schaut zu dem Bild links von dem Heiligen hinüber, neben der offenen Tür. Es zeigt eine Frau auf einem eleganten Thron, die einen Kirschzweig in der Hand hat, von einem Maler namens Cosimo Tura, und die Perlen aus Glas oder Koralle sind auch darauf, und zwar an einer Schnur über ihrem Kopf. Perlen befinden sich auch auf dem Bild links von George, einer Maria mit dem Kind, ebenfalls von Cosimo Tura.

Die Korallen- und Glasperlen auf dem Bild des heiligen Vinzenz sind mit Abstand die leuchtendsten und überzeugendsten.

Vielleicht gab es eine Korallen- und Glasperlenschule, in der die Maler alle lernten, wie man das malt.

Heute ist Mittwoch. Sie versäumt Mathe (eine Doppelstunde), Englisch, Latein, Biologie, Geschichte und Französisch (eine Doppelstunde). Dafür wird sie heute zählen, wie viele Besucher in einer gegebenen halben Stunde (von zwölf Uhr an) durch den Raum 55 gehen und wie viele davon vor dem Bild von Francesco del Cossa stehen bleiben und es sich ansehen und wie lange.

Mit diesen Zahlen kann sie eine Statistik über Aufmerksamkeitsspannen und Kunst erstellen.

Dann wird sie sich was zu Mittag besorgen und auf den Weg zu King's Cross machen und rechtzeitig zu Hause sein, damit sie da ist, wenn Henry aus der Schule kommt.

Sie wird die Bankkarte wieder an ihren üblichen Platz stecken und in den Garten gehen, wenn es nicht regnet, und dem Mädchen in der Jurte hallo sagen, wie sie es versprochen hat, und fragen, wie es ihm heute geht. Sie wird wieder reingehen, das Abendbrot machen und hoffen, dass ihr Vater in nicht zu schlimmem Zustand nach Hause kommt.

Es ist schön, betrunken zu sein, sagte ihr Vater vorgestern Abend. Es ist, als wäre immer ein großes dickes Wollschaf zwischen mir und der Welt.

Wenn es im Haus nach ollem Schaf röche, dachte George, als er das sagte, nach seinem verfilzten und mit Exkrementen verklebten Vlies, wäre das dem Geruch ihres Vaters, wenn er getrunken hat, bei weitem vorzuziehen.

Es war Wochenende. Sie sah sich einen Film im Fernsehen an. Darin ging es um vier Teenager, Freundinnen, die am Boden zerstört waren, als sie feststellten, dass sie die Sommerferien alle in unterschiedlichen Teilen der Welt verbringen mussten. Sie schlossen einen Pakt, dass sie sich eine Jeans teilen, das heißt, die Jeans als Zeichen ihrer unsterblichen Freundschaft mit der Post von der einen zur nächsten und wieder zur nächsten und so weiter schicken würden. Die Jeans, stellte sich heraus, wurde auf zauberische Weise zu einem Katalysator ihres Lebens und begleitete sie durch lauter Lernprozesse und Steigerungen ihres Selbstwertgefühls, durchs Verliebtsein, eine Scheidung der Eltern, den Tod eines Angehörigen etc.

Als die Szene kam, wo ein Kind an Krebs stirbt und die Jeans dem einen Mädchen hilft, damit fertigzuwerden, heulte George, die auf dem Fußboden saß, laut auf wie ein Wolf, so bescheuert war das gemacht.

Da wollte sie sich lieber eine der DVDs ansehen, die H ihr noch gebracht hatte, bevor sie losfuhr.

Der Mütterverein hat dich am Wickel, hatte H gesagt und ihr den kleinen Stapel Filme, alle in verschiedenen Sprachen, überreicht, den ihre Mutter vor dem Umzug aussortiert und ihr *für deine arme Freundin, die die Sechziger mag und wahrhaftig trauert* gegeben hatte.

Wahrhaftig trauern. Der Ausdruck gefiel George. In dem Film, der auf dem Stapel neben dem DVD-Spieler obenauf lag, spielte die Schauspielerin mit, von der George ein Foto an der Wand hat. Es geht darin um Leute, die mit einem Schiff auf eine fast menschenleere Insel fahren. Dann ist eine von ihnen plötzlich weg. Sie verschwindet buchstäblich. Den ganzen Rest des Films wird sie von den anderen gesucht, die sich in der Zeit abwechselnd ineinander verlieben und wieder nicht mehr lieben, aber nicht herausfinden, wohin sie gegangen oder was mit ihr passiert ist. George hat sich von Anfang bis Ende nicht einmal auf ihrem Platz auf dem Fußboden, wo sie saß, bewegt. Dann hat sie die DVD ausgeworfen und sich den nächsten Film vom Stapel genommen.

Er hieß, auf Französisch, Ein Film wie die anderen. Er hatte keine Untertitel und sah anfangs aus wie ein Bootleg, verschwommen, als sei er von einem nicht ganz einwandfreien Video kopiert.

Ihr Vater kam ins Zimmer und setzte sich in den Sessel hinter ihr.

Sie konnte ihn riechen.

Was ist das für ein Film, Georgie?, sagte er.

George wollte ihm den Titel gerade nennen, als sie merkte,

dass er denken könnte, sie wäre frech, wenn sie ihm sagte, wie er hieß. Das brachte sie zum Lachen.

Ein französischer, sagte sie.

Schön, dich lachen zu hören, sagte er hinter ihr.

Der Film begann mit einer Szene, in der zwei junge Männer sehr kleine Ziegelmauern bauten. Sie lernten anscheinend, wie man mauert, konnte das sein? Dazu hörte man die Stimmen von etlichen anderen, die in Französisch über etwas diskutierten, dem George nicht richtig folgen konnte. Es ging anscheinend um Politik. Dann blendete der Film zu jungen Leuten über, die in hohem Gras saßen und sich unterhielten. Es gab Szenen von etwas, was wie Streiks und Proteste aussah, und George dachte gleich an die Studenten hier, die lange im Universitätsgebäude ausgeharrt hatten und gegen die Polizei und Sicherheitsdienst brutal vorgegangen waren, wie es in den Geschichten hieß, die in der Schule kursierten, und dass sie ihrer Mutter alles haarklein erzählen sollte, die dann ein paar kurze Sätze und Abschnitte daraus, in Denoncen eingebaut, ins Netz stellte.

Ihr Vater faselte jetzt von dem Film und dem Song, der ihre Mutter darauf gebracht hatte, George ihren Namen zu geben.

Ich hatte Bedenken, denn was, wenn du nachher aussiehst wie das Mädchen in dem Film. Sie ist ein bisschen hausbacken, ein bisschen ein Versager. Aber deine Mutter hatte recht. Ein Anti-Held, das gefiel ihr. Eine Anti-Heldin. Sie glaubte fest daran, dass jemand der sein kann, der er wirklich ist, und sich trotzdem gegen alle Widrigkeiten durchsetzt. Das gilt hoffentlich auch für meine Wenigkeit, hm? Hm, Georgie?

Klaro, sagte George.

Sie seufzte. Sie konnte den Song nicht leiden, von dem ihr Name angeblich stammte.

Ihr Vater begann ihn zu pfeifen und sang dann das Stück über die Welt, die eine neue Georgie sehen würde. Die Leute in dem Film, von denen man nie Gesichter zu sehen bekam, bloß Arme und Beine und Rümpfe, saßen herum und diskutierten über Gott weiß was. Der Film zeigte ihr ständiges Reden so, als käme es einzig und allein darauf an, dass sie *redeten*. Nebenbei spielten sie mit dem Gras, in dem sie saßen. Brachen Stücke von Halmen ab. Verknoteten sie. Spalteten sie, als wollten sie darauf pfeifen. Nahmen sich einen Halm und hielten, während sie redeten, das brennende Ende einer Zigarette daran, bis ein Stück Gras durchbrannte und abfiel, und machten dasselbe weiter unten an dem oder an einem neuen Grashalm wieder. Der Film blendete zu einer Mauer über, auf die Wörter gesprüht waren. PLUTÔT LA VIE.

Weißt du, sagte ihr Vater hinter ihr, du wirst mich bald verlassen, nicht?

George sah nicht nach hinten.

Du hast die Fahrkarte zum Mond für mich also schon gekauft, ja?, sagte sie.

Kein Mucks, abgesehen von den vor Jahren durcheinanderquasselnden Franzosen. Sie sah nach hinten. Ihr Vater schaute ernst. Er sah nicht benebelt oder sentimental aus, nicht einmal betrunken, obwohl es um ihn herum roch, als könnte es gar nicht anders sein.

Das ist der Lauf der Dinge, sagte ihr Vater. Deine Mutter kann auf eine Art von Glück sagen. Ihr bleibt jetzt erspart, dich zu verlieren. Oder Henry.

Dad, sagte George. Ich gehe nirgendwohin. Ich bin sechzehn.

Ihr Vater sah zu Boden. Es sah aus, als würde er womöglich gleich weinen.

Vielleicht kommt einmal der Tag, dachte George, an dem ich auf meinen Vater höre. Vorläufig aber, wie kann ich denn? Er ist mein Vater.

Sie kam sich gemein vor, als sie das dachte. Also gab sie nach, ein bisschen.

Ja, schon, und Dad, sagte sie. Bei mir im Zimmer ist eine Stelle undicht.

Bei dir ist was?

Er richtete sich auf.

Im Dach, sagte sie. Kann sein, dass das schon eine Weile so geht. Es ist hinter Postern und so passiert, darum hab ich es nicht gleich gemerkt. Erst vorhin.

Ihr Vater sprang aus dem Sessel auf.

Stürmte nach oben, immer zwei Stufen auf einmal.

George ließ den interessanten / öden Film weiterlaufen und klappte ihren Laptop auf. Gab italienische Filmregisseure ein. Klickte auf Bilder.

Auf dem Bildschirm erschien die Fotografie eines Mannes im Dunkeln, dessen Gesicht man nicht erkennen konnte und der ein erleuchtetes Bild auf der Brust trug. Nein, kein Bild. Jemand projizierte buchstäblich einen Film auf den Mann und benutzte ihn als Leinwand.

George klickte auf den Link. Darin ging es um einen Regisseur, der in einer Kunstgalerie in Italien saß, während ihm ein Künstler einen seiner eigenen Filme auf die Brust projizierte, und zwar von Anfang bis Ende.

Nicht lange nach dieser Kunstperformance, las sie auf dem Bildschirm, war dieser Mann tot an einem Strand gefunden worden.

Da stand Strichjunge, Anschlag, Mord, Verschwörungstheorie, Mafia, Vatikan.

Es gab ein Foto, auf dem Leute dort, wo sein Leichnam gefunden worden war, Feuerwerk aufsteigen ließen.

George hörte ihren Vater oben herumpoltern. Stell dir vor, jemand projiziert Filme auf die Wand deines Hauses. Würde sich das, worum es in den Filmen geht, auf deinen Wohnraum auswirken, überlegte sie, oder auf deine Atmung, wenn man sie dir auf die Brust projizierte?

Nein, natürlich nicht.

Aber stell dir mal vor, du hast irgendetwas gemacht und musst dann hinnehmen, ständig anhand dessen beurteilt zu werden, was du gemacht hast, so als wäre das von dir Gemachte du geworden.

George sitzt zwischen den Bildern aus all den früheren Jahrhunderten und vertieft sich in ein Bild des Malers, der in Vergessenheit geriet und nur zufällig Jahrhunderte später wiederentdeckt wurde. Und ums Haar auch nicht hätte wiederentdeckt werden können. Der Maler, der mehr Geld verlangte, weil er gierig war. Oder weil er seinen Wert kannte. Der Maler, der fand, er sei besser als alle anderen. Der Maler, der wusste, dass er Besseres verdiente.

Ist Wert dasselbe wie Geld? Ist das ein und dasselbe? Ist Geld das, was wir sind? Wie viel Geld wir machen, bestimmt das darüber, wer wir sind? Was bedeutet das Wort machen? Sind wir, was wir machen? *Es tut so gut, mich selber mal für eine Weile zu vergessen. Wir haben doch die Bilder gesehen. Was brauchen wir denn sonst zu wissen?* Die Bankenkrise. Die Krise der Tafeln. Das Mädchen in der Jurte. *(Wahrscheinlich ist sie sehr gut dafür bezahlt worden.)*

Denk mal über dieses moralische Problem nach.

Sie schüttelt den Kopf, und es fühlt sich an, als würde es darin klappern, als wäre da lauter schmutziges hartes Zeug drin, wie den einen Nachmittag im November in ihrem Zimmer, als der Wind unter das Veluxfenster gefahren war, es hochgedrückt und lauter eingestaubte Ahornsamen und Teile von Flügeln und altem Laub von den Bäumen hinter den Häusern hereingeweht und mit dem Schmutz der Stadt überall verteilt hatte, auf ihrem Schreibtisch, auf dem Bett, den Büchern, dem Boden und über ihren letzten sauberen Anziehsachen.

Museen haben nicht viel mit dem Leben gemein. Da ist es immer so sauber. Und dieses Museum hat etwas, was bisher in keiner Broschüre und keiner Information im Internet erwähnt worden ist, obwohl gerade das für George ein dickes Plus ist, nämlich dass es gut riecht, zumindest in dem neuen Flügel; über den alten kann George nichts sagen. Hier drin riecht es nach Holz. Es ist still und mit einem Mal total still. Es kann vorkommen, dass man hier auf einer Bank sitzt und außer einem selbst (und der Aufsicht) niemand im Raum ist, obwohl man immer Schritte in anderen Räumen hört, weil die Böden hier allesamt knarren. Dann ist der Raum wie aus dem Nichts voll mit einer großen Gruppe von Touristen aus Japan oder Deutschland oder sonst wo, manchmal sind es Kinder, manchmal Erwachsene, die sich die Zeit vertreiben, bis sie Gelegenheit bekommen, sich die Zeichnung von Leonardo draußen in der Halle anzusehen, vor der meistens eine längere Schlange steht.

Sie zieht ihr Handy hervor und simst H.

– *Wusstest du, dass Leonardo da Vinci Karikaturen gemacht hat?*

Dann legt sie sich das Notizbuch und den Stift für die statistische Untersuchung zurecht.

H simst gleich zurück.

– *Ja, und er war seiner Zeit so weit voraus, dass er den Kater Helix erfunden hat.*

H ist in eine Stadt in Dänemark gezogen, der Name klingt, als spräche ein Schotte das Wort Hurenhaus. Gleich am Tag ihrer Abreise hat sie angefangen, George SMS zu schreiben, über alles Mögliche, nur nicht darüber, wo H war oder wie es dort war oder was H gerade fühlte oder tat. H hat nie irgendetwas von dem erwähnt, was andere einem normalerweise immer erzählen. Ihre SMS steuerten vielmehr ohne weitere Erklärungen wie Infopfeile durch den Raum auf ihr Ziel zu, und das war George.

In der ersten stand :

– *Der Name seiner Mutter war Fiordelisia Mastria*

Dann, viel später :

– *Sein Vater baute den Glockenturm der Kathedrale*

Am nächsten Tag :

– *Am 25. März 1470 schickte er einem Herzog namens Borso d'Este einen Brief und verlangte mehr Geld für die Bilder, die ihr euch dort angesehen habt*

Nach dieser SMS wusste George (die nie zurücksimste, weil sie jedes Mal, wenn sie ihr Handy in die Hand nahm und es versuchte, ein halbes Wort oder zwei Wörter eintippte, dann aber innehielt und ihren Text wieder löschte und schließlich gar nichts sandte), dass es bei Hs SMS um das Echte zwischen ihnen ging.

Zwei Stunden später die nächste SMS :

– *Der Herzog notierte mit Bleistift auf den unteren Rand auf Lateinisch : Er möge sich mit dem bereits vereinbarten Betrag begnügen*

Und später am Abend :

– *Er ging schmollend fort und arbeitete anschließend woanders*

Am nächsten Tag folgten, mit großem Abstand :

– *Der 25. März 1470 war ein Freitag*

und :

– *Man glaubte jahrelang, jemand anders habe alle seine Bilder gemalt*

Dann gingen H offensichtlich die Informationen über den Maler aus.

Über die nächsten Tage verteilt schoss sie nun auf Lateinisch geheimnisvolle kleine Pfeile auf George ab :

– *Res vesana parvaque amor nomine*

– *Adiuvete!*

– *Puella fulvis oculis*

– *Quem volo es*

– *Quingenta milia passuum ambulem*

Am zweiten Tag der lateinischen SMS fand George heraus, dass I would walk five hundred miles auch der Titel des Songs der dämlichen schottischen Zwillinge mit den Brillen aus den Achtzigern war.

Sie lud ihn sich herunter und hörte ihn sich an.

Dann lud sie sich die Songs Help!, Crazy Little Thing Called Love und Brown-Eyed Girl herunter und hörte sie sich an. Sie erstellte eine Playlist – die erste auf ihrem neuen Handy – und trug die Songs unter ihren lateinischen Titeln ein. Als sie kapiert hatte, dass Quem volo es wahrscheinlich den Song You're The One That I Want bedeuten sollte, musste sie laut lachen.

Die Songs waren ziemlich gut. Und da H kein Latein hatte, die Titel aber ziemlich gutes Latein waren, bedeutete das sogar noch mehr.

Es bedeutet auch, dass es ihr nichts mehr ausmacht, wenn im Vorbeigehen Songs an ihr Ohr dringen, zum Beispiel beim Einkaufen im Asda, wo sie wie überall aus dem Lautsprecher kommen. Und das ist gut. Wohin man auch geht, überall werden ja dauernd Songs gespielt, und Songs bloß zu hören, in den Läden oder Cafés oder in jeder Fernsehreklame, ist ihr in der letzten Zeit mit am schwersten gefallen.

Ein weiteres Plus ist, dass die Songs, die sie sich Hs wegen angehört hat, zu der Sorte gehören, die überall gespielt wird. Aber nicht nur das. Wenn man mal richtig zuhört, sind das nämlich sehr gute Songs. Noch seltsamer und schöner ist, dass jemand will, dass sie sich die anhört, und zwar nicht irgendwer, sondern Helena Fisker.

Es ist, als unterhalte man sich, brauche aber nichts zu sagen. Es ist auch, als suche H nach einer Sprache, die speziell in Georges Ohren einen Sinn ergibt. So etwas hat noch nie jemand für George getan. Sie hat ihr ganzes Leben immer die Sprache anderer gesprochen. Das ist für sie ein Novum. Das

Neue hat eine Kraft, die sogar alte Sachen – diese alten Songs zum Beispiel, sogar ganz alte wie das Latein – neu erscheinen lässt, ohne dass sie ihren, wie könnte man es nennen?, verlieren.

George sitzt im neuen Flügel der National Gallery vor einem alten Gemälde und überlegt, was der richtige Ausdruck dafür wäre.

Ihren Rang als Klassiker?

Sie nickt. Genau so ist es. Was da auch geschieht, es macht sie neu und lässt sie zugleich alt sein.

Nachdem sie mit dem Herunterladen der Songs fertig war, hatte sie H ihre erste Antwort geschickt.

Let's helix again, like we did last summer.

Sie schickte gleich eine zweite SMS hinterher, in der sie schrieb :

(Helix : griechisch für Windung.)

Die SMS, die danach kam, drang durch alles, was zwischen der Außenwelt und Georges Brust war. Anders gesagt, George fühlte im wahrsten Sinne des Wortes etwas.

Schön, deine Stimme zu hören

Das Tolle an der Stimme der Sängerin Sylvie Vartan (der George vielleicht sogar ein bisschen ähnelt) ist, dass sie sich durch nichts erweichen oder zum Lügen verführen lässt. Und obwohl sie schon vor Jahrzehnten aufgenommen wurde, hat ihre Stimme, sobald man sie hört, immer eine ganz eigene lebendige Unfertigkeit. Sie klingt angenehm aufgerauht. Sie sagt dir, dass du am Leben bist. Wenn George etwas Wildes, Trauriges in den Ohren haben will, hört sie sich den Song an, wo Sylvie Vartan bei den französischen Worten für *träumte* und *las* wie ein Wolf heult. Vorige Woche ist sie mit dem Song auf Repeat in den Ohren einmal zum Addenbrooke's geradelt, das ist das Krankenhaus, in dem ihre Mutter gestorben ist, dann aber dort vorbei und weiter aufs Land, weil sie am Tag zuvor auf der Fahrt nach London vom Zug aus eine Metallkonstruktion gesehen hatte, eine Skulptur, geformt fast wie eine Doppelhelix.

Es *war* auch eine DNS, die Skulptur einer solchen, und sie bildete den Beginn eines Fahrradwegs, auf dem man zwei Meilen weit an kleinen, in verschiedenen Farben auf den Asphalt gemalten Rechtecken entlangfahren konnte, von denen jedes für eine der 10257 Komponenten steht, aus denen sich ein menschliches Gen zusammensetzt.

George setzte sich auf ein Büschel Gras am Wegesrand in die Frühlingssonne. Das Gras war nass. Das störte sie nicht. Bienen und Fliegen schwirrten herum. Ein kleines bienenartiges Insekt landete auf der Manschette ihres Jackenärmels, und sie schnipste es mit einem präzisen Schnipp von Daumen und Zeigefinger weg.

Im nächsten Augenblick wurde ihr klar, was für einen Schlag sie dem kleinen Dingelchen mit ihrem Finger versetzt haben musste.

Es muss sich angefühlt haben, als werde man frontal vom Rund eines riesigen Baumstamms getroffen, der durch die Luft auf einen zugeschwungen kommt, ohne dass man von seinem Kommen weiß.

Es muss sich angefühlt haben wie die Faust eines Gottes.

In dem Moment spürte sie, so undeutlich, wie man die Bewegung wahrnimmt, die hinter einer beschlagenen Scheibe stattfindet, zweierlei : dass die Liebe auf sie zukam und dass sie nichts dagegen tun konnte.

Die Wolke des Nichtwissens, sagte ihre Mutter in ihrem Ohr.

Trifft auf die Wolke des Wissens, dachte George zurück.

Sie fuhr die ganze Strecke des einen Gens ab und hielt ihre Handykamera neben sich nach unten. Machte ein Foto der zweiten Doppelhelix-Skulptur am Ende der Strecke.

Sah sich das Bild auf ihrem Handy an und dann wieder das Kunstwerk.

Es ähnelte einer übermütigen Sprungfeder oder einer nach Maß gefertigten Leiter. Es war wie ein Schrei gen Himmel, falls sich ein Schrei gen Himmel mit irgendetwas vergleichen ließ. Es sah aus wie das Gegenteil von Geschichte, obwohl sie in der Schule andauernd zu hören bekamen, dass die Geschichte der DNS hier in dieser Stadt geschrieben worden war.

Was aber, wenn die Geschichte dieser Schrei war, diese schnellende Sprungfeder, die Treppenleiter, und alle bloß aus Gewohnheit etwas ganz anderes mit dem Wort Geschichte bezeichneten? Was, wenn die überkommenen Begriffe von Geschichte in die Irre führten?

Missgriffe waren. Ha.

Vielleicht behinderte alles, was so eine Feder mit Gewalt wieder nach unten drückte oder den Aufstieg ihres Schreis hemmte, die Entwicklung dessen, was Geschichte wirklich war.

Wieder zu Hause angekommen, lud sie den Film und die Fotos herunter und schickte sie ab.

Wenn du wiederkommst, fahren wir mit dem Rad das ganze Dreißigtausendstel des menschlichen Genoms ab, schrieb sie. *Sollten wir mal das ganze Genom abfahren wollen, brauchen wir vier Jahre dafür, das heißt, wenn wir zwischendurch nicht anhalten und uns die Aufgabe nicht teilen und jede nur eine halbe Strecke abfährt, was hieße, dass jede von uns nur zwei Jahre brauchte, was aber viel uninteressanter wäre. Es ist wie fünfzehnmal die Erde umrunden oder siebeneinhalbmal, wenn jede die Hälfte macht.*

Mitten in dieser E-Mail fiel George auf, dass sie schon vom ersten Satz an bei allem, was sie geschrieben hatte, in die Zukunft gedacht hatte, so als könne es doch eine Zukunft geben.

!

Und wusstest du (wahrscheinlich schon), dass Rosalind Franklin die Anerkennung für die Entdeckung der Doppelhelix beinahe versagt geblieben wäre? Obwohl das ursprüngliche Röntgenbild, aufgrund dessen Crick und Watson ihre Entdeckung machen konnten, von ihr stammte und sie eindeutig selbst ebenfalls kurz vor der Entdeckung stand? Und dass Watson, als er in einem Vortrag über ihre Forschungen saß, fand, sie hätte bei ihrer Vorlesung über Diffraktion (!) ruhig mehr aus sich herausgehen können und nicht so ernst zu sein brauchen, und er hätte vielleicht mit größerem Interesse zugehört, wenn sie die Brille abgesetzt und eine andere Frisur gehabt hätte. Wir müssen zu dem Wrecking Ball Song wohl noch eine neue Strophe dazuschreiben. Das ist gerade mal dreiundsechzig Jahre her, das ist weniger, als deine Großmutter alt ist, und bloß elf Jahre, bevor meine Mutter auf die Welt kam. Es ist eine historische Tatsache, die nicht in das bekannte Geschichtsbild passt. In dem Film hier stehen die grünen Streifen jedenfalls für Adenin, die blauen für Cytosin, die grünen für Guanin und die roten für Thymin.

O ja, und, weil du gefragt hattest, weißt du noch? Te semper volam.

Bitte erinnere dich, dachte sie, als sie die Mail abschickte.

Spöttisch! Das war das andere Wort, das ihre Mutter außer großmütig über sie gesagt hatte. Nicht sarkastisch.

Wenn ich dran denke, sagte Henry gestern, ist es wie ein Erdbeben. Manchmal denke ich fast den ganzen Tag nicht dran. Und dann doch. Oder ich denke an was anderes, was wir gemacht haben. Als wir in den einen Laden gegangen sind und die Pfeife gekauft haben, aus der die langen Blasen rauskamen, wenn man reingepustet hat.

Henry macht in der Schule ein Projekt über Erdbeben und Tsunamis. Auf dem Deckel des Lehrbuchs, nach dem er seine Zeichnungen anfertigt und dem er seine Fakten entnimmt, ist das Foto einer Autobahn, die aussieht, als hätte ein Riese sie hochgehoben, aber schräg wieder abgesetzt, und deshalb sind die Lastwagen und Autos alle heruntergerutscht und liegen jetzt unterhalb auf dem Dach, mit den Rädern nach oben.

Seltsamerweise ist das Foto schön. Im ganzen Buch sind überall schöne Fotos, Straßen, von tiefen Rissen durchzogen, das Zifferblatt einer Uhr an der Spitze eines Turms, von dem nur noch eine Hälfte, die römischen Ziffern für sieben bis elf, dran ist und der Rest des Zifferblatts Himmel. Ein Foto zeigt ein kleines Mädchen, das mit einem Teekessel in der Hand vor einer im Hintergrund erkennbaren Zeltstadt steht. Es ist eine Naturkatastrophe, und der Schnappschuss sieht ein bisschen aus wie eine Modeaufnahme. Aber alle Fotos von zerschundenen Gegenden sehen aus wie Modeaufnahmen, sofern keine Menschen mit drauf sind, die wirklich tot sind.

Früher oder später, sagte Georges Mutter in ihrem Kopf, *sehen die mit echten Toten drauf auch wie Modeaufnahmen aus.*

Modeschuss. Haha.

Das gäbe eine gute Denonce.

Ihr kleiner Bruder, sah George, saß an der Frühstückstheke über seinem Buch mit den Erdbeben und Tsunamis und ließ den Kopf hängen wie eine welke Blume.

Sie zog sich einen Stuhl heran und setzte sich neben ihn.

Du bist eine Erdspalte, sagte sie.

Ich bin was?, sagte er mit dünnem Stimmchen.

Du bist eine geologische Verwerfung, sagte sie.

Bin ich nicht.

Doch, du bist ein Andreasgraben. Du bist eine tektonische Platte.

Du bist eine tektonische Platte.

Stock und Stein brechen mein Gebein, sagte sie. Doch Worte bringen keine Pein. Du bist eine Kontinentaldrift.

Du bist eine Kontinentaldrift, sagte er.

Du bist eine Inkontinentaldrift, sagte sie (obwohl das für Henry bestimmt zu hoch war). Du bist eine Richterskala. Du bist ein Skelettrichter. Ein Nidiot.

Stock und Stein, sagte Henry.

Er sang nun mit traurigem Gesicht vor sich hin.

Brechen mein Gebein. Stock und Stein.

George ging in den Garten hinaus. Sie klaubte ein paar Kieselsteine und Stücke von der Hecke auf, kleine Stöckchen. Kam wieder in die Küche und bewarf Henry damit. Kleine Zweige und Blätter blieben in seinem Haar hängen. Die Dreckkrümel flogen überallhin, in den Zucker, die Butter, die Besteckschublade.

Henry betrachtete den Dreck überall, auch auf ihm, und sah erstaunt zu ihr hoch.

Na, sind deine Knochen gebrochen?, sagte sie.

Sie kitzelte ihn ein bisschen.

Ist hier was gebrochen? Oder hier? Oder da?

Es wirkte. Seine Miene hellte sich auf, er ließ locker, lachte und zappelte in ihren Armen.

Gut.

Mit einem Löffel schöpfte sie den Kies aus der Butter und dem Zucker. Streifte die Stöckchen und Blätter und den Sand in ein Geschirrtuch ab und säuberte den Tisch. Sie machte ihnen zum Abendbrot Rührei. (Eitempera auf Pappelholz. Wie ein Gericht in schicken Restaurants. Wie mag so was schmecken? Die Vorstellung, dass all diese Bilder vor all diesen Jahrhunderten mit Eiern gemalt wurden, und all diese Spritzer von Leben darin, dem Leben der heißblütigen Hühner, die sie gelegt hatten.)

Als sie Henry badete und ins Bett brachte, kicherte er immer noch über den Reim mit Stock und Stein, und sie fand immer noch Krümel in seinen Haaren.

Die Erde besteht aus Felsgestein. Es ist über viereinhalb Milliarden Jahre alt. Fünfhundert Jahre sind gar nichts. Das ist gerade mal so lang wie eine Wimper. Kürzer.

Bei Stärke vier bis fünf fallen Gegenstände von den Wänden und Regalborden.

Bei Stärke sechs fallen die Wände selbst.

Auf der ganzen Erde gibt es jedes Jahr Tausende von Erdbeben, die meisten so schwach, dass niemand sie bemerkt.

Es gibt aber Vorzeichen, auf die zu achten die Menschheit inzwischen gelernt hat. Hunde bellen. Frösche verlassen ein Gebiet. Der Himmel überzieht sich mit einem seltsamen Licht.

Mrs Rock, hat George in der letzten Beratungsstunde zu Mrs Rock gesagt, ich habe etwas getan, das rockt kein bisschen.

Nicht viel, und Mrs Rock hätte gelächelt.

Darum dachte ich mir, sagte George, ich packe den Stier bei den Hörnern.

Mrs Rock schaute etwas erschrocken.

Dann sagte George Mrs Rock, sie habe sie angelogen, und das tue ihr leid.

An dem Tag, an dem ich das mit dem Überwachen und dem Labyrinth gesagt und dann behauptet habe, Sie hätten sich das bloß eingebildet. Sie haben es sich nicht eingebildet. Ich habe es gesagt. Und dann so getan, als ob nicht. Das wollte ich Ihnen nur sagen und mich entschuldigen. Ich war schwierig. Und nach einigen Sachen, die ich in den vergangenen Wochen gesagt habe, vor allem über meine Mutter und so, haben Sie mich bestimmt für paranoid gehalten. Ich habe mir Geschichten ausgedacht. Das sehe ich jetzt ein.

Mrs Rock nickte.

Dann sagte sie zu George, in der Geschichte vom Labyrinth aus dem Mythos vom Minotaurus gehe es darum, sich dem zu stellen, was einen in tiefe Verwirrung stürzt. Damit sei nicht bloß eine momentane Verblüffung gemeint, das wolle sie ausdrücklich betonen. Und wenn man in so ein Labyrinth geraten war, musste man den Weg zurückgehen, den man gekommen war, dem eigenen Faden folgend, dem Faden, den man zurückgelassen hatte. Es ging vor allem darum, zu verstehen, woher wir kommen und was unsere Wurzeln sind …

Ich bin mit Ihrer Deutung nicht einverstanden, sagte George.

Mrs Rock verstummte. Sie war verblüfft (oder vielleicht auch verwirrt), dass jemand sie unterbrochen hatte.

George schüttelte den Kopf.

Das Geschehen braucht nur eine Wendung zu nehmen. Man benötigt Hilfe von außen, sagte George. Wenn Theseus nicht das Garnknäuel von dem Mädchen bekommen hätte, dann hätte er wahrscheinlich nie wieder herausgefunden. Dann würde er vielleicht noch heute durch das Labyrinth irren, und dieser Minotaurus würde die geforderten Athener Jungfrauen weiter verlangen und verschlingen.

Ja, natürlich, sagte Mrs Rock. Es könnte, Georgia, bildlich gesprochen, aber auch bedeuten …

Ah, Mrs Rock, ich hab es ehrlich gesagt so satt, dass Geschichten angeblich immer irgendwas bedeuten. An dem Tag, an dem meine Mutter gestorben ist, hab ich mich morgens noch über sie geärgert. Sie hat mein Prinzchen zu mir gesagt, weil das neue königliche Baby und ich zufällig denselben Namen haben, damit haben meine Eltern vorigen Sommer angefangen, alle beide. Und darum bin ich ihr an der Tür ausgewichen, als sie mir einen Kuss geben wollte, bevor ich zur Schule ging. Sie kam erst zwei Wochen später wieder nach Hause, in Gestalt feiner Staubkörner in einem Pappkarton, den mein Vater auf den Beifahrersitz seines Firmenvans gestellt und durch die Stadt gefahren hat, und an Orten, die sie mochte, hat er angehalten und eine Handvoll kleiner Stücke von ihr dort deponiert. Im Freien natürlich nur, alles andere wäre zu schrecklich oder sogar illegal gewesen. Er ist aber auch mit Teilen von ihr in der Tasche nach London gefahren und hat überall, wo sie gern hingegangen ist, in Museen und ins Theater oder zum Arbeiten, an *und* in den Gebäuden nach Ritzen und Spalten gesucht. Und hat dort mit dem Daumen etwas von meiner Mutter hineingedrückt. Es ist aber noch genug von ihr im Karton übrig, und im Sommer können wir sie an ein paar andere Orte in Schottland und im Ausland bringen, die sie mochte. So sieht's aus. Ich meine, nicht bildlich gesprochen, wenn Sie erlauben, Mrs Rock.

Schweigen.

(Man könnte es sogar versteinertes Schweigen nennen.)

Hatte George das wirklich alles laut gesagt?

Nein.

Puh!

George hatte nur den ersten Satz laut gesagt. Und nach den Worten *dass Geschichten angeblich immer irgendwas bedeuten* nicht weitergesprochen.

Ihre Mutter, das muss man sich mal vorstellen. Sie lächelt, als sie dem Minotaurus ins Auge blickt, und – zwinkert.

Und ihr Vater, man stelle sich vor! Er nimmt, was von der Gestalt, die ihre Mutter im Leben hatte, noch übrig ist, fährt damit im Regen herum und sucht die Orte, an denen sie gern wäre.

Dieser Gedanke an ihren Vater ermöglichte es George, einen Blick in die Zukunft zu tun, in der zufällig Sommer ist, und als sie eines Tages, Monate später, von der Schule oder aus London heimkommt, steht er vor dem Haus, einen Gartenschlauch in der Hand und eine Sinfonie von Beethoven im Ohr, die ihm durch die edlen Bose-Kopfhörer eingespielt wird, die außer ihm niemand anfassen darf, und dirigiert dazu einen Wasserstrahl con brio und dann andante auf das Grün des frisch ausgesäten Rasens.

Aber zurück zu jetzt oder vielmehr damals und zu Mrs Rock, die immer noch etwas unter Schock steht, weil sie unterbrochen wurde.

Mrs Rock zog die Augenbrauen von hoch oben auf der Stirn, wohin sie gewandert waren, wieder herunter. Setzte eine Miene auf, die signalisieren sollte, dass sie kurz wartete, ob George noch etwas sagen wollte.

George setzte die gleiche Miene auf, um Mrs Rock wissen zu lassen, dass sie keinen Mucks mehr tun würde.

Mrs Rock atmete langsam aus. Beugte sich vor. Sagte, sie sei froh, dass George ihr die Wahrheit über das gesagt hatte, was sie angeblich nicht gesagt hatte. Dann lehnte sie sich wieder zurück, denn George hatte geschwiegen, bis jetzt zumindest, und kam ihrerseits auf den griechischen Begriff des Wahrsagers zu sprechen.

Das, sagte Mrs Rock, sei eine sehr wichtige Gestalt im Leben und in der Philosophie der Griechen gewesen, meist jemand, der keine Macht und keine nennenswerte soziale Stellung besaß und es auf sich nahm, auch der höchsten Autorität die Stirn zu bieten, wenn diese Autorität unrecht oder falsch handelte, und auch die unbequemsten Wahrheiten auszusprechen, selbst wenn er dadurch sein Leben aufs Spiel setzte.

Oder sie ihres, sagte George. Der Wahrsager oder die Wahrsagerin. Sein oder ihr Leben. Und, das nur nebenbei, ich finde dieses zweite Beispiel, diese Anspielung oder Erklärung, wesentlich aktueller als das mit dem Minotaurus.

Mrs Rock legte ihren Bleistift mit einem hörbaren Geräusch auf den Schreibtisch. Schüttelte den Kopf. Lächelte.

Georgia, sagte sie. Du kannst, aber das weißt du sicher, zuweilen ein bisschen arg streng sein.

Das nehme ich als Kompliment, Mrs Rock, sagte George.

Ja, Georgia, darfst du. Nächsten Dienstag zur selben Zeit, sagte Mrs Rock. Bis dann.

George klappt ihr Notizbuch auf. Es ist gleich zwölf.

Das ist der Zeitpunkt in der Geschichte, zu dem, ihrem bisherigen Verlauf entsprechend, eine Freundin auftreten oder eine Tür aufgehen oder irgendeine Richtung erkennbar werden müsste (aber was für eine? ein Schild mit Pfeilen? eine Zeichnung? ein Entwurf für ein Gebäude, das errichtet werden soll? ein geheimer Plan, der allem zugrunde liegt?); das ist die Stelle in diesem Buch, an der die Wendungen der Geschichte bisher immer einen freundlichen Stupser hin zum Nächsten geliefert haben, was es auch sein mag.

George ist bereit und wartet.

Sie plant, die Besucher zu zählen und festzuhalten, wie viel oder wie wenig Zeit sie vor einem willkürlich ausgewählten Gemälde in einem Museum verbringen und es sich anschauen oder eben nicht anschauen.

Sie weiß noch nicht, dass in etwa einer halben Stunde, als sie gerade ihre endgültigen Zahlen zusammenstellt (es werden insgesamt einhundertsiebenundfünfzig Personen durch diesen Raum gekommen sein, von denen fünfundzwanzig maximal eine Sekunde hingesehen haben; eine Frau wird zwar Halt gemacht und eingehend den geschnitzten Rahmen, das Bild aber höchstens drei Sekunden lang betrachtet haben; zwei Mädchen und ein Junge, noch keine zwanzig, werden davor stehen geblieben sein und sich über die mönchische Haartracht des hl. Vinzenz und über das Gewächs an seiner Stirn, wie ein drittes Auge, lustig gemacht haben, und zwar volle dreizehn Sekunden lang), Folgendes geschehen wird :

[Auftritt Lisa Goliard]

George wird sie gleich erkennen, obwohl sie Lisa nur einmal am Flughafen gesehen hat.

Lisa wird in Raum 55 spaziert kommen, sich kurz umschauen, George sehen, aber absolut nichts mit ihr anzufangen wissen, weitergehen und sich zwischen George und dem Gemälde des hl. Vinzenz Ferrer aufbauen. Sie wird mehrere Minuten lang vor dem Bild verweilen, viel länger als jeder andere Besucher, ausgenommen George selbst. Dann wird sie ihre Designertasche hochziehen und den Raum verlassen.

George wird ihr folgen.

Sie wird dicht hinter der Frau bleiben, sofern genug andere Leute da sind, die ihr Deckung geben (und es werden genug da sein), sie wird auf der Treppe fragend den Namen sagen (Lisa?), nur zur Sicherheit, dass es auch wirklich Lisa ist, sie wird ja sehen, ob die Frau sich umdreht, als sie den Namen hört (ja, tut sie), sich selber, als sie es tut, aber schnell abwenden und, so gut es geht, einen x-beliebigen, normalen Nullbock-Teenager mimen, so dass sie den Namen nicht gesagt haben kann.

Dass sie sich so gut verstellen kann, wird George selber überraschen.

Sie wird die Frau verfolgen, ihr auf den Fersen bleiben und weiter den normalen Nullbock-Teenager mimen, den ganzen Weg durch London hindurch, inklusive in die U-Bahn hinunter und wieder hinauf ins Freie, bis die Frau an ein Haus kommt und hineingeht und die Tür schließt.

Dann wird George gegenüber dem Haus eine Weile an der Straße stehen.

Sie wird keinen Schimmer haben, was sie als Nächstes tun soll und wo in London sie überhaupt ist.

Sie wird gegenüber dem Haus eine niedrige Mauer erblicken. Wird hinlaufen und sich darauf setzen.

Okay.

1. Wenn die Frau nicht Spezialistin für die Malerei der Frührenaissance oder für den hl. Vinzenz Ferrer ist (unwahrscheinlich, aber immerhin denkbar), kann sie nicht wissen, dass dieses Bild existiert, und auch nicht mal eben so losgefahren sein, um sich von allen Bildern in London gerade dieses anzusehen. Das lässt darauf schließen, dass sie, wenn sie von dem Bild wusste, und sei es nur vom bloßen Faktum seiner Existenz, Georges Mutter zu der Zeit, als sie nach Ferrara fuhren, auf die eine oder andere Weise noch beschattet hat – oder aber dass sie jetzt George auf den Fersen ist.

2. Georges Mutter ist tot. Es gab eine Trauerfeier. Ihre Mutter ist Staub. Warum verfolgt die Frau die Fährte dann weiter? Ist sie George auf den Fersen? (Unwahrscheinlich. Außerdem verfolgt George ja nun sie.)

3. (und George wird große Augen machen, als sie darauf kommt) Vielleicht findet sich irgendwo in dem Ganzen, wenn man hinschaut, ja ein Liebesbeweis.

Dieser Gedanke wird George wütend machen.

Zugleich wird sie stolz auf ihre Mutter sein, rundherum. Vor allem aber wird sie über das pure Talent ihrer Mutter staunen.

Das verwirrende Labyrinth des Minotaurus ist das eine. Die Fähigkeit, umgekehrt den Minotaurus zu verwirren, ist etwas ganz anderes.

Touché.

High Five.

Beides.

Denk mal einen Moment über dieses moralische Problem nach. Stell dir vor, du bist Künstler.

George, die auf der Mauer gegenüber dem Haus sitzt, wird ihr Handy hervorholen. Ein Foto machen.

Und dann noch eines.

Danach wird sie noch eine Weile dort sitzen bleiben und das Haus im Auge behalten.

Wenn sie das nächste Mal herkommt, wird sie dasselbe tun. Wird zu Ehren der Augen ihrer Mutter ihre eigenen Augen benutzen. Damit derjenige, der sich das anschaut, weiß, dass sie es sich anschaut.

Aber nichts von Obigem ist geschehen.

Noch nicht jedenfalls.

Vorläufig, in der Gegenwart, sitzt George im Museum und sieht sich ein altes Bild an.

Das lohnt sich auf jeden Fall. Bis auf weiteres.